캐논을
사랑한 여자

캐논을
사랑한 여자

| 천 상 연 가 |

권병욱 지음

좋은땅

목차

인간은 한 번 사는 인생에서 항상 누군가를 애타게 찾는다.

한 번이자 영원한 단 한 사람.

사랑하기 때문에 가치가 있다.

언제나 곁에서 인간 본연의 고독을 잠시나마 잊게 해 줄 수 있는 그 무엇….

그들만의 신의를 죽을 때까지 지켜 주는 친구 사이에 존재한다.

어떤 사랑이 자신의 목숨보다 소중할까?

캐논을 사랑한 여자

———

글쓴이: 권병욱

장면 1

새벽을 가르는 날카로운 알람 소리가 높게 펼쳐진 아파트 숲 베란다를 통해 메아리쳤다. 눈을 감고 있던 창우는 시끄럽게 울리는 괘종시계를 간신히 눌러 껐다. 흘러내리는 눈꺼풀의 무게를 느끼며, 몸을 있는 힘껏 비틀다 가까스로 정신을 차리면서 기지개를 폈다. 창우는 몸을 덮고 있던 이불을 힘차게 걷어차고는 침대에서 일어났다. 부엌에서는 물 흐르는 소리와 접시 부딪치는 소리가 아침의 메신저인 양 고요하던 세상을 깨운다. 오늘도 여느 때처럼 아침 일찍 일어나 부지런을 떠는 희경은 사랑하는 남자를 위해 아침을 준비하는 중이다. 잠옷 차림으로 슬며시 걸어 나온 창우는 희경이 일하는 부엌 쪽을 흘끔 훔치듯 둘러보더니 말없이 현관문에 던져진 신문을 들고 서재로 들어갔다. 이젠 그의 유일한 취미가 되어 버린 신문을 읽어 보는 것에 빠져들었다. 매일 아침 신문을 읽지 않고서는 어떤 일도 시작할 수가 없을 것 같은 일종의 고정관념이 그에게 몰려들곤 했다. 깨알 같은 글자에 한참 동안 파묻혀 있던 창우의 눈에는 희경이 커피잔이 들린 쟁반을 갖고 서재로 조심스럽게 들어오는 것이 보였다.

"모닝커피를 드시고 신문을 읽으세요."

"그래, 고마워."

서재에 조용하게 울려퍼지는 목소리에 창우는 얼굴을 들어 희경의 얼굴을 잠시 지그시 바라보며 작은 소리로 말을 건넸다. 그런 창우를 대하는 희경의 얼굴엔 어떠한 감정의 변화도 없었다. 마치 감정이 없는 것 같은 건조한 얼굴이었다. 희경은 창우의 눈동자를 뚫어져라 바라봤다. 집요한 그녀의 눈빛이 부담스럽지만 창우도 얼굴에 미소를 띄우면서 희경에게 따뜻한 마음을 표현했다. 창우는 눈을 돌려 커피잔을 바라보다가 희경의 손을 휘감으며 부드럽게 만졌다. 이러한 몸짓에 익숙한 듯 희경은 가만히 서서 기댄 채 창우를 바라보기만 할 뿐이었다. 창우는 희경으로부터 신문으로 다시 시선을 돌렸다. 희경의 눈동자에서 품어져 나오는 불꽃 같은 원망이 창우를 더 이상 피할 수가 없는 궁지로 몰아넣었다. 희경은 창우의 모습을 물끄러미 지켜보다가 커피잔에 입을 대는 창우를 확인하고는 서재를 나가 다시 부엌으로 들어갔다. 창우는 고개를 들어 희경의 뒷모습을 흘끔 바라볼 뿐 신문의 글자 크기를 헤아리기라도 하듯 기사를 읽는 데에 몰두했다.

창우는 희경에게 감정을 솔직하게 표현하지 못하는 자신이 정말 싫어질 만큼 경멸스러울 때가 많았다. 희경을 향한 미안함 때문이었다. 표현을 극도로 자제하면서 둘 사이에 적지 않은 혼란을 겪은 적도 있었지만 희경과 창우가 함께 살아온 지가 어느덧 일 년이 다 되어 간다. 창우가 대학교를 졸업하고 일간지 기자공채로 입사한 후 둘은 줄곧 한집안에서 살아왔다. 희경은 대학교를 졸업한 후 충실히 다니던 은행 본점 일까지 그만두고 창우를 내조하기 위해 은행의 지점에 파트타임으로 자리를 옮겼다. 창우와 처음 같이 살게 되던 날까지도 희경의 아버지는 둘만의 동거를 인정하지 않았다. 아버지는 결혼도 하지 않은 딸이 남자와 함께 산다고 했을 때 심하게 반대하셨다. 그러나 보수적이고 완고한 성격의 아버지도 당신에게 하나뿐인 외동딸의 고집을 꺾을 수는 없었다. 아버지는 딸과 더불어 창우의 망설임이 끝나기를 한없이 기다렸다. 아버지에게는 딸의 행복이 자신의 행복과도 다름없는 일이었다. 희경은 조심스럽게 창우의 결혼에 대한 결심을 침묵하며 기다릴 뿐이었다. 창우 앞에 있을 때면 희경은 언제나 얼굴에 미소를 잃지 않으려고 노력했다. 창우가 희경을 아내라고 착각할 정도로 행동할 때가 많았다. 창우는 희경에게 마음을 열지 못해 안타까워하면서도 하루하루를 버티고 있었다. 그는 내면에 깊숙이 자리잡은 번민을 해결해야만 했다. 문제의 해결에 좌절하면서도 시간이 지나면 잊혀지겠지 하는 생각이 창우의 마음을 괴롭게할 뿐이었다. 지금껏 그가 부정해 왔던 희경과의 관계를 점차 인정하면서 신혼부부처럼 살아올 수가 있었던 것은 희경의 이상하리만치 강한 인내심때문이었을 것이다. 시간이 지나갈수록 사라질 것 같던 쓰라린 기억은 창우의 가슴을 무겁게 짓누르곤 했다. 그가 잊으려고 하는 순간부터 잊혀지기는커녕 오히려 과거에 대한 생각이 유령처럼 계속 떠올랐다. 명확해지는 사랑에 대한 욕망 때문에 창우는 괴로웠다. 창우는 그런 자신이 싫어질수록 일에 대한 더욱 강한 집착을 보였다.

창우는 아침을 가볍게 들고 종로에 있는 신문사로 검정색 승용차를 바쁘게 몰았다. 직장에 도착한 창우는 밤새 야근한 기자들을 보내고 넘겨

캐논을 사랑한 여자

받은 업무 인수 사항을 꼼꼼히 체크했다. 자리에 앉은 후 생각을 정리할 여유도 없이 외부 전화와의 전쟁이 시작됐다. 새벽부터 출근을 시작한 직원들로 신문사는 시끄러웠고 수시로 발생하는 회의와 기사 작성에 창우는 개인적인 생각을 할 여유가 없었다. 쉴 시간마저 주어지지 않는 바쁜 일은 창우가 끝없는 또다른 혼란 속으로 빠져드는 것을 막아 주었다. 잠깐 일층 라운지에 들러 커피 한잔에 피곤한 몸을 쉬게 하다가도 창우는 끊임없는 전화벨 소리 때문에 다시 사무실로 달려가곤 했다.

"예. 선배님 확인 후 연락하겠습니다."

창우는 현장에서 걸려 온 선배 기자의 요청 사항을 점검하고 확인하느라 다시금 바빠지고 있다. 창우는 살인적인 분주함에 가끔은 환멸과 회의감이 들 때도 있었다. 그러나 일종의 자긍심을 심어 주는 기자라는 직업이 창우에게는 매력으로 다가왔다. 기자라는 직업을 갖기 위해 창우는 엄청난 노력을 기울였다. 대학교 시절에 기자가 되기 위해서 모든 여유를 잊어버린 것처럼 그리고 욕망을 절제하는 수도사처럼 창우는 도서관 구석에 앉아서 열심히 공부했다. 마침내 무성한 소문 속에 메이저 신문사에 입사하여 대학 후배들에게 그의 자존심을 세웠다. 대학문을 나설 때까지만 해도 창우는 자신이 한없이 자랑스럽게 느껴졌다. 그러나 겉으로 드러난 자신감으로 똘똘 뭉쳐진 행동 이면에는 늘 그를 따라다니며 괴롭히는, 잊혀지지 않는 사랑이 자리했다. 현실에 만족하면 할수록 우울한 생각이 들어서 창우의 생활은 언제나 기대하는 것만큼 행복하지가 않았다.

"이거야 원~. 세상에 어떻게 이런 일이 생기지?"

창우는 옆에 자리잡은 정치사회부 선배 기자의 탄식에 가까운 말에 자연스럽게 귀를 기울였다. 어지간히 중요한 일이 아니면 말소리조차 내지 않는 선배다.

"선배님 중요한 사건이라도 생겼습니까?"

"이 사람은 참…. 그렇게 크게 말하면 내가 놀라잖아. 사건을 만드는 일은 우리가 전문가 아닌가?"

"네 그렇긴 하지만…."

"글쎄 무기 징역수가 감방에서 자살을 했다는군. 아니 도대체 교도소에 근무하는 교도관들은 뭘 한 거야?"

"자살한 한 사람 때문에 화를 내시는 게…. 예사롭게만 보이지 않습니다."

창우는 당황한 표정을 지으면서 선배 기자에게 말했다. 창우는 정치인 스캔들 정도가 선배의 관심 대상이기 때문에 그런 류의 사건이 아닐까 하는 추측을 해 보았다.

"내가 무기 징역수나 알고 지낼 사람으로 보여?"

잠깐 동안 어이없다는 표정을 지으면서 창우를 매서운 눈으로 쏘아보던 선배 기자는 급하게 그의 검정색 서류 가방을 챙겼다.

"나는 나가 봐야 되겠어. 오늘 간다고 했던 현장에 나가니까 부장님께 잘 말씀을 드려 줘…. 오케이? 그 사건이 궁금하면 자네가 직접 탐사 기사를 써 보게. 저기 있는 신문 체크해 봐, 사회란을."

그는 옷걸이에 걸린 가죽자켓을 집더니 사무실을 도망치듯 빠져나갔다. 사무실이라면 진저리치는 그래서 좁은 사무실 공간에 앉아 있으면 배알이 꼬이는 전형적인 현장파 기자였다.

장면 2

   늦은 밤이 되어서야 창우는 녹초가 된 몸을 차에 의지한 채 희경이 기다리고 있을 아파트로 향했다. 아파트 주차장 한구석에 차를 주차시키고 창우는 집 앞에 서서 초인종을 눌러댔다. 현관문을 열기도 전에 반갑게 맞이하던 희경의 모습이 눈에 선했다. 그러나 이번엔 아무리 기다려도 안으로부터 응답이 없었다. 창우는 왠지 불안한 생각이 들어 가방 안을 샅샅이 뒤져서 찾은 열쇠로 문을 열고 안으로 들어섰다. 집에는 환한 미소를 띠우고 맞이하던 희경의 모습이 보이지 않았다. 창우는 갑자기 왠지 모를 외로움과 불안감에 휩싸이기 시작했다. 함께 살아오는 동안 희경은 창우가 집에 도착할 때 기다려 주지 않은 적이 단 한 번도 없었다. 희경은 집에 없을 때면 미리 자세하게 사정을 알려 왔다. 그런데 오늘 창우에게 말 한마디 없이 외출한 것이었다. 알 수 없는 허전함 때문에 불현듯 화를 내던 창우는 한동안 넋을 잃은 채 어정쩡한 표정으로 서 있었다. 서재 문을 열고 들어선 창우는 가방을 테이블에 던져 버리고는 담배를 피워 물었다. 희경을 기다리며 초조와 불안에 떨던 창우는 몸을 파고드는 피로 때문에 자신도 모르게 스르르 잠이 들었다. 한참 동안 잠에 떨어졌다가 누군가 흔들어 깨우는 소리에 창우는 눈을 부비며 벌떡 일어났다. 밝게 웃고 서 있는 희경을 보자마자 창우는 화를 내며 소리쳤다.
   "어딜 갔다 온 거야? 한마디 말도 없이."
   창우는 평소와는 다르게 희경에게 소리치는 자신을 발견하고는 가까스로 언성을 낮추었다.
   "미안해요. 오빠~, 제가 이렇게 늦은 적이 없었죠?"

"지금이 몇 시야?"

창우는 희경에게 자신이 화가 나 있다는 사실을 보이기 싫어서 어금니를 살짝 깨물었다. 태연한 척하는 얼굴과 달리 아랑곳하지 않고 서투르게 짜증내는 소리가 창우의 입에서 여전히 흘러나왔다.

"오빠 저녁은?"

"먹고 왔어. 밖에서. 희경아, 소리쳐서 미안하다. 네가 오길 기다리다가 잠이 들어서 말이지."

희경은 얼굴에 여전히 미소를 띠운 채로 그를 흘겨보는 듯한 표정을 지으며 장난스럽게 말한다.

"어쩔 때 보면 오빠는 어린아이 같아."

"아이라니? 이 녀석이 말이면 다 하는 줄 알아?"

"알았어요, 그만해요. 오빠."

"오늘 나 써클 쌍쌍파티에 갔었는데…. 예쁜 후배들이 오빠를 많이 찾았어요. 어쨌든 후배들이 오빠를 그렇게 찾으니까…. 난 너무 행복했어 정말. 난 오빠가 일 때문에 바쁘다고, 여태껏 변명하느라 너무 피곤했던 거 알아요?"

창우를 만나자마자 즐거운 표정으로 말을 하던 희경은 갈수록 말끝을 흐렸다. 여태껏 활발하게 말을 이어 오던 희경의 얼굴빛이 일순간 어두워졌다. 희경은 항상 배우처럼 순간순간 표정을 수시로 자연스럽게 바꾸곤 하였다.

"제가 오늘 얼마나 힘들었는지 알아요? 오빠는 모를 거야. 오늘 모임에서 후배들이 자꾸 오빠와 저의 이야기만 하잖아요."

희경은 말을 끝맺지 못하고 맥이 풀린 몸짓이었다. 희경의 커다란 눈

캐논을 사랑한 여자

에는 금세 눈물이 글썽이기 시작한다.

"왜 그래, 희경아?"

"아잉~ 몰라. 오빠는 정말 너무 이기적인 남자예요."

"글쎄, 모르겠는 걸. 내가 그랬던가?"

창우가 다녔던 대학의 써클에서 매년 개최하는 쌍쌍파티 행사에 대해 희경으로부터 귀에 못이 박히도록 들어 왔다. 그럴 때마다 후배들로부터 온 초대장을 받아들고 희경은 창우에게 함께 가자고 졸랐다. 그러나 동반 참석하자는 희경의 부탁에도 창우는 일을 핑계로 미루어 왔다. 학교의 써클에서 하는 행사 때마다 듣게 되는 말 때문에 창우는 피로함을 느끼곤 했다. 사실, 창우가 희경의 부탁을 일 때문이라고 들어주지 않았던 건 자신의 어두운 기억을 멀리하고 싶은 마음 때문이었다. 아직까지도 잊혀지지도, 해결되지도 않은 사연에 대한 창우의 도피 심리였다. 창우는 그저 과거 속에 연관되어 있는, 학교의 후배들과 멀리하고 싶었다. 그래야 마음이 안정을 되찾을 것 같았다. 하지만 희경은 창우의 이러한 깊은 내면을 들여다볼 수가 없었다.

"미안해 너도 알다시피 일이 바쁘잖아. 네가 나를 이해해 줘야지?"

창우는 여전히 불만스런 표정으로 서 있던 희경을 달래느라 정신이 없다.

"오빠한테 얼마 전에 도착한 거래요."

희경이 창우 앞에 내미는 두툼한 편지는 이미 많은 사람의 손때가 묻은 듯, 겉봉에 쓰인 잉크가 얼룩져 있었다.

"이게 뭔데…?"

무심코 편지를 집으려던 창우는 옆에 서 있던 희경의 불안해하는 모습이 느껴졌다. 창우는 편지를 자연스럽게 천천히 그의 책장에 꽂아 넣었다. 희경은 그 편지에 호기심 이상의 관심을 보였다. 희경은 창우의 행동을 보면서 불만에 가득찬 얼굴로 바짝 다가왔다.

"오빠 제 앞에서 그 편지를 읽어 주세요."

"내게 온 거잖아. 오바는 하지 말아 줘. 특별한 내용은 아닐 거야."

창우는 막무가내로 앞에 서서 기다리는 희경에게 손사래를 치면서 막아섰다.

"오빠는 아직도 제게 비밀이 있는 거예요?"

뜬금없이 물어 오는 희경의 말에 창우는 놀란 표정을 지으면서 뒷걸음치듯 물러났다.

"희경아, 나한테 네가 모르는 비밀이 있겠니?"

창우는 금방 눈물이 흘러내릴 것 같은 희경의 눈동자를 조심스럽게 쳐다본다. 창우는 서로 간에 한동안 긴장이 흐르자, 갑자기 저항하는 희경을 끌어안고 가볍게 키스를 했다. 둘 사이에 서운한 감정을 누그러뜨리기 위해 시작한 뜨거운 몸짓은 자연스럽게 침실로 향한다. 창우와 희경은 젊은 육체를 뒤흔드는 격렬함 속으로 빠져들었다. 얼마쯤 시간이 흐르자 침대에서 편안하게 잠든 희경의 모습을 한참 동안 지켜보던 창우는 조용히 일어나 서재로 돌아왔다. 책상 위에 펼쳐진 신문을 뒤적거리며 찾아보다가 어느 순간 눈을 의심하듯 허겁지겁 금테 안경을 더듬거리며 찾아 눈에 붙이듯이 바로 갖다 댄다. 창우는 정독하듯 세밀하게 책상 위에 놓인 신문의 한 구석을 읽어 내려갔다. 아침에 선배 기자가 말했던 기사를 무심코 보다가 너무나 낯익은 이름이 창우의 눈을 사로잡는 것이다. 교도소 독방에서 자살한 죄수의 이름 때문이었다. 창우는 들여다보고 있던 기사 내용을 자신도 믿을 수 없는 모양이라 소리 내어 읽었다. '교도소에서 상급법원에 상고 중이던 이병수 피의자가 교도소 독방에서 생을 마감하는 사건이 발생하여 법무부에서 사태 파악에 나섰다.'라는 내용의 짤막한 기사였다. 기사에서 본 자살을 한 주인공이 창우의 가슴을 온통 뒤흔들어 버렸다.

"병수라⋯. 병수! 다른 사람이겠지. 세상에는 같은 이름을 가진 사람이 얼마나 많은데⋯. 동명이인일 거야."

창우는 기사에 나오는 병수라는 이름이 그가 알던 병수가 아니라고 확신하려는 듯 거칠게 뛰는 심장을 부여안고 신음 소리를 내면서 중얼거렸다. 입속으로 말아 삼키고 내뱉는 담배 연기는 서재 속을 배회하듯 둥그런 원을 그리더니 흐늘거렸다. 담배 연기가 퍼져 가는 서재 안의 공기 속에서 창우의 심장도 쿵당거리며 뛰었다. 창우는 그 순간만큼은 기사의 진위를 파악하고 싶지도 않았다. 그는 뛰는 심장을 가라앉히려고 애를 썼다.

"그럴 리가 없어. 녀석을 만난 지가 얼마 전이었는데."

창우는 길게 한숨을 내쉬며 숨을 고르고 있다. 그는 지금 일 년쯤 전에 본 아직도 눈에 선한 후배의 갑작스런 죽음을 전혀 예상할 수가 없는 것이다.

"병수가 무엇 때문에? 말도 안 돼. 이렇게 갑자기 죽을 리도 없어."

창우가 신문 기사를 읽고 또 다시 읽어 봐도 자살자는 분명 후배 이 병수가 맞다는 사실을 깨닫는다. 병수가 대학을 중퇴하고 잠적한 지가 오래되었기에 대부분의 대학 친구들은 병수를 잊혀진 존재로만 생각했다. 그러나 창우에게만은 잊을래야 잊을 수가 없는 존재가 되었다. 창우는 기자가 된 이후로 병수의 행방을 알아보았으나 오랫동안 알 수가 없었다. 창우는 신문사 정보망을 통해 겨우 병수의 행적을 알 수가 있었다.

그리고 병수를 만났던 날 이후로 창우는 단 한 번도 그를 찾지 않았던 것이었다. 창우만의 자존심 때문에 병수의 근처에 얼씬거린다는 것조차도 용납되지 않았다. 이후로 창우는 그의 행방에 관하여 신경 쓰지 않으려 했지만 항상 뇌리에 찍힌 것처럼 창우를 괴롭히는 존재였다. 창우는 잊으려고 노력하면 노력할수록 더 선명하게 다가오는 병수를 잊을 수가 없었다. 창우는 병수와의 만남을 대학 후배들, 심지어 희경에게도 말하지 않은 채 자신만의 비밀로 간직해 왔다. 병수와 엮여 버린 부끄러운 자신의 행적이 어느 누구에게라도 알려지는 것이 두려웠던 것이다. 그러던 병수가 갑자기 신문 사회면 구석에서 죽은 사람의 이름으로 나타날 줄은 창우에게는 꿈에도 상상할 수가 없는 일이다. 창우가 피워대는 담배 연기는 커다란 서재를 온통 희뿌옇게 물들였다. 창우는 책장에 꾸겨 넣었던 편지에 손을 넣어 천천히 꺼내 들었다. 편지의 내용이 눈에 들어오는 순간 창우는 소스라치게 놀랐다. 분명 필체의 주인은 싫어했지만, 미워할 수가 없었던 아니 오히려 친밀감이 도는 후배, 병수였다. 편지를 읽던 창우는 경련으로 떠는 손으로부터 편지를 책상 아래로 떨어뜨렸다. 창우는 떨어진 편지를 가까스로 조심스럽게 집어들었다.

"창우 선배님….."

병수가 쓴 편지의 글을 창우는 조심스럽게 읽어 내려갔다. 눈에 고이는 눈물 때문에 시야가 혼탁해졌다. 슬퍼서 나오는 눈물인지, 화가 나서 나오는 눈물인지조차 구별이 되지 않았다. 창우의 이마엔 땀방울이 하나둘 모여들어 아침이슬이 나뭇잎을 적시듯 맺히기 시작했다. 허공에서 깊게 빨아들여 다시금 내품는 담배 연기는 방 안의 따뜻한 공기와 뒤섞여 짙푸른 색으로 창백하게 변해 갔다.

장면 3

커다랗고 육중한 회색 콘크리트 건물들이 옹기종기 모여 있던 공간으로 이루어진 대학 캠퍼스에는 많은 학생들이 떼를 지어 몰려다녔다. 오래간만에 시작하는 새로운 학기에 적응하려는 학생들은 바쁜 걸음걸이를 재촉하였다. 캠퍼스 중앙에 우뚝 선 크고 웅장한 모습의 본관 건물은 은빛으로 치장한 채 대학교의 권위를 상징하였다. 저녁이 되자 본관 뒤로 이어진 샛길을 지나야 보이는 학생회관 건물에 위치한 써클룸엔 어느새 불이 환하게 밝혀졌다. 써클룸엔 많은 학생들의 대화 소리가 끊이지 않았다. 룸 구석에 놓여 있던 맥주 박스에 빼곡히 담겨 있던 맥주병들이 하나 둘 나오면서 전등불이 꺼지고 촛불들이 하나둘씩 자리했다. 학생들이 웅성거리던 사각형 책상 위로 맥주와 안주가 모두 옮겨지자, 어느 순간 학생들은 뭔가를 기대하는 듯 한순간 조용해졌다. 회장인 동욱이 학생들에게 창밖을 바라보고 서 있던 한 청년을 정식으로 써클의 회원들에게 소개하려는 순간이었다. 청년은 갑자기 돌아서서 모여 있던 학생들을 살피더니 동욱에게 앉으라는 신호를 보내며 말했다.

"난 오창우야…. 너희들 중에는 소식을 들어 대강 나에 대해서 아는 후배들도 있을 거라 본다. 혹시 나를 모르는 후배는 오늘 이후로 확실하게 나를 기억해 주길 바란다."

호탕한 목소리와 작지만 뚜렷한 발음으로 잔뜩 긴장하던 룸을 일시에 찬물을 끼얹은 듯 고요하게 만들었다. 창우는 주위를 한번 둘러보면서 여유 있는 얼굴로 대하면서 학생들의 시선을 한눈에 받고 있었다.

"오늘 너희들을 만나서 무척 반갑다. 내가 뉴욕에서 샌드위치를 먹고 사느라 속이 더부룩하고 외로웠는데. 이렇게 신선한 후배들을 보니까 너무 편안한 마음이 든다."

창우는 고개를 휘저으며 후배들의 얼굴을 새기듯 세밀하게 훑어보면서 자리에 앉았다.

"자~. 우리 모두 술 마시다 죽자~. 여기 있는 술은 모두 오늘의 주인공이신 창우 형이 사는 거니까."

창우의 말이 끝나자마자 동욱이 다시 일어나 써클 분위기를 띄우려는 듯 몇 마디 말을 던졌다. 창우의 손에는 넘치는 맥주잔이 들려 있었고 써클룸 안에는 어느새 술자리가 무르익었다. 창우는 자리에서 일어나 동욱과 건배를 하고 여기저기 걸어 다니며 많은 후배들에게 술을 권했다. 술에 취한 후배들이 서로 술을 권하며 어우러져 흥겹게 수다를 떨고 있었다. 모두들 술을 마시며 이야기를 하느라 소란스러울 때 써클 문이 조용히 열리더니 여학생 한 명이 슬그머니 들어와 조용히 자리를 잡았다. 후배의 출현을 처음부터 지켜보던 창우는 가벼운 현기증을 느끼며 물끄러미 그녀의 모습을 유심히 바라봤다. 창우는 그녀를 보자마자 가슴에 밀려드는 묘한 심장의 격렬한 움직임을 느꼈다. 점점 뜨거운 심장의 파동이 되어 피를 따라 심장으로부터 몸 전체로 흘러내렸다. 그와 동시에 창우에게 무엇인가 정체를 알 수가 없는 두려움이 밀려왔다. 여자 후배를 보자마자 일어난 미묘한 변화를 창우는 마음속으로 철저하게 감추었다. 창우의 머릿속에는 알 수가 없는 불안함과 승리한 개선장군의 자신감이 교차하는 혼란이 시작되었다.

"소희야 무슨 일이야? 녀석한테 또 무슨 일이라도 생긴 거냐?"

술을 마시며 써클 사람들과 어울리던 동욱은 소희를 보자마자 정색하

캐논을 사랑한 여자

며 다가가서 차분하게 물었다. 창우는 술잔을 비우면서도 그들의 대화에 민감하게 반응했다.

"소희라~. 소희?"

창우는 이름을 외우기라도 하듯 되뇌이며 넘쳐서 흐르는 술잔을 기울일 뿐이었다. 참으로 묘한 감정이었다. 소희라는 여자 후배의 얼굴을 처음 본 순간부터 창우의 가슴속은 온통 설레임으로 출렁거렸다. 술을 마신 지 오래되었을 때 써클룸에서 누군가가 일어나서 소리치며 말을 했다.

"이젠 술도 떨어져 가고 약발도 돌았으니. 자~ 그럼, 우리는 우리의 하일라이트인 종로로 가야지. 오늘은 여기에 계신 창우 형이 어학 연수를 끝내고 컴백한 기념으로 나이트클럽을 예약했으니까 우리는 뛰어가서 마음껏 흔들기만 하면 되는 거야."

동욱의 말이 끝나기가 무섭게 환호성을 지르던 후배들은 기다렸다는 듯이 자리를 박차고 밖으로 나갔다. 이젠 동욱과 창우 그리고 늦게 온 소희라는 후배만이 어지럽혀진 써클룸 안에 남았다. 셋 사이엔 일순간 불편한 긴장이 흘렀다. 창우는 자신도 모르게 떨고 있는 음성으로 소희에게 인사를 했다.

"난 오창우라고 해."

창우는 커다랗고 둥그런 소희의 눈망울을 훔치듯 보다가 먼저 말을 걸었다. 목소리가 전보다 더욱 심하게 떨고 있음을 창우 자신은 느꼈다.

"넌 처음 보는데."

"전 벌써 알고 있는 걸요. 선배님을. 우리가 선배님의 존재를 모른다면 바보일 걸요?"

소희는 머뭇거리는 창우 앞에서 방긋 미소를 지어 보이며 말했다.

"내가 미국에 있는 동안 모든 게 너무 변한 것 같아. 내게는 약간 어색하거든."

"후배한테 말하는 태도가 그게 뭡니까? 창우 형~."

창우의 갑작스런 변화를 눈치챈 동욱은 다가와 창우의 어깨를 주무르는 시늉을 했다.

"형은 절대로 걱정하지 마십시오. 창우 형을 모르는 후배는 우리 써클에서 간첩이라고 보시면 됩니다. 이 모두가 형님에게 충성하는 저의 마음이니 잊지 마옵소서."

긴장된 분위기를 심각한 표정으로 지켜보던 동욱이 능청스럽게 그들 사이에 끼어들었다. 창우는 옆자리에 앉은 소희를 틈틈이 지켜보면서 종로 쪽으로 차를 몰았다. 바라보던 창우와 눈이 마주친 소희가 겸연쩍어하는 모습이 역력했다. 창우는 소희를 처음 본 순간부터 하늘에서 내려온 천사를 본 것처럼 전율이 느껴졌다. 나이트클럽에서는 후배들의 환호 소리와 시끄러운 디스코 음악이 넘쳐흘렀다. 춤을 좋아하는 후배들이 넓은 무대에서 〈런던나이트〉 리듬을 타며 춤을 추었다. 빠른 템포의 랩이 나올 때면 빠른 비트에 맞춰 춤을 추다 허둥대는 모습도 보였다. 창우는 무대를 바라보다가 휘황찬란한 조명 아래 후배들과 어우러져 춤을 추는 소희를 발견하고 시선을 고정했다. 소희는 균형을 잡고 리듬에 맞추어서 몸을 한없이 흔들었다. 창우의 눈에 비친 소희의 춤은 너무나 매혹적이었다. 어떤 후배는 디스코 음악에 맞추어 추는 춤이 어색한 듯 음악 리듬에 어울리지 않는 커다란 동작으로 덩실덩실 어깨춤을 추었다. 사람들의 다양한 춤 때문에 어지러웠지만 다들 신이 나서 마음껏 춤을 추었다. 음악이 디스코 타임에서 블루스 타임으로 바뀌는 순간

캐논을 사랑한 여자

무대에서 빠져나오는 후배들로 무대가 텅 비었다. 술을 마시던 창우는 순간 술잔을 테이블 위에 내려놓고 무대 쪽으로 걸어 나갔다. 창우는 무대를 떠나는 소희의 앞을 막아섰다. 그는 놀라워하는 소희의 손목을 잡아끌고 무대에 올라섰다. 넓은 무대에는 창우와 소희만이 자리를 차지하고 블루스를 추기 시작했다. 그들의 춤을 예의 주시하던 후배들은 창우의 갑작스런 태도 변화에 일제히 환호했다. 소희는 창우의 넓은 가슴에 안기어서 의지와는 상관없이 블루스 음악에 맞추어 춤을 추었다. 소희는 가끔 창우의 몸이 닿을 때면 멈칫 놀라면서 무대 밖 어두운 좌석 쪽으로 눈을 돌리곤 했다. 창우는 소희의 따뜻한 체온을 느끼면서 일순간 조용해진 후배들의 모습은 아랑곳하지 않고 소희의 얼굴을 진지하게 바라보면서 춤을 리드해 나갔다. 한참 동안 블루스를 추던 창우는 어느 순간 장난을 치듯 그들 주위를 맴돌면서 춤을 추며 다가오는 동욱과 또 다른 여자 후배를 바라보았다. 새로운 후배는 창우에게 익살스럽게 윙크를 보내면서 창우가 원하는 것을 아는지 모르는지 혼란스럽게 주위를 돌고 있었다. 창우는 그녀가 무대에서 제발 나가 주길 바랬다. 소희와 춤을 추는 순간 만큼은 어떠한 방해도 받고 싶지 않았다. 창우는 후배의 매서운 관심 때문에 소희와의 중요한 블루스에 정신을 집중하기가 어려울 정도였다. 창우와 춤을 추던 소희는 동욱의 우스꽝스런 춤을 보면서 얼굴에 미소를 지었다.

"선배님~. 저하고도 춤을 추시겠어요?"

소희는 그 순간을 기다린 듯 감싸쥔 창우의 손을 말없이 스르르 풀더니 무대 밖으로 고개를 숙인 채 재빠르게 걸어 나갔다. 창우는 어리둥절한 표정으로 소희의 뒷모습을 멍하니 바라보다가 갑자기 바뀐 대담한

파트너 후배에게 애써 미소를 띄웠다. 창우는 소희가 무대에서 떠나는 것을 아쉬운 듯 바라봤다. 창우는 이젠 자연스럽게 앞에 선 후배에게 눈을 고정했다.

"내가 잘못이라도 한 거야?"

창우는 비밀이라도 들킨 듯 당황해하며 처음 보는 파트너에게 어색하게 물었다.

창우의 떨리는 말에 웃던 후배는 몸을 과감하게 밀착하고 춤을 추기 시작했다.

"당연하죠. 선배님이 짝을 잘못 골라잡은 거예요. 이런 선정적이고 관능적인 춤을 아무하고나 추는 건 아니잖아요. 저같이 이쁜 후배하고만 추는 거예요."

"넌 또 뭐라는 거야? 너하고만 춤을 추다니."

"난 선배님을 오래 전부터 찍었단 말이에요. 선배님을 처음 본 순간부터. 저는요, 남자라면 누구나 좋아할 그런 여자지만 아무나 가질 수가 있는 여자는 아니에요."

창우는 직설적이고 대담한 그녀의 말에 당황하였다.

"넌 누구냐. 대체?"

"제 이름은 희경이에요…. 김희경. 춤이나 추어요."

큰 키에 블루빛의 콘택트 렌즈를 낀 지적인 희경은 창우의 가슴을 끌어안으면서 은근히 스쳤다. 그러나 창우에게는 아직도 떠나 버린 소희의 모습이 눈에 아른거렸다.

"우습네~. 내 모습이."

창우는 한숨을 쉬며 조용하게 내뱉듯이 말했다.

"실망하실 필요는 없어요. 오빠는 오늘부터 저한테 찍힌 남자라는 사실을 절대로 잊지 말아요."

창우는 블루스 음악에 묻혀 가는 그녀의 말, 바라보는 강렬한 눈빛에 마음이 점점 경직되어 가고 있음을 느꼈다. 희경은 기회가 있을 때마다 눈가에 미소를 띄우면서 다짐을 하듯 말했다. 처음엔 창우에게 '희경'이라는 이름이 들어올 리가 없었다. 그러나 자꾸만 반복하는 당돌한 행동 때문에 희경이란 이름이 창우의 머릿속에 강하게 새겨지고 있었다.

장면 4

　하늘을 뒤덮고 있는 최루 가스 때문에 창우는 손수건으로 충혈된 눈을 막고 서둘러 캠퍼스의 중앙 도서관으로 향했다. 창우가 몇 년만에 돌아온 대학 도서관의 풍경은 특별히 달라진 게 없었다. 도서관으로 들어가는 입구에 시대의 발전을 반영하는 듯 이전에 학생증을 체크하던 경비 아저씨의 근엄한 얼굴대신, 학생 아이디를 체크하는 기계가 덩그라니 서서 바쁜 그를 기다리게 할 뿐이었다. 창우는 도서관 삼층에 자리를 잡고 이내 휴게실로 들어갔다. 창우는 자판기에서 커피를 빼어 마시면서 휴게실 안의 학생들을 낯설게 바라보다가 말없이 다시 열람실로 향했다. 창우는 졸다가도 커피 한잔에 정신을 가다듬고 신문을 열심히 뒤적거리며 새로운 시사 용어들을 찾아 정리하였다.

　"오빠~. 오늘은 자리가 여기예요?"

　"희경이가 또 왔구나."

　"고마워요~. 제 이름을 기억해 줘서."

　"고맙긴~. 네 이름을 안 불렀다가는 네 눈에 날까 봐 그러는 거지. 요즘 후배라곤~."

　"요즘 후배가 어때서요? 여자라서요?"

　"오빠가 도서관에서 열심히 공부한다는 소문에 제가 친히 도서관 층층마다 오빠를 찾아서 돌아다녔다구요."

　"네가 나를 왜 찾아다녀?"

　"타로점에서 말하는데요. 제 운명이 한 남자를 찾아 쫓아다녀야 한대요. 그런 중요한 일이 아니고선 이런 우중충한 도서관에 저 같은 예쁜 여자가 왜 오겠어요? 남자다운 남자를 찾을 생각으로 오는 거죠. 난 솔직히 오빠가 나타나기 전에는 도서관에 와 본 적이 없단 말이에요."

"그거야 네가 공부하고는 거리가 멀어서 그렇지. 그래서 마음에 드는 남자는 찾았냐?"

"오빠도 참~. 지금 찾으려고 온 거잖아요. 오늘 예쁜 숙녀한테 답하기 곤란한 질문은 절대 삼가해 주세요. 오빠 때문에 자꾸 화가 나려고 하네요."

희경은 창우에게 말도 없이 옆 좌석에 조그많고 귀여운 핸드백을 던져 놓더니 일부러 부시럭거리는 소리를 내면서 토플 책을 꺼내 보았다.

"아니~. 내 옆에서 공부하려고?"

"왜요? 전 공부하면 안 돼요? 오빠가 뉴요커니깐 영어 공부에 도움이 되겠죠."

"이 녀석이 감히 하늘 같은 선배한테 명령하는 거야? 난 내 공부도 바빠."

"그러다가 오빠 평생 독신으로 살려고 그래요?"

"너나 신경 써라. 나에 대한 생각은 접어 두고."

"쳇~. 사실은…. 지금 인생 공부 좀 하려구요."

"이 녀석이. 공부 방해하지 말고…. 딴 데로 가 줘라. 응?"

"어차피 혼자 공부하면서 예쁜 여자들 나타나면 저절로 고개 돌아갈 텐데. 예쁜 제가 곁을 지켜 주는 것만으로 행복하세요."

"네 정성은 고마운데 나도 예쁜 여자들 마음대로 볼 자유는 있거든?"

"오빠는 자유의 방종이 얼마나 무서운 결과를 가져오는지 모르세요?"

희경은 창우와 다투는 말마다 재미있다는 듯 깔깔거리며 웃었다. 창우는 희경의 웃는 모습에서 천진난만한 사랑스러움이 느껴졌다. 창우는 후배와 함께 공부한다는 것이 처음엔 어색했으나, 창우 앞에 당당하게 치고 들어오는 그녀의 당돌함에 익숙해졌다. 창우는 공부하는 자신의 모습을 주시하는 희경의 강렬한 눈빛을 느끼곤 했으나 애써 외면하면서 공부에 몰두했다. 한참 공부에 열중하던 창우는 어느새 자리를 뜬 희경의 빈 자리를 바라봤다. 그 순간 말 한 마디 없이 떠난 희경이 몹시 괘씸하게 느껴졌다. 창우는 공부에 집중하기 위해, 희경의 페이스에 말리지 않으려 인상을 써 가면서까지 책에서 눈을 떼지 않았다. 그러나 그럴수록 자신이 희경의 페이스에 말린다는 사실을 창우도 느꼈다. 희경은 도서관에서 공부하는 창우의 주위를 맴돌면서 마치 불빛 주위를 맴도는 나방처럼 창우의 마음속에 점점 더 강력하게 자리잡았다. 창우는 공부에 집중이 안 될 때는 어김없이 희경의 빈 자리를 바라보면서 힘껏 기지개를 폈다. 창우는 그녀 때문에 분산되고, 혼란스러운 마음을 가다듬고 다시 공부에 열중하기 시작했다. 가끔 찾아오는 친구들을 만나고 헤어진 뒤 공부를 하는 따분한 생활에 몸서리를 쳤지만 세상의 경쟁에 뒤쳐질 마음이 없어 창우는 공부하는 생활에 익숙해야만 했다. 정오가 지나자 도서관 앞에 있는 소위 '자유의 광장'에서는 확성기에 실린 방송 소리가 학생들의 운집을 호소하고 있었다. 그러자 독서 삼매경에 빠져 있던 도서관마저 여기저기서 학생들이 웅성거리기 시작했다. 공부를 하던 학생들이 하나둘씩 도서관에서 빠져나가 자유의 광장으로 향하였다. 창우는 학생들의 그런 움직임에는 아랑곳하지 않고 자리를 지키며 공부에 열중했다. 시간이 지날수록 확성기의 소리가 점차 커지고 학생들의 노랫소리가 캠퍼스 전체를 흔들며 절정에 올랐다.

캐논을 사랑한 여자

"독재 정권 타도!!"

"국민 우롱하는 군사 독재 정부는 물러가라!"

밖에서 들리는 요란한 구호 소리에 공부를 고집하던 학생들마저 떠난 텅 빈 도서관에는 밖의 움직임이 더욱 명확하고 크게 들려왔다. 창우는 어쩔 수 없이 공부를 중단하고 휴게실로 나와서 자판기 커피를 들고 담배를 스르르 말아 피웠다. 그는 어느덧 창가에 기대어 도서관 유리창을 통해 밖의 풍경을 구경했다. 수백 명 아니 수천 명 이상의 학생들로 발디딜 틈이 없는 광장에는 학과의 깃발을 앞세운 채 투쟁가를 부르며 줄을 서서 캠퍼스 구석구석을 도는 모습이 보였다. 그들은 긴 라인을 만들어 돌면서 모임에 참여하지 않던 나머지 학생들을 불러들였다. 광장에서 들리는 학생들의 노랫소리는 우렁차게 캠퍼스 전체로 울려 퍼졌다. 광장 주변에는 돌이며 화염병들이 이미 학생들에 의해 질서정연하게 쌓여 갔다. 학교 캠퍼스 밖에는 경찰 버스에서 내린 경찰들이 완전 진압복 차림으로 대학교 정문을 막았다. '백골단'으로 알려진 악명 높은 경찰들이 하얀 하이바를 쓴 채 청카바를 걸치고 분주히 움직이는 모습도 보였다. 경찰은 학생들과의 격렬한 싸움에 대비를 했다.

다른 학생들에게는 이러한 풍경이 늘 맞닥뜨리던 일상적인 모습이지만 창우에게는 이런 모든 일들이 신기했다. 이윽고 학생들이 교문 쪽으로 우루루 몰려가자 경찰의 경고 방송이 들렸다. 경찰에 의해 대학교 정문이 무너지면서 요란한 굉음과 함께 날아든 지랄탄이 터져 도서관과 교문 사이의 넓은 지역이 온통 하얀 최루가스 범벅인 세상이 되어 갔다. 경찰이 돌격하듯 학교로 뛰어들어 오는 모습과 그들을 피해 도망치다 넘어지거나 백골단에 잡혀 끌려가는 학생들의 아우성 소리가 메아리쳤다. 학생들이 던진 화염병을 피하지 못하고 온몸에 맞아 뜨거운 불에 온몸이 타들어 가는 경찰의 모습도 눈에 띄었다. 불타는 고통에 허우적거리는 경찰을 눕혀 놓고 동료 경찰이 소화기를 들고 부지런히 불을 끄는 장면도 눈에 띄었다. 서로에 대한 적개심을 가진 경찰과 학생들은 과격한 방법으로 싸우고 있는 중이었다. 창우는 경찰과 학생들 사이에 격렬하게 싸우는 학교 생활이 낯설게만 느껴졌다. 대학교 캠퍼스에서 전쟁 아닌 전쟁을 치뤄야 하는 나라의 현실을 생각하며 그는 인상을 찌푸렸다. 학생들의 행동들이 너무 폭력적이고 과도하다고 느껴졌으나 학생들을 무자비하게 체포하고 만신창이가 되도록 구타하는 경찰을 볼 때는 같은 학생으로서 창우는 화가 치밀었다. 학교인지 전쟁터인지 구분할 수가 없었던 학교가 철저하게 자유분방한 생활에 익숙하던 창우에게는 정말 싫증나는 곳이었다.

장면 5

    얼마 남지 않은 신문사 공채시험을 준비하기 위해 창우는 하루도 거르지 않고 부지런히 도서관을 찾았다. 그러나 때로는 공부를 하다가도 공부에 집중이 안 될 때가 많았다. 그럴 때면 마음을 차분히 가라앉힐 겸 창우는 도서관에서 멀리 떨어진 써클룸을 향해 발걸음을 옮겼다. 써클룸은 미국에 연수를 갔다 오기 전부터 창우가 캠퍼스에서 도서관 이외에 들리는 유일한 쉼터였다. 써클룸이 열려 있는 것을 확인한 창우는 꽂으려던 열쇠를 다시 주머니에 넣었다. 써클룸 안으로부터 누군가의 인기척을 느끼고 창우는 문을 살짝 열어젖혔다. '파헬벨의 〈캐논〉'을 혼자서 감상하다, 갑자기 나타난 창우의 모습에 당황한 소희는 볼륨을 줄이려고 갑작스럽게 의자에서 일어섰다.

    "그대로 둬. 그 곡 나도 좋아하니까. 다들 중간고사 본다고 도서관에서 공부하느라 난리던데…. 그보다 네 얼굴에 걱정거리라도 있는 것 같구나."

    "네? 아니요. 선배님."

    "오빠라고 불러. 다들 그렇게 부르는데. 그게 나한테는 편해…. 더 친근감이 들고 말이지."

    "네~. 선배님."

    소희는 앞에 앉아 말을 거는 창우 때문에 여전히 어쩔 줄 몰라하며 상기된 표정을 감추려는 듯 머뭇거렸다. 창우는 어색하게 음악 잡지를 뒤적이면서 소희의 모습을 훔쳐봤다. 갸날픈 몸매, 빨아들일 듯한 커다란 눈, 단정하게 기른 단발머리의 소희, 이제껏 보아 온 어떤 여자보다도 예쁜 얼굴이었다. 아니 창우가 보기만 해도 저절로 빨려들 것 같은 여자였다.

"내가 여기에 있는 게 불편한 모양이구나."

"네? 그런 게 아니에요~. 선배님."

"그래? 그럼 다행이네."

"이렇게 예쁜 후배가 날 불편하게 생각한다면 내 자신이 싫어질 거야."

"제가 예뻐요?"

"그럼 널 처음 보는 순간부터… 쭈욱."

소희는 뜻밖의 말을 하던 창우를 바라보면서 얼굴에 미소를 머금고 있다.

"근데… 너 지금 남자친구는 있니?"

"남자친구요? 선배님도 그런 질문을 하세요? 제가 남자친구가 없으면 소개시켜 주시는 건가요?"

"남자친구가 없으면… 내가 너의 남자친구가 되어 볼까?"

"에이~. 선배님도 농담에는 소질이 없으세요."

소희는 그저 서클 선배의 장난으로 받아들이는 말이었지만 사실 창우에게는 진심이 담긴 말이었다. 소희는 의례적으로 들리는 창우의 말에 난감한 표정으로 잠시 동안 고개를 숙였다. 창우는 천천히 일어나 말없이 오디오 쪽으로 가는 소희의 모습을 놓치지 않고 바라봤다. 소희는 감상하던 음악을 조심스럽게 끄고는 창우를 향해 돌아봤다.

"선배님을 남자친구로 둔 여자는 행복할 거예요."

"그래? 난 지금은 여자친구가 없는데. 네가 남자가 없으면 내가 어떻게 해 보려고."

"남자가 있으면 안 되나요?"

"있어도 상관없어…. 물론 너의 남자가 불쌍하긴 하지만."

"푸하하~. 선배님도 참~."

창우는 갑자기 써클룸이 울리도록 크게 웃는 소희의 얼굴을 보면서 계속해서 말을 했다.

"사랑은 쟁취하는 게임이야, 용감한 자가 결국 미인을 손에 넣는 법이지."

"정말 그럴까요? 제가 용감하기만 하여도 사랑이 이루어진다면 얼마나 행복할까요?"

"요즘엔 여자가 더 적극적이지, 남자보다도 더욱 집착한단 말이야."

활발하게 창우와 말을 주고받으면서 미소를 띠우던 소희의 얼굴로부터 잔잔한 슬픔이 묻어 나왔다. 소희의 목소리가 갑자기 힘이 없이 떨리고 있었다. 소희는 한동안 말이 없다가 진지한 표정의 얼굴로 창우를 바라보며 물었다.

"선배님~. 남자들은 사랑하는 여자를 어떻게 대하나요?"

"드디어 네가 사랑 컨설팅을 의뢰하는 거구나."

창우는 소희의 얼굴에 묻어나는 슬픔을 알아채지 못하고 여전히 신이 난 표정이었다.

"가만 있어 봐. 남자라…. 남자는 늑대야…. 늑대."

창우는 좀 더 세련되고 신중하게 말을 하고 싶었다.

"그러면 선배님도 늑대네요. 뭐."

"뭐야? 이 녀석이…. 그건 그렇지. 나도 남자니까. 네가 그렇게 말을 하니 내가 섭섭한데?"

"선배님 정말 미안한데요. 전 늑대 같은 남자는 관심 없어요."

"그럼 다행이군. 나도 세상의 늑대는 아니거든."

창우는 수다쟁이처럼 나불대는 자신의 모습을 발견하고는 잠시 머뭇거렸다. 처음엔 창우와 대화를 하던 중에는 겉으로는 어떠한 감정 변화도 없이, 미소를 짓던 소희였다. 그러나 소희는 내면으로부터 나오는 감정 때문에 잠깐 생각에 잠기는가 싶더니 침울해졌다.

"근데 저는 불행한 것 같아요."

"아니 무슨 말이야?"

심각한 표정으로 고백하는 소희에게 창우의 마음은 점점 더 빨려들어갔다.

"너 정말 고민이 있긴 있는 모양이구나. 남자 때문에…?"

"아니에요. 그런 건."

소희는 강하게 부정하면서 고개를 저었다. 창우는 그런 소희의 커다란 눈을 응시하면서 말을 이어 나갔다.

"남자도 마찬가지야. 여자 때문에 고민하는 것 말이야. 근데 알고 보면 다 우스운 일이지."

"정말 그럴까요?"

"상대방에 대한 고민을 할 시간에 책이나 보는 게 남는 거란다."

"선배님 말이 맞아요. 정말로요. 그런데 저는 걱정이 이만저만 아니네요."

"네 남자친구가 누구냐?"

소희는 진지하게 다그치는 창우를 물끄러미 바라보며 얼굴에 미소를 지었다. 한참 동안 창밖을 말없이 서서 바라보던 소희는 뚫어져라 바라보는 창우에게 가벼운 목인사를 하고는 황급히 써클룸을 빠져나갔다. 창우는 써클룸에서 혼자서 음악을 듣다가 정신이 맑아 오자 다시 공부를 하기 위해 써클룸을 나왔다. 공부를 해야 하는 소중한 밤 시간이었지만 소희와 보낸 몇 시간을 후회하지 않았다. 창우는 소희 때문에 흩어진 마음을 정리하고 다시 공부에 빠져들었다. 어느덧 칠흙같이 어두워진 밤하늘 아래 밝혀진 도서관의 불빛은 대학 캠퍼스의 구석을 차지했지만 마치 대학의 유일한 건물인 양 우두커니 서 있었다.

장면 6

새벽부터 도서관에 와서 공부를 하던 창우는 책을 보다가 자신도 모르게 책상에 엎드린 채로 잠이 들었다. 한참이 지난 후에 책상을 똑똑 두드리는 볼펜 소리에 그는 놀라 벌떡 일어났다. 고요함 속에 울리는 소리가 깊은 잠에 빠져 있던 창우의 고막을 터뜨릴 만큼 크게 들렸다. 창우는 잠에서 깨어나자마자 긴장을 하다가 뜻밖의 상황에 미소를 지었다.

"또 너야? 뭐야? 사람 이렇게 놀라게 하고."

"이젠 잠을 자다가도 요렇게 예쁜 희경이 얼굴만 떠오르죠?"

"그래~. 악몽을 꿀 때마다 네 얼굴이 보여. 네 눈에는 내가 우습게 보이나 보지?"

"그럴 리가요? 오빠 그런데 어떡하죠?"

"뭐가 또?"

"오빠가 이젠 제 먹이감인 남자로만 보이네요."

"헐~. 내가 네게는 먹이감으로 보인다고? 그런 거야? 그런데 안됐다. 나… 좋아하는 여자 있어. 정말 사랑하는 여자가 있어."

"나만 좋아하랬잖아요. 오빠의 말에 신경 안 써요. 전. 오빠는 결국 나만 좋아하게 될 거예요. 이건 우리의 운명인데요."

"누구 맘대로 운명이라는 거야?"

"오빠가 반항하는 모습마저도 정말 매력이 있네요."

창우가 좋아하는 여자가 있다는 말을 들어서인지 처음에는 활짝 미소를 띄우던 희경의 얼굴이 순간적으로 창백해졌다. 창우는 희경의 얼굴 표정을 놓치지 않고 바라보면서 얼굴에 살며시 웃음기를 머금었다. 희경은 급히 얼굴색을 바꾸면서 다시금 웃는 얼굴로 창우한테 바짝 다가왔다. 창우는 변화무쌍한 희경의 얼굴을 보면서 당돌한 행동 모두가 귀엽게 느껴졌다.

"공부만 하시는 줄 알았더니 어쨌든 오빠도 잠꾸러기네."

"으응~. 내가 피곤했었나 봐."

"그러면 제가 이젠 항상 오빠 옆에서 잠자는지 공부하는지를 지켜볼 거예요."

"뭐라고? 네가 뭐 내 와이프라도, 아니 주인이라도 되냐?"

"머언 훗날 우리 관계를 어떻게 알아요? 남녀관계는 결혼할 때까지는 누구도 모르는 거예요."

"이 녀석이 정말 보자 보자 하니깐… 휴게실에서 커피나 한잔 뽑아 와!"

창우는 희경에게 핀잔하듯 말을 하면서 부탁을 하였다.

"재밌네요, 오빠는 제가 무슨 비서라도 되는 줄 아나 봐?"

희경은 약간 거친 창우의 말투에 조그마한 입술을 삐죽이며 기어들어가는 소리로 불평했다.

"얘가 또 반항을 하네. 그런데 써클 부회장님께서 서클 살림은 안 챙기고 나를 자꾸 찾는 건데?"

창우는 바뀌는 희경의 안색에 당황하며 갑자기 사과하는 태도로 슬며시 말을 돌렸다.

"서클 살림은 회장인 동욱이가 잘 꾸려 가요. 전 몇 안 되는 후원자들을 관리하는 중이에요. 술자리에 꼭 오셔서 충분한 돈을 투척해 주시는 선배님들을 관리하는. 한마디로 사교계의 꽃이라구요."

"응…그럼…, 네가 한 마디로 얼굴마담이라는 거구나."

"표현이 정말 촌스럽네요."

"그런가?"

눈을 흘겨보던 희경은 창우의 책상 위에 가방을 던져 놓더니 열람실을 빠져나갔다. 창우는 아직 잠에서 덜 깬듯 어안이 벙벙한 채로 잠시 앉아 있다. 잠시 후 커피컵을 들고 나타난 희경은 한동안 말없이 창우의 눈을 뚫어져라 처다보았다. 희경의 눈가에는 은은한 미소를 띄웠다.

"휴~. 사랑하는 남자 뒷바라지에 몸이 몇 개라도 모자랄 거야."

희경은 창우에게 들으라는 듯 혼잣말을 하면서 환하게 웃었다.

"저 정도면 미인 아녀요? 오빠가 찾아 헤매던. 게다가 전 지적이고."

"노~라고 하면 나를 어떻게 하겠는데? 네 표정이."

창우는 귀여운 몸짓을 보이는 희경을 잠시 뚫어져라 처다봤다. 희경은 잠시 동안 창우의 눈빛을 조심스럽게 살피더니 입을 꽉 깨물며 말했다.

"오빠 사실 나 이번 주에 남자와 선보기로 했어요."

"네가 선을? 선을 보기엔 아직 빠르지 않나?"

창우는 뜻밖의 뉴스를 전하는 희경의 말에 당황하며 놀라는 표정을 지었다.

"영국에서 유학하고 박사 학위를 받아 대기업에 다니는 잘 생긴 남자 래요."

"잘됐구나~. 넌 잘생긴 남자를 좋아하잖아. 그 남자하고 잘되길 바라."

"오빠는 정말 바보예요."

눈길 한 번 피하지 않고 마주 보던 희경은 금새 가방을 낚아채듯 들더니 도서관의 열람실 밖으로 달려가듯 나가 버렸다. 방향을 예견하기 힘들게 튀는 희경의 행동에 익숙해진 창우는 하고 있던 공부를 계속했다.

희경은 창우를 놀라게 하고는 생각할 틈이나 말할 틈도 주지 않은 채 갑작스럽게 창우의 곁을 떠나곤 했다. 처음엔 낯설은 희경의 행동이 특유한 스타일이겠지라고 대수롭지 않게 여기던 창우도 자꾸만 떠오르는 희경에 대한 생각 때문에 혼자서 웃음을 짓곤 했다. 창우는 가까이서 들리는 도서관 밖의 확성기 소리와 점차 몰려드는 학생들의 심상찮은 움직임에 보던 책을 덮고 써클룸으로 향했다. 써클룸에 도착할 때쯤 멀리 학교 밖에 있던 전경과 백골단이 우뢰와 같은 지랄탄 소리와 함께 학교 안으로 진입하는 것이 보였다. 이런 학생 운동이 없는 날에도 학교엔 항상 최루탄 가스 냄새가 깊게 배어 있었다. 정문 옆에서 조금 떨어진 도서관도 예외는 아니었다. 학생들이 데모가 벌어질 때마다 경찰을 피해 도망치던 그들 중 일부는 다급한 김에 도서관으로 뛰어들었다. 그러자 이번엔 한 무리의 백골단이 도서관의 거대한 출입구 유리창을 깨면서 들어와 도서관을 험악한 분위기로 몰아넣었다. 열람실에서 저항하던 학생들을 잡기 위해 도서관 열람실에 사과탄을 몇 개 터뜨리는 바람에 도서관에서 공부하던 학생들마저도 공부는커녕, 눈에 눈물을 흘리면서 빠져나왔다. 이렇게 교내에서 경찰의 진입으로 인한 혼란이 절정에 달할 무렵에는 창우에게 써클룸이 더할 나위 없는 피난처였던 것이다. 써클룸은 학교의 전면을 훤히 내려다 볼 수가 있는 장점도 있었지만 창우의 발길이 자꾸만 써클룸으로 향하는 이유는 따로 있었다. 창우에게 항상 조마조마한 마음이 들게 하는 소희의 존재 때문이다.

"오빠를 기다리고 있었어요."

"네가 웬일로 여기에 있는 거야?"

창우는 써클룸에 들어서자마자 마치 기다렸다는 듯이 무섭게 쏘아보는 희경의 눈빛에 놀랐다.

"학교가 데모로 혼란스러울 때 오빠가 여기를 찾는다고 하더라구요. 그리고 제가 말했잖아요. 오빠가 가는 곳엔 언제나 제가 있을 거라고. 전 제가 원하는 남자의 발걸음 숫자까지도 계산한다고요."

"희경아 아니 후배님…. 이젠 나를 그만 좀 따라다녀라. 난 네 남자가 아니야."

"누가 오빠를 내 남자라고 했어요?"

얼굴에 미소를 잔뜩 머금고 다가오는 희경을 보는 순간 창우는 눈이 휘둥그래지며 놀라는 표정으로 손을 내저었다. 희경은 손을 내저으면서 거부하는 창우에게 눈을 흘겼다. 창우의 태도가 그녀의 자존심을 건드린 모양이었다. 창우는 희경 옆에서 말없이 고개 숙여 인사를 하는 소희의 모습 때문에 약간 당황하여 얼굴 빛이 어두워졌다.

"오빠~. 근데 눈빛이 왜 그래요?"

"응? 뭐… 뭐가?"

"글쎄 뭐랄까. 뭔가 못 볼 것을 본 것처럼."

"소희야. 정말 오랜간만이구나."

창우는 희경의 말엔 아랑곳하지 않고 조금 떨리는 목소리로 소희에게 인사를 했다.

"네 선배님! 그동안 제가 써클룸에 나오지 못했어요."

"응? 응. 그랬더군. 근데 그동안 무슨 일이라도 있었어?"

"오빠! 이제 그만해요."

"소흰 지금 그런 대답할 기분이 아닐 거예요."

"희경아 너 왜 이래?"

"그냥 대화를 하는 건데 너 때문에 내가 너무 무안하잖아?"

희경은 대화를 듣다가 갑자기 둘 사이 대화에 끼어들어 신경질적으로 반응하며 머뭇거리던 창우의 말을 낚아챘다. 창우는 희경의 짖궂은 방해 때문에 소희에게 하고 싶은 말도 못한 채 잠시 말없이 서 있었다. 창우는 희경이 못마땅한 듯 멀리 떨어진 책상 옆에 있던 소파로 걸어가 책을 폈다.

"그래서 지금 선배는 어디에 있는데?"

"응 아마도 광장 부근 운동장에 있을 것 같아."

"여긴 오기로 한 거야?"

멀리서 속삭이듯 말하는 그들의 대화 소리에 모든 신경을 곤두세운 채 창우는 어색하게 한동안 자리를 지키고 있었다. 써클룸 안에 모든 소리가 멈춰 정적이 흐를 무렵 써클문이 황급히 열리면서 갑자기 뛰어든 교련복 차림의 남자가 나타났다. 세 사람의 시선이 동시에 그를 향해 집중되었다.

"오빠? 손에 피가 뭐야?"

써클룸에 뛰어든 정체불명의 남자에게 다급하게 다가간 소희는 남자의 손을 잡고 유심히 살폈다. 남자의 팔에서부터 흐르는 피는 손가락까지 흥건히 적셨다.

"괜찮아 팔을 조금 긁힌 것뿐이야."

남자는 벗겨진 팔뚝을 옷으로 덮은 후에 말없이 소희를 바라보았다.

"베었잖아요~. 상처가 이렇게 심한데."

"별거 아니라니깐. 화염병이 깨져서 그래."

소희는 하얀 블라우스에 핏자욱이 붉게 물드는 것도 아랑곳하지 않고

41

남자의 손을 자꾸만 어루만지며 안타까워했다. 유독 챙기는 소희와 잠깐 동안 함께 속삭이던 남자는 창우 쪽을 흘끗 쳐다보더니 이내 다가왔다. 창우는 남자가 가까이 다가오는 것을 모르는 척 곁에서 음악을 듣는 희경의 얼굴을 물끄러미 바라봤다.

"창우 선배님이시죠? 저번에 동욱이가 선배님이 오신다고 오라고 했는데 제가 못 가서 죄송했습니다."

"그런데 너는 처음 보는 데?"

"전 후배 이병수입니다."

화염병에서 묻어온 신나 냄새와 피로 범벅이 되어 말라 버린 손을 창우 앞에 내밀었다. 창우는 거부감이 없이 말하는 병수 앞에서 다소 주춤거렸다. 그러나 창우는 이내 오른손을 힘껏 내밀어 악수를 했다. 창우는 병수의 짙은 눈썹 주위를 뚫어져라 쳐다보면서 병수로부터 뭔가 표현할 수가 없는 강한 느낌을 받았다. 강렬한 인상은 어디선가 본 낯익은 모습이었다.

"반갑다. 이렇게 만나서."

"뉴욕에 계셨다구요? 저의 형도 예전에 뉴욕에 있었는데….."

"그래? 나도 뉴욕에 있었는데."

"익히 들어서 알고 있습니다. 죄송합니다. 제가 지금은 시간이 없어서요. 지금은 인사만 하고 나중에 제가 선배님을 찾아뵙겠습니다."

창우가 말을 하려던 찰라 병수는 급하게 목인사를 하고는 소희쪽으로 자리를 옮겼다. 병수는 불안해하던 소희를 안심시키고는 써클문을 나섰다. 병수가 떠난 지 얼마되지 않아 구석에 한동안 멍하니 있던 소희도 써클문을 나섰다. 손인사를 하면서 떠나는 소희의 모습을 물끄러미 바라

캐논을 사랑한 여자

보던 창우는 답답한 마음 때문에 토할 것 같았다.

　희경은 창우와 둘만 남은 써클룸을 돌며 흥에 겨운 듯 콧노래를 부르면서 부산을 떨며 무언가를 찾고 있었다. 잠시 후 희경은 여러 개의 형형색색의 초와 유리잔을 찾아왔다.

　"오빠~. 이제 우리 둘 밖에 없네. 우리 촛불을 켜요. 분위기 잡자구요."

　희경은 창우의 얼굴을 살피더니 유리잔에 꽂힌 초를 모아 불을 붙이고는 전등을 껐다. 써클룸엔 촛불의 흐늘거림과 헨델의 〈메시아〉가 상호 모순을 교감이라도 하듯 서로 어우러졌다.

　"전쟁과 메시아라…."

　"오빠 무얼 그렇게 생각하세요?"

　"음, 방금 만난 후배 녀석."

　"병수 선배?"

　"응, 누군가를 굉장히 닮았어."

　"정말 착하고 좋은 선배님이에요."

　"내게 익숙한 얼굴이란 말이지. 오늘 처음 본 건데."

　"넓은 세상에 닮은 사람이 한 둘이겠어요?"

　"그래~. 세상이 그렇긴 하지."

　"오빠, 병수 선배가 소희랑 애인 관계라는 건 이미 알고 계시죠?"

　창우는 불쑥 물어보는 희경에게 말을 하지 않고 묵묵히 허공을 쳐다봤다. 창우는 소희에게 그동안 남자친구에 대한 고민이 있다는 것을 짐작하였지만 남자친구가 바로 써클 후배란 사실은 전혀 예상하지 못했다. 창우는 점점 더 복잡하게 얽혀 오는, 미로처럼 피어 오르는 생각 때문에 미쳐 버릴 것만 같았다. 희경은 복잡한 창우의 표정을 헤아려 보더니 하려던 말을 멈추고 불편한 표정을 지어 보였다.

"정말 학교가 왜 이렇게 혼란스러울까? 내가 미국에 갈 때하고 많이 달라졌어."

"데모를 말하는 거죠? 여기선 매일 일상이 되었어요. 경찰과 학생은 앙숙이잖아요? 그런 남 일보다는 우리들만의 이야기를 해요. 네?"

"우리 사이에 어떤… 할 이야기가 있어?"

희경의 말에는 관심조차 없다는 표정으로 다시 덮었던 책을 펼쳤다. 당황한 희경은 창우의 책을 낚아채더니 놀라는 창우를 남겨 두고 써클룸 밖으로 도망치듯 나가 버렸다. 모두가 떠난 써클룸에서 창우는 촛불을 끈 채 써클룸을 나왔다. 밖에서 기다리던 희경과 함께 평소에 하던 대로 자연스럽게 학교 근처의 생맥주 집으로 향했다. 오늘은 창우도 혼자서 술을 마실 용기가 나지 않았는지 곁에 머무르는 희경에게 한없는 고마움을 느꼈다. 창우는 테이블에 놓여 있는 많은 빈 맥주병에 신경을 쓰지 않고 술을 마시고 있다. 희경은 그가 막무가내로 마셔대는 맥주 병들이 쌓이는 걸 그냥 바라만 봤다.

"희경아 나 오늘 너무 취하고 싶어."

"얼마든지 취해도 좋아요. 제가 오빠 곁에 있을 테니까요."

창우는 희경과 무슨 말을 했는 지도 모를 만큼 취해서 비틀거렸다. 희경은 흐트러진 창우의 모습과 넋두리를 들으면서도 곁에서 변함없이 지켜 주었다. 창우가 술김에 쏟아 내는 그의 내면에 대해 알게 되면 알수록 희경에게는 너무 행복한 일이었다. 희경은 술에 취해 숨김 없이 토해 내듯 말하는 창우의 말을 끝까지 들어주었다. 희경은 창우가 술에 취해 뱉어 내는 말을 들을수록 중요한 창우의 동반자가 되어 가는 자신이 너무 기쁘게만 느껴졌다. 때로는 창우의 말을 마냥 들어주기엔 힘들 때도 있었지만 희경은 아랑곳하지 않고 가만히 듣고만 있었다. 소희에 대한 그의 거침없는 원망, 그리움에 대한 그의 진심을 희경은 조용히 듣고만 있을 뿐이었다. 가끔은 창우가 불쌍하게 보여 도와주고 싶었지만 그의 문제를 자신이 해결해 줄 수가 없다는 사실을 희경도 인정해야만 했다. 점점 거대하게 다가오는 고통스런 사연을 가진 남자를 사랑하게 된 희경으로서는 받아들이기가 힘들 사실뿐이다.

장면 7

아침 아홉 시가 되자 수많은 학생들이 도서관 열람실의 자리를 잡기 위한 전쟁을 하듯, 가방을 들고 도서관을 향해 가고 있었다. 도서관의 규모가 학생 수에 비해 작아서 이른 새벽에 도서관의 모든 좌석이 모두 동이 나곤 했다. 늦게 오는 학생들은 대부분 메뚜기처럼 좌석 주인이 오면 자리를 내어 주고 다른 빈 자리를 찾아 이동해야만 했다. 소희는 학생들의 무리를 지나 조그만 동산 옆 학생회관 건물을 향해 빠른 걸음으로 걸어갔다. 써클룸에 도착한 소희는 안에 아무도 없는 것을 확인하고는 조용히 들어가 전등불을 켰다. 써클룸 안에는 어젯밤 누군가가 들어와서 밤을 새면서 마시던 소주병 서너 개가 여기저기 흩어져 있었다. 소희는 어지럽혀진 룸을 깨끗하게 정리한 뒤에 소파에 앉아 읽을 책을 펼쳤다. 도서관보다는 조용한 그리고 항상 자유롭게 음악을 들을 수가 있는 써클룸이 소희에게는 공부하는 장소로 익숙하고 편안했다. 한참 동안 공부에만 몰두하던 소희는 잠시 생각에 빠진 모양인지 물끄러미 피아노 옆 창가를 한없이 바라봤다. 창문 밖의 하늘은 너무나 푸른빛이어서 보면 볼수록 빨려들어 갈 듯이 깊어 보였다. 소희가 대학교 신입생이었을 때 발걸음이 움직이는 대로 무작정 향했던 곳은 〈캐논변주곡〉이 울려 퍼지는 어느 써클룸이었다.

"이곳에 회원으로 가입하려 왔는데요."

소희가 들어올 때까지도 움직이지 않고 창밖을 하염없이 바라보며, 〈캐논변주곡〉에 빠져 있던 약간 거칠어 보이는 낡은 외투의 남자. 그 남자는 써클룸에 누가 들어왔는지 관심조차 없는 모양인지, 소희의 긴장

캐논을 사랑한 여자

하던 모습에도 불구하고 뒤도 돌아보지 않았다. 소희는 자신에게 등을 보이고 서서 뭔가를 생각하던 그가 너무 거만하게 느껴졌다. 소희는 참다 못해 먼저 그 남자에게 말을 걸었다.

"이곳 회원이시죠?"

그제서야 인기척을 느꼈는지 병수는 뒤를 돌아 그녀를 바라보았다.

"네. 맞아요. 신입 회원 등록을 하려고 하시는 거죠? 그럼 거기 책상 위에 있는 입회원서에 이름을 쓰면 돼요."

남자는 다가온 소희를 여전히 무관심한 표정으로 바라보면서 지시하는 것처럼 필요한 말만 했다. 처음엔 그의 무례한 태도가 마음에 들지 않았다. 소희는 앞에 펼쳐진 입회원서에 이름을 쓰기 시작했다. 그제서야 남자는 천천히 이름을 쓰고 있는 소희의 곁으로 다가왔다.

"신입생이시죠? 여긴 신입생만 회원으로 받아요."

"네."

소희는 남자를 올려다보며 짧게 대답했다. 소희는 남자를 본 순간 일종의 전율감이 심장을 타고 몸으로 흘러내렸다. 그로부터 전해져 오는 느낌은 앞으로 다가올 소희의 운명 같은 것이었다. 지나칠 정도로 진한 눈썹과 매서운 눈매만이 반짝이는 얼굴은 소희의 눈을 부시게할 만큼 강렬했다. 남자는 신입 회원 양식이 완성된 것을 보고서야 얼굴에 어색한 미소를 띄웠다.

"이름이 예쁘네요, 윤소희라. 전 이병수라고 합니다."

"선배님은 생각이 많으신 것 같다는 느낌이 들어요."

"내가 생각이 많다고요? 네, 그럴 수도 있겠네요. 알고 지내던 친구가 빵에 들어가서 잠시 생각을 하느라~."

"빵요? 빵에 들어가요?"

"아~ 유치장에요. 경찰에게 잡혀서…. 앞으로 편하게 지내요 우리."

병수가 내미는 손을 물끄러미 바라보던 소희는 주저 없이 그의 손을 잡고 악수를 했다. 소희는 손을 놓을 때도 잊은 채로 병수가 손을 뺄 때까지 손을 꼬옥 쥐고 있었다. 병수는 여전히 무표정한 얼굴로 소희를 바라보면서 한 번 자세하게 훑어보더니 이내 말이 없이 창가로 다시 걸어갔다. 그는 가슴을 활짝 펴고 창 밖의 상쾌한 공기를 마음껏 들이마셨다.

"저도 여기서 같이 음악을 들어도 되죠?"

"물론이죠. 여기는 써클 회원은 누구나 좋아하는 음악을 마음껏 듣는 곳입니다. 참고로 난 가끔 미치고 싶을 때 주로 〈캐논〉을 듣는데."

"저도 미치고 싶을 때 〈캐논〉을 들어야 하나요?"

"아니 제 말에 특별히 신경쓰지 않아도 돼요."

병수는 조그만 목소리로 짧게 말하면서 얼굴에 미소를 띠우더니 팔을 들어 손을 흔들었다. 소희는 병수의 행동을 면밀하게 지켜보면서 소파에 앉아 아주 편안한 자세로 〈캐논변주곡〉을 들었다. 소희와 병수의 만남은 소희가 기대하던 로맨스적인 모습보다는 오히려 평범하다 못해 초라한 모습으로 이루어졌다. 극적이거나, 운명적이지도 않게 만난 병수는 소희의 마음을 온통 사로잡았다. 처음부터 강하게 소희의 가슴을 스쳤던, 비밀스럽고 평범하지 않은 모습이 점차로 소희의 모든 것이 되어버린 것이었다. 아직까지도 병수에 대해 아는 것이 부족하다는 생각이 들었다. 그가 자신의 앞에 나타나야만 만날 수가 있다는 사실은 소희를 무척 슬프게 하고 가슴 아프게 하는 일이었다. 그러나 이상하게도 연락처 하나 없이 그를 만나기 위해 기다리는 것만으로도 소희에게는 행복

캐논을 사랑한 여자

이었다. 병수는 소희에게도 알리고 싶지 않은 비밀들이 많아 보였다. 물론 소희마저도 병수의 비밀스러움이 무척 큰 부담처럼 다가올 때도 있었지만 병수에 대한 소희의 사랑에 방해가 되지 않았다.

"소희야. 너를 사랑해."

"오빠, 정말이죠? 그 말?"

"그래~. 나 너를 이 세상 누구보다도 사랑하는 것 같다. 난 솔직하게 말해서 여자를 사랑해 본 적도 없었지만."

언젠가 소희에게 사랑 고백을 하던 병수는 가볍게 떨고 있던 가슴으로 소희의 몸을 감싸안은 채로 눈물을 흘렸다. 그때에는 소희도 병수가 행복해야 할 사랑 고백을 하면서 눈물을 흘렸는지 몰랐다. 병수의 사랑 고백은 사실 소희에게 충격으로 다가왔다. 사랑에 무관심한 태도로 일관하던 병수의 얼굴을 대하면서 소희는 항상 마음속으로 가슴앓이를 하고 있을 때였다. 그런데 사랑 표현을 머뭇거리고 있던 소희에게 병수가 대신 사랑을 고백했다. 병수가 사랑한다고 말하는 순간 소희의 눈에는 어느새 눈물이 글썽이고 있었다.

"난 너를 영원히 잃고 싶지 않아."

"저도 마찬가지인 걸요. 그런데, 왜 그런 불행한 말을 해요?"

병수의 이상하리만치 슬픈 얼굴은 한동안 소희를 혼란스럽게 하였다. 병수는 진실된 마음속에 배어 있던 슬픔을 감추고 있었다. 누구에게도 보이지 않았던 병수의 나약한 슬픔은 가장 편한 상대가 되어 버린 소희 앞에서만 나오는 것이었다. 그의 마음속은 어느 누구보다도 소중한 여자가 되어 버린 소희에게만 보여지곤 했다.

소희는 병수와 사귀면서 그가 사는 곳을 한 번도 가 본 적이 없었다.

그러다 얼마 전에 아무도 몰래 병수가 사는 곳을 소희 혼자서 찾아가 보았다. 쓰러져갈 듯한 오래된 건물과 깨어진 벽돌 사이로 가끔 지나는 다듬지 않은 길고양이의 흔적들이 보였다. 수명이 다해 쓰러져 가는 건물 사이로 몇몇 가구의 사람들이 옹기종기 어울려 사는 전형적인 달동네였다. 가끔 어린 아이들이 소꿉장난 하느라 놀고 있는 모습을 빼고는 너무나 조용했다. 소희는 그가 사는 집의 모습을 직접 봤을 땐 몸에 전율을 느낄 만큼 충격을 받았다. '어려운 이웃 이야기'라고 소개하는 텔레비전 프로그램을 통해서 이런 동네가 있다는 사실을 소희는 알았다. 그러나 그녀의 집에서 불과 얼마 떨어지지 않은 곳에 어려운 사람들이 사는 현장이 있다는 사실을 소희는 인정하고 싶지 않았다. 특히 소희가 그토록 소중하게 생각하는 병수가 이런 동네에서 생활한다는 사실이 너무나 충격적으로 다가왔다.

소희는 병수에 관한 모든 현실을 이해하고 싶었지만 베일에 가려진 그의 모든 생활을 알 수는 없었다. 병수에게 언제 어떤 일이 벌어질지를 소희도 알 수가 없었지만 그런 일이 벌어질까 봐 항상 두려워지는 소희였다. 소희는 그동안 투정도 부려보면서 데모에 참여하는 병수의 상황을 알고 싶어 했지만 언제나 소희의 한계만 노출할 뿐 다급하게 움직이는 병수의 상황을 아는 데는 소용이 없었다. 학생들이 시내에서 데모하는 장면이 뉴스에 나오면 소희는 걱정스러운 눈으로 샅샅이 화면을 훑어보곤 했다. 길거리 투쟁을 할 때면 병수는 걱정하고 있을 소희를 위해 그의 위치를 말해 줄 때도 있었다. 그러나 대개의 경우 소희에게 알리지도 않고 병수는 명동이나 종로로 나가서 화염병과 돌들로 무장한 채 데모를 진압하려고 출동한 경찰과 텅 빈 도로 위에서 치열하게 대치했다. 학생

캐논을 사랑한 여자

들은 독재와 불공정 정부에 맞서 투쟁하기 위해 왕복 팔차선 도로 위에 달리던 차량들을 막고 대로에 뛰어들었다. 그들은 대학교 학생회에서 비밀리에 만들어 조달한 화염병과 길거리에서 찾은 벽돌 조각으로 무장한 채로 지랄탄과 사과탄으로 무장한 경찰과 싸웠다. 소희는 학생들의 가투 소식이나 정부에서 발표하는 운동권 학생들에 관한 뉴스를 볼 때마다 불안하곤 했다.

소희는 잠깐 고개를 들어 끓고 있던 물을 커피 잔에 조용히 채운다. 검정 색깔의 커피가 프림과 함께 소용돌이치듯 돌면서 커피의 색깔을 바꾸고 있다. '사랑하는 병수가 커피의 색깔처럼 변덕스러운 남자라면' 소희는 병수에 대한 걱정에 빠질수록 마음이 참착하기 시작한다. 병수는 지금까지 소희의 믿음을 배반해 본 적이 없는 소희에게는 항상 착한 남자였다. 소희도 병수의 기대를 저버린 적이 없었다. 멀리 떨어져 있을 때도 그들은 서로를 생각했다. 이런 생각, 저런 생각을 하던 소희는 마음으로부터 일어나는 답답한 심정을 억누를 수가 없었다. 병수에 대한 생각이 몰려올수록 좋은 기억과 감정이 강하게 솟구치는 것을 자신마저 이해할 수가 없었다. 병수와 소희의 관계는 이미 서로 간의 이해가 문제되는 관계가 아니었다. 소희는 병수에 대한 변함없는 기대가 있었다. 병수가 언젠가는 모든 것을 털어놓고 그녀를 기쁘게 해 줄 것만 같은 막연한 기대였다. 소희의 장미빛 기대는 달콤한 사랑이라는 단어에 녹아내렸다.

장면 8

소희는 어두움이 깔리기 시작한 학생회관을 빠져나와 학교 앞 골목 깊숙히 자리잡은 조그만 카페를 찾았다. 소희는 카페 안의 테이블을 한 번 훑어보고 늘 앉던 구석에 위치한 의자가 두 개 딸린 테이블에 자리를 잡았다. 많은 사람들이 자리를 차지하고 잔잔히 흐르는 서정적인 음악을 들으면서 저마다의 대화에 열중하고 있다.

"왔구나! 항상 그 자리에."

"응, 잘 지냈어?"

"나야 늘 그렇지 뭐. 이곳보다 나를 반기는 곳은 없는 걸."

소희는 이곳에서 일 년째 아르바이트를 하면서 공부하는 써클 친구인 재영이를 보고 반갑게 인사를 나누었다. 집안 형편이 어려워 학교를 그만둘 생각도 했었던 재영은 강한 생활력으로 계속해서 학교를 다녔다. 소희는 그녀를 볼 때마다 안타까운 생각이 들었다. 남의 도움을 받기 싫어하는 재영에게 상처가 될까 봐 소희가 그녀를 볼 때면 항상 말을 아꼈다. 재영은 말도 없는 편이어서 조용하게 지내면서도 사람들과의 관계를 꺼려하는 내성적인 성격을 가졌다. 그러나 재영은 서클 일에는 어느 누구보다도 적극적으로 뛰어들어 써클 사람들과의 관계는 비교적 원만한 편이었다. 병수와 소희의 관계를 항상 존중해 주는 재영이 일하는 카페는 마음 놓고 병수를 만날 수가 있는 특별한 그들만의 장소였다.

"근데, 병수형은?"

"얘, 넌 우리가 오래간만에 보는건데…. 그 말밖에는 할 줄 모르니?"

"그래 여기서 만나기로 했어."

"잘됐구나. 소희야 난 바빠서 이만."

재영은 소희 곁으로 다가오다가 다른 테이블에 자리를 잡는 한쌍의 연인들을 살펴보더니 써빙을 위해 자리를 떠났다. 소희는 재영에게 미소로 인사를 대신했다.

"벌써 와 있었구나. 늦어서 미안해."

"오빠는 말 뿐이지, 언제 늦지 않은 적이 있어요?"

소희는 쌓여만 가는 서운한 심정을 오늘만큼은 병수에게 직접 표현하고 싶은 모양이다.

"저도 이젠 오빠를 이렇게 앉아서 마냥 기다리는 것이 정말 싫어요."

"예쁜 네가 나한테 인상을 찌푸리면 어떻게 해?"

"저도 화를 낼 줄은 안다구요."

"요즘에 오빠가 하는 행동들은 어떻고요?"

소희는 다툴 때마다 언제나 자신의 마음만 상처받는 줄 알면서도 다시금 병수에게 투정을 부린다. 병수는 요즘들어 변덕을 부리는 소희를 안타깝게 바라볼 뿐 말이 없다.

"소희야, 또 학생회실에다 전화했어? 왜 그런 거야? 내가 하지 말라고 했는데."

"오빠는 오빠만 생각해요? 친구들이 애인 만나는 것처럼 나도 자연스럽게 오빠를 만나고 싶어요. 제 마음을 알기는 하는 거예요?"

"알아."

병수의 짤막한 대답 때문에 소희는 자신도 모르게 감정이 격해져 나오는 눈물을 억지로 참았다. 어렵게 만난 병수에게 화를 내고 짜증을 내는 것이 가슴 아픈 줄 알지만, 소희는 속으로부터 곪아 터져 버린 마음을 억제할 수가 없었다. 소희는 병수를 매일 볼 수가 있었을 때가 행복했다. 요즘 들어 학생회에서 일이 있을 때면 병수는 며칠 동안 소희의 눈앞에 나타나지 않을 때가 빈번했다. 소희에게 며칠 동안 연락 한 번 제대로 하지 않을 때가 많았다. 소희가 병수를 보기가 어려워져 가고 있었고 그것은 소희에게는 참기가 힘든 일이었다. 병수의 입장을 이해를 못 하는 것은 아니었다. 학생회 일에도 적극적으로 참여하는 병수가 예전보다 바쁜 것은 소희도 인정할 수밖에 없는 일이었다.

"미안해. 소희야. 나 요즘 야학을 시작했어."

"야학? 저에게는 한마디 말도 없이?"

"가난 때문에…. 공부 시기를 놓쳐 버린 사람들 있잖아. 난 그들에게 조금이나마 보탬이 되려고 해."

소희는 병수가 야학을 한다는 사실을 학생회에서 일하는 친구로부터 들어서 알고 있었다. 병수는 말 한마디 없이 지내오다가 오늘에서야 겨우 말을 건네는 것이다. 병수는 미안하다는 표정을 내비치면서 야학을 해야 하는 이유에 관한 이야기를 하고 있었다.

"저도 알아요. 오빠의 생각은. 하지만 그게 저를 자꾸만 피하는 원인이될 수는 없잖아요?"

"내가 너를 피하다니 말도 안 돼. 그건 네 오해야. 네가 나에게는 얼마나 소중한 여자인데…. 그건 너도 알잖아?"

"오빠를 만나기가 어려워지면 난 정말 싫어요."

병수는 유난스레 어린애처럼 투정을 부리는 소희를 보면서 무척 곤혹스런 눈으로 바라볼 뿐이다. 병수는 할 수만 있다면 힘을 다해 소희의 마음을 편안하게 해 주고 싶었다. 항상 합리적이고 냉정하게 사람을 대하

캐논을 사랑한 여자

려는 병수도 소희 앞에서는 어찌할 줄을 몰라 당황했다.

"소희 너도 잘 알잖아."

"내가 만나는 유일한 여자는 너라는 것을."

"오빠 그런 레파토리도 이젠 싫어요."

"미안해. 하지만, 사랑해 너를."

소희는 타이르듯 말하는 병수의 얼굴을 보면서 어느새 마음 한구석에 쌓인 불안을 털어 내고 안정을 찾는 눈치다. 소희는 가볍게 허리를 감싸 쥔 병수의 팔을 더욱 꼬옥 잡았다. 카페를 빠져나와 조용히 비밀스런 대화를 하면서 평화롭게 걸었다. 소희는 얼굴 만면에 미소를 띤 채 병수와의 대화에 열중하였다. 말을 하며 걷던 그들 앞에 어느덧 소희가 살고 있던 하얀 집이 모습을 드러냈다. 병수는 떨어지지 않으려는 소희의 몸을 어렵사리 떼어 놓았다. 병수가 항상 소희의 집 앞에 가까이 오면 항상 발걸음이 무거워졌다. 보내지 않으려고 떼를 쓰곤 했던 소희의 모습 때문에 병수는 긴장하는 것이었다.

"그런 식으로 나무처럼 서 있지 마세요."

"응, 나 이제 가 봐야겠어. 소희는 나를 따라온단 말 더 이상 안 하기로 했지?"

"네. 그래요. 그리고 오빠, 잊지 말아요. 마음이 안정되면 우리 아빠를."

"알고 있어. 그때까지 참아 줘, 알겠지?"

"명심해요. 우리 아빠는 장군이야. 남자가 약속을 지키지 않으면 무서운 분이셔. 오빠 오는 날까지 기다리기로 했으니까. 오빠가 군대 가면 아빠에게 부탁해서 아빠 운전병 만들어 버릴 거야."

"넌 또 나한테 경고라도 하는 거냐?"

"그래야 우리 아빠 무서운지 알겠죠."

병수는 얼굴에 환한 미소를 띤 채 협박하던 소희를 힘껏 껴안고 가벼운 키스를 했다. 소희는 몸을 맡기고 병수의 얼굴을 어루만졌다.

"오늘 밤 좋은 꿈꾸고 내일 보자."

"오빠도 몸 항상 조심하세요."

"소희가 걱정하지 않게."

소희는 여전히 걱정하는 얼굴로 병수에게 확인하듯 재차 말했다. 병수는 소희의 불안을 잠재우기 위해 노력했다. 병수는 소희의 커다란 눈을 말없이 바라봤다. 병수는 소희에게 깊은 키스를 하고는 몸을 돌이켜 집으로 향하였다. 소희는 병수의 뒷모습이 멀리 길가에 세워진 가로등의 불빛에서 사라질 때까지 하염없이 바라보았다.

캐논을 사랑한 여자

장면 9

소란스럽게 토론을 거듭하던 학생회실은 회의가 끝나고 학생 임원들이 빠져나간 후 침묵 속으로 빠져들었다. 사무실 안에서 필요로 하는 자료를 챙겨서 정리하느라 병수는 바쁘게 움직였다. 서둘러 볼일을 마친 병수는 허겁지겁 가방을 챙겼다. 약속 시간에 늦은 사람처럼 병수는 학생회실을 나서자마자 어디론가로 뛰어갔다. 병수는 땀을 흘리면서 발걸음을 재촉하는 곳은 재개발 택지에 남아 있는 자신의 자취 집이다. 꺼져 있어야 할 연탄이 빨갛게 타고 있는 것으로 보아 야학생들이 기다리는 모양이었다. 병수가 늦을 때면 야학생들이 집에 미리 와서 그를 기다리곤 했다. 시간 가는 줄 모르고 공부하던 야학생들이 잠시 휴식을 취하고 있을 때였다.

"이따금 공부하는 것에 회의가 들 때가 너무 많아요."

지수는 늦게 시작하는 공부가 실질적으로 도움이 되지 않고 희망이 없다고 말했다.

"아가씨 말이 맞는기라. 우리가 지금 이런 산수나 영어를 공부한다고 우리 생활이 달라지는 게 뭐꼬?"

야학생인 영만은 지수의 의견을 두둔하면서 커다란 한숨을 내쉬었다. 그들은 배움을 향한 열정 때문에 공부를 하고 있지만 시간이 갈수록 자포자기하는 심정이 되었다. 학생들의 동요하는 마음을 읽은 병수는 또다시 그들을 달래기 시작한다.

"그건 지수 씨나 영만 씨의 의견이 틀렸어요. 여기 계신 분들은 스스로 원해서 공부를 하는 것이잖아요. 그렇죠? 야학에서의 공부가 여러분들에게 피부에 와닿지 않을 수가 있어요. 그러나 이런 과정을 통해 여러분들이 보게 될 희망을 무시해서는 안 됩니다."

병수는 그들 사이에 자꾸만 터져나오는 불만을 무마하려고 피곤함도 잊은 채 대화에 열중하였다.

"선생님의 가르침에 대한 열정을 생각하면 제가 오히려 미안해져요."

설득하는 병수의 말에 여태껏 부정적으로 이야기하던 지수의 말이 갑자기 바뀌었다.

"우리가 모인 것은 공부를 통해 사회적으로 성공한 사례를 만들려는 게 아닙니다. 그러기엔 현실적으로 너무 많은 갭이 있구요. 최소한 이런 과정을 통해 우리의 권리를 알고 자각하자는 것입니다."

병수는 학생들의 불만을 없애기 위해 여전히 설득조로 말했다.

"새로운 세상을 알고 자신의 권리를 위해 적극적으로 살자는 겁니다. 전 여러분들과 모임을 시작하기 전에 작은 꿈을 가졌어요. 배우지 못한 지식 때문에 고통받고 차별받는 세상을 조금이나마 없애는 것입니다. 그것이 여기 모인 우리의 가장 기본적인 비전입니다."

병수의 설득하는 말과 몰입하는 태도에 지수와 영만을 비롯한 야학생들은 잠시 감동을 받은 모습으로 고개를 끄덕였다. 병수의 말을 한마디도 빠지지 않고 귀담아듣던 지수는 떠오르는 현실 속에 있는 자신의 모습 때문에 얼굴빛이 빨갛게 변하기 시작했다. 지수는 가까운 용산의 한 룸싸롱에서 수년간 일해 왔다. 그녀는 시골에서 고등학교를 중퇴하고 무작정 서울로 향했다. 서울에 홑몸으로 도착하여 처음 일하게 된 단란주점에서 일을 하는 동안에도 항상 자신을 지키기 위해 몸부림을 쳤다. 지수가 제 발로 단란주점에 찾아간 건 가난 때문에 항상 싸움이 그치지 않는 부모로부터 탈출하려는 단순한 충동 때문이었다. 단란주점에 찾아갈 당시 앳된 얼굴이었던 지수는 이젠 자리를 옮긴 룸싸롱에서도 잘나가는 콜걸로 일하는 세련된 아가씨로 변해 있었다. 물론 콜을 받을 때마다 수입은 일반 월급쟁이와 비교할 수 없을 정도로 많았다. 그러나 지수는 사치스럽거나 충동적으로 돈을 사용하지 않았다. 어젯밤에도 룸싸롱에서 한 손님이 술에 취해 휘두른 골프채에 폭행을 당한 상처가 몸에 흔적으로 남아 있었다. 술을 마시며 몸을 더듬던 콜 손님이 갑자기 지수를 덮치면서 곁에 있던 골프채를 들고 위협했기 때문에 저항하다 난 상처였다. 처음엔 옆자리에 앉아 점잖게 술을 마시던 남자가 어느 순간부터 지수의 가슴이며 몸에 스킨쉽을 시도하더니 성욕을 채우려고 달려든 것이었다. 지수는 룸싸롱 일에 익숙하게 되었고 나름대로 남자를 대하는 방법도 체득했다. 지수는 세상의 대부분 남자들은 섹시한 여자 앞에서 옷만 벗으면 모두 똑같은 존재라는 사실을 남보다 먼저 알아 버린 여자였다.

"사람이 버젓이 살고 있는 집에 똥을 퍼부우는 놈들이 인간이여?"

건설 노동자인 영만은 낮잠을 자던 집에 통보 없이 똥을 뿌리던 철거회사 직원들과 싸웠다. 그러나 돈으로 매수된 싸움꾼들 앞에서는 노가다로 단련된 영만이라 할지라도 혼자의 힘으로는 역부족이었다.

"지들이 가졌으면 언제부터 가졌다구. 씨팔놈들 난 가진 게 없는 줄 아나?"

영만은 가만히 살던 집을 빼앗다시피 가져가 버린 건설회사 때문에 사회에 대한 불만이 폭발하곤 한다. 그러나 그의 외침은 공허하게 메아리쳐 울릴 뿐이었다. 힘없고 못 배운 사람은 힘있고 돈 많은 사람에게 무조건 복종할 수밖에 없는 불공평한 세상이었다. 야학에 대한 경험 부족 때문에 병수가 학생들의 불만을 해결하기 위해 조율하고 의견을 모으는 데는 어려운 게 사실이었다. 전혀 다른 환경에서 자란 사람들을 이해하고 소통하기 위해서는 기다리며 설득하는 인내가 소중함을 알았다. 병수는 '그들의 생각과 행동을 이해하고 공동 의식을 가질 수 있기까지 버틸 수가 있을까.'라는 막연한 희의감에 빠질 때도 있었다.

"짧은 시간에 여러분의 모든 사정을 하나하나 해결할 수는 없잖습니까? 그렇다고 그냥 좌절하고 속수무책으로 당하고 있을 수는 없어요. 그래서 학생회에서는 이런 야학 프로그램을 통해 서로 소통하고 공감하는 장을 마련하는 겁니다."

병수가 말을 잠시 멈추고 있던 사이에 지수가 다시 병수의 말을 가로막고 흥분된 어조로 말했다.

"알아요, 하지만 우리 같은 사람들은 누구한테도 하소연할 수가 없어요. 피해를 당해 경찰서에 가서도 제가 룸싸롱 아가씨라는 걸 알게 되면 경찰이 저를 대하는 태도부터 달라져요."

대화 분위기에 휩쓸려 말해 버린 자신의 직업 때문에 지수는 후회할 겨를도 없이 얼굴이 빨갛게 달아오름을 느꼈다. 병수와 영만의 얼굴을 번갈아 보던 지수는 더 이상 말을 하지 못한 채로 체념하듯 입술을 꼬옥 깨물었다. 지수가 술에 취한 손님의 고발로 마담 언니 대신 술집 근처의 경찰서에 불려 갈 때가 많았다. 경찰은 룸싸롱에 올 때면 마담 언니이자 룸싸롱 사장에게는 항상 존대말을 쓰면서 사업가로서 대우를 잘 해 주었다. 그러나 피해자인 지수에게는 손님의 잘못에도 불구하고 무조건 합의를 보란 말만 반복할 뿐이어서 서럽고 슬플 때가 많았다. 자본주의 사회에서는 돈 가진 사람이 최고라며 지수를 대하는 경찰의 태도는 꽤나 무례하고 거칠었다. 마담 언니가 대접하는 술자리에서는 경찰은 지수의 몸을 더듬어 가며 일반 손님과 다름없는 행동을 했다. 지수는 자신의 몸을 더듬어 오는 난폭한 행동을 제지하려고 했다. 그러나 경찰은 비웃기라도 하듯이 더욱 손에 힘을 주어 지수의 스커트 밑 깊숙한 곳까지 더듬어대곤 했다. 지수는 한동안 나쁜 남자가 된 경찰의 추태를 참아 내야만 했다. 지수는 야학생들과 병수 사이에 벌어진 열띤 토론을 뒤로 하고 라면을 끓이기 위해 부엌으로 들어갔다.

"얼굴이 반반하다 싶더래니 룸싸롱에서 술을 따르는 아가씨였군요. 나도 지수 씨와 한 번 자 봤으면 좋겠는디."

영만은 지수가 자리를 비우자마자 미묘한 눈 웃음을 지으면서 병수에게 말을 걸었다.

"영만 씨, 지금 우리가 만나는 이유를 생각해 봤어요? 술집 여자면 어떻고. 막노동을 하면 어때요? 결국 자본주의 사회에서 똑같이 핍박받는 인간이잖습니까? 직업이나 삶을 서로 이해하고 차별받지 않도록 방법을 찾아가려고 우리가 모인 겁니다."

"미안허요, 이 망할 놈의 입이 방정이지."

영만의 말이 못마땅한지 병수는 목소리를 높여 가며 영만을 설득했다. 그러자 영만은 갑작스럽게 변한 병수의 모습에 놀라며 태도를 바꾸어 다시 조용해졌다. 병수도 갑자기 벌어진 일에 당황하면서도 스스로 침착함을 유지하려고 노력했다.

"영만 씨와 같이 삶의 터전에서 내쫓기는 문제를 제기하고 불평등한 사회 구조를 바꿔 가는 것이 투쟁의 궁극적 목표가 될 겁니다. 선량한 국민을 억압하고 착취하는 권력 기관에 의해 자행되는 것은 개혁 대상입니다."

영만은 머리를 긁적이며 거침없이 말하는 병수의 말을 경청하였다. 어느새 지수가 끓여 온 라면의 김이 차가운 방안에 입김처럼 번져 올랐다. 그들은 뜨거운 라면을 먹으면서 뜨거워진 대화의 분위기를 차갑게 식히려는 듯 차분해진 모습이었다.

"선생님은 전에 만나 본 다른 선생님과는 분명 다르세요."

"그래요…?"

"조금 어리숙해 보인다고나 할까…? 야학하시는 게 처음이죠?"

병수는 지수의 말에 괜히 머쓱해진 듯 대답 대신 얼굴에 쑥스러운 미소를 지었다. 병수는 유난히 강렬한 눈빛으로 바라보는 지수의 태도에 살짝 당황했다.

"여지껏 겪었던 선생님들보다는 특별한 것 같아요."

"글쎄요. 전 특별하다고 생각하지 않는데."

"미안해요, 저만 그렇게 느끼나봐요."

지수는 그의 얼굴을 똑바로 쳐다보면서 말을 멈추었다. 병수는 뜨거운 그녀의 눈빛에 얼굴이 다시 한번 달아 올랐다.

"자리를 처음 소개받았을 때 솔직히 좀 망설였습니다. 이런 모임을 책임지고 끌어가는 것에 도전하고 싶은 마음도 있었구요. 이유야 어떻든 우리끼리 알아가면서 서로를 배려하는 사이가 되어야죠."

"좋은 말이네요…. 이제 보니 선생님은 마음이 착한 분인 것 같아요. 믿을 수 없는 세상에서 서로 생각해 준다는 건 소중한 거예요."

병수는 고개를 돌려 그들의 대화에 신경을 쓰던 영만의 얼굴을 바라보았다. 영만은 여전히 음흉한 눈빛으로 지수의 얼굴을 뚫어져라 바라봤다. 야학 모임이 끝나자 지수는 손거울을 보며 아이라인을 짙게 칠하고 병수에게 윙크를 보냈다. 당황하는 병수를 유심히 지켜보더니, 지수는 기다리고 있던 영만과 함께 집을 나갔다. 병수는 언덕 아래까지 그들을 배웅하고 다시 방으로 들어섰다. 방에 들어선 병수의 귀에는 약간 찢어진 천정 틈 사이로 쥐들이 싸움을 하는 양 소란을 떠는 소리가 들려왔다. 아마도 먹을 것을 찾던 쥐들이 음식을 발견하고 서로 다툼을 벌이는 것 같았다. 한참 동안 잠을 자던 병수는 꿈결에 떠오른 소희의 모습 때문에 몸을 몇번이고 뒤척이다가 추위에 잠을 깼다. 병수는 새벽 잠을 포기한 듯 이불을 차고 방 밖으로 나왔다. 그는 두꺼운 가죽자켓 안주머니에서 담배를 꺼내 피워 물었다. 언덕배기 집에서 바라보는 밤은 너무나 조용하고 시리도록 차가웠다. 깊이 들이마신 담배 연기를 병수는 숨이 다할 때까지 길게 내쉬었다.

장면 10

열린 창문 사이로 차갑지만 겨울을 재촉하는 가느다란 빗방울과 흙 내음을 물씬 풍기는 바람이 소용돌이치듯 차 안으로 밀려들어 왔다. 창우는 오랫만에 맡아 보는 흙 내음에 가슴을 활짝 열고 받아들였다. 순간순간 보였다가 사라지는 한강 물줄기가 너무 좁아 마치 어느 농촌의 개울가를 보는 듯 했다. 창우는 옆자리를 차지하고서 뒷자리의 소희와 농담을 주고받으며 웃는 희경을 백미러를 통해 지켜보았다. 소희와 희경은 큰소리로 떠들며 웃으면서도 정작 운전을 하는 창우는 안중에도 없는 모양이다. 창우는 항상 책에 짓눌린 생활에 활력소를 주자는 이유로 희경과 소희를 데리고, 아니 모시고 친숙하고 낭만적인 강촌의 한 카페를 찾아가고 있었다. 창우는 계속 환호하는 그들의 즐거워하는 모습에 방해가 되지 않도록 친절한 운전기사로만 만족하는 눈치였다. 창우의 입은 말하고 싶어 열렸다, 닫았다를 반복하지만 말은 하지 못하고 어금니를 꼬옥 깨물었다. 강촌의 유명한 하얀 바윗덩어리로 된 산모퉁이가 가까이 다가오자 모두 창우 쪽을 바라보았다. 창우는 만면에 웃음을 띠우면서 기다리라는 제스처를 했다.

꾸불꾸불한 산 비탈길을 돌자 겉을 나뭇껍질로 감싸고 커다란 유리창이 휘감듯 둘러진 카페가 보였다. 창우가 미국에 가기 전에 전여자친구와 자주 데이트하러 갔던 낯이 익은 카페였다. 창우는 한동안 애인이었던 아름을 생각하고 잠깐 마음이 씁쓸해졌다. 그러나 그가 원하는 새로운 여인을 바라보는 창우의 마음은 설레임으로 이내 가슴이 두근거렸다. 새로운 기대 때문에 과거의 여자가 더 이상 창우의 마음을 사로잡을

캐논을 사랑한 여자

수는 없었다. 창우는 나무 테이블 앞에 나란히 앉은 소희와 희경의 행동을 진지하게 지켜보면서 시간이 갈수록 초조해지는 느낌이 들었다. 창우의 무거운 마음은 아랑곳하지 않고 그들은 어린아이들처럼 들떠서 끊임없이 대화를 주고 받았다.

"소희는 무엇을 좋아하지?"

"뭐예요? 오빠는 나한테는 그런 말은 해 본 적도 없으면서."

희경은 한동안 조용히 있다가 대화에 끼어든 첫마디가 소희에게 던져진 것이 몹시 서운해서인지 창우의 말을 받아쳤다. 한편 소희는 바라보는 창우의 강렬한 눈빛을 피하면서 혼자 무척 당황하였다.

"넌 좀 조용히 해라. 우리는 이야기를 많이 했잖아? 오늘은 제발 참아줘라. 알았지?"

희경은 타이르는 창우 말에 기분이 상해서 얼굴에 어두운 표정을 지었다. 한동안 씩씩거리던 희경은 못내 창우에 대해 서운하다는 듯 고개를 숙였다. 얼마 후 다시금 활기를 찾고 자연스런 표정으로 돌아온 희경은 잠시 화장실로 가면서 자리를 피해 주었다.

"선배님 오늘 제게 따로 하고 싶은 말씀이 있어요?"

소희가 먼저 불쑥 꺼내는 말에 창우는 편안한 마음으로 말하기 시작했다.

"그래 난 너를 본 지는 얼마 안 됐지만 솔직히 네가 가장 내 마음에 들어. 후배가 아닌 여자로서 말이야."

"무슨 의미죠? 그 말씀은?"

"아~. 알겠어요. 그런데 선배님 곁에는 희경이가 있잖아요? 선배님에 대한 이야기를 한 지가 오래됐어요."

긴장하는 창우의 얼굴을 보면서 소희는 침착하고 느리지만 또박또박 말을 이어 갔다.

"희경이? 내게는 친한 써클 후배야. 다시 한번 말하지만 희경이는 그저 나의 후배로서의 감정일 뿐 더 이상은 아니야. 이건 나의 솔직한 마음이야."

창우는 강하게 버티는 소희를 설득하려고 말하면서도 희경이가 돌아올까 봐 초조한 표정으로 화장실 쪽으로 시선을 보냈다.

"이런 중요한 이야기를 왜 희경이가 없는 곳에서 하는 거죠?"

"음~, 그게 문제가 되는 거냐?"

"희경이가 무서운 거죠? 그쵸? 거봐요~. 희경이가 하는 이야기와 똑같아요."

"희경이가 나에 대해 뭐라고 말했는데?"

창우는 큰 목소리로 따지는 소희의 말에 갑자기 당황하여 말을 얼버무렸다. 이렇게 중요한 시점에 소희는 창우를 벼랑 끝으로 내몰았다. 창우는 이런 소희의 모습을 상상조차 할 수가 없었다.

"정말이야. 희경이와 나와는 선배와 후배일 뿐이야."

"선배님."

"저도 희경이와 똑같이 후배로 생각해 주세요. 선배님과 연인 관계는 싫어요."

확신에 찬 채로 단호하게 말하는 소희가 창우의 가슴을 찌르는 창이 되어 날카롭게 다가왔다.

"근데 여기 분위기가 이상하네…. 뭔가 이상해."

화장실에서 돌아온 희경은 창우와 소희의 얼굴을 바라보면서 터져 나오는 웃음을 참았다. 다시 자리에 앉은 희경은 처음엔 창문 밖의 풍경을 응시하면서 그들의 대화에 관심이 없는 표정을 지었다. 커피잔을 들어 바라보기만 할 뿐 말이 없었다. 어느 순간부터 그들 사이에 대화가 끊기고 한동안 서로의 눈치를 살피며 우왕좌왕하였다.

"오빠, 소희랑 둘이서 무슨 일이 있었어요?"

여전히 희경은 아무 것도 모른 채 분위기 변화를 감지한 듯 창우에게 물었다.

"아니야 일은 무슨? 아무런 일도 없었어."

창우는 날카롭게 묻는 희경의 질문에 제대로 대답하지 못하고 머뭇거렸다.

"오빠 말해 봐요. 혹시 소희한테 사랑 고백이라도 한 것 아니에요? 저 백치한테?"

"맞아 네 예상대로야. 희경아."

소희는 창우의 당황한 눈빛을 지켜보면서 태연하게도 희경에게 창우와의 대화 내용을 낱낱이 일러바쳤다. 순간 창우는 예상치 못한 소희의 솔직함에 소스라치게 놀랐다. 모든 이야기를 들은 희경은 얼굴에 야릇한 미소를 띄웠다.

"오빠는 여자의 직감에 대해 전혀 모르나 봐요? 여자 공부를 다시 하세요. 오빠가 나한테 소희랑 꼭 가야 여기 온다는 말에 감 잡았어요. 소희는 내버려 둬요. 소희는 병수 선배한테서 영원히 못 벗어나."

자연스럽고 냉정하게 말하는 희경의 모습을 지켜보면서 소희는 하염없는 미소를 띄웠다. 창우는 둘 사이의 묘한 상황을 이해하기엔 전혀 준비가 되지 않은 무방비 상태였다.

"병수라."

창우는 입속으로 이렇게 되뇌일 뿐 병수에 대한 울분 같은 것이 갑자기 치밀어 올랐다. 소희에게 사랑 고백하던 창우에게는 병수가 눈엣가시 같은 껄끄러운 존재였다.

"오빠도 병수 선배를 만났잖아요."

"음, 만났었지."

그들은 말이 없이 여전히 서로의 눈치를 보고 있었다. 어느 누구도 그들 간에 흐르는 고요함을 깨뜨릴 자신이 없었다. 소희, 희경 누구도 창우의 심각하게 일그러진 표정을 건드릴 수가 없었다. 창우는 사랑의 놀림감이 된 것이 화가 나 참을 수 없었지만 표현하지 않으려고 노력했다.

"오빠, 오늘 소희한테 사랑 고백하려고 여기에 온 거죠?"

"내가 그렇게 보이냐?"

"보지 않아도 뻔하잖아요."

희경은 그렇잖아도 주눅이 든 창우를 바라보면서 살며시 웃음을 지었다.

"나 어쩜 좋아? 오빠가 짓는 표정이 점점 귀엽게 느껴져요."

"제발 부탁이야 희경아 장난은 이제 그만하자."

"오빠, 나 지금 정말로 진지하다니깐요. 나 진심으로 말하는 건데…."

"희경이 네가 아닌 소희가 좋아."

창우는 쏘아보듯 희경을 보면서 조용히 앉아 커피를 마시며 생각에 잠긴 소희 쪽을 흘끔 처다볼 뿐이었다. 희경은 창우의 부정하는 소리에도 전혀 동요하지 않는 눈치였다.

"오빠도 인정하다시피…. 너그러운 마음을 가진 제가 오늘 오빠에게 기회를 준 거예요. 하지만 더 이상은 안 돼요. 다시 말하지만 오빠는 오

캐논을 사랑한 여자

늘 이후로는 내 거야."

"어느 누구도 오빠를 슬프게도 기쁘게도 만들 수는 없어요. 오직 저 같은 여자, 희경만이 가능해요."

"너 정말 당돌하네. 누구 맘대로?"

"희경이, 너 정말."

"내가 뭐? 그러는 오빠는 뭐가 그렇게 대단해요?"

창우는 이젠 소희 쪽을 신경 쓸 겨를도 없이 정신없이 쏟아붓는 희경의 당당하고도 거침없는 말에 빠져 허우적거렸다. 아무래도 말솜씨는 희경이 창우보다 한 수 위였다. 한동안 거침없이 쏘아대는 집중 포화에 창우는 침몰된 상태가 되었다.

"오빠 나 이쁘지?"

"언제 내가 너 못생겼다는 말이라도 했어?"

"그렇지?"

"그렇게 이쁘게 되고 싶어?"

"나 섹시해. 그렇지?"

"여자로서 매력적이긴 하지."

희경은 가슴쪽을 들어올려 은밀한 부분을 창우의 눈앞에 보이는 행동도 서슴지 않았다. 창우는 원하는 대답을 듣고자 끝없이 저돌적인 희경 앞에 손을 들 수밖에 없었다.

"그럼 됐어요. 이제부터 오빠가 지켜봐. 이 사랑스런 희경이를!"

희경은 아랫입술을 깨물면서 다짐하듯 그에게 반복하여 말했다.

"희경아 오늘 내 앞에서 일어난 모든 일이 대체 어찌된 거냐?"

"그만해요! 오빠."

"사랑을 사냥하는 것이 남자의 전유물이 아니라는 걸 아서야 해요. 오빠 저의 유일한 사냥감이고 전 사냥감을 끝까지 놓지 않을 거예요."

"천하의 내가 네 사냥감 밖에 안 된다고?"

"축배를 들어요. 오늘의 승리를 위해."

"축배는 무슨."

어두운 표정의 창우 모습과는 상관없이 소희와 희경은 좋아하는 칵테일을 시켜 사이좋게 건배하면서 마셨다. 소희는 그들을 번갈아 가며 미소만 띄울 뿐이었다. 자신만만한 희경의 태도를 지켜보면서 창우는 씁슬한 마음으로 프랑스산 레드 와인 한 병을 비우고 있었다. 계속되는 희경의 무차별한 공격에 제대로 대응도 못하고 마치 화살에 찔린 사슴처럼 수풀 속에 마구 뒹굴었다. 한참 동안 창우를 사지로 몰아넣던 희경은 이제는 목소리를 가라앉히며 분위기를 잡았다.

"오빠는 모르셨겠지만 저도 어울리지 않게 마음고생을 많이 했어요. 오빠 때문에요."

"그래요. 그동안 희경이는 선배님의 모든 것을 다 알고 있었거든요."

옆에서 그들의 대화를 듣는 둥 마는 둥 하던 소희마저도 희경의 말에 맞장구를 쳤다. 소희는 그제서야 마음이 편한 듯 대화에 끼어들어 희경을 돕는 눈치였다.

"네가 그래도 나의 관심은 이미 소희 편이거든…. 나 소희가 더 좋아."

"오빠는 너무 우습다."

"아니야. 나의 진심이란 말이야."

"알아요. 오빠의 진심. 근데 방향이 잘못되었단 말이에요."

창우는 저항하는 사냥감처럼 희경의 얼굴을 쏘아보며 말을 했다. 그러나 동조하지 않는 소희의 무표정한 얼굴 때문에 창우는 멋적은 행동을 하고 있을 뿐이었다. 희경은 미소를 띤 얼굴로 창우의 진지한 외침마저 무시하면서 되받아치곤 했다. 열변을 토하며 거침없이 말하는 희경이 밉기는커녕 오히려 신선한 충격으로 다가섰다. 창우는 줄곧 정신없이 몰아치는 말들 앞에 무참히 녹아내린 자신을 발견하고 맥이 빠져 버렸다. 창우는 소희와 희경의 수다스런 대화를 들으면서 기계적으로 차의 액셀레이터를 힘껏 밟았다. 부아앙거리는 차 엔진 소리만큼 화가 난 창우는 물에 빠져 허우적거리는 상황으로부터 하루빨리 탈출하고 싶은 마음뿐이었다.

"오빠 차가 올 때보다 힘이 좋은데?"

"희경이 네 차만 할려구?"

"하긴 제 차는 막 빼낸 새차니깐. 색깔도 얼마나 예쁜지 몰라요. 정열을 상징하는 빨간색이니까."

"그렇지 단순하고 직선적인 색깔이야. 단세포 색깔 말이지."

창우는 희경의 말마다 토를 달듯 불만을 표출했다. 창우는 오늘 계획했던 여행이 정말 우습게 느껴졌다. 두 마리의 여우에 홀린 사냥감이 되어 이리 뛰고 저리 뛰어 피해 다녔다. 그들의 노리개처럼 결국엔 덫에 걸려 탈출하려고 발버둥치고 있을 뿐이었다. 창우는 탈출구인 서울 쪽으로 정신없이 차를 몰았다. 서울로 가는 도로는 어디선가에서 나타난 많은 차들로 길이 쉽게 뚫릴 것 같지 않았다.

장면 11

　시민과 대학생들의 연일 계속되는 반정부 시위는 이미 서울 중심가를 마비시키고 있었다. 매일 수만 명의 학생과 시민들이 명동, 종로 등의 시내 중심가에 모여 무자비한 공권력에 대항하여 데모를 하였다. 데모를 하는 동안 서울 시내에서는 수많은 전경과 학생들의 사상자가 속출하였다. 사태는 갈수록 악화되는 상황이었다. 학교는 학교대로 일반 학사 일정을 정지해야 했다. 매일 많은 학생들이 학교에서 출정식을 마친 후 명동 종로 등의 시내 중심가에 모여들었다. 모든 정책 결정에 국민의 동의 없이 일방적으로 제정하는 법률의 부당성과 독재자의 반민주적인 의사 결정에 대항하여 데모를 하였다. 대학생들의 젊은 혈기를 순화해야 하는 교수들조차도 반독재 입장에 동조하였다. 교내의 살벌한 분위기는 운동을 하지 않는 학생들마저도 수업에 참석할 분위기가 아니었다. 학생들은 학생들끼리 모여 시국 토론을 통해 의견을 교환하였다. 제대하여 복학한 학생들도 군복 차림으로 그룹을 형성하고 시국 토론을 진행하느라 학교의 빈터에는 긴장감이 감돌았다. 누군가에 의해서 주도되거나 조직된 것이 아닌 학생들이 자발적으로 참여하는 형식이었다. 창우는 주변의 분위기에 편승된 채 제대한 그룹에 끼어 구석에서 예비역들의 대화를 들었다.

　"국방의 의무를 마친 것만으로 우리가 사회를 위한 역할을 다했다고는 생각하지 않습니다. 이렇게 위중한 때에 자신만의 미래를 위해 도서관에서 공부만 한다는 것은 정말 비겁한 일입니다."

　어느 예비역 대학생의 절규 어린 고함 소리에 주위의 학생들은 탄성을 지르면서 그의 의견에 동조하였다. 한 학생의 의견이 모든 사람의 뜻이 되어 그곳의 분위기를 이끌어 갔다.

"여러분 우리는 시민이기 이전에 힘 있는 학생이 되어야 합니다. 민주주의 사회에서 지성이라는 상아탑의 한 중앙에 있는 사람들입니다. 우리가 이 시점에서 무엇을 해야 합니까?"

학생들은 함성과 함께 학생회에서 예술부장을 맡은 발언자 주위로 모여들었다. 모두들 그의 의견을 환영하는 분위기였다.

"우리는 싸워야 합니다. 우리 선배들이 그랬었고 이젠 우리들의 차례입니다. 피 없는 희생은 결코 군대를 앞세운 부도덕한 정권에 이길 수가 없습니다. 도전이 없이 고여 있는 정치는 이미 시작부터가 썩은 것입니다."

처음엔 구석에서 토의 내용을 진지한 표정으로 지켜보던 창우는 일방적인 그의 말을 듣다가 어느 순간 얼굴색이 변한 채 흥분하였다. 좀처럼 나서지 않던 창우가 갑자기 그룹의 중앙으로 나아가더니 발언자의 의견에 반대되는 논리로 입을 열었다.

"힘없는 우리가 나선다고 해서 한 국가의 정책을 변화시킬 수가 있다고 보십니까? 이건 바위에 계란을 던지는 꼴입니다."

창우의 출현을 예의 주시하던 학생들이 웅성거리는 바람에 들떠 있던 분위기가 일시에 가라앉았다.

"그동안 학생들이 흘린 희생들을 생각해 보세요. 그들의 희생은 민주화란 이름으로 예쁘게 포장되어 있지만 가족이 겪는 그리고 개인들이 치르는 고통. 당사자 외엔 아무도 모르는 고통 말입니다. 우리는 아직도 공부를 해야 하는 학생입니다. 분위기에 이끌려 정작 학생의 본분을 잊어버리고 희생을 당연하다고 받아들인다면 희생하십시오. 그러나 저는 결코 학생의 모든 것을 걸고 위험한 장난을 하지 않을 겁니다. 우리가 감정과 주변 분위기에 휩쓸리기 보다는 차가운 이성에 의지해야 합니다."

끊김없이 설득하며 호소하는 창우의 말에 열정적인 분위기가 술렁거릴 때였다.

다시 일어선 예술부 부장이 창우의 말을 되받아치듯 막아섰다.

"오늘 이 자리에 우리가 왜 모인 것입니까? 그것은 바로 우리가 앞으로 살아가야 하는 사회가 역사의 흐름을 역행해 거꾸로 가기 때문입니다. 그런 사회를 바로잡자는데 누구는 하고 누구는 못 하고의 문제는 아닙니다. 학생이건 시민이건 사회 구성원 모두가 희생해서라도 해결해야 할 일입니다. 학우도 군대는 갔다 왔잖습니까? 군대처럼 명령에 의해 움직이는 사회는 전체주의 독재 사회란 말입니다."

열변을 토하듯 쏟아대는 예술부장의 말에 창우는 이번엔 제대로 대답할 수가 없었다. 빠르고 설득력 있는 상대의 말에 창우는 잠시 할 말을 잊어버린 듯 가만히 서 있었다. 사실 창우는 삼대독자로 군징집을 면제받아 친구들이 군대 문제로 고민할 시기에 미국에 가 있었다. 군대를 갔다 와 예비군복으로 갈아입은 그곳에 모인 학생들과는 괴리감이 있었다. 때로는 군대에 대한 호기심을 가지고 있었지만 창우만이 가진 약점일 수도 있었다.

"우리는 지금 우리의 정치 현실에 개탄합니다. 풀뿌리의 민주주의가 저 악랄한 통치자의 생각에 따라 마구 유린당하고 있습니다. 우리의 조그만 힘들이나마 서로 모아 이런 시국에 대항해야 합니다. 우리는 힘이 없는 학생입니다. 그러나 동시에 우리는 할 일이 있습니다. 학생으로서의 본분과 민주 시민으로서의 본분 말입니다."

열변을 토한 예술부장은 창우를 바라보면서 모두 들으라는듯 큰소리로 외쳤다.

"공부하는 것? 공부하는 목적이 뭔데? 현실에 닥친 문제를 우리의 후배에게 미루면 안 됩니다. 여기서 우리가 피하는 것 자체가 비겁한 행동이며 우리나라의 미래 세대를 좀먹는 행동입니다."

따지듯 반말로 묻는 예술부장의 언행에도 창우는 적당한 말을 찾지 못한 채 머뭇거렸다. 뛰어난 달변에 창우는 제대로 반박하지 못하고 답답했다.

"공부해서 우리만 성공하면 이 나라가 살기 좋은 나라가 됩니까? 그래요 여러분?"

창우는 자신의 의견이 일순간 무시당하는 것 같아 몸을 부르르 떨면서 이를 악물었다.

"제 말은 정치는 정치인의 몫이고 학생은 그저 미숙한 학생일 뿐이라는 거죠. 풀뿌리 민주주의라 말했는 데 지금처럼 의견을 이렇게 무시해도 되는 겁니까?"

약간은 짜증 난 얼굴로 창우는 예술부장이라는 학생과 싸울 듯한 기세로 말하였다.

"이것은 민주주의의 탈을 쓴 전체주의지 민주주의가 아니잖습니까? 우리는 학우 의견을 무시하는 것이 아니라 우리 모두의 의견을 수렴하고 있는 겁니다."

"그렇게 오해했다면 사과드립니다. 그러나 이 자리는 그런 논쟁의 자리가 아닙니다. 불의에 항거하느냐 아니면 불의에 굴복하며 평생 권력자들의 비루한 노예로 사느냐 하는 문제입니다. 행동 없이 신중하게 행동해야 한다는 말은 비굴 그 자체입니다."

창우는 끝없는 논쟁을 지켜보며 힘을 다해 격렬하게 말로 호소하지만 여기저기서 터져 나오는 비겁하다는 고함 소리를 들어야 했다. 반대하는 학생들의 주장에 더 이상 말을 잇지 못하고 얼굴이 상기된 채로 창우는 자리를 떠나야만 했다. 창우는 진심 어린 자신의 의견이 무시당하고 그 자리에서 퇴장당하는 것 같아 분노하였다.

"적극적으로 참여하여 복학생들도 용감한 선배들이라는 것을 보여 줘야 합니다."

뒤에서 울려 퍼지는 예술부장의 연설을 들으며 창우는 수업을 위해 강의실로 들어갔다. 강의 시간이 한참 지났는데도 몇 명의 학생만이 커다란 강의실을 차지하고 책을 펴서 이리저리 뒤적였다. 한국정치론의 교수는 강의 시간이 끝나도록 자리에 나타나지 않았다. 창우는 교수의 무성의한 태도에 실망을 한 채 강의실을 떠나 다시 도서관으로 향했다. 캠퍼스 내에 고조된 학생들의 분위기는 심상치 않은 일이 곧 일어날 것임을 예고하고 있는 것 같았다. 커다란 벽처럼 즐비하게 늘어선 대자보에는 학생들의 투쟁 현황과 명분에 대한 글로 가득 차 있었다. 상황을 냉정하게 바라봐야만 하는 창우의 마음은 착잡했다. 전국으로부터 모여든 학생들과 동참하기 위해 시청으로 가던 중 학생들이 전철을 탈취했다는 내용이 눈에 띄었다. 수많은 학생들이 그곳에 겹겹이 모여들어 전철 탈취 사건을 저마다 관심을 가지고 바라보았다.

"전쟁이라도 하는 건가?"

창우는 대자보를 보고 냉소적인 반응을 보이면서 도서관에 자리를 잡고 앉아 책을 폈다. 주변에는 평소 같으면 좌석들이 꽉 차서 생기발랄하던 도서관의 모습은 이미 아니었다. 빈 책상들과 의자들만이 기분을 썰렁하게 만들 뿐이었다. 창우는 공부에 집중해 보려고 하지만 밖에서 들리는 학생회의 긴박하고 큰 방송 소리에 책을 덮고 휴게실로 갔다. 휴게실에 있던 소파에 기대어 앉은 채로 유리창 너머로 부지런히 움직이는 학생들을 바라봤다. 다양한 색깔의 깃발 아래 투쟁가를 부르면서 마지막 학생까지 모으려는 행렬들을 멀리서 바라볼 뿐이었다. 시대의 지성을 자처하는 학생들의 원색적인 고함 소리에 끝없이 펼쳐질 왜곡의 순간을 상상하면서 창우는 블랙 커피 한 잔을 단숨에 들이켰다. 혼란에 휩싸여 언론사 공부도 내팽개친 채 정치에 참여하는 모습을 상상해 보았다.

"그래 너희들은 너희들의 대의를 위해 열심히 싸워라. 난 나의 미래를 위해서 이 눅눅한 도서관에서 공부한다. 언젠가 너희들은 내 밑에 무릎을 꿇을 때가 있을 거야."

창우는 자신도 모르게 입술을 깨물며 이렇게 혼자서 속삭였다. 아무도 들어주지 않는 창우만의 확신에 찬 소리였다.

장면 12

발 디딜 틈이 없이 사람들로 붐비던 파고다 공원 주변은 하얀색 최루가스와 쓰레기 등으로 온통 아수라장이 되었다. 모든 상점들은 수시로 열리는 학생과 시민들의 가투 때문에 셔터를 내린 채 문을 닫았다. 차도에는 경찰의 제지로 경찰차를 제외하고는 단 한 대의 자동차도 보이지 않았다. 공중에 흩날리는 최루가스 냄새와 여기저기 나뒹구는 사과탄 탄피만이 이곳이 도심에서 벌어지는 데모의 한복판임을 나타내고 있었다. 여기저기서 경찰에 잡힌 학생들이 분노한 경찰들의 발길질에 피를 흘리며 쓰러져 갔다. 경찰은 매일 계속되는 학생들과의 충돌 때문에 계속해서 서울의 텅빈 도로를 땀에 절어 달려야만 했다. 그들은 무척 피곤해 보이는 모습이었다. 그러나 경찰은 그들의 불만을 누구에게도 표현하지 못했다. 대부분의 경찰은 군복대신 경찰복을 입은 군인들이었다. 경찰은 데모로 인해 쌓인 불만을 오로지 잡힌 학생들을 구타하면서 마음껏 풀었다. 학생들은 수십 명의 백골단에 쫓겨 가며 대로에서 이차선 도로로 도망쳐 흩어졌다.

"소희야, 빨리 도망가!"

있는 힘을 다해 달려 도망가는 학생들 틈에서 병수는 소희를 향해 크고 다급하게 고함을 지른다. 병수의 처절히 외치는 경고 소리를 들으면서 뛰어 도망치던 소희는 겁에 질렸다. 소희는 너무 놀라 뛰어가다 다리가 풀려서 도로 한가운데에 풀썩 주저앉았다. 병수는 물집이 터져 피가 흐르는 소희의 발을 주무르면서 멀리서 거침없이 달려오는 수십 명의 백골단을 흘끗 쳐다봤다. 병수는 차분히 소희의 아픈 몸을 살폈다.

"소희야 그렇게 나오지 말랬잖아. 신발은 운동화도 아니고 구두를 신고."

"죄송해요~. 다음엔 무슨 일이 있더라도 오빠 하자는 대로 할께요."

"네가 지금한 말을 다음에는 절대 잊어서는 안 돼. 알았지?"

"꼭 그럴게요."

소희는 겁에 질린 표정으로 그를 올려다보며 짧게 말했다. 병수는 손수건을 꺼내 상처 부위를 감싼 후 걱정스런 눈으로 움직이지 못하는 그녀를 바라봤다. 그의 눈빛엔 소희에 대한 사랑이 담겨 있었다.

"늦지 않았어. 소희야, 빨리 저기 뛰어가는 애들 틈에 끼어들어 가 건물에 숨어 안전할 거야."

병수는 소희를 어깨부터 들어 올려 일으켜 세우면서, 도망치던 많은 학생들을 가리킨다. 소희는 구두를 고쳐 신고 병수가 말한대로 학생들 속에 숨기 위해 뛰어갔다.

"빨리 뛰어가. 소희야. 아파도 참아야 해."

병수는 소희의 뒤를 향하여 소리친다. 한참을 정신없이 도망치던 소희는 안전한 곳에 이르러 뒤에서 따라오는 병수를 찾기 위해 돌아섰다. 그러나 소희는 도로 한가운데에 있는 병수를 발견하고 발을 동동 굴러야 했다. 소희는 눈앞에 펼쳐지는 상황을 다만 바라볼 수밖에 없었다. 병수는 소희와 몇몇 학생들을 도망치게 하기 위하여 경찰과 맞부딪치고 있었다.

"오빠~. 오빠~. 빨리 와!"

소희의 절망적인 외침은 지랄탄을 쏘는 경찰차와 투쟁가를 부르면서 도망치는 학생들의 함성 소리에 묻혀 사라졌다. 소희는 눈에 눈물을 흘리면서 병수 쪽을 향해 계속해서 소리쳤다. 하지만 소희의 외침은 혼자만의 울먹임이 되어 버렸다.

"피해요. 빨리."

병수는 곁에서 화염병을 던지던 학우가 전경이 던진 돌에 맞아 고꾸라지며 쓰러지는 모습을 보면서 다시 소희 쪽을 바라본다. 병수는 자신이 어떤 상황인지도 모를만큼 무엇보다도 소희의 안전을 생각했다. 병수의 눈에는 최루가스로 가득해 희뿌연 연기 사이로 희미하게 보이는 군중들 사이로 소희의 모습이 보이지 않았다. 그러는 동안 벌써 앞까지 다가온 백골단은 병수를 덮칠 기세였다. 백골단은 길거리에 놓여진 화염병을 집어든 병수의 모습에 당황한 듯 안전 거리를 유지한 채 그를 체포하려고 시도했다.

병수가 이렇게 학생들을 쫓던 백골단을 제지하는 동안 소희를 포함한 학생들은 이미 안전한 곳까지 와서 그의 전투를 지켜보면서 환호한다. 병수는 백골단에 둘러쌓여 도로에서 탈출하기엔 이미 늦어 버렸다. 모든 것을 포기한 채 다가오는 백골단을 저지하기 위해 양손에 불붙은 화염병을 또다시 집어든다. 혼자만의 힘으로는 병수를 노리는 많은 적들에게는 역부족이었다. 병수가 던지는 화염병의 불꽃이 길바닥을 휩쓸고 지나는 순간이었다. 일시에 덮치는 수많은 백골단의 몽둥이에 맞아 병수는 온몸에 고통을 느끼면서 힘없이 길바닥에 쓰러진다. 소희는 경찰에 체포되는 병수의 모습을 끝까지 지켜보면서 슬픔 때문에 하염없이 눈물을 흘렸다. 잠시 후 병수와 옆에서 피를 흘리던 학생은 그곳에 와 기다리고 있던 닭장차에 올려져 안으로 끌려 들어갔다. 학생과 시민들의 가투가 경찰에 의해 진압된 후 경찰차들이 사라진 파고다 공원 근처의 종로 거리에는 숨을 쉬기엔 거북할 정도로 최루탄가루가 하늘에 휘날리

　　　　　　　　캐논을 사랑한 여자

고 있었다. 소희는 긴박했던 상황에 파묻힌 마음이 혼란 속에서 여전히 헤어나오지 못하였다. 소희는 파고다 공원 옆 길에 멍하니 서 있었다. 지나가는 수많은 사람들은 치열했던 가투 상황을 뒤로하고 저마다 바쁜 일상에 묻혀 다시 바쁘게 움직였다. 길을 바쁘게 걷는 시민들은 학생들과 시민들의 데모가 아무런 의미가 없는 듯 했다. 짙게 배인 최루가스 냄새를 제외하고는 모든 세상이 원상태로 돌아왔다. 얼마 전까지의 소란은 사라지고 보통 때의 서울 풍경이 전쟁의 참화 위에 다시 살아 움직이는 것이었다. 도로엔 평소와 다름없이 무수히 많은 차들이 거리를 질주하였다. 가끔 길가에 세워 둔 경찰 버스에는 한바탕 전투를 치룬 경찰들이 편안한 자세로 쉬고 있는 모습도 보인다. 담배를 피면서 옆을 지나는 소희에게 눈웃음을 치는 대원도 있었다. 소희는 그들의 무례한 행동에 신경쓸 힘도 없었다. 소희는 곁에서 항상 위로해 주던 병수가 없다는 사실에 너무 당황하고 불안했다. 아침에 병수에게 하였던 무모한 행동을 후회하였다. 아침에 있던 수업 시간에 학교에서 어렵게 만난 병수는 처음부터 소희에게 가투 참가가 위험하다고 한사코 말렸다. 병수가 반대하면 할수록 소희의 억눌린 감정이 폭발하는 듯 했다.

"저는 위험하고 오빠는 위험하지 않다는 거예요? 오빠는 나가면서 저는 나가지 못하게 하는 이유가 뭐예요?"

평소와는 다른 소희의 고집스런 모습을 보는 병수의 마음은 착잡하고 불안하기만 했다.

"이번에는 가투가 치열해서 나가면 네가 붙잡힐지도 몰라."

"오빠 그게 걱정이 되요?"

"그걸 말이라고 하니? 난 경찰들이 네 몸에 손 대는 것조차 정말이지 상상하기조차 싫단 말이야. 경찰뿐 아니라 어느 누구도 너에게 손대는 것이 난 죽고 싶을 정도로 싫어~. 알아? 부끄럽지만 이게 내 솔직한 심정이야."

"알아요. 그렇지만 이번에는 제 의견을 따라 주셔야 해요."

완강하게 부탁하는 소희 앞에서 걱정스런 얼굴로 바라보며 서 있던 병수는 끝내 소희를 뿌리치지 못했다. 경찰에 체포될 수도 있다는 사실을 병수도 알았지만 그건 가능성에 불과한 일이라고 스스로 안심하였다. 결국 소희는 소위 '거리의 투사'들과 바쁘게 호흡을 맞추던 병수를 따라 이곳 파고다 공원까지 왔었다. 그리고 소희는 눈앞에서 경찰에게 붙잡힌 병수를 지켜보며 무기력함을 느꼈다. 소희의 곁에서 언제나 지켜 주던 병수의 모습은 더 이상 나타나지 않았다. 언제나 앞에 갑자기 나타나 소희를 놀라게 하던 병수는 더 이상 보이지 않았다. 소희는 어디론가로 끌려갔을 병수를 생각하고는 마음이 너무 시려 왔다. 어느새 흘러내리는 눈물이 소희의 얼굴을 흥건히 적시고 있었다.

장면 13

대학 캠퍼스 안에는 바람이 조금만 불어도 희뿌연 최루탄 가루가 흩날렸다. 지나가는 모든 사람은 손수건에 물을 묻혀서 코를 가려야 할 만큼 고통스러웠다. 학생과 경찰의 충돌은 끝나지 않았고 매일 학교는 경찰이 쏘아대는 최루탄 가스가 하늘에도 땅에도 쌓여만 갔다. 학교는 더 이상 지성인의 배움의 터가 아닌 전쟁을 치른 도시의 황폐함 그대로를 간직하였다. 미처 안전핀이 빠지지 않은 사과탄이 캠퍼스 이곳저곳에서 나뒹굴었다. 아침부터 모이기 시작한 학생들이 부르는 투쟁가가 울려퍼졌고 학생들의 숫자는 눈덩이처럼 불어났다. 그들은 이젠 웬만한 가투에는 단련이 된 듯 모두가 경찰의 모습만 보이면 투사가 되었다.

"어제 정말 대단했어. 난 어제 백골단에 밀려 남산 터널 안으로 도망쳤는데 젠장 최루가스가 바람을 타고 남산 터널로 모두 들어오잖아. 터널 속엔 수십 명 아니 수백 명은 되었을 거야. 가스 때문에 모두 죽는 줄 알았다니까."

학생들 중 한 명이 시청 앞 가투에서의 무용담을 자랑하는 것처럼 모인 동료들에게 이야기하는 것이 들렸다. 멀리 보이는 대학원 건물의 커다란 앞 유리창이 크게 깨어진 채로 방치되고 있는 것도 보였다. 소희는 허겁지겁 써클룸으로 달려 온 희경과 함께 교문 옆 대자보를 향해 있는 힘을 다해 뛰어갔다. 그곳에는 벌써 우루루 몰려온 많은 학생들이 긴장한 채 관심 어린 모습으로 대자보 내용을 바라보았다. 소희와 희경도 그들 사이로 비집고 들어가 학교 측에 의해서 씌어진 대자보를 훑어보았다. 소희는 대자보 내용을 상세히 살피는가 싶더니 이내 힘없이 주저앉았다. 희경은 소희를 일으켜 세우고 다시금 믿을 수가 없다는 표정으로 멍하니 대자보를 뚫어지게 바라보았다. '사회대 신문방송학과 이병수.'라고 쓰여진 명단에 시선을 고정했다. '학교 당국에서는 시내에서 집단 행동에 참가하여 폭력적 집회 활동으로 인해 구속된 학생 전원을 대학교로부터 퇴학시킨다.'라는 내용으로 마무리하는 일종의 포고문이었다.

"학교가 정말 너무하는군. 학생들이 무슨 죄가 있어?"

"군사 독재 불공정 특혜 정치가 문제라면 문제지."

소희 옆에서 무거운 책가방을 들고 글을 지켜보던 학생의 입에서 탄식하면서 터져 나오는 분노가 그곳에 모인 학생들의 얼굴까지 퍼져 나갔다. 게시판을 바라보는 그들은 구속된 동료의 침울한 마음을 동시에 느끼고 있었다.

"내가 확인해 볼게. 기다려."

써클룸 구석에서 대자보 소식을 조용히 듣고 있던 동욱은 울고 있는 소희를 안쓰럽게 바라보았다. 그는 소희를 대신해 구속에 대한 대응을 알아보기 위해 학생회로 달려갔다. 희경은 울먹이고 있던 소희를 안정시키느라 떨고 있던 몸을 가만히 두드려 주면서 위로하였다.

"걱정 하지 마. 다 잘될 거야. 소희야. 이젠 그만 울어."

희경은 눈물로 인해 충혈된 소희의 눈을 보면서 가여운 생각이 들었다. 이런 상황에서 소희를 어떻게 위로할 수가 있을지 희경은 자신이 없었다.

"오빠는 나 때문에 이렇게 된 거야."

소희는 울먹이면서 흥건하게 흐르는 눈물을 닦지 않고 그대로 내버려두었다. 병수가 붙잡힌 것이 자신 때문이라며 소희는 소리 내어 울먹였다.

"그게 어떻게 너 때문이니? 소희 네 마음은 알아. 그렇게 자책하진 마."

희경은 갑자기 어른스럽게 행동하는 자신에 대해 놀라면서도 울고 있는 소희를 끊임없이 위로하였다. 희경은 위기에 처하면 남자보다도 여자가 강해진다는 사실이 새삼스럽게 가슴에 와닿았다. 써클룸의 창밖으로 수많은 학생들이 옹기종기 모여 뭔가 열심히 토론하는 모습이 보였다. 한꺼번에 퇴학당하는 수십 명의 학생들에 대한 대책을 논의하는 것이었다. 소희의 눈에는 창밖으로 멀리서 화급하게 뛰어오는 동욱의 모습이 보였다.

"벌써 학생회가 총장실을 점거하고 단식 농성에 들어갔대."

소희는 헐떡거리며 말하는 동욱의 말을 귀담아들었다. 눈물을 닦은 소희는 빨갛게 충혈된 눈으로 써클룸에서 뛰쳐 나와 총장실을 향해 달려갔다. 동욱의 말은 사실이었다. 대학에서 권위의 상징인 총장실과 복도를 벌써 수십 명의 학생들이 점거하고 농성 중이었다. 소희는 곁에서 말리는 희경과 동욱을 뿌리치고 농성자의 대열에 끼어들었다. 소희는 자신이 직접 참가해야만 병수에 대한 불안감으로부터 편안해질 거라 생각했다.

"애국 학생 저버리는 총장은 물러나라!"

"독재 정권의 허수아비 총장은 물러나라!"

학생들의 커다란 외침은 텅빈 본관 건물 이층을 쩌렁쩌렁 울렸다. 머리를 삭발한 학생회 임원들은 허기와 갈증에 쓰러지는 학생들을 부축해 세우며 목적을 이루기 위해 투쟁하였다. 소희도 어느덧 그들과 함께 데모대의 일원이 되어 목이 터져라 구호를 따라 외쳤다. 소희는 학생들과 며칠째 총장실 복도에 앉아 데모를 하였다. 생소했던 투쟁가도 제법 익숙해졌다. 어느덧 모여 있던 학생들보다 소희가 더욱 열심히 구호를 외쳤다. 앉아서 노래와 구호를 외치던 학생들의 일부는 자리를 나와 캠퍼스를 돌면서 학생들의 동참을 호소하였다.

"병수 학우도 구속되었다죠?"

"네. 그래요."

목이 쉬도록 큰 소리로 투쟁가를 따라 부르던 소희를 알아본 여학생이 다가와 말을 걸었다. 학생회에서 노래패를 맡고 있던 여학생이었다. 소희도 그녀를 한눈에 알아보았다. 언젠가 병수와 함께 걸을 때 옆으로 지나치면서 병수에게 반갑게 인사를 건넸던 여학생이었다. 순수한 마음으로 대학에 들어오자마자 사회학부 동아리에 들어가 공부를 한 소위 골수 운동권 학생이었다.

"정말 오빠가 걱정이에요."

소희는 외지에서 동지를 만난 사람처럼 갑자기 생기가 돌았다. 여학생은 소희의 귀에 대고 속삭이듯 말했다.

"우리 학교 여러 학우들과 함께 병수 학우도 남대문 경찰서에 있대요."

그녀의 도움으로 병수가 잡혀 있는 장소를 알게 되자 소희는 마음이 안정을 찾아갔다. 소희는 병수를 찾아 경찰서로 당장이라도 달려가고 싶었다. 소희는 가투날 부렸던 자신의 고집스런 행동에 대해 병수에게 용서를 빌고 싶었다. 총장실에서의 단식 농성이 오래 진행될수록 밤하늘이 더욱더 까만 암흑 속으로 빨려들어 갔다. 계속되는 단식 농성에도 불구하고 전혀 반응이 없는 학교 측의 무성의한 태도에 투쟁에 참여한 학생들은 지쳐만 갔다.

캐논을 사랑한 여자

장면 14

"정말 나를 돌아 버리게 할 생각이야?"

검정색 점퍼 차림의 형사는 피우던 담배를 재털이에 털면서 병수에게 고함을 질렀다. 처음엔 존댓말을 꼬박꼬박 쓰던 그가 갑자기 태도를 바꾸어 병수를 위협하였다. 형사는 눈에 서슬 퍼런 살기를 풍기면서까지 병수를 노려봤다.

"네가 뭐~, 대단한 운동가라도 되는 줄 아나 본데…. 입을 다문다고 모든 게 끝이라고 생각하는 거야? 이 새끼야! 자, 여기에다 네가 저지른 범죄를 인정하고 확인만 하라니까. "

병수는 아무도 없이 좁은 취조실에서 계속되는 협박에 불안하였다. 그러나 병수는 계속되는 형사의 협박과 고함 소리에도 끝까지 주눅이 들지 않고 행동했다. 경찰의 원색적인 위협에도 불구하고 병수는 이상할 정도로 차분했다.

"제가 무슨 죄가 있다고 이러는 겁니까?"

"무슨 죄냐구? 공무집행 방해에다 살인미수야~. 화염병을 경찰에게 던져서 경찰이 불탄 것 몰라? 채증 사진도 있으니 딴 말 하지 말라고."

형사는 한동안 몰아붙이며 조사하다 지쳐 보이는 병수를 잠시 놔두고 취조실을 나섰다. 잠시 후 새로운 형사가 나타나 병수에게 담배 한 개피를 건네 피게 했다. 그는 전 형사와는 다르게 부드러운 목소리로 병수를 대하였다.

"학생 지금 뭐하는 거야?"

"네?"

"이 친구 세상 돌아가는 거 알 건 다 알면서 왜 그래? 솔직히 나도 학생 같은 피라미를 상대하는 데에 진력이 났다구. 내가 학생 대신 부모님께 연락해 줄까?"

"잠깐 알아보니까~. 자네한테는 이 순간 절실하게 도움이 될 수가 있는 인사더라고."

형사의 누그러진 말에도 불구하고 갑자기 정색을 하며 얼굴 빛이 변한 병수는 긴장감이 극도로 쌓여만 갔다. 얼굴 만면에 미소를 띄우면서 설득하는 형사의 말에 병수는 신경이 몹시 거슬리는 모양이었다. 병수는 형사의 제안에 강하게 저항을 하며 말을 쏟아부었다.

"제 일은 부모님하고는 상관없는 일입니다. 그분들과 무관한 일이니까요. 그리고 그분들은 나의 부모님이 아닙니다."

"학생 뭔 소리야? 부모님이 아니라니, 파양이라도 한 거야? 귀신 씨나락 까먹는 소리 하지 말고 학생 부모님께 연락해요. 그게 학생한테 이로운 거야."

형사는 병수에게 담배를 한 개피 더 권했으나 병수는 담배마저도 뿌리친 채로 의지를 굽힐 생각이 없었다. 형사는 어이없다는 표정을 지으면서 자술서 사인을 확인하고는 더 이상 설득하지 않았다. 병수는 끝내 형사의 말을 듣지 않고 취조실을 나와 다시 유치장에 갇히는 신세가 되었다.

"다들 똑똑히 보세요. 경찰이 저 자식만 풀어 주는 이유가 뭔지 학우들은 알고 있어요?"

유치장에 있던 학생들 중 창살 곁에 붙어 서 있던 학생 한 명이 소리쳤다. 그는 그들과 함께 잡혀 왔다가 하루만에 풀려나 유치장을 나가는 학

　　　　　　　　　캐논을 사랑한 여자

생을 한 손으로 가리켰다. 풀려나던 학생은 유치장에서 나갈 때부터 연신 형사들에게 인사를 하며 굽신거렸다. 자유의 몸이 될 학생은 함께 잡혀 왔던 동료들이 갇혀 있던 유치장에는 눈길 한 번 주지 않았다. 병수도 풀려나는 학생의 얼굴이 눈에 익었다. 가투 때마다 선두에 서서 투쟁가를 부르며 격렬하게 싸우던 용감한 학생이었다.

"저 학우는 부모를 잘 만나 돈으로 자유의 몸이 되는 겁니다."

"혼자만 살겠다고 비겁한 방법을 쓰는 배신자죠."

학생들과 어느 정도 떨어져서 생각에 잠겨 있던 병수는 그가 하는 말을 귀를 기울이며 들었다. 학생은 흥분한 상태로 거칠게 말하면서 얼굴에 핏기를 세워 가며 분노했다. 말을 듣고 있던 대부분의 학생들은 그의 말에 대체로 수긍하는 모습이었다.

"저 친구를 너무 비난하지는 맙시다."

"부모 빽이든 돈이 많아서든 여기서 빠져나가는 것도 저 친구의 능력이겠죠."

유치장 안쪽에서 작은 목소리로 울려퍼지는 말이었다. 첫 학생과는 반대되는 의견을 가진 새로운 학생의 등장으로 인해 다른 학생들은 다시 긴장을 하며 그들의 대화에 관심을 나타냈다.

"우리는 온갖 부정과 불공정을 저질러 온 독재자 집단이 공정을 외치는 것을 방관할 수 없어 몸을 바쳐 싸웠단 말입니다."

"그런데, 진정한 공정 사회를 위해 투쟁한 우리가 유치장에서 빠져나가는 건 각자도생이란 겁니까?"

"그것이 사회를 위해 화염병을 던졌던 우리가 할 행동입니까?"

"솔직해집시다. 학우는 방법이 있다면 저 친구처럼 유치장에서 빠져

나가고 싶은 것이 아니오?"

그들은 양보 없이 서로 대립하는 생각을 주장하느라 점점 더 그들의 언성을 높였다.

"무슨 헛소리요? 난 저 친구처럼 비겁하게 살지 않습니다."

"그럼 학우나 그렇게 사세요. 남에게 자신의 신념을 강요하지 말고."

"다른 학우를 비난하고 모욕하며 선동하는 행동은 이제 그만둡시다."

"학우는 지금 이 자리에서 싸우자는 겁니까?"

"잡혀 온 것도 학우 탓이니 남이 탈출하는 선택도 존중하라고, 젠장할…."

한참 동안 논쟁을 이어 가던 그들은 각자의 논리로 상대방을 이기려는 듯 격하고 공격적인 대화로 발전하였다. 결론이 나지 않고 서로를 헐뜯는 사태로 변하자 여기저기에서 그들에게 자제를 요청하는 학생들의 웅성거리는 소리가 유치장을 채웠다.

"자자~. 그만하고 쉽시다."

병수 옆에서 말없이 누워 있던 학생이 둘의 대화를 듣다가 짜증이 나는 얼굴로 그들의 논쟁을 막아섰다. 대화가 멈춘 것을 확인한 그는 혼잣말로 중얼거렸다.

"현실은 다들 빨간 줄 올라가게 생겼는데 싸울 힘은 있나 보네."

그의 말 한마디에 유치장 안의 웅성거리던 분위기는 일시에 사라졌다. 학생들은 앞으로 부딪치게 될 암울한 상황을 파악하느라 각자 분주하게 움직였다.

"빨간 줄이라."

예상해 왔던 일이지만 막상 전과자로 기록된다는 사실이 병수는 믿기지가 않았다. 전과자가 된다는 사실에 문득 떠오르는 소희 생각 때문에 병수는 너무나도 괴로웠다. 병수는 소희를 생각할 때마다 남자로서 곁에서 지켜 주고 싶은 마음이 간절했지만 점점 더 허공에 떠 버릴 것 같은 미래 때문에 불안해지기 시작했다. 형사가 전에 잠깐 보여 준 신문을 통해 학교로부터 퇴학을 당하고 전과자가 된다는 사실을 병수는 알게 되었다. 병수가 받아들일 수가 없는 엄청난 신상의 변화가 순식간에 진행하는 중이었다. 소희가 자신으로부터 멀리 떠나 버릴까 하는 불안한 생각이 들 때는 병수도 두려웠다. 소희가 떠나 버린 빈자리를 생각할 때면 병수는 외로워서 견딜 수가 없었다. 소희는 병수가 혼자만의 외로움을 감당하기 어려운 때에 나타난 천사 같았다. 그리고 소희는 병수에게 다가와서 어느새 이 세상에서 가장 소중한 여자가 되었다. 병수는 자꾸만 떠오르는 소희에 대한 생각들을 잊으려는 듯 머리를 흔들었다. 그러나 불안해하는 병수에게 소희의 얼굴이 더욱 뚜렷하게 다가왔다. 병수는 며칠 전에 이곳에 있다가 사라진 몇몇 학생들에 대한 기억을 되살렸다. 유치장 너머로 대학교 학생회 간부가 얼굴에 피를 흘리며 실신해서 다시 다른 유치장에 갇히는 모습이 보였다. 그는 가투를 하러 시가지에 나설 때면 데모대의 마이크를 잡고 경찰에게 화염병을 던지면서 수십 명의 학생 선봉대를 지휘하였다. 그가 피를 흘리면서 쓰러져 형사에 의해 끌려나오는 모습을 본 학생들이 투쟁가를 부르면서 유치장의 쇠창살을 두들기지만 이내 달려온 형사들에 의해 제압되었다.

"여기가 어디라고~. 미친 자식들."

"뵈는 게 없어?"

"너희가 독립 운동을 하는 애국자라도 되는 것처럼 착각하는데…. 너네 모두~ 쓰레기들이야."

"여기는 대한민국 경찰서라고."

"너희는 분명 사람을 죽이려고 한 살인범들이야."

"이 새끼들아~. 정말 콩밥을 빨리 먹고 싶어서 이 지랄하는 거야?"

학생들의 노랫소리와 소란을 진압하다 화가 난 형사가 고함을 질렀다.

"너희들 때문에 며칠 밤을 날밤 새우는 우리가 무슨 죄냐구? 이런 곳에서 하루 종일 니네들 상대하다가는 내 마누라 얼굴도 잊어버리겠어."

학생들을 향해 고함을 치던 형사는 지친 듯 혼잣말로 중얼거렸다. 전에는 이곳 유치장에도 평상시 낮과 밤의 다른 역할이 있었던 것 같았다. 학생들의 가투가 치안 유지의 경계 수준에 도달하자 경찰에게는 비상령이 내려졌다. 소위 '갑호 비상'이라고 불렀다. 경찰은 하루의 낮과 밤을 잊은 채로 경찰서에서 비상 대기해야 했다. 벌써 일주일째 내려진 비상 경계령은 언제 해제가 될지를 아무도 몰랐다. 형사는 많은 학생들이 잡혀서 들어오자 그들을 대하는 것조차 짜증이 나는 눈치였다. 데모대를 진압하는 경찰의 인내는 점차 바닥을 향해 가고 있었다.

장면 15

"보지 못한 동안 네 얼굴이 무척 야윈 것 같구나."

창우는 방학이 시작된 이후로도 졸업 후의 진로를 위한 공부로 매일 학교 도서관에 출근하다시피 했다. 한동안 보이지 않아 궁금해하던 소희가 도서관에 찾아온 것이었다. 정말 창우에게는 가슴이 부풀어 오르는 일이었다. 창우는 반가운 마음에 읽던 책을 덮고 소희와 함께 도서관을 나와 캠퍼스 밖으로 나섰다.

"방학인데도 선배님은 도서관에서 공부를 하세요?"

"방학? 내게 방학이 무슨 의미가 있겠어?"

창우는 주머니를 뒤져 조용히 담배를 한 개피 꺼내 불을 붙였다. 대학 캠퍼스 거리에는 지나는 학생들이 오늘따라 거의 보이지 않았다. 멀리 캠퍼스 운동장의 농구 코트에는 추운 날씨인데도 불구하고 몇몇 사람들이 농구를 즐기고 있는 모습이 희미하게 보였다.

"희경인 어디 갔어요?"

"희경이? 아버님과 제주도 여행을 떠난 지가 얼마 안 됐어."

창우는 희경을 찾는 소희의 갑작스런 질문에 그의 미간을 약간 찡그렸다. 창우는 소희와의 만남을 놓치지 않고 학교 앞에 있던 분위기가 있는 '까르띠에'라는 카페로 갔다.

"선배님 이곳에 자주 오세요?"

"응, 그건 왜? 가끔 오긴 하지."

"저의 세례명이거든요. 까르띠에가."

소희는 수줍어하며 얼굴 표정이 발그레하게 상기되었다. 그런 소희의 모습이 창우에게는 너무 매력적으로 느껴졌다.

"전 대학교 입학할 때부터 이곳에 온 걸요."

"아하, 그래서 소희 네가 여길 자주 왔겠네. 누구랑? 아~, 병수와 함께 왔겠구나."

"네, 솔직히 지금 정말 힘이 들어요. 매일 그때가 생각이 나고."

"병수와의 추억이 많은 네가 얼굴이 수척해진 건 당연한 거야. 요즘 어때 병수는?"

창우는 여전히 소희의 얼굴 표정을 놓치지 않고 주시하면서 계속해서 물었다.

"사실 제가 오빠가 있다는 곳을 몇 번이나 찾아갔는데. 저를 만나 주지 않네요."

"네가 고생했겠구나. 병수가 널 왜 만나 주지 않는 거지?"

"오빠가 받은 충격이 컸을 거예요."

창우는 소희의 눈을 똑바로 쳐다보면서 피우던 담배 연기를 가슴 깊숙히 들이마셨다. 잠시 동안 둘 사이에 말없이 멋쩍은 침묵이 흘렀다. 창우는 소희 앞에서 한동안 주저하며 뜸을 들이다 이내 무언가를 결심한 모양 굳은 얼굴로 말했다.

"너에게 이런 말하면 나를 어떻게 생각할지는 모르지만. 소희, 너를 생각해서 진지하게 하는 말이야."

소희는 뜻밖의 심각한 표정으로 대하는 창우에게 잔뜩 긴장을 했다.

"네가 병수에 대한 마음을 버렸으면 좋겠어."

갑작스럽게 꺼낸 창우의 병수 이야기 때문에 소희가 놀란 표정으로 창우를 바라보았다.

캐논을 사랑한 여자

"심각하게 들어 봐라. 병수는 이젠 학생도 아니고 더군다나 사회의 전과자 낙인이 찍힌 친구야. 네가 정신을 차리고 마음을 단단히 먹고 잊어버려야 돼!"

"선배님은 어쩜 그렇게 잔인한 말을 할 수가 있어요? 충고는 고맙지만 저는 선배님의 말에 관심이 없어요."

소희는 창우의 말이 마음에 상처라도 낸 것처럼 아파하면서 단호하게 잘라 말했다. 창우는 갑자기 강하게 나오는 소희의 태도에 당황했다.

"오빠가 이렇게 된 것은 모두 저 때문이었어요. 전 알고 있어요."

복받치는 감정 때문에 슬퍼하는 소희를 보면서 태연하고 냉정하던 창우의 얼굴이 점차 변해 갔다. 소희의 커다란 눈가엔 어느새 흐르는 눈물로 흥건히 적시고 있었다. 창우는 소희의 격렬한 저항 앞에 한동안 말도 잊은 채, 그녀가 안정을 찾기를 바랬다.

"그만해라, 그만. 알겠다. 네 마음을. 네 모습이 안쓰러워 이런 실수를 하는구나."

창우는 말을 중단하고 한동안 손에 든 커피잔을 멍하니 바라보았다. 창우는 병수에 대한 이야기를 해 봐야 더 이상 도움이 되지 않는다는 결론이 나자 소희에게 말해 주려고 준비한 말을 입안으로 삼켜야 했다. 창우는 병수에 대한 소희의 마음이 시간이 흘러가면 사라질 것이고 그녀의 마음 속에 자신이 곁에 있고 싶었다.

"자꾸만 두려워요. 오빠가 어떻게 될까 봐."

소희는 병수가 경찰에게 붙들려 간 이후 몇 달이 지났는 데도 병수를 한 번도 만난 적이 없었다. 소희가 처음으로 면회를 간 날 경찰서의 거부로 병수를 만날 수가 없었다. 병수가 구치소로 옮겨졌다는 소식을 들은 소희가 다시 면회 요청을 했을 때는 병수 본인이 면회를 거부한다는 말만 구치소 교도관으로부터 전해 들을 뿐이었다. 그날 이후 소희는 거의 매주마다 시간을 내서 병수를 면회하러 찾아갔지만 여전히 장소만 바뀐 교도소 면회실의 빈 유리벽만이 소희를 홀로 반길 뿐이었다.

"소희 넌 너무 감상적이야. 잠시 동안이라도 병수를 잊고 지내는 것이 좋겠어. 그럼 다시 어떻게 되겠지?"

"저도 가끔은 그런 생각이 들었어요. 그런데, 결국에는 오빠 생각을 하게되요. 이런 제가 우습죠?"

"아니야, 나는 너의 그런 순수한 점을 존중해."

소희는 신중함을 잃지 않으면서 얼굴에 슬며시 미소를 띠웠다. 창우는 굳어만 가던 그들 사이로 차가워진 마음과 긴장된 분위기를 녹이려고 시도했다. 소희의 눈치를 보아 가면서 조용하게 속삭이듯 말하곤 했다. 소희를 볼 때부터 어정쩡하기만 하던 관계가 이젠 대학교 써클의 평범한 선후배처럼 서로 대화를 주고받는 데에 꺼리낌이 없는 자연스러운 사이가 되어 갔다. 평상시 곁에서 창우의 온몸을 죄다시피한 희경이 없이, 소희와 단 둘이서 만나고 있다는 사실 자체만으로도 창우를 자유롭게 했다. 그토록 조여 오던 희경은 심경의 변화가 생겼는지 곁을 떠났고 창우는 앞에 펼쳐진 자유를 맘껏 즐겼다. 창우는 희경이 원하는 것이 무엇인지에 관해서는 전혀 신경을 쓰지 않았다. 창우는 혼자 남게 될 소희를 생각하고는 이제껏 억제해야만 했던 욕구가 마음속으로부터 다시금 꿈틀거렸다. '내가 원하는 여자를 그냥 놓칠 수는 없지. 그건 사랑의 루저나 하는 변명이라고.'라는 생각이 머리를 스칠 때마다 창우는 여전히 마음의 여유를 찾지 못한 소희를 천천히 둘러볼 여유가 생겼다. 창우는 소희에게 자꾸만 마음을 주고 끝없이 끌려가는 자신이 한심하다는 생각도 들었다. 그럼에도 불구하고 창우는 소희를 자신의 여자로 만드는 일이 모든 욕망 중에서 으뜸이 되었다. '사랑하고 싶은 여자도 차지하지 못한 남자를 어떻게 남자라고 부르겠어.'라는 창우의 자존심이 오버랩된 가치가 항상 마음을 짓눌러 왔다. 창우는 병수를 향한 소희의 마음을 돌리고, 순수한 소희의 마음을 자신에게 향하게 만드는 것에 집중했다. 창우가 하고자 하던 것을 모두 포기한 대가가 사랑이라면 주저 없이 희경이 아닌 소희를 여자로 선택하고 싶었다.

장면 16

　병수는 교도소에서 빠져나온 사람들이 시야에서 모두 사라진 뒤 하얀색으로 페인트칠을 한 교도소 정문 앞에서 누군가를 기다렸다. 오랫동안 감방 안에서 하얀 벽과 친구 아닌 친구로 지내는 것이 그에게 너무 가혹한 일이었다. 같은 방에서 만나고 싶지 않은 온갖 잡범들과 항상 얼굴을 맞대고 지내야만 하는 지옥 같은 날들이었다. 인생에 있어 소름끼칠 정도로 진절머리 나는 감방에는 병수는 두 번 다시 오고 싶지도 않았다. 사방으로 차단된 감방에서 미칠 듯이 찾아오는 공허감 때문에 병수는 이를 악물고 살아야 했다. 병수는 갇혀 지내는 동안 뇌리 속으로부터 주위의 모든 것들과 이별을 하고 싶었다. 그래야만 진정한 자유로움과 행복이 찾아올 거라는 상상을 하곤 했다. 무언가 생각을 한다는 것 자체가 정말 견디기 힘든 일 이었고 매일 병수의 마음을 황폐하게 할 만큼 병수를 괴롭혔다. 병수는 교도소 옆방에서 복역 중이던 같은 동료로부터 출소 선물로 받은 담배를 한 개피를 피워 물었다. 병수의 눈길은 불안한 듯 자꾸만 멀리 나무들 사이로 가리워진 아스팔트 길을 따라 움직였다. 하염없이 먼 지평선을 바라보며 기다리던 병수 앞에 한 여자가 다가왔다. 야학을 할 때 학생으로 만났던 지수였다.

　"병수 씨 기다리게 해서 미안해."

　지수는 다가오자마자 병수의 팔과 몸을 당겨 그녀의 가슴에 품어 안았다. 병수는 지수의 갑작스런 포옹을 저항 없이 자연스럽게 받아들였다. 지수는 팔짱을 끼고 걸으면서 핸드백에서 꺼낸 담배에 불을 붙이고는 크게 내쉬었다.

"그동안 병수 씨가 고생 많이 했어요."

"난 특별히 고생이라고는 생각하지 않아요."

"그런 소리 하지 말아요. 대학교에서 공부만 하던 학생이 감옥에 갔는데."

"지수 씨… 나 이젠 학교 생활 잊은 지가 오래됩니다."

"미안해요. 제 입이 방정이지."

병수는 질색하는 지수의 말에 마음이 아픈 듯 얼굴이 경직되더니 생각에 잠겼다. 겨우 몇 달 동안의 감방살이였지만 많은 인생 경험과 알 수가 없는 공포감을 심어 주었다. 특히 감옥에서의 혼자만의 외로움은 때로는 병수에게 견디기 어려운 고통을 주었다. 감옥 생활 동안 줄곧 자신이 왜 이곳에 있어야 하는지 회의감만 들 뿐이었다. 외로워질수록 생각나는 소희에 대한 생각을 지우려고 병수는 처절하게 노력했다. 소희가 자신을 만나려고 수차례 교도소에 면회 왔다는 사실을 병수는 알았다. 병수는 소희를 만나고 싶은 마음이 앞섰으나 그때마다 사랑하는 소희를 위해 흔들리는 감정을 억제해야만 했다. 소희를 행복하게 하기에는 병수가 설 땅과 자신감을 잃어 가고 있던 것이었다. 소희와의 미래를 위해 준비할 수 있는 게 없는 자신에게 펼쳐진 미래가 너무 험난하리라는 것을 참담하게 느꼈다. 날이 갈수록 자신을 학대하는 듯한 모습을 발견하고는 앞에 펼쳐진 냉혹한 현실을 그대로 인정해야만 했다. 암담한 현실의 벽 앞에 선 병수는 자꾸만 착하고 소중한 소희의 모습이 그로부터 멀어져 가고 있음을 느꼈다.

병수는 지수의 뒤를 말없이 무작정 따라갔다. 지수는 감옥 생활 중에 만나 준 유일한 여자였다. 병수는 소희를 의도적으로 멀리하게 되면서 한때 제자였던 지수의 잦은 방문을 받아들였다. 지수는 면회를 하면서 병수가 겪는 어려움을 너무나 잘 이해해 주었다. 교도소에서 둘의 만남은 다소 어색했다. 병수와 지수가 만났던 시간이 너무나 짧아서였다. 병수는 처음엔 지수의 뜻밖의 면회가 단순히 야학에서 선생과 제자의 만남이라고 생각하고 자연스럽게 받아들였다. 낯설고 비참한 교도소에서 외로워진 병수가 선택할 수가 있는 유일한 길은 지수를 만나는 것이었다. 시간이 흐를수록 둘의 관계는 가까워져 지수가 면회를 올 때마다 병수는 지수가 가져온 담배며 여러 가지 생활 용품들을 전달받았다. 지수는 자신을 학대하던 병수에게는 의외로 끌리는 매력을 가진 편안한 아가씨였다. 감옥에서의 외로움과 소희를 만날 수가 없다는 절망감이 병수의 닫힌 마음을 지수에게로 향하게 했던 것이다.

"여기가 제가 살고 있는 집이에요. 병수 씨가 잠깐 쉬었다 가실 장소이기도 해요."

남산 아래 쪽에 위치하고 있던 허름한 아파트에서 지수는 병수의 손을 잡고 현관문을 열었다.

"고마워 지수 씨…. 뭐라 감사를 해야 할지."

"감사는 무슨 감사요? 우리만의 인연인데요. 선생님과 제자."

지수는 병수에게 겸연쩍어 하며 크게 소리 내어 웃었다. 병수도 지수가 말하는 인연이란 말을 생각하고는 얼굴에 슬쩍 미소를 지었다.

"이젠 숨겨 놓은 연인 사이?"

"우리는 한 편의 에로 영화 배우 같네요."

병수는 아무런 거리낌 없이 반갑게 맞이해 주는 지수가 한없이 고마웠다. 형을 살고 나온 뒤에 살 곳까지 마련해 준 지수, 짧은 만남에도 불구하고 둘의 관계가 급속도로 가까워지고 있다는 것을 알면서도 병수는 지수로부터 저항할 힘도 없었다. 좌절하는 마음을 이해해 주며, 때로는 적극적으로, 때로는 자연스럽게 다가온 지수 때문이었다. 처음엔 마음의 문을 열지 않던 병수였지만 능숙하고 따스한 지수의 접근에 굳게 닫힌 마음을 열기 시작했던 것이다. 지수는 병수가 오랫동안 지낼 방을 정리했다. 병수가 침대 위에서 곤히 잠이 든 것을 확인하고 나서야 지수는 서둘러 아파트를 떠났다. 밤에 일하는 지수가 직장으로 출근하는 것이었다. 이른 새벽에 병수는 주위의 인기척에 놀라 어렵게 눈을 떴다. 지수는 샤워를 막 끝내고 젖은 머리를 말리다가 문득 병수 쪽을 바라보았다. 그들은 한동안 말없이 서로 눈을 마주보았다. 어느 쪽도 지금 이 순간만큼은 할 말이 없어 보였다.

"내가 얼마 동안 잠을 잔건가?"

"이틀 정도일 거예요. 지금까지 그렇게 오랫동안 죽은 사람처럼 잠을 자는 사람을 보지 못했어요."

지수는 그제서야 말리던 머리를 가지런히 빗으로 정리하였다.

"나 오랫동안 지수 씨 집에서 쉬고 싶어. 괜찮겠지?"

"그럼요. 병수 씨가 그동안 너무 힘들었잖아요. 저한테 부담 같은 거 갖지 말아요. 저도 혼자 이 집에 사는 데는 지쳤어요. 혼자 살기엔 너무 넓고 허전해요."

지수는 병수가 점점 가까워지고 있다는 생각에 날이 갈수록 얼굴에 밝은 미소가 늘어만 갔다. 직업에 대한 편견이 없었던 병수를 지수는 어느 누구보다도 편안한 마음으로 대하였다. 병수가 남자로 보이기 시작한 지도 오래되었다. 지수는 그보다 두 살이나 위였는데도 스스럼없이 대해 주는 병수가 친근감이 들었다. 나이와 과거의 삶이 달랐을 뿐 그들에게는 더 이상의 이질감은 느껴지지 않았다. 지수도 학력에 대한 열등감 때문에 고민을 해 보았지만 그런 느낌마저도 병수 앞에서는 쓸데없는 우려에 지나지 않았다. 병수는 징역형을 살고 나온 이후로 학교 쪽은 의도적으로 피해 다녔다. 학교를 떠난다고 소희를 향한 그리움을 없애기엔 역부족이라는 것을 병수가 모를 리가 없었다. 전에는 시도조차 하지 않았던 일들을 해야만 하는 처지에 놓인 병수는 자신이 정말 원망스러웠다. 병수는 다시금 부모님에게 의지하려는 유혹이 엄습해 올 때면 약해지는 자신을 경계하면서 이를 악물고 참아 내야만 했다. 정말 미쳐 버릴 것만 같았다. 병수는 세상에 존재하는 반전의 기회를 거부하면서 허물어져 가는 자신이 무엇보다도 싫었던 거였다.

"안 돼, 이대로 주저앉고 싶지 않아."

병수는 세상 사는 것이 힘에 부칠 때면 이렇게 소리치면서 되뇌이곤 했다. 병수는 지수와 생활을 하던 어느 날 몸을 뒤척이다가 몸에 무언가 뜨겁고 부드러운 감촉이 느껴져 눈을 떴다. 어제 마신 술이 과해서였는지 병수의 머리가 지끈거렸다. 병수는 몸을 갑자기 일으키고는 그를 올려다보고 있던 지수의 얼굴을 내려다보았다. 당연히 병수의 방에 보이지 않아야 하는 지수가 병수의 침대 위에 있었다. 갑작스럽게 잠을 깨고는 놀라워하는 병수의 모습을 지수는 미소를 띄운 채 바라보았다. 지수는 어느새 병수가 잠을 자고 있던 침대 위에 병수와 나란히 누웠다. 병수는 처음에는 과감한 지수의 행동에 허둥댔으나 이내 몸에 익은 듯 편안한 마음으로 대했다. 병수 자신도 지수에 대한 마음의 변화가 있음을 느꼈다.

캐논을 사랑한 여자

"어젯밤 기억나죠?"

"어젯밤?"

병수는 순간 어젯밤에 일어났던 일이 영화의 한 장면처럼 머리를 스치고 지나갔다. 노가다 현장에서 만난 한 후배에 대한 기억이 떠올랐다. 병수와 함께 퇴학을 당한 후 노동 현장에서 직접 몸을 부딪치며 운동을 하는 동료였다. 일이 끝난 늦은 시각에 소주를 몇 병째 마시면서 세상 사는 문제에 대한 토론을 벌였었다. 논쟁을 하면서 술을 과하게 마신 터라 병수는 어떻게 지수의 아파트까지 왔는지도 기억이 나지 않았다. 병수를 가만히 웃으면서 바라보던 지수는 그녀의 알몸을 이불 속에서 서서히 드러냈다.

"놀라지 말아요. 다 큰 남자와 여자가 같이 사는데 이런 일은 자연스러운 거예요."

지수는 어색해하며 주저하는 병수를 마치 동생에게 가르치는 것처럼 차분한 몸짓으로 끌어안았다.

"병수 씨도 역시 남자더군요. 어젯밤에 병수 씨를 느끼면서 그런 생각이 들었어요."

"내…, 내가 어쨌는데…?"

"역시 병수 씨는 너무 귀여워요. 이건 분명히 기억하세요. 여자인 제가 남이 그리고 세상이 비난하는 룸싸롱에서 일을 하고 있지만 제가 사랑한 남자는 병수씨가 유일해요. 정말요. 전 당당하게 말할 수가 있어요."

지수는 그의 귀에 뜨거운 입김을 부는가 싶더니 이내 엉거주춤하게 앉은 병수를 덮쳤다. 병수는 지수의 순간적인 흐늘거림에 눌려 숨이 막혔다. 지수의 부드러운 알몸의 감촉과 입술 속에 파묻힌 병수의 몸은 어느새 강한 욕망으로 가득 차고 둘이서 내뿜는 뜨겁고 거친 신음 소리를 서로 교환하였다. 병수는 지수의 격렬한 몸짓에서 우러나오는 듯한 뜨거운 열기가 몸을 더욱 타오르게 하고 있다는 것을 느꼈다. 병수는 황홀한 열정 이외에 아무 것도 생각할 수가 없었다. 지수의 병수에 대한 갑작스런 행동 변화가 점점 병수의 머리를 혼란 속으로 빠져들게 했다.

장면 17

겨울 방학 동안 조용했던 캠퍼스에는 새로 돋아 나오는 떡잎이 피나 싶더니 어느새 벚꽃이 피어나기 시작했다. 본관 뒤에 있는 조그만 동산에는 꽃들과 어우러진 학생들이 쉬는 시간을 이용해 꽃들을 배경으로 사진을 찍고 있었다. 동산에서도 유명한 나무들, 그중에서 수령이 오백 년이나 된 나무 밑에는 신입생들이 모여 선배들에게 무언가를 열심히 듣고 있는 모습도 눈에 띄었다. 소희는 학생들의 모습들을 멀리서 지켜보면서 생각에 잠긴 듯 벤취에 앉아 이어폰을 꽂은 채로 음악을 들었다. 즐겁게 어울리는 학생들을 보면서 처음 이곳에서 만났던 설레이던 병수와의 데이트를 떠올렸다.

"이제 밖으로 나가자. 소희야!"

써클룸에서 속삭이던 비밀스런 대화가 오가는 서클 사람들 때문에 신경이 쓰이던 병수는 소희를 데리고 조용한 이곳에 왔다. 자정에 가까운 시간이었으므로 넓은 동산에 그들만이 벤치 하나를 독차지하였다.

"오빠가 경치 좋다고 하던 곳이 겨우 여기였어요 그것도 밤중에? 그럼 이제 우리가 뭘 할지 말해 주세요."

"뭘하긴 그냥 조용히 앉아서 이야기하는 거지. 이렇게 조용하게."

병수는 벤치의 먼지를 털어 내더니 소희를 앉힌 다음 나란히 앉아 한참 동안 말도 없이 멀뚱멀뚱 앞만 바라봤다. 소희는 말없이 앉아 있던 병수의 모습이 너무 외로워 보였다. 병수의 눈과 마주친 소희가 그의 몸을 가슴으로 끌어당겼다. 순간 소희의 눈에는 병수의 얼굴이 다가오더니 놀라 벌어진 입술에 병수의 입술이 부드럽게 밀려 들어왔다. 소희는 갑작스런 병수의 움직임에 당황했으나 투명한 그의 눈동자를 보고는 이내 눈을 감았다. 언젠가는 병수의 행동이 변화하는 것을 내심 기다리고 있던 소희였다. 소희는 병수의 첫 입술 감촉이 너무 부드럽고 강렬하게 느껴졌다. 소희의 가슴은 따뜻하고 떨리는 아니 심장이 터질 것 같은 강한 느낌을 받았다. 소희가 전에는 경험하지 못했던 전혀 새로운 것이었다.

"소희야, 놀라지 마. 알았지?"

병수는 눈을 감고 있던 소희에게 속삭였다. 소희는 이 순간 만큼은 절대로 벗어나고 싶지가 않았다. 소희는 첫키스를 그것도 사랑하는 사람과 경험한 것에 대해 너무나 행복했다.

"나도 놀랐어. 내가 이렇게 이런 식으로 너에게 키스를 하게 될 줄은."

병수는 돌발적인 자신의 행동에 놀란 듯 말을 얼버무렸다. 병수는 자신이 소희에게 한 행동에 대해서 양심의 가책을 느끼는 눈치였다.

"이상한 행동을 한 것처럼 자책하지 말아요. 저두 오빠와 같이 키스한 것을 조금도 후회하지 않아요."

소희는 어쩔 줄 몰라 하던 병수에게 진심이 담긴 말로 가볍게 속삭였다. 이곳에서 병수와의 갑작스런 키스에 대한 추억은 소희에겐 죽을 때까지 영원히 잊을 수 없는 것이었다. 소희는 병수로부터 사랑 고백을 받은 지가 얼마되지 않아 첫키스를 받은 것이었다. 소희는 자꾸만 떠오르는 병수와의 추억 속에 묻혀 헤어져 나올 수가 없을 것 같았다. 가끔 곁을 스치는 날카로운 바람 소리만이 이젠 소희가 혼자 있다는 사실을 일깨워 줄 뿐이었다.

"여기 혼자 앉아서 뭐해?"

소희는 어깨를 두드리며 말을 거는 사람 때문에 많이 놀란듯 이어폰을

캐논을 사랑한 여자

빼고 앞에 서 있는 창우를 쳐다보았다.

"네? 아, 선배님."

소희는 전혀 뜻밖의 방문자에게 여전히 놀라워하며 숨을 크게 들이마셨다.

"내가 너를 놀라게 한 모양이구나."

창우는 소희의 어깨에 손을 가볍게 올린 채로 얼굴에 미안한 표정을 애써 지어 보였다.

"음악회 연습은 잘 되어 가니?"

"네. 희경이가 전체적인 코디와 지휘를 하고 있어요. 저는 피아노를 맡아요."

써클에서는 매년 이맘 때면 연례행사처럼 하는 음악회를 성대하게 열기 위해 신경을 무척 써 왔다. 연주회는 신입 회원을 끌어들이는 광고 효과를 가지기도 했기 때문이었다. 소희 자신도 이 음악회를 관람한 후에 반해서 써클에 가입 했다. 흐르는 시간처럼 모든 것이 새롭게 변화된 모습이었지만 오직 음악회만은 항상 변함없이 지속될 것 같았다.

"오늘 음악회 연습 구경하시지 않을래요?"

소희의 제안에 창우는 선뜻 거절하지 못하고 다른 볼일을 제껴 놓고 그녀를 따라 써클룸에 갔다. 창우는 조용히 써클룸 구석에 앉아 노래 연습에 열중인 서클 후배들의 모습을 살폈다. 코믹한 말과 독특한 지휘 방법으로 희경은 후배들을 휘어잡고 연습에 임하고 있었다. 희경은 지휘하는 도중에 시선을 가끔 후배들이 아닌 창우 쪽을 향하여 바라보곤 했다. 소희는 지휘하는 모습을 바라보면서 말없이 노래에 맞추어 피아노 반주를 해 주었다. 희경은 후배들의 음이 틀리면 다시 처음으로 돌아가음을 잡아 주곤 했다. 한두 시간의 연습은 모든 이들을 긴장하게 만들지만 오늘은 노래 연습에 취한 듯 다들 힘들어할 줄을 몰랐다. 연습이 끝나자 간단히 빵으로 간식을 먹은 후배들은 저마다의 일을 찾아 한꺼번에 써클룸을 빠져나갔다. 어지럽게 널려 있던 써클룸에는 이젠 창우, 희경 그리고 소희만이 남았다. 그들 사이에는 한동안 무거운 침묵이 흘렀다. 창우는 서로가 말을 하지 않는 어색한 순간을 탈피하고 싶었다. 그들 간의 침묵을 깨뜨린 건 희경이었다.

"오전에 도서관에 갔는데 오빠가 보이지 않았어요."

"그랬었니? 미안. 나 오늘 도서관에 못 갔어. 교수님을 뵙느라고."

"그럼 제게 미리 말이라도 해 주셨어야죠? 제가 오빠 때문에 도서관에 찾아간다는 것을 뻔히 알면서."

뽀루뚱해진 희경은 창우 옆으로 가서 바짝 붙어 앉았다. 창우는 가까이 앉은 희경이 무척 신경이 쓰였다. 창우의 시선은 옆에 붙어 있다시피 한 희경보다는 멀리 앉아 있던 소희를 향했다.

"오늘 우리 맥주나 한잔할까?"

"좋아요, 요즘 노래 연습하느라 술이 무척 생각나요."

창우의 제안에 희경은 갑자기 얼굴에 생기가 도는 듯 주저하지도 않고 수락했다. 소희는 창우의 제안에 처음엔 마음이 내키지 않아 거절하려고 하였다. 그러나 어린 아이처럼 좋아하는 희경의 모습을 보자 열었던 입을 이내 다물었다. 이미 들떠서 즐거워하는 희경의 마음을 깨지 않기 위해서였다. 창우는 소희와 희경을 남겨 둔 채 가방을 찾으러 학과장실로 부리나케 달려갔다.

장면 18

학교 앞에 있는 독일식 호프집에서 두리번거리며 자리를 찾던 창우는 벌써 그를 기다리며 앉아 있던 희경과 소희에게 다가갔다. 창우는 신선한 생맥주에 향기로운 과일과 마른 안주를 주문해 놓고 술을 마실 준비를 시작했다. 처음엔 소희에게 술을 권하기 위해 창우는 서둘러 술잔을 비웠다. 그들은 써클의 음악회에 대한 에피소드로 술안주 삼아 이야기를 했다. 창우가 선배로서 자주 써클룸에 나와서 후배들을 격려해야 한다는 제안도 나왔다. 물론 희경이 한 말이었다. 처음부터 자꾸만 술을 피하던 소희가 경직된 마음을 푼 듯 뜸을 들이며 마시지 않던 첫잔을 비웠다. 술잔이 비자마자 서로의 빈 잔을 채워 주느라 바쁘게 움직였다. 소희의 빈 잔에는 어김없이 희경이 따르는 술이 채워졌고 또 그 잔이 비면 창우가 따르는 술이 넘쳐흐르는 식이었다. 이렇게 분위기에 취해 술을 마시던 그들이 어느 정도 취기가 오른 때였다.

"오빠! 오빠는 왜 나를 자꾸만 피하는 거야?"

대화를 주도하던 희경은 약간 꼬꾸라진 발음과 날카로운 태도로 창우에게 물었다.

"내가 왜 너를 피했다고 생각해?"

창우는 시비를 걸어오는 희경의 입을 막고만 싶었다. 술에 취해 비틀거리는 그녀, 화장실마저도 일일이 따라다녀야 하는 희경을 돌보면서 창우는 정신이 없었다. 소희도 어느 정도 술기운이 도는 듯 얼굴이 온통 불그스름한 빛으로 변해 갔다. 창우는 소희가 술에 취해 비틀거리는 희경보다도 더 취해 주기를 내심 바랬다. 소희는 술에 취해 간다는 것을 느끼는지 창우가 따르는 술을 더 이상 받아들이지 않았다. 창우는 소희에게 술을 자꾸만 권해 보지만 언제나 술을 마시는 사람은 자신이었다.

"오빠는 나쁜 남자야. 이중적인 성격에다…, 악당이야."

술에 취한 채 비틀거리는 희경은 술주정을 하고 있었다. 희경이 불같이 화를 내면서 공격하고 있는 사람은 바로 창우였다. 창우는 꼬장을 부리는 희경의 태도에 신경이 날카로워졌다.

"술에 취했네. 희경아 그만해라."

"나를 만지지 마세요. 성추행이란 말이야."

희경은 필사적으로 손을 뿌리치며 창우가 빼앗으려던 술잔을 끌어당겨 마셔댔다. 희경은 창우와 술자리를 할 때면 취해 버리는 것이 습관처럼 되어 버렸다. 그럴 때는 창우가 일일이 희경을 챙겨 택시에 태우고 집까지 바래다주곤 했다.

"선배님 희경이가 요즘 무척 괴로운가 봐요."

말없이 희경을 돌보아 주던 소희가 오래간만에 입을 열었다.

"그래? 무엇 때문에?"

"선배님은 느끼는 게 없으세요? 희경이가 저러는 것이 선배님 때문이라는 거?"

희경은 술에 취할 때면 항상 창우를 찾았다. 그리고 그의 곁에서 기대고 싶어했다.

"나 때문에? 왜? 쟤는 써클 후배인 걸."

"제발 그만하세요, 선배님. 희경이한테는 그렇지가 않다는 것을 아시잖아요."

희경과의 관계를 조용하게 묻어 두려는 창우에게 소희는 애원하는 투로 말했다. 창우는 정색을 하며 희경을 애써 두둔하는 소희에게 큰 소리로 말했다.

"그런 것은 상관없어. 나도 내가 좋아하는 여자가 있어."

창우의 말에 충격을 받아 놀란 듯 소희는 커다란 눈을 둥그렇게 떴다.

"그 여자가 누군 줄 알아? 바로 너야 소희."

소희는 당황해하며 잠시 동안 고개를 숙이고 말을 하지 못했다. 소희는 술에 취해 쓰러져 있던 희경을 바라보았다. 소희는 마시려던 술잔을 내려놓은 채로 눈을 크게 부릅뜨며 창우에게 반복해서 말했다.

"희경이를 불쌍하게 하지 말아 주세요. 제가 가장 좋아하는 친구예요. 선배님도 아시잖아요. 저에겐 병수 오빠가 있다는 것을."

창우는 갑자기 크게 소리를 내어 웃었다. 그는 술에 취한 채 자신 만만한 얼굴로 소희의 눈을 바라보면서 말을 이어 갔다.

"병수는 솔직히 내 상대가 못 돼. 소희 너도 제발 정신 좀 차려. 희망도 없는 그 친구한테 뭐야. 도대체?"

창우의 일방적인 소리를 듣던 소희의 얼굴이 창백하게 변해 갔다. 소희 앞에서 병수를 무시해 가며 심하게 말을 하는 창우 때문에 소희는 화가 난 모양이었다.

"그런 말씀 계속하시면 전 더 이상 선배님을 만나지 않을 거예요."

소희는 쏘아붙이듯 날카롭게 말하고는 자리에서 일어나 호프집을 나가 버렸다.

"내가 뭘 잘못했다고 저러는 거야?"

소희의 예상치 못한 의외의 행동에 창우는 이제껏 마셨던 술이 확 깨는 느낌이었다. 창우에 대한 소희의 저항은 예상보다 훨씬 강했던 것이었다. 아니, 병수에 대한 소희의 감정이 변함없다는 표현이 더 어울렸다. 창우는 몸을 일으켜 소희를 따라 나가려다 이내 자리에 주저앉았다. 창우가 술에 취해 고통스러워하는 희경을 발견했기 때문이었다.

"오빠의 소희에 대한 마음…. 저도 오래 전부터 알고 있었어요. 다 알고 있었다고요. 근데 나두 오빠가 아니면 어떤 남자도 싫어. 난 어떻게 해야 돼? 정말 죽고만 싶어요. 알아요. 제 마음?"

술에 취해 고통스러워하면서도 창우와 소희의 대화 내용에 희경은 신경을 곤두세우고 있었던 거였다. 희경이 술에 취해서 하는 말을 흘려들으면서 창우는 웨이터를 불러 술값을 계산했다. 창우는 술에 취해 고통스러워하며 짜증을 내는 희경을 껴안다시피 부축하고 차가운 길거리로 나왔다.

"나 집에 안 들어갈 거야. 오빠 우리 이대로 있자. 응?"

"안 돼. 길거리에선 추워. 밤이 늦었어."

"나를 어린애 취급하지 말아요. 오빠. 난 이젠 어엿한 여자야. 제 자신 정도는 제가 책임질 수 있어요."

희경은 간간히 지나던 택시를 잡던 창우에게 떼를 썼다. 창우는 희경을 완강하게 밀어 내었다. 흐늘거리던 희경의 몸은 이미 창우의 몸에 의지하며 기대어 있었다. 창우는 비틀거리며 중심도 못 잡는 희경을 붙잡을수록 자꾸만 희경의 커다란 가슴과 다리가 그의 몸을 자극하는 것을 느꼈다. 창우의 뻣뻣했던 몸이 서서히 여성을 느끼고는 창우의 몸에 강한 욕망을 일게 했다. 혼란스러워진 마음 때문에 창우는 순간적으로 잡았던 택시를 그냥 보냈다. '난 이러면 안 돼. 이번에도 이런 식으로 나만의 사랑을 놓칠 수는 없어.'라는 생각이 창우의 극도로 흥분된 몸을 식혔다. 창우는 미국에 가기 전에 사귀었던 여자친구가 있었다. 그녀의 이름은 '신아름'이었다. 아름이는 서울에 있는 한 여대에 다녔다. 그녀와 소개팅으로 만난 지 오래되어 서로 사랑을 느끼는 사이가 되었을 때 아름이는 창우에게 있어 이 세상 어느 누구보다도 소중했다. 창우는 아름이를 정말 사랑했던 것이다. 창우에게 있어서 첫사랑이었다. 그러나 아름이 친구의 끈질긴 구애에 그렇게 강하게 버티던 창우가 넘어가고 말았던 것이다. 창우가 마신 술 때문이었다. 창우는 이후로 사랑하던 아름을 만나지 못했다. 아름이와 같은 과 친구인 여자의 선정적인 유혹에 술에 취한 창우가 쓰러졌다. 창우가 그녀와 호텔에서 보낸 열정적인 하룻밤이 첫사랑과 결별의 원인이 되었다. 창우는 희경과 함께 근처의 모텔에 들어가고 싶은 충동을 느꼈다. 그러나 창우는 사랑에 대한 바보짓을 더 이상 하지 않으려고 발버둥치는 것이었다. 창우는 불행했던 옛일이 생각나 막무가내로 떼를 쓰는 희경을 택시에 태워 집까지 바래다주었다. 그런데, 이번에는 희경의 집 앞에서 문제가 발생하기 시작했다. 창우는 집에 들어가지 않고 자꾸만 적극적으로 다가오는 희경에게는 속수무책일 수밖에 없었다. 희경의 강한 유혹을 버틴다는 것이 창우로서도 어려운 일이라는 것을 알았다. 창우는 집 앞에서 들어가지 않겠다고 떼를 쓰는 희경을 강하게 밀어붙였지만 이내 무너져 내렸다. 희경의 집 근처에 있던 아담한 호텔에서 창우는 침대 위에 있던 스탠드를 더듬어 켜고는 담배를 꺼내 불을 붙였다. 창우는 옆에 누워서 편안하게 자고 있는 희경의 미소 짓는 얼굴을 지켜보았다. 희경은 아름다운 꿈을 꾸는 것처럼 자꾸만 뒤척이다가 곁에 누워 있던 창우의 몸을 파고 들었다. 창우는 희경의 눈을 똑바로 바라보면서 나지막히 물었다.

"너 지금 이러는 거 후회할 거지?"

"제가 바보인 줄 아세요? 전 결코 후회 같은 것은 안 해요. 전 창우 오빠를 사랑해요."

창우는 자신 있게 대답하는 말에 갑자기 얼굴이 후끈 달아 올랐다.

"넌 바보다. 나를 사랑하다니."

"그래요. 누가 바보인지는 두고 봐요. 우리."

창우의 핀잔에도 아랑곳하지 않고 희경은 얼굴에 미소를 지었다. 희경의 눈에서는 창우와 지낸 밤을 영원히 잊지 못할 것 같다는 듯이 빛이 났다. 희경의 따뜻한 몸을 감싸도는 창우의 얼굴엔 왠지 모를 낭패감이 깃들었다.

장면 19

창우는 원하던 언론사 공부를 하느라 정신없이 바쁜 시간을 보냈다. 오늘은 가방을 일찌감치 챙기고 써클 연주회가 있는 건물의 강당으로 들어갔다. 졸업 후 사회에 진출해서 열심히 생활하던 정확히는 아저씨 뻘인 선배들이 가족들과 함께 모여들었다. 창우와 동욱은 선배들 모두를 찾아다니며 인사를 나누느라 분주하게 움직였다. 써클 회원들은 연주회에 참석하기 위해 바쁜 시간을 쪼개서 달려온 선배들에게 써클에서 마련한 기념품을 제공하면서 인사를 나누었다. 써클의 인기 관리 덕분에 평소 눈에 익은 선배들은 창우에게 연주회에 가족들이 초대받은 데 대한 고마움을 표현했다. 선배들은 객석의 맨 앞 중앙에 위치한 특별석으로 모두 인도하였다. 무대에 불이 꺼지고 다시 무대 중앙을 비추자 희경의 바이올린 독주가 시작되었다. 대학교에 예술학과가 없었던 까닭에 언제나 연주자는 아마추어 써클인이었다. 그러나 바이올린 독주하던 희경은 일반적으로 말하는 아마추어 수준은 아니었다. 바이올린의 깊고 섬세한 음색에 따른 표현력과 동작은 프로 이상의 솜씨였다. 언젠가 희경이 창우에게 말했다. 희경이 어릴 때부터 바이올린을 배우고 음악가가 되기 위해 음대 입학을 준비했으나 사업을 하시는 아버지의 희망에 따라 경영학과에 입학하였다고. 희경의 연주는 거기에 모인 청중을 사로잡기에 충분했다. 창우도 연주에 빠져들어 능수능란하게 연주하는 희경의 모습이 아름다워 보였다. 희경이 연주한 쇼팽의 〈녹턴〉 중 바이올린 독주곡이 끝나자 써클인들 모두가 무대에 오르기 위해 잠시 휴식 시간이 주어졌다. 창우는 미소를 띤 채 선배들과 인사하면서 그의 눈은 급하게 소희를 찾았다.

"솔직히 말하자. 소희야. 넌 내가 정말 보기 싫은 거니?"

"아니에요. 선배님을 싫어하다니 말도 안 돼요. 단지 저는 창우 선배를 선배님 이상으로는 생각하지 않을 뿐이에요."

창우는 소희의 생각보다 부드러운 반응에 마음이 조금은 녹아내렸다.

"그래, 네 마음은 잘 알았어."

"그럼 나중에 뵈요, 선배님."

소희는 얼굴에 미소를 띠면서 다음 합창을 준비하기 위해 무대로 올라섰다. 지휘자인 희경의 손이 올라가자 모든 써클인과 청중들은 숨을 죽이고 합창곡을 듣기 시작했다. 연주회의 하이라이트인 합창이 끝나자 우뢰와 같은 박수 소리가 청중석에서 흘러나왔다. 써클의 전통대로 졸업한 선배들이 무대에 올라 써클에서 전해져 내려오던 노래들을 메들리로 부르면서 연주회의 막을 내렸다. 소희는 연주회를 시작하기 전부터 나타날지도 모르는 병수의 모습을 찾아 신경을 곤두세웠다. 일 년에 한 번 열리는 써클의 연주회를 소중하게 생각하던 병수는 항상 연주회에는 빠지지 않고 참석하곤 했다. 하지만 기다리던 병수의 모습이 보이지 않자 혹시나 하던 소희의 얼굴은 점차 빛을 잃고 창백해져 갔다. 연주회가 끝난 후 학교 근처의 커다란 음식점에서 선배들의 후배를 위한 자리가 마련되었다. 선배들이 인사를 건넬 때만 얼굴에 미소를 띠고 있을 뿐 소희의 표정은 항상 굳어 있었다. 분위기가 무르익자 원래부터 분위기를 잘 띄우는 걸로 유명하던 한 선배님이 갑자기 소리쳤다.

"이번에도 우리 써클에 아름다운 커플들이 탄생할 조짐이 있다는 소리를 들었는데 커플의 탄생은 우리 써클의 전통이니까 이 자리를 빌어서 축하해 주는 것이 좋겠다. 창우야 축하한다. 이렇게 예쁜 희경이와 커플이 된 것을."

그의 말에 모두들 웃으면서 스포라이트를 받고 있던 창우와 옆에 앉아 있던 희경을 축하해 주었다. 창우는 쏟아지는 모두의 시선을 피하면서 가끔 소희 쪽을 바라보았다. 소희는 멀리 떨어진 채로 깊은 생각에 잠겨 있는지 혼자 깊은 한숨을 내쉬었다. 화기애애한 분위기에도 소희는 여전히 주변에 신경을 쓰지 않는 모습이었다.

"이상한데…. 오늘 병수가 보이지 않는구나. 소희야~, 병수는 어디 있는 거냐?"

자신에게 모두의 눈이 갑작스럽게 집중되자 소희는 당황해서 입을 떼지 못했다. 선배는 후배들을 둘러보다 병수의 모습이 보이지 않자 그의 안부를 소희에게 묻는 것이었다.

"네…. 그게."

소희는 대답도 제대로 하지 못하고, 터져 나오는 눈물을 훔치면서 자리에서 일어나 밖으로 도망치듯 빠져 나갔다. 소희가 갑자기 자리를 피하자 희경과 동욱이 빠르게 뒤를 따라 나섰다. 안에서는 후배들이 병수의 근황을 선배에게 차분하게 설명해 주었다. 소희의 행동에 놀라던 선배는 써클의 돌아가는 상황을 파악했다는 듯 고개를 끄덕였다. 커플 이야기로 분위기를 띄우던 선배는 갑자기 찬물 끼얹은 것처럼 조용해진 분위기를 전환시키려 했다. 그러자 다소의 불협화음은 사그라들고 연주회 축하 분위기로 돌아갔다.

"자~, 오늘의 연주회를 위해서 힘쓴 여러분 후배님들을 위해 건배!"

잠시 후에 감정을 추스리고 다시 돌아온 소희는 당황해했던 얼굴에 미소를 뛰운 채로 선배들과 잘 어울렸다. 아직도 조금은 경직되어 보이는 창우의 얼굴을 희경은 웃으면서 바라보았다.

"제가 선배님들에게 인기 많은 것을 느끼고는 있나요?"

"그래, 그런 것 같구나…."

희경은 새침해져서 시선을 피하던 창우의 곁에 바짝 붙으며 그의 관심을 끌고자 했다. 크고 화려한 실버 귀걸이로 치장한 귀와 커다란 눈이 돋보이는 희경에게서 창우가 이제껏 볼 수 없었던 화려한 분위기가 나왔다. 학교를 졸업한 선배들 중에 희경에게 적극적으로 대쉬하려는 선배가 있다는 사실은 창우도 알았다. 희경은 그런 선배의 접근을 일방적으로 무시하면서 오직 창우 쪽에만 신경을 썼다. 아름다운 희경의 모습을 보면서도 마음이 자꾸 청순한 이미지의 소희에게만 가는지를 창우 자신도 이해할 수가 없었다. '소희가 희경보다는 첫사랑이었던 아름이와 더 닮아서일까?'라는 생각이 머릿속으로 희미하게 스쳐 지나갈 뿐이었다. 후배들에게 알려진 것과는 달리 창우의 미국 생활은 엉망이었다. 뉴욕에 있는 대학에 랭귀지를 등록하고는 어느 정도 미국 생활이 익숙해지자 유학 온 친구들과 어울려 나이트클럽과 마사지 업체를 제 집처럼 들락거렸다. 창우가 뉴욕에 갔을 때 처음 자리 잡은 곳이 아시아인들이 모여 사는 커뮤너티 지역이었으므로 많은 한인 동포들이 모여 사는 곳이었다. 창우는 유학 온 여학생들과 어울려 펜실바니아나 워싱턴 주까지 여행을 하였다. 여행을 하는 날이면 밤이 새도록 술을 마시며 파티를 열었다. 어울렸던 여학생들의 이름을 굳이 기억하지 않았다. 창우는 뉴욕에서 여자들과의 교제를 심각하게 생각해 본 적이 없었다. 그와 어울렸던 여자들도 한국에서는 할 수가 없었던 과감한 행동을 하곤 했다. 여자들은 단지 즐기기 위해 남자들과 어울려 다녔다. 미국에서 창우가 만났던 여자들은 하나같이 유학의 외로움을 견딜 수가 없어 사랑을 한다고 했다. 순수함과는 거리가 먼, 정조라는 말에 손사레를 쳐 가며 여자들은 비웃었다. 젊고 예쁠 때에 도덕이란 구속을 내던지고 몸이 원하는 대로 행동하면서 살고 싶다고 했다. 창우는 아름이와 헤어진 것이 감당하기 어려운 상실감으로 다가왔었다. 창우는 아름이를 잊기 위해 그녀가 생각날 때마다 술과 여자로 시간을 보내면서 사랑을 잊고자 했다. 때로는 나이트 클럽에서 패싸움에 끼어들어 진창 얻어맞거나 상대를 때리기 바빴다. 지금도 그의 허리 부분에 자리 잡은 흉터는 클럽에서 깡패들과 싸우다 맞은 칼자국이었다. 이런 모든 것들은 창우가 할 수 있는 유일한 사랑에 대한 복수심이었다. 어느 정도 아름을 잊을 자신이 있다는 생각이 들 때까지는 창우의 생활은 유학을 빙자한 달콤함 자체였다. 방탕한 생활을 터치할 사람이 존재하지 않는 미국 생활이었다. 창우가 정신을 가다듬을 수가 있었던 것은 또 다른 사랑의 상처를 가진 한 학생을 만나고 나서였다. 뉴욕주에 위치한 유명 사립대에서 엠비에이 과정을 밟던 학생이었다. 그는 사생활을 솔직하게 창우한테 털어놓을 정도로 가까이 지냈다. 사랑하는 여자가 한국에 있다는 것과 부모님의 반대로 그녀와 결혼을 못 했었다고. 아직도 한국에 두고 온 애인을 잊지 못했고 정말 사랑한다고 말했다. 집안에서는 결혼 상대였던 여자와의 관계를 끊기 위해 그를 미국에 강제로 유학을 보낸 것이라고. 창우는 세 살이나 나이가 많은 '이병기'라는 이름을 가진 유학생과 친하게 지내면서 따랐다. 이후 창우의 생활은 술주정꾼 생활에서 정상적인 유학 생활로 돌아올 수가 있었다. 유학 생활에서 만난 이 사람을 잊지 못할 것 같았다. 창우가 처음 보았던 써클 후배 병수의 모습에서 병기 형이 오버랩된 순간에 창우는 놀란 적이 있었다. 병수의 외모는 창우가 뉴욕에서 만났던 병기 형의 모습을 너무나 닮아 있었다. 창우는 희미하게 다가오는 미지의 두려움 때문에 그 둘의 외모가 닮은 것이 우연일 거라 생각하고 지나쳤을 뿐이었다. 사람의 운명은 누구도 알 수가 없고 오직 신만이 안다고 했던가. 공부를 끝내고 한국으로 돌아가 애인과 결혼하겠다고 늘 다짐하던 그 형이 어느 날 사망했다는 소식을 들었다. 오랜 친구를 만나러 뉴욕의 롱아일랜드 고속도로를 이용하던 중 지나던 거대한 화물 트럭에 차가 충돌하여 빨려 들어가면서 트럭 아래에 깔려 사망했던 것이다. 창우는 그가 너무 불행한 사람이라는 생각이 들어서 슬펐다. 장례식은 뉴욕의 한인촌에 있던 대형 교회 담임목사의 예배로 치루어졌다. 창우는 장례식에서 아들을 잃고 통곡하던 병기 형의 부모님이 슬퍼하던 모습을 평생 잊지 못할 것 같았다. 창우는 거의 끝나 가는 술자리 분위기를 정리하려고 일어섰다. 창우는 써클의 관례대로 써클 회장과 남자 후배들을 이끌고 선배들이 예약해 놓은 이차 장소를 향해 갔다.

장면 20

지수는 자신이 아파트에 온 것도 모르고 테라스에서 담배를 피면서 생각에 깊이 잠겨 있던 병수에게 다가갔다.

"병수 씨, 뭘 그렇게 생각해요?"

"아니야, 아무 것도."

"병수 씨는 항상 뭔가를 생각하느라 정신이 없잖아요."

병수는 지수를 바라보면서 애써 미소를 띠우며 표정을 바꾸려 했다. 그러나 눈치가 빠른 지수가 숨기고자 하는 병수의 마음을 모를 리는 없었다. 지수는 아파트 거실에 흩어져 있던 빈 소주병들을 휴지통에 조용히 집어넣었다. 요즘 들어 병수가 마시는 소주병의 숫자가 점점 늘어만 갔다. 그의 고민이 깊어 간다는 것을 모를 리가 없는 지수였다. 지수는 옆에 누워서 미동도 하지 않은 채 눈을 감고 있던 병수가 몹시 마음에 걸렸다. 요즘 들어서 잠자리에서조차 병수가 예전처럼 격렬하게 지수를 원하지 않았다. 병수는 지수와의 관계에서 점차 수동적인 사랑을 하였다. 남자의 말과 행동에서 느껴지는 여자의 직감이란 것은 무서울 정도로 정확했다. 지수는 병수의 얼굴 표정이나 몸짓 하나하나에 신경을 곤두세우기 시작했다.

"고민거리가 있는 거죠. 저한테 털어나 봐요. 다 들어줄 게요. 왜요? 병수 씨, 이젠 저를 믿지 않나요?"

지수가 재촉하는 말에 눈을 감은 채 병수는 대답 대신 자신의 몸을 지수의 몸에 포개었다.

"고민은 무슨? 지수 씨가 내게 너무 고마워서 그러는 거지."

병수는 지수의 얼굴을 똑바로 쳐다보더니 벌거벗은 지수의 몸을 더듬기 시작하였다. 점차 거칠어진 지수의 숨소리를 더욱 격정적으로 요동치게 했다. 지수는 몸의 움직임에 리듬을 타면서 익숙한 몸놀림으로 병수의 열망을 더욱 자극하여 들어갔다. 지수가 걱정스러운 표정을 지을 때면 병수는 말 대신에 몸속으로 파고들면서 입을 다물게 했다. 말없는 육체 만의 전쟁은 오랫동안의 혈투를 마치고 나서야 침묵 속으로 빠져들었다.

"제가 말했잖아요. 전 괜찮아요. 언제고 제가 싫어지면 저한테서 떠나서도 돼요. 전 병수 씨에게 조금이라도 부담을 주는 거 원치 않아요. 병수 씨가 당장 떠나더라도요. 전 병수 씨를 원망하지 않아요."

병수는 아직도 거친 숨을 몰아쉬면서 지수가 하는 말을 하나도 빠짐없이 다 듣고만 있었다. 병수는 천천히 손을 뻗어 지수의 큰 가슴을 쓸어내렸다.

"지수 씨가 그렇게 말하는 거…. 난 더 이상 듣고 싶지 않아. 그런 소리를 들으면 내가…. 내 자신이 몹시 싫어진단 말이야."

병수는 마지못해 말했지만 자신이 정말로 지수가 말한 대로 될까 봐 점점 불안해졌다. 요즘 들어 혼자서 고민하는 병수의 모습이 지수의 눈에 띄게 많아지고 있는 건 사실이었다. 여자로서 지수는 그의 마음이 흔들린다는 것을 직감적으로 가까이 느꼈다. 야학 모임에서 혼자서 기다리고 있다가 지수를 만나자마자 어쩔 줄 몰라 하던 병수가 서로에게 친밀감을 느낄 정도로 익숙하게 되었을 때였다.

"선생님은 만나는 애인이 있으세요?"

병수를 본 순간부터 그에게 호감을 느낀 지수가 당돌하게 물어보았다. 남자를 만날 때 여자가 묻는 본능적이고 직설적인 질문이었다.

"애인요? 네~, 저는 만나는 여자친구가 있습니다. 소희라고 제가 사랑하는 여자입니다. 나중에 기회가 되면 지수 씨한테 제 여자친구를 소개해 줄게요."

병수는 그의 지갑 속에 든 사진 한 장을 꺼내 지수에게 보여 주었다. 사진 속의 여자는 같은 여자인 지수가 생각하기에도 예뻐 보였다. 그때 순간적으로 타오르는 질투심 때문에 지수의 얼굴이 창백해졌다. 병수는 지수의 얼굴은 아랑곳하지 않고 사진을 다시 조심스럽게 그의 지갑 속으로 집어넣었다.

"여자친구가 그렇게 마음에 드세요?"

"난 이미 결심했답니다. 사랑하는 여자를 위하는 일이라면 제 목숨도 내놓겠다고."

병수는 지수에게 맹세하듯이 당당하게 말했다. 지수는 확신에 찬 병수의 말을 과장된 말이라고 생각했었지만 '소희'라는 이름과 얼굴을 똑똑하게 기억하고 있었다. 병수의 강렬한 이미지와 순수한 생각 때문에 지수는 병수에게 여전히 반할 수밖에 없었다. 그와 몸을 맞대며 살아간다는 사실이 지수로서는 조금도 상상할 수 없었던 일이었다. 지수가 병수를 사랑하는 남자로 보기엔 넘지 못할 사회라는 벽이 너무나 높게 드리워졌다. 술집여자와 손님으로서의 만남도 불가능해 보였다. 그들이 마주하는 세계는 분명 공간적으로도 거리가 있었다.

그러나 그녀에게 콜이 오는 남자들과는 다르게 병수는 진실로 소중하게 생각하는 남자라는 확신이 들었다. 병수의 몸에서 나오는 온기를 느끼면서 그와 함께 사는 것이 지수의 생활에 활력을 더해 주었다. 지수는 몸을 더듬는 병수의 손을 가볍게 몸으로부터 떼어 놓은 채 어둠 속에서 조용히 걸어 나와 샤워를 하기 위해 욕실로 걸어갔다. 샤워를 끝낸 후에 침실로 돌아온 지수는 깊은 잠에 빠진 병수를 확인하고 화장대에 앉아 축축한 얼굴에 메이크업을 시작했다. 지수는 오늘도 일을 하기 위해 차가운 밤바람을 맞으면서 룸싸롱으로 향했다. 병수를 사랑할 수 있을 때까지만이라도 끝없이 사랑하고 싶었다.

캐논을 사랑한 여자

장면 21

"이봐 젊은이, 여기 있는 시멘트를 삼층까지는 우리가 올려야 혀. 작업 반장님이 일을 빨리 하라고 나혼테 성질을 내더구만."

수십 층이나 되는 아파트 공사장 앞에서 사십대 초반의 작업복 차림의 나이 든 남자가 등에 시멘트 포대를 겹겹이 메고서 소리치는 것이 들렸다. 병수도 시멘트 포대를 등에 연결된 기구에 들어올리기 시작했다. 다리로 지탱하기 힘들 정도의 시멘트 포대를 들쳐 메고서야 비틀거리며 나무로 만들어진 임시 계단을 오르기 시작했다. 며칠 전 일자리를 찾기 위해 병수는 서울의 한 사설 직업소개소에 새벽부터 찾아갔다. 병수는 벌써 며칠째 이곳 아파트 공사장에서 노가다를 뛰고 있었다. 병수는 학교에서 막연하게 알아 왔던 노동의 현장 한복판에서 열심히 일했다. 땀을 뻘뻘 흘리면서 일을 하였지만 일에 적응이 안 된 병수에게는 너무 힘이 들었다. 사람들은 기계처럼 시멘트 포대를 아파트의 층 사이를 쉴 틈이 없이 오갔다. 휴식 시간은 공사의 현장 감독이 자리를 비운 사이 담배 한 대 피워 무는 것이 고작이었다. 큰 건설 회사가 시공하는 현장이라 일하는 인부들의 안전을 배려해 여러 가지 시설을 갖추었지만 아파트를 오르내리는 인부들의 안전은 각자의 몫일 뿐 거의 무방비 상태였다. 한마디로 말하자면 일하는 사람이 자신의 목숨을 걸고 일을 하는 열악한 환경이었다. 병수도 가끔 등에 진 벽돌의 무게 때문에 목조로 만든 계단 위에서 현기증을 느낄 때가 한두 번이 아니었다.

"젊은이는 학생이었다면서?"

"네~. 오래 전 일입니다."

점심을 먹기 위해 구석에 자리 잡은 병수가 지수가 새벽부터 정성 들여 싸 준 점심을 꺼낼 때였다. 평소 일을 할 때 친절하게 대해 주던 인부가 말을 걸어왔다. 그는 이 일을 하기 전까지는 조그만 봉제 공장을 하면서 그럭저럭 행복한 가정을 꾸려 왔다고 한다. 학벌은 중학교 중퇴라고 했다. 어려서부터 다녔던 동대문에 위치한 봉제 공장에서 배운 미싱 기술이 전부였다고 했다. 봉제 공장을 차렸을 당시에는 운이 제법 따라 줘서 많은 돈을 벌었다고 한다. 그런데 행복도 잠시 공장이 거래하던 조그만 패션 회사가 부도가 나자 회사의 대금 결제로 받아 쥐었던 어음이 모두 종이 쪽지로 변했다고 했다. 곧이어 자신의 회사도 부도가 났다고, 가정이 풍비박산나고 떠돌다가 이런 공사판을 전전하노라고 무용담 아닌 무용담을 병수에게 털어놓았다.

"젊은이는 다시 학교에 가는 것이 차라리 좋지 않겠나? 이런 생활을 아무나 하는 게 아니라구."

점심 후 담배를 피면서 그가 말하는 것을 병수는 듣기만 할 뿐이었다. 그의 진실 어린 충고에 병수는 입가에 미소만 지을 뿐이었다.

"내가 자네보다는 세상을 많이 산 것 같아 감히 말하네만 이런 세상을 살기 위해서는 대학물을 먹어야 사람대접 받는당께. 자네는 부모님이 살아 계시겠지?"

병수는 그의 말에 대답을 하지 못하고 허공만을 바라볼 뿐이었다. 하염없이 약해질 때마다 떠오르는 부모님에 대한 생각 때문에 힘들 때도 있었지만 잘 참아 왔다. 부모님에 대한 생각을 의식적으로 잊은 지가 오래되었다. 부모님의 도움을 받지 않고 자신만의 힘으로 살아갈 수가 있다는 자신감이 필요했다. 부모님에게 다시 의지하려는 마음이 생긴다면 집을 뛰쳐나온 후로 병수가 지키고자 했었던 자존심마저도 무너져 내렸을 것이다. 병수는 나약해진 자신의 모습을 보기가 사실 두려웠다.

"자네 부모님 사정이 어떠한지는 내가 알 수가 없네만 이곳에서 일하는 자네를 보면 그분들도 한이 될 걸세."

병수는 자꾸만 잊고자 했던 부모님에 대한 생각이 다시 떠오르자 입술을 깨물면서 억눌렀다. 부모님은 병수에게 가장 소중한 분들이 틀림없었다. 적어도 병수가 집을 뛰쳐나오기 전까지는 든든한 후원자였다. 아버지는 명동에서 커다란 의류 매장을 여러 곳이나 갖고 브랜드를 운영하는 의류 업체 사장이었다. 병수의 어머니는 제법 이름이 알려진 패션 디자이너였다. 병수는 어려서부터 집안의 귀여움을 독차지하면서 자라왔었다. 병수는 고등학교를 우등생으로 졸업하고 대학을 들어갔던 전형적인 모범생이었다. 집을 나와 거칠고 어려운 독립의 삶을 선택한 것은 병수가 제일 좋아했고 항상 변함없이 의지하던 형의 갑작스런 죽음 때문이었다. 병수가 항상 본받기를 원했던 형은 그의 부러움의 대상이었다. 형은 우수한 성적으로 대학을 졸업하고 일류 대기업에서 스카웃되어 회장 비서실의 유능한 사원이 되었다. 병수의 형에게는 대학 때부터 사귀어 왔던 애인이 있었다. 병수도 그녀를 좋아하고 잘 따랐었다. 그런데 형이 그녀와 결혼하겠다고 하자 부모님 쪽에서 강하게 반대했다. 부모님이 운영하는 매장의 여사원이라는 신분의 차이가 크나큰 이유였다. 학벌이 고졸인데다가 그녀가 하던 일이 부모님이 기대하는 며느리감으로는 마음에 들지 않았던 것이었다. 부모님은 형의 의견과는 상관없이 거의 반강제적으로 유학의 길을 선택케 했다. 부모님의 뜻을 거역하지 못했던 형은 끝내 미국 뉴욕으로 유학을 떠났고 불행하게도 유학간 지

127

일 년만에 사망했다는 소식이 날아들었다. 그때까지 병수는 대기업에 잘 다니고 있던 형이 어떤 이유로 미국에 유학을 가게 됐는지를 모른 채로 지냈다. 형의 갑작스런 죽음은 병수에게는 심각한 충격으로 다가왔다. 매일 같이 통화하던 형이 연락이 끊기고 이미 사망했다는 소식을 들었을 때 형의 애인은 음독 자살을 시도했다. 그러나 운명은 그녀를 죽음으로 인도하지 않았다. 형의 애인은 사랑의 상처를 남겨 두고 항상 동경해 왔던 패션 디자이너 공부를 위해 프랑스로 유학의 길을 떠났다. 어느 날 우연히 만난 형의 여자로부터 형의 죽음에 관한 모든 진실을 알았을 때 병수는 부모님에 대한 배신감 때문에 분노했다. 언제나 자상하게만 보이셨던 부모님이 형의 죽음의 원인이었다는 사실을 병수가 이해하기에는 역부족이었다. 병수는 마음을 부모로부터 철저히 떼어 놓았다. 병수는 그때부터 부모를 향한 강한 반항심을 가지기 시작했다. 병수는 살던 집에서 떠나 자취를 시작하게 되었다. 형의 죽음에 대한 원망을 부모에게 돌릴 수밖에 없었다. 병수는 산더미같이 쌓인 벽돌을 다시 등에 메고 기계처럼 나무 계단을 오르내리고 있었다. 그는 고된 노동으로부터 오는 피로함을 잊기 위해 이를 악물었다. 거칠고 강한 체력만 요구하는 단순 노가다일에 쓰러진다면 세상 누구에게도 할 말이 없을 것 같았다. 엄밀하게 말해서 이 세상에서 어떤 일도 할 수가 없는 무능한 사람이 될 것 같았다.

캐논을 사랑한 여자

소희는 행인들로 붐비는 대학로 역을 나와 어디론가 급한 걸음으로 걸어가고 있었다. 마지막 잎새마저 떨어져 버린 가로수들이 서 있는 큰길 사이를 지나가는 연인들의 발걸음을 지나쳤다. 소희는 멀리 길 건너 공원 앞에 서서 기다리고 있던 희경을 발견하고는 손을 흔들었다.

"미안해. 희경아~, 늦어서."

"아니야, 네가 이렇게 나와 준 것만도 고마운데."

"기집애 농담은."

소희는 자신을 기다리느라 지쳐 있던 희경에게 위로하듯 말을 건넸다. 그들은 말없이 공원을 가로질러 걸었다. 쌀쌀한 날씨인데도 불구하고 많은 젊은이들이 조그만 공원 광장에서 펼쳐지는 자선 공연을 보기 위해 빽빽하게 들어선 채 노래가 끝날 때마다 함성 소리와 박수를 보냈다. 소희와 희경은 공연장을 돌아서 처음 친구가 되었을 때부터 자주 갔던 카페를 찾아 들어갔다. 프랑스의 전위적인 영화 필름을 구해 고객들에게 상영해 주는 조그만 극장 겸 카페였다.

"그래. 희경아 무슨 일이니?"

소희는 만날 때부터 거의 입을 굳게 다물고 있던 희경에게 말을 건넸다.

"우리가 무슨 일이 있어야 만나니? 너랑 밖에서 만나 수다를 떨려고 전화했던 거야. 매일 학교에서 만나면 둘 다 너무 바쁘니까."

"그래도 네가 이렇게 밖에서 보자고 한 건…. 희경이 네가 나에게 할 말이 있어서… 아니니?"

반복되는 소희의 질문에 희경은 무엇인가 생각을 잠긴 채 뾰로통한 목

129

소리로 말을 했다. 소희는 희경의 표정에서 예사롭지 않다는 것을 알아
차렸다.

"소희야, 아직도 병수형을 만나지 못하고 있니?"

"응, 아직."

소희는 희경의 갑작스런 질문에 긴장을 하면서 고개를 푹 숙였다. 소
희는 병수에 대한 생각이 날 때마다 슬퍼져 눈물이 고이곤 했다.

"미안해, 그동안 네가 가슴 아파할까 봐 묻지 못했어."

희경은 소희의 예민한 반응에 당황한 듯 빠르게 용서를 빌었다.

"괜찮아. 네가 안 물어보면 누가 물어보겠니?"

소희는 어두운 표정을 지우고 다시 얼굴을 환하게 바꾸었다.

희경은 다시 하염없이 커피잔에 시선을 맞추었다. 커피잔에 새겨진
나뭇잎 양각이 입체적인 아름다움을 뽐냈다. 그들은 다시 그곳에 있던
다른 여자들처럼 한참 동안 소란스럽게 수다를 떨었다. 인기가 많은 영
화 배우의 갑작스런 죽음이나 최근 가수들의 히트송에 얽힌 비화가 대
부분이었다. 다이어트를 할 수 있는 방법에 대한 이야기를 하다가도, 자
신들과는 관계없는 이야기라 서로 주위를 돌아보면서 터져 나오는 웃음
을 참느라 눈물이 났다. 그런데 희경이 화제를 현실로 끌고 가는 순간,
이제껏 웃으며 떠들던 그들은 또다시 긴장 속으로 빠져들었다.

"소희야. 나한테 솔직히 말해 줄래."

희경은 긴장된 표정으로 소희의 얼굴을 뚫어지게 바라보았다.

"그래 줄 거지? 난 너의 진심을 알고 싶어."

소희는 고개를 들고 막연한 호기심으로 희경의 말이 끝나기를 기다렸다.

"난 너를 잃고 싶지 않아. 아니 너와 불편하게 지내고 싶지 않아."

"무슨 이야긴데 네가 그렇게까지 심각하게 말하는 거니?"

이젠 기다리던 소희가 답답해서 참을 수 없다는 듯이 희경을 보챘다.

"정말로 너의 진심을 내게 이야기해 줄 거지?"

희경은 절망적인 언어로 소희에게 다짐을 받으려 했다.

"그럴게."

소희는 뭔가 심각한 일이 일어났구나 하는 두려움과 함께 걱정스럽게 희경을 바라보았다.

"창우 오빠를 좋아하니? 남자로서 말이야."

희경의 울먹이며 말하는 모습을 보던 소희는 갑자기 어이없다는 표정을 지으면서 피식 웃었다. 소희는 자신을 심각하게 바라보는 희경을 걱정스럽게 바라보았다.

"희경아, 창우 선배를 네가 사랑하는 것 모르는 사람이 없잖니?"

"근데 만약에 창우 오빠가 소희 너를 사랑한다고 하면, 넌?"

"절대로 그럴 리가 없어. 희경이 넌 나를 잘 알잖아. 난 이미 사랑하는 남자가 있어. 병수 오빠말이야. 그런 염려는 하지도 마, 애는."

소희는 희경에게 아주 단호하게 말을 했다. 요즘 들어 우연하게도 자주 마주치던 창우의 모습을 생각하고는 소희는 불안한 생각이 들었다. 가끔은 창우의 외모와 세련된 옷차림이 병수에 대한 소희의 절대적인 마음을 흔들 때가 종종 있었다.

"누구나 시간이 갈수록 과거를 잊는 법이야. 소희 너도 혼자가 되면 외로워질 거야. 그때가 되면 네 곁에 내가 있게 될 거고."

소희는 언젠가 창우가 했던 말 중에 강한 거부감을 일으켰던 말들이 갑자기 기억에서 되살아났다. 창우는 소희에게 농담처럼 말했다. 희경의 너무도 진지한 태도 때문에 창우가 했던 말이 갑자기 생각난 것이었다.

"고마워, 소희야. 난 네가 창우 오빠를 좋아하면 어쩌나 했어."

희경은 그제서야 그동안 움추렸던 그녀의 얼굴에 미소를 띄우기 시작했다.

"너도 알다시피 창우 오빠가 나에겐 전부잖니? 난 창우 오빠를 사랑해. 결혼 상대로 생각하고 있어…. 울 아빠에게도 말씀드렸는 걸. 근데 네가 창우 오빠를 사랑하게 되면 내가 포기할 수밖에 없을테니까."

"너무 걱정했어…. 오랫동안…, 밤이 새도록."

"희경아 우리…, 우리가 그런 나약한 사이가 되면 안 되잖니?"

소희는 떨리는 희경의 말에 신경이 쓰여 힘을 주며 말했다.

"상상만 해도 정말 걱정이 되더라. 소희, 넌 만약 그런 일이 우리 둘 사이에 생긴다면 어떻게 하겠니?"

소희는 얼굴 만면에 미소를 띤 채로 희경의 어깨를 두드리면서 확신에 가득찬 소리로 말했다.

"얘~, 당치도 않은 이야기 그만해라. 쓸데없는 상상 때문에 우리의 기분을 망칠 일 없잖니?"

소희는 희경을 위로하듯 손을 잡고 조용히 미소를 띄면서 말했다.

"어젯밤 난 네가 병수 오빠와 빨리 다시 만났으면 하고 바랬어."

"그래 나도 늘 기도하고 있어. 병수 오빠 마음을 풀어 달라고 말이야. 소희야 들어 봐. 내가 왜 그렇게 바랬는지. 너를 위해서가 아니었어. 나를 위한 것이었어. 단지 창우 오빠를 너한테 빼앗길까 봐."

희경은 울먹이는 표정으로 소희에게 진실한 마음을 고백하였다. 소희는 그 순간 희경을 진정으로 위로하고 싶은 마음이 생겼다. 소희가 그녀

캐논을 사랑한 여자

에게 할 수 있는 모든 확신을 주고 싶었다.

"때로는 네가 친구가 아니었으면 하는 생각도 들었단 말이야. 그래야 창우 오빠를 두고 너와 경쟁을 할 수가 있지."

"기집애. 나도 네 마음을 잘 알아. 그러니까 우리가 친구로 지내는 것 아니겠니?"

"내가 왜 이렇게까지 너를 믿지 못하고 방황해야 할까?"

"희경이 네가 얼마나 답답했으면 이렇게까지."

소희는 창우의 변덕스런 행동 때문에 괴로워하는 희경을 바라보면서 가슴이 몹시 답답해져 옴을 느꼈다. 희경은 가슴 속으로부터 복받쳐 오는 감정 때문인지 평소와는 다르게 많은 눈물을 흘렸다. 소희는 그녀의 아픈 마음이 진정될 때까지 정성스럽게 보살폈다. 희경이 안정을 찾아가고 괴로운 마음이 풀리는 것을 확인하고 난 후에야 소희는 자리에서 일어날 수가 있었다. 밖으로 나온 소희는 갑자기 소용돌이치듯 거세게 부는 찬바람에 몸을 움추려야만 했다. 이번 겨울 날씨는 카페에서 보이던 희경의 마음처럼 초조하고 변덕스러운 겨울을 예고하는 것 같았다. 소희는 차가워진 손을 자켓 주머니에 깊숙이 넣고 집을 향해 걸었다.

장면 23

창우는 학교 수업이 끝나자마자 도서관 앞에 주차해 놓은 차를 운전해 급히 남산 쪽을 향해 달렸다. 직장인들의 퇴근 시간대라 밀리는 차의 행렬에 막혀 운전석에 앉아 손목시계를 자꾸만 쳐다보곤 했다. 남산에 위치한 신라호텔에 도착한 것은 약속 시간이 십 분쯤 지나서였다. 그날은 대학 생활 중 마지막 수업 시간이었으므로 강의는 거의 없었다. 희경이가 여러 번 확인하며 당부했던 약속이 창우에겐 부담스러운 것이어서 늦장을 부린 것이었다. 그러나 약속 시간이 다가오자 창우는 결국 뒤늦게 결정을 내리고 그의 차가 있던 주차장을 향해 뛰었다. 호텔 레스토랑 웨이터로부터 희경의 위치를 확인한 창우는 입고 있던 검정색 정장을 한 번 단정하게 정리하고 테이블로 향했다.

"오빠 여기야."

창우가 오는 것을 본 희경은 멀리 자리에서 일어나 손을 흔들었다. 창우는 희경과 나란히 앉아서 지긋이 바라보는 중년의 신사 한 분에게 주눅이 들었다.

"늦어서 죄송합니다. 저는 오창우라 합니다."

"알고 있네~. 편하게 앉게나. 이놈이 자네를 얼마나 자랑하는지 자네 얼굴이나 한 번 볼 겸 이런 자리를 마련했네."

"오빠 수업이 이렇게 늦게 끝난거야? 내가 알기론 수업도 없는데."

"응, 그래."

창우는 따지는 듯한 희경의 말에 어색한 표정을 지어 보였다. 눈치 없는 희경 때문에 창우는 자꾸 아버지에게 민망한 표정을 지었다.

"괜찮아. 우리 아빠는 자상하니까."

희경은 창우의 마음을 읽은 듯 마치 어린 아이가 엄마에게 재롱을 떨 듯 스스럼없이 자리의 분위기를 이끌어 갔다. 긴장을 풀 수 없는 자리였지만 희경의 아버지는 창우에게 특별히 세심한 배려를 해 주었다.

"아빠 말씀드렸죠? 오빠가 언론사 공부하느라 늘 도서관에서 살아요."

"학생이 공부를 열심히 하는 것은 당연한 거지. 암~."

희경의 아버지는 겉으로 보기에는 과묵해 보였으나 당신의 딸 말에는 일일이 응대해 주는 친근감을 보여 주었다.

"창우군. 이놈이 버릇이 없는 건 귀엽게 봐 주게. 이놈 낳고서도 우리가 사업하느라 바빠서 잘못 키웠네."

"예."

창우는 희경의 아버지 앞에서 여전히 경직된 채로 짧게 대답했다.

"아빠는 그런 이야기는 집에서 하세요."

희경은 말끝을 흐리고 얼굴을 찡그리면서 아버지의 손을 꽉 꼬집었다.

"허허~ 이 놈이."

아버지는 외동딸의 재롱에 즐거워 죽겠다는 표정을 지으면서도 창우의 옷차림이며 말에는 세밀하게 신경을 썼다.

"언론사라…. 자네는 어떤 일을 하고 싶은 건가?"

"저는 신문 기자가 되기 위해서 공부하고 있는 중입니다."

"대답이 확실해서 마음에 드는군."

"기자라…. 그런데 왜 기자가 되고 싶은 게지?"

아버지는 잠깐 뭔가를 깊게 생각하는 눈치였다. 여전히 그는 눈가에 미소를 띠는 것을 잃지 않았다.

"저는 세상에 대한 객관적인 메신저로서 가장 힘있고 표현이 자유로운 것이 기자라고 생각합니다. 객관적 시각을 가진 기자가 많을수록 이 세계의 모든 불평등 구조 다시 말씀드리면… 복잡한 조직 사회에서 오는 무수한 의견들을 정확히 모든 대중에게 알리고 그런 틈바구니에서 고생하는 사람들에게 힘이 될 수 있는 사람. 부정확한 사회를 개선시키는 힘을 가진 기자가 제 눈에는 부럽게 비추어졌습니다."

창우는 한 번 시작한 말에 힘을 주면서 마치 시험관 앞에서 면접을 보는 것 같이 당당하게 말했다. 학교에서 군림하는 소위 '운동권'에 속하는 이들에 대한 불만 즉 이중적인 행동들, 핍박받는 대중을 위한다는 운동권들 중에는 겉으로 포장된 모습들은 그럴듯하면서 속으로 곪아 터진 사람들을 창우는 늘 보아 왔다. 창우는 그들의 이중성에 항상 냉소적 입장을 견지하였다. 의견을 수렴하는 방식이 개인의 의견은 무시한 채 분위기를 앞세워 자신들이 의도하는 방향으로 몰고 갔다. 결론이 옳든 옳지 않던 그것은 상관이 없었다. 대중들은 선동에 압도되어 폐해가 대중들 각자에게 돌아간다는 것을 모르면서 무작정 들고 일어났다. 한마디로 소위 민주주의를 등에 업은 무지의 소산이라고 정의된 것이었다.

"자네는 기자 생활에 대해선 얼마나 알고 있나?"

"아직 알지 못합니다만, 처음부터 기자를 목표로 공부하고 있습니다."

"아빠는 우리가 만난 지가 얼마나 되었다고, 오빠 면접이라도 보시는 거예요?"

희경은 지루한 이야기만 계속되자 대화에 제동을 걸었다.

"그런가? 우리 공주님이 마음이 상한 모양일세."

창우는 권하는 레드 와인 잔을 두 손에 들고 희경의 아버지와 조심스럽게 잔을 부딪쳤다. 얼마 동안 창우는 여자와 선 보러 온 남자가 되어 집안에 관한 일을 말하느라 정신이 없었다. 오늘의 모임은 희경의 계속되는 부탁으로 이루어졌으나 사실 창우가 간절히 원했던 자리가 되었다. 창우는 외동아들이었다. 창우가 형제가 없다는 점이 희경의 아버지에겐 부정적으로 비춰졌으나 그것뿐이었다. 창우가 말하는 동안 희경은 조용히 아버지의 눈치만 살폈다. 화기애애한 대화에 만족한 듯 드디어 희경의 얼굴에 환한 미소를 머금었다. 창우는 지하 주차장까지 가서 희경과 아버지가 탄 검정색 세단을 배웅했다. 떠나는 승용차의 뒷 유리창을 통해 희경의 밝게 웃는 얼굴이 보였다. 창우는 차의 운전대를 잡으면서 지갑에 든 명함 하나를 꺼내고서는 기쁨에 넘쳤다. 기자 시험을 보게 되면 한 번 찾아가라면서 희경 아버지가 주신 것이었다. 명함에는 사대 일간지 중의 하나인 모 신문사의 재정이사의 이름이 선명하게 새겨져 있었다. 이 정도의 직책이면 신문 기자 뽑는 데 상당한 영향을 줄 수가 있는 사람이었다. 희경 아버지의 절친한 친구이자 사업 파트너였다. 창우는 언론 공부를 하면서도 실력에는 자신이 있었지만 주변에 언론사와 연결된 뒷배경이 없는 것이 항상 불안했다. 그러나 이제는 희경의 아버지가 건네 준 뜻밖의 수확을 받아들고 창우는 마음이 날아갈 듯 가벼웠다.

장면 24

병수는 아파트 현장에서 하루 종일 일을 마치고 동료와 노동 후 삼겹살을 곁들인 소주를 마셨다. 술자리를 끝내자마자 병수는 피곤한 몸을 이끌고 지수의 아파트로 향했다. 현관문을 여는 순간 일을 나가서 집에 없어야 할 지수가 심각한 얼굴로 병수를 기다리고 있었다. 지수의 얼굴이 고민을 많이한 듯 무척 수척해 보였다.

"얼굴색이 왜 이래? 무슨 일이 생긴 거야?"

"아니에요."

지수는 궁금해하는 그에게 어렵게 미소를 지어 보였다. 병수는 오래간만에 지수가 챙겨 주는 저녁 식사를 하고 나서 샤워를 마치고 산뜻한 마음으로 거실 소파에 앉았다. 처음부터 뭔가 초조하게 주위를 서성거리는 지수를 끌어안아 무릎 위에 앉혔다. 행복감에 취한 지수는 한동안 병수에게 기대었다. 지수는 어느 순간 몸을 일으켜 세우며 병수의 눈을 뚫어지게 쳐다보았다.

"나 당신 아기를 가지면 안 되나요?"

나직이 속삭이는 지수의 갑작스런 말에 병수는 정신이 번쩍 들었다. 특히 아기라는 말이 충격으로 다가왔다.

"아기라니? 갑자기 왜?"

지수는 놀라는 병수의 얼굴을 가슴에 파묻고 조용하지만 당당하게 말했다.

"나 오늘 산부인과에 찾아갔어요. 그동안 몸이 이상했거든요. 우리에게 아기가 생겼대요. 의사선생님 말이 임신한 지가 한 달 반 정도 된 거

캐논을 사랑한 여자

래요."

병수는 지수의 말을 듣는 순간 앞이 무너져 내리는 느낌을 받았다. 눈 앞에 안개가 낀 것처럼 모든 것이 희미하게 보일 뿐이었다. 지수는 생활이 불안하니까 아기를 갖고 싶지 않다며 항상 철저하게 조심해 왔다. 병수 또한 아직 아기를 맞이할 준비가 되어 있지 않았다. 어른이라고 하기에는 병수 자신도 아직 경험이 부족하다고 생각했다. 이런 상황에서 아기를 갖는 것은 정말 우스운 일이었다. 병수에게는 어린애가 아기를 낳는 것만큼이나 어색한 일이었다.

"저도 조심해 왔어요."

지수는 그동안 피임약이며 생리 같은 것들에 많은 신경을 써 왔다. 병수는 여자의 몸에 대해 거의 무지에 가까웠다. 지수가 잘 알아서 하겠지 하는 막연하게 생각하는 것이 고작이었다.

"아기가 들어섰으니 이젠 어떻게 해요? 전 이젠 병수 씨 아기를 낳고 싶어요."

"우린 아직 아기를 갖기엔…."

"알아요. 병수 씨가 놀라고 걱정할 거라는 것. 저도 두려워요…. 두렵단 말이에요. 병수 씨가 원하지 않아도 우리 사이엔 아기가 생긴 걸. 이미 우리가 선택할 수 있는 일은 아니잖아요?"

그의 탐탁치 않는 반응에 지수는 얼굴을 떨군 채로 병수에게 애원하듯 말했다.

"아니~, 내가 아기를 원하지 않는 것이 아니고."

병수는 우기다시피 설득하는 지수 앞에서 더 이상 말을 할 수가 없었다. 병수는 갑자기 지수가 측은하다는 생각이 들어 그녀를 껴앉은 팔에 더욱 힘을 주었다. 뚜렷하게 대답을 못 하는 자신이 답답했다. 그들은 어떠한 결론도 없이 침실로 향했다. 지수는 병수의 가슴에 몸을 더욱 파묻었다. 둘은 나란히 천정을 보면서 누웠다.

"병수 씨 우리 복잡하게 생각하지 말아요. 그냥 매일매일 최선을 다해 살아요. 전 자신이 있어요. 우리의 아기를 기를 자신이 있어요."

병수의 가슴속에 묻혀 있던 지수는 갑자기 무슨 생각이 났는 지 몸을 일으켰다. 지수는 침대 밑에서 무언가를 꺼내 들었다. 시중은행 마크가 찍힌 몇 개의 저축 통장들이었다.

"제가 지금껏 모아 둔 돈도 있어요. 이 돈이면 당분간 우리 아기를 키우는 데 문제는 없을 거예요."

"지수 씨, 난 사실 정말 걱정이 돼요."

병수는 담배를 한 대 피워 물고는 지수를 방에 남겨 둔 채로 자리에서 일어나 거실로 갔다. 새로 태어날 아기에 대한 막연히 두려운 생각이 들다가도 자꾸만 떠오르는 소희에 대한 생각 때문에 괴로웠다. 병수로서는 잊고 싶은 생각조차도 허용되지 않는 소희였지만 앞으로 생길 아기의 희미한 모습과 뚜렷한 소희 모습이 오버랩되어 나타났다. 침실 안에 있던 지수는 걱정이 되는 듯 침실에서 나와 말이 없이 담배만 피우던 병수 곁으로 다가왔다. 병수는 인기척을 느끼고 복잡하게 얽힌 생각을 잊으려는 듯 지수를 옆에 앉게 했다. 병수는 어떻게든 불안해하는 지수를 안정시키고 싶었다. 한동안 그들 사이에 말이 없이 정막감만 흐르고 있었다. 조심스럽게 눈치를 보면서 병수가 말을 하였다.

"이번만큼은 아기를 지울 수는 없을까?"

"어떻게 그런 잔인한 생각을 할 수가 있어요?"

지수는 뜻밖의 병수의 반응에 억울한 얼굴 표정을 지으며 소리를 질렀다. 순간적으로 지수의 감정을 억제할 수가 없는 모양이었다.

"그만두자. 지수 씨. 아기 문제는 자신이 없어."

지수는 병수가 심사숙고한 후에 내린 결정을 야속하게 생각하고 여전히 쏘아붙이듯 말했다. 분노한 지수의 얼굴을 지켜보면서 병수는 더 이상 말을 할 수가 없었다. 병수는 격렬해진 지수의 반응에도 대처할 뚜렷한 방법이 없이 속수무책인 자신이 정말 싫어졌다. 임신한 여자가 아기를 지운다는 말조차도 사실 병수에겐 어색했다. 가슴을 엎드린 채로 울고 있는 지수의 등을 가볍게 두드려 주었다. 앞으로 닥쳐 올 일보다는 지금 앞에서 서럽게 울고 있는 지수를 위해 병수는 입술을 깨물었다.

"그래, 우리 아기를 낳자. 나도 지금보다도 열심히 살 수 있을 것 같아."

"정말이에요? 병수 씨?"

지수는 마음속에 거의 포기하고 있던 아기를 갖자는 병수의 말이 미덥지 않아 다시 되물었다.

"그래, 지수 씨 말대로 우리 아기가 이미 들어섰는데…. 낳아야 하잖아."

병수는 체념한듯 이젠 지수의 편을 들어 주었다. 지수는 병수의 포기하는 듯한 속삭임에도 환한 표정을 지어 보이면서 만족하였다. 앞으로 보이지 않는 미로가 가로놓인 것처럼 병수의 마음이 불안해지기 시작했다.

장면 25

아파트 공사장에서 울리는 망치 소리가 매섭고 차가운 바람을 타고 멀리 보이는 평지의 주택가까지 퍼져 나갔다. 마무리 공사 때문에 미리 비닐로 덮어 놓았던 통로를 제외하고 어젯밤 내린 눈 때문에 공사장이 온통 하얀 눈으로 뒤덮여 있었다. 병수는 이젠 험한 노가다 일을 하는 데는 익숙해졌다. 몇 달 동안 하루도 빠지지 않고 일을 한 병수는 일에 대한 요령도 터득하였다. 병수는 자연스럽게 노가다를 하는 전형적인 현장 인부가 되어 갔다. 대학 시절에 병수가 직접 현장에 나가서 경험해 보고자 했었던 진정한 노동자의 모습이었지만 현실에서는 노동자라는 직업은 너무나 고된 삶이었다. 인부들은 얼어붙은 몸을 녹이기 위해 일을 하던 공사장에서 뜨거운 장작이 타는 난롯가로 모여들었다. 공사장에서 이용하고 남은 나무토막을 모아 태우는 난로였다. 구겨져서 볼품없는 드럼통에 통나무를 넣고 불을 붙여 인부들이 모여서 불을 쬐곤 했다. 모닥불은 그들을 혹한에서 견디게 해 주는 유일한 탈출구였다. 병수도 엄습하는 영하의 추위 앞에서 얼어붙은 몸을 녹이려고 난로에서 뜨거운 불을 쬐었다. 늘어만 가는 걱정을 해소할 방법이 없는 병수의 얼굴은 어느 순간부터 웃음을 잃은 채 굳어 있었다. 머리에 떠오르는 아기의 아빠가 되어야 하는 사실이 그를 너무 괴롭혔다. 아기의 아빠가 되기엔 병수 자신이 너무 서투르고 무서웠다. 혼란스런 생각으로 인하여 안개 속을 헤메는 불안한 느낌뿐이었다. 병수가 난롯가에서 얼어붙은 몸을 녹이고 벽돌 더미를 등에 멘 채로 윗층으로 올라가고 있었다. 병수가 이층의 계단을 힘에 겨워하며 오르고 있을 때였다.

캐논을 사랑한 여자

"다들 피해!"

위층에서 누군가 크게 지르는 고함 소리에 병수가 고개를 들어 위를 쳐다보는 순간이었다. 병수는 불이 번쩍하는 느낌과 허리와 다리에 굉장한 통증을 느꼈다. 그리고 곧바로 정신을 잃었다. 위층에서 일하던 인부 한 명이 무너져 내리는 벽돌 더미를 피하라고 다급하게 소리친 것이었다. 아래층에서 일하던 병수는 피할 틈도 없이 고스란히 벽돌 더미에 깔리다시피 하여 비명도 제대로 지를 틈도 없었다. 앞으로 태어날 아기에 대한 생각으로 병수가 하고 있던 일에 집중을 할 수가 없었다. 병수는 일에 집중만 했더라도 피할 수도 있었던 사고를 고스란히 당할 수밖에 없었다.

"이젠 정신이 들어요?"

병수가 병원에서 깨어났을 때는 만삭이 다 되어 금방이라도 나올 것만 같은 아기를 가진 지수만이 옆에 앉아서 그를 돌보고 있었다. 병수는 자리에서 일어나려다 다리에 불 같은 통증을 느끼고 다시 침대에 쓰러지듯 누워 버렸다.

"어떻게 된 거지?"

지수는 말없이 고통에 떨고 있던 병수의 얼굴을 바라보았다. 그녀는 땀으로 범벅이된 병수의 얼굴을 손으로 쓰다듬을 뿐이었다.

"내 다리가 어떻게 된 거냐구?"

병수는 눈앞에 보이는 다리 쪽을 살펴보면서 답답한 듯 걱정스런 얼굴로 바라보는 지수에게 소리쳤다.

"안정을 취해야 한대요. 아무런 걱정도 하지 말아요. 모든 게 다 잘될 거예요."

지수는 흥분하는 병수의 손을 붙잡고 차분하게 말했다. 지수는 화염병을 경찰에게 던졌다는 이유로 감옥 생활을 할 때도 따뜻한 관심으로 절망에 빠진 병수를 위로했다. 간절히 원하고 사랑했던 그래서 절망해야만 했던 소희 대신 지수는 항상 비극의 한편에 같이 서서 병수를 구해 주었던 은인이었다. 지수의 등장으로 불안에 떨었던 병수는 늘 위안을 얻을 수가 있었던 것이다.

그런데 이번에는 지수도 당황해하는 빛이 역력했다.

"지수 씨, 내 다리가…. 내 다리에 감각이 없어."

병수는 안간힘을 써 가면서 다리에 힘을 주려다가 고개를 들어 다리 쪽을 보더니 왼쪽 다리가 없는 것을 확인하고 기절했다. 한참 동안 깨어나지 못하던 병수가 다시 몸을 꿈틀 거렸다.

병수는 정신을 차리고 마음을 가다듬었다.

"미안해요. 제가 일을 했어야 하는데. 공사장에 병수 씨가 오래도록 나가지 말았어야 했는데."

지수는 눈에 눈물을 글썽이더니 이내 목이 메인 듯 소리내어 울었다.

"내 다리가 어떻게 된 거야? 지수 씨 울지만 말고 말해 줘요!"

"공사장에서 발생한 사고 때문에 병수 씨 뼈가 심하게 부스러졌대요. 회복이 불가능한데다. 의사선생님이 다리를 절단하지 않으면 나중에 목숨이 위험하다고 해서 그만…. 절단했어요. 미안해요."

병수는 더 이상 지수의 말을 들으려 하지 않았다. 병수는 다리에서 오는 통증을 참다가 갑자기 눈앞이 깜깜해져 옴을 느꼈다. 병수는 말을 하지 못하고 누운 채로 한동안 멍하니 하얀 천정만 끝없이 바라볼 뿐이었다. 병수의 눈에는 눈물이 넘쳐흘렀다. 병수는 여전히 말을 잊은 채로 끝없는 절망 속으로 빠져들었다. 그의 곁에서 실망하는 표정도 짓지 않고 정성 들여 위로하고 간호하는 지수를 볼 면목이 없었다. 운명의 여신은 삶에 투쟁하는 병수에게 언제나 처절한 고통 만을 안겨 줄 뿐이었다. 감당하기에는 자신의 처지가 너무나 충격적이고 가혹했다. 점점 더 회복 불능의 상태로 빠져들어 가는 현실이 병수를 절망의 구렁텅이로 거세게 인도하였다.

"병수 씨 그렇게 힘들어하지 마세요. 제가 있잖아요. 우리는 앞으로 행복하게 살 수가 있어요. 전 항상 병수 씨 곁에서 살겠어요. 언제나 한결 같이 말이에요. 제가 약속할게요."

"난 지수 씨한테 나의 모든 것을 다하는 모습을 보여 주려 했었는데."

"알고 있어요."

병수가 울먹이는 말에 지수는 그에게 희망을 주려고 끊임없이 말을 했다. 지수의 말들이 희망을 포기해 버린 듯 천정만을 응시하는 병수의 귀에 들어올 리가 없었다.

"병수 씨가 죽을 수도 있었대요. 전 병수 씨가 살아있다는 것만으로도 감사해요. 신이 있다면 말이에요. 절대로 절망하지 말아요. 세상에 다리 하나 없이도 잘 살아가는 사람이 얼마나 많은데요?"

끊임없이 위로하며 밤을 뜬 눈으로 새면서까지 곁에서 지켜 주는 정성스런 지수의 간호에도 병수는 마음속으로부터 오는 절망감을 없애지는 못했다. 하나뿐인 다리로 세상을 살아간다는 현실을 전혀 예상하지 못했던 병수는 살아간다는 것 자체가 고통스러운 일이 되어 갔다. 병수에게는 너무나 두려운 일이었다.

"창우 선배님은 대단해. 우리 써클에서도 드디어 신문 기자가 탄생하네요."

학교 앞 카페에서 샴페인이 터지는 순간 동욱은 감격한 듯 양손을 들어 창우를 축하해 주었다.

"동욱이는 언제나 아부를 잘해. 그래서 정말 내 마음에 꼭 드는 후배지."

창우는 항상 말을 잘 들어주는 그러면서도 진실된 충고도 할 줄 아는 동욱이 좋았다. 창우는 얼굴에 웃음을 띠면서 높이 쳐든 동욱의 잔에 그의 잔을 가볍게 부딪쳐 주었다.

"창우 형도 알다시피 우리 써클은 놀이방이지."

"공부방은 아니잖아요? 그러니 창우 형의 혁혁한 승리가 더욱 빛난다 이 말이죠. 다시 건배!"

동욱은 정말 자신이 축하 모임의 주인공이 된 것처럼 즐거워 했다. 희경과 소희도 마찬가지로 창우를 축하해 주느라 여념이 없었다. 수백 명이 시험을 봐서 몇 명만 뽑는 면접까지 통과하기란 여간 쉬운 일이 아니었다. 창우는 자신이 수습 신문 기자 신분이 된 것을 축하하는 자리가 자랑스러웠다. 오랫동안 상식이며 영어와 씨름을 하느라 도서관에서 머리를 싸매면서 공부만 해야 했다. 도서관 삼층은 소위 '언론고시'를 준비하는 학생들이 공부하면서 서로 간의 정보를 주고받던 장소였다. 신문 기자가 되기 위해 많은 학생들이 도서관에서 열심히 공부를 하였지만 정작 시험에 통과하는 학생 수는 손에 꼽을 정도였다. 창우는 공부를 하면서도 어려운 시험에 도전하지 않고 졸업 전에 미리 대기업에 취직한 동기들을 가끔은 부러운 눈으로도 바라봤다. 오늘만큼은 창우의 강한 의지가 승리하는 순간이었다. 창우가 도서관에 붙어서 아침부터 밤까지 공부를 해야 할 이유가 이제는 사라졌다. 쓸데없이 보이던 지긋지긋한 공부에서 해방된 것이다. 신문 기자 시험의 최종 합격의 영광이 있기까지 희경의 아버지가 건네 준 명함의 영향이 컸다는 생각이 들었다. 마지막 면접 시험 경쟁율이 심했던 만큼 면접 전날 찾아 뵌 신문사 재정이사의 말에 창우는 합격에 확신을 갖게 되었던 것이었다. 창우의 방문을 대수롭지 않게 생각하던 신문사 재정이사가 희경 아버지의 편지를 읽어본 다음 태도를 바꾸어 창우를 향해 격려의 말을 잊지 않았다. 창우는 합격할 것이라는 느낌을 받았다.

"자네가 바로 그 젊은이로군. 신문 기자가 되면 여러 가지 자네가 생각해야 하고 고민해야 할 일들이 많을 걸세."

만남을 마치고 뒤돌아서서 돌아갈 때 그가 창우의 등 뒤에서 한 말이었다. 면접이 끝나고 최종 합격자의 명단에 버젓이 창우의 이름이 들어있었다. 서클 사람들은 시간이 가는 줄도 모르고 서로 이야기를 하며 즐거워했다. 창우의 기자 시험 합격을 축하하던 자리는 어느새 써클의 대소사를 논하는 자리로 변했다.

"그런데 병수는 어떻게 살아가고 있을까요?"

동욱은 갑자기 생각이 난 듯 병수에 대한 이야기를 꺼냈다. 소란스럽게 웃으면서 이야기하던 자리가 일시에 조용해졌다. 어느 누구도 말을 하지 않고 어려워하며 소희 쪽을 흘끔 쳐다봤다.

"미안. 난 이런 분위기를 만들려고 병수 이야기를 꺼낸 것이 아닌데."

갑자기 달라진 분위기를 파악한 동욱은 어색해진 공간에 활력을 넣으려고 시도하지만 한 번 바뀐 분위기는 뜻대로 바뀌질 않았다. 한참이 지나서야 활기를 되찾은 분위기를 뒤로 하고 창우는 카페 구석으로 동욱을 데리고 갔다.

"그동안 궁금했는데 말이지. 네가 병수에 관하여 아는 것 좀 이야기해줄래?"

카페 구석으로 끌려가다시피 한 동욱에게 창우가 처음 하는 말은 병수의 가족에 대한 질문이었다. 어색해진 동욱은 창우의 무거운 기세에 눌려 입을 뗴었다.

"제가 들은 것은 병수 집안이 꽤 괜찮다고."

"이해할 수가 없군. 그런데 왜 어렵게 자취를 했지?"

동욱은 창우의 관심 어린 눈빛에 짓눌려 빠른 속도로 말하기 시작했다.

"아마 제가 휴학했을 때쯤 병수가 자취 생활을 시작한 걸로 기억해요."

창우가 하는 질문이 지금 자리에 없는 병수에게 집중되자 동욱은 난처해하는 빛이 역력했다. 어느새 그들 곁에 와서 경청하며 들을 것만 같은 소희 때문에 동욱은 주변 눈치를 보느라 정신이 없었다.

"저도 녀석의 깊은 속은 알 수가 없었어요."

창우는 빠져나가려는 동욱의 말의 꼬투리를 잡고 계속 말했다.

"그래도 네가 친구 사이인데?"

"네. 그렇죠. 우린 입학할 때부터 알고 지냈어요. 그때는 병수가 대학교 학생회와는 관계없을 때였죠. 아 참~. 병수 부모님은 무슨 사업을 하신다고 들었어요."

창우는 그의 말에 이상하리만치 계속 깊은 관심을 나타내면서 들었다. 동욱은 이젠 아는 만큼 창우에게 꺼리지 않고 이야기했다. 동욱의 말은 이미 시작되었고 그 흐름을 더 이상 멈출 길이 없어 보였다.

"병수에게 형이 있었는데요. 형이 미국에 가서 문제가 생겼대요. 그것 때문에 병수가 저를 찾아왔었죠."

동욱은 하던 말을 잠시 쉬고 다시 한번 멀리 떨어져 써클 후배들과 이야기를 나누고 있던 소희를 흘끗 쳐다보았다.

"혹시 그 형 이름은 알아?"

창우는 여전히 신경을 곤두세운 채로 동욱의 얼굴을 바라보았다.

"병기라고만 기억해요."

"음. 그랬구나. 그랬어. 나하고 같은 학교에 다닌다더니."

창우는 입술을 파르르 떨면서 혼잣말을 했다. 미국에서 만나 친하게 지냈던 병기 형이 칭찬하며 말했던 친동생이 바로 병수였다. 미국에 있을 때 술을 마시면서 하던 이야기가 창우의 기억에 되살아났다.

"내 동생이…. 녀석은 사랑하는 여자 때문에 고통받지 않았으면 해."

어느 땐가 가족에 관한 이야기를 하면서 눈물을 흘리던 병기 형의 모습이 창우의 뇌리를 때렸다.

"병기 형이 자랑스럽게 말했던 동생이 정말 병수라니."

창우는 갑자기 몸이 얼어붙는 듯한 한기를 느꼈다. 소희에게 사랑을 느끼는 자신이 저주스러웠다. 그러나 소희를 사랑하는 마음을 본인도 컨트롤할 수가 없었다. 창우는 잔인하다는 생각이 들어 마음이 착잡했다. '원했던 여자를 놓치지 않으려는 남자의 마음을 누가 이해할 수 있을까?'라는 생각이 혼란한 마음을 다시 한번 강하게 짓눌렀다. 멀리서 희경은 그의 마음속에 있는 갈등을 알아채지 못한 채 소희와 웃으며 이야기를 하였다. 희경은 가끔 소희와 대화하던 도중에 창우 쪽을 지켜보면서

분위기를 살피곤 했다. 카페 구석에 걸터앉아 혼자 술을 마시는 창우의
모습이 무척 고독해 보였다.

장면 27

"오빠, 이 스타일은 나하고 잘 어울려?"

희경은 피팅룸에서 블루 스트라이프가 들어간 블라우스와 검정색 스커트를 입고서 다시 나와 창우에게 물었다. 다양한 스타일의 옷을 코디하여 입어 볼 때마다 창우에게 의견을 묻곤 했다.

"그래 네가 입는 것은 모두 다 어울린다. 남자가 여자 앞에서 무조건 칭찬하면 가치 없어 보여."

창우는 오전부터 시종처럼 따라다니면서 매장마다 들러 옷을 쇼핑하는 희경 때문에 지쳐 갔다. 시간 가는 줄도 모르고 여러 벌의 옷을 선택하고 입어 보고서야 만족하는 희경 앞에서 창우는 피곤하기만 했다.

"아까 내가 고른 오빠 옷은 정말 마음에 드는 것 맞죠?"

"옷 몇 개 사는 데 이렇게 시간 낭비하면 어떻게 해?"

그녀의 쇼핑을 기다려 주던 창우가 드디어 폭발한 듯 희경에게 핀잔투로 말했다.

"흥~. 오빠는 아직은 신사가 아니야. 여자의 마음도 모르고…. 전 야생마를 예의 바른 신사로 길들이는 거라구요."

희경은 짜증이 난 창우의 표정이 도리어 재미있게 느껴지는 모양이었다. 검정색 니트 스웨터와 블루빛 레이어드 롱스커트가 바람에 펄럭거리는 모습이 희경과 어울려 이국적인 느낌이 났다. 희경의 손에는 방금 매장에서 골라 산 디자이너 브랜드의 쇼핑백이 들려 있었다. 백화점 앞에 마련된 무대에서는 무명의 가수가 애절한 노래를 부르며 수십 명의 관중 앞에서 공연하였다. 희경은 피곤해하는 창우의 팔을 잡아끌고 노래에 심취한 것처럼 한동안 움직일 생각을 하지 않았다. 가수의 공연이 끝나서야 그들은 길을 건너 패션 매장이 몰려 있는 압구정 패션거리로 향해 걸었다. 희경은 얼굴에 환한 미소를 지으면서 매장의 쇼윈도우에 걸려진 패셔너블한 옷들을 구경했다.

"오빠 여기 온 지가 오래되서 모든 게 신기한 것 같아."

"이 녀석이~, 집이 지척인데 그런 거짓말을."

창우는 여전히 피곤했지만 귀엽게만 느껴지는 희경의 얼굴을 살짝 쓰다듬었다.

"우리 집은 청담동에 있잖아요. 여기는 신사동이고. 그리고 오빠와는 처음이잖아요. 이곳에."

"그래 내가 미안하다. 너한테. 그동안 눈코 뜰 새가 없이 바빴던거 너도 알잖아."

"오빠가 일벌레예요? 미래의 아내와 외출 한 번 제대로 못 하게."

"아내? 얘가 너무 앞서가네."

"정말 끝까지 반항할 거예요? 어차피 오빠와 나의 운명인걸."

"반항이라니."

희경은 피식 웃는 창우에게 눈을 흘기고는 다시 시선을 근처의 로맨틱한 분위기의 골목으로 돌렸다. 그들은 패션거리의 한 쪽에 위치한 어느 카페에 이르렀다. 입구부터 화려하고 고급스럽게 장식한 블란서풍의 카페였다. 희경은 창우의 소매를 잡아끌다시피 안으로 들어갔다.

"오늘은 내가 가자는대로 따라해야 하는 것 알죠?"

"그래 알아. 네가 하고 싶은 대로 하라고."

창우는 그제서야 얼굴 만면에 환한 미소를 지었다.

"나 오늘 정말 행복하다. 오빠와 처음 쇼핑도하고 이렇게 마주 앉아 있으니까."

"그래? 너하고 쇼핑 두 번 하다간 난 오래 못 살 것 같다."

희경은 얼굴에 미소를 띠면서 말했다.

"남자들은 이상해요. 우리 여자들은 쇼핑하는 것이 일종의 스트레스 해소법인데."

"이 녀석아 쇼핑하는 여자 뒤따라다니며 멍하니 서 있는 게 얼마나 고역인지 알아?"

"오빠는 사랑하는 여자를 위해 옷 좀 골라 주고 기다려 주는 게 사랑이란 거 몰라요?"

"내가 싫다고는 안 했잖아?"

창우는 꼬투리만 잡으려고 하는 희경의 모습이 너무 귀여웠다.

"그럼 나를 사랑한다고 한 번 말해 줘요."

"이 녀석이 장소도 가리지 않고. 알았다. 알겠어. 희경이가 옷을 고를 때는 항상 옆에 서서 말없이 기다린다. 나 오창우는 이 세상에서 희경만을 사랑하고 희경만을 위해 존재한다."

희경은 그제서야 만족한 듯 미소를 띠면서 창우 옆에 바짝 다가와 앉았다.

"정말이지, 오빠가 지금 한 말?"

"그럼. 남자가 한 입 가지고 두말하는 것 봤어?"

창우는 확인하며 재촉하는 그녀의 말에 짧게 대답했다. 희경은 어색해하는 그에게 다가와 키스를 했다. 갑작스런 키스에 당황한 창우는 고개를 들고 주위를 둘러봤다. 몇 개의 커다란 테이블은 예약 푯말과 함께 비어 있었다. 가까운 자리에는 머리를 노랗게 염색을 한 여자들이 수다를 떨고 있는 모습이 보였지만 그들의 애정 행각에는 관심조차 두지 않는 모양이었다.

"오빠 오늘 피곤했죠? 알아요."

"근데 매너 있는 신사는 그런 고생쯤은 감수하는 거래요. 오빠는 앞으로 저한테 신사 교육을 많이 받아야 해요."

창우는 희경의 당당한 말에 눈앞이 캄캄해졌다. 쇼핑 때마다 같이 가자고 할 희경 때문에 머리가 지끈지끈 아프기 시작했다.

"오빠…."

한참 동안 쇼핑백에서 꺼낸 옷들을 만지며 즐거워하던 희경은 그녀를 지켜보던 창우를 조용히 불렀다.

"말을 시작해 놓고 왜 말이 없니?"

"오빠 만약에 말이야. 정말 만약인데…. 사랑하는 남자가 다른 여자를 그리워할 땐 남자를 사랑하는 여자는 어떻게 해야 하는 거야?"

창우는 갑자기 진지하게 묻는 말에 갑자기 말문이 막혔다. 자신의 마음속까지 꿰뚫어 보는 질문 때문에 놀랐다. 희경은 즐거워하던 얼굴 표정을 바꾸고 진지하게 바라보면서 뜻밖의 질문으로 창우를 당황하게 하는 것이었다.

"희경아, 오빠 갖고 말장난 그만해."

"대답해 주세요. 제 질문에."

"글쎄. 그런 질문은 왜 하는데?"

"혹시 저에게도 그런 일이 생긴다면…. 저도 알아야 하지 않겠어요?"

"쓸데없는 생각을 하는구나. 희경이는."

창우는 어이없다는 표정을 지으면서 시선을 멀리 떨어진 다른 테이블로 돌렸다. 창우는 결심을 한 듯 심각한 표정으로 희경을 똑바로 쳐다보면서 말을 시작했다.

　"만약에 말이지 그런 일이 생긴다면 여자에겐 두 가지 선택이 있을 수가 있지. 첫 번째는 그 남자를 잊든가 그래서 새로운 남자를 찾든가 해야겠지."

　"두 번째는 뭐죠?"

　희경은 창우가 생각할 겨를도 없이 숨가프게 질문을 이어 갔다.

　"두 번째는 남자가 다시 돌아올 때까지 말없이 옆에서 지켜보는 거지. 진심으로 사랑하는 마음이 있다면."

　"그런데도 남자가 돌아오지 않으면 어쩌죠?"

　"내가 아는 남자의 마음은 조금이라도 여자에 대한 호감이 있다면 남자는 반드시 자신을 진심으로 원하는 여자에게로 돌아오게 되어 있어."

　창우는 비슷한 경험을 가진 친구의 말을 기억하면서 어느 정도 확신을 가지고 대답했다. 여전히 희경은 창우의 눈을 똑바로 쳐다보면서 궁금해하였다.

　"그렇지만 남자는 자신이 원하는 여자와 꼭 결혼을 해야 만족한다던대요?"

　"글쎄 어떤 남자 타입이냐가 문제 아닐까? 그러나 결국 남자는 여자보다도 쉽게 모든 일에 지치는 경향이 있잖아. 궁극적으로는 나중에 편안한 상대를 찾기 마련이야. 남자라는 동물은. 만약에 여자가 그런 남자를 사랑하게 되는 경우에는 남자의 생각을 흐려 놓을만큼 여우가 되어야겠지. 물론 불여우는 역효과가 나오기도 하지만."

"불여우? 오빠 나는 어때 불여우 타입이야?"

창우는 이젠 여유를 가지고 얼굴에 미소를 띄운 채 말했다.

"너는 불여우는 아니야. 불여우였으면 나는 너를 만나지 않았을걸? 근데 아기여우의 기질은 가끔 보여."

"아기여우 겨우?"

희경은 창우의 말에 만족하면서 얼굴 가득히 웃음을 머금었다.

"맞아, 넌 여우보다는 꼭 강아지 같아. 귀여운 강아지말이지. 주인 찾아오는 손님들한테 대책 없이 짖어대는."

창우는 거기까지 말하고는 목이 타는 듯 커피잔을 들었다.

"근데 왜 이런 이야기를 심각하게 꺼내는 거지?"

"아니에요. 그냥. 제 주변에 그런 문제로 고민하는 친구가 있어서."

"누군데 내가 아는 친구니?"

"오빠는 모르는 여자거든요."

궁금해하는 표정을 지으면서 묻는 창우의 말에 희경은 얼버무리며 말을 멈추었다. 창우는 항상 티 없이 밝아 보이기만 하는 희경의 모습을 뒤로한 채 신문사로 향했다. 커피와 함께 밤을 새는 날이 한 달에 서너 번일 정도로 한가로웠다.

캐논을 사랑한 여자

장면 28

쇳소리를 동반한 차가운 바람이 병수의 몸을 스치고 지났다. 병수는 목발에 의지하여 불편한 몸의 균형을 맞추면서 부지런히 어디론가를 향해 걸었다. 지수와 함께 황학동까지 가서 어렵게 구입한 네 바퀴가 달린 커다란 구조물을 병수는 말없이 둘러 보았다. 승용차 대신 아파트 주차장의 한구석을 차지하고 한동안 먼지를 뒤집어쓴 채 서 있던 구조물은 서투른 병수의 손놀림으로 길거리 대표 포장마차의 형태를 갖추어 갔다. 병수도 자신이 직접 만드는 포장마차의 그럴싸한 모습에 감탄했다. 아파트를 지키는 관리인이 주차된 차의 관리를 위해 주차장을 돌다가 병수의 포장마차를 보고 화들짝 웃는 모습이 보였다. 병수는 그의 반응에는 신경을 쓰지 않고 여전히 정성을 다해 포장마차의 마무리에 손길을 바쁘게 움직였다. 지수는 아기를 가지기 전까지 일을 해 오던 룸싸롱을 그만두었다.

궁여지책으로 밤거리의 포장마차를 운영할 계획을 병수에게 말했을 때만 해도 포장마차가 낯설게만 느껴졌다. 달리 선택할 길이 없던 터라 지수의 제안에 병수는 선뜻 동의했다. 지수의 계획은 비교적 그나마 그들에게는 현실성이 있는 일이었다. 병수는 한참 동안 마무리된 포장마차를 뚫어지게 바라보다가 갑자기 서둘러 아파트 안으로 들어갔다. 조그만 침대에서 소곤소곤 잠을 자는 아기를 확인한 병수는 안심이 되는지 소파에 털석 주저앉았다. 몸를 지탱해 주던 나무 목발을 들어 힘껏 멀리 던져 버렸다. 어린 아기의 모습은 지수보다는 병수를 닮은 아들이었다. 소파에 쓰러지듯 잠이 들었던 병수는 커다란 아기 울음소리에 눈을 떴다. 곁에 있던 아기를 위해 가루 우유로 만든 분유병을 서둘러 아기의 입에 넣어 주었다. 막무가내로 울던 아기는 그제서야 울음을 그치고 배가 고픈 듯 분유병을 꼭 문 채로 눈을 감고 계속 빨았다.

지수와 병수는 요즘 들어 새벽에도 아기의 울음소리 때문에 깨느라 늘상 선잠을 자서 항상 피곤한 모습이었다. 지수가 아이를 출산한 후 콜을 받아 일을 하기 위해서 집을 나가 들어오지 않는 동안 아기 보는 일은 다리가 불편한 병수의 몫이었다. 병수는 돈에 대한 집착이 지수만큼 강하지 못했다. 지수는 대학 생활과 짧은 기간 노가다를 뛰었던 병수에 비해 생활에 대한 애착이 집요할 정도로 강했다. 지수의 삶에 대한 성실함 때문에 피곤할 때도 있었지만, 언제나 지수의 생각이 현실 생활에서는 옳다는 것을 병수는 묵묵히 인정해야만 했다. 험난한 세상을 살아가기엔 '자기 자신이 너무 나약한 것이 아닌가.'라는 그동안 생각하지 못했던 현실 때문에 불안하였다. 병수는 분유병을 빨다가 입에 문 채로 새록새록 조그만 소리를 내면서 잠이 든 아기의 볼록한 볼을 가만히 손으로 만져 보곤 했다. 아기의 볼은 만지면 무너질 듯 너무나 약하고 부드러운 감촉이 느껴졌다. 정말 신기한 일이었다. '자신과 똑같이 닮은 아기가 어떻게 태어날 수가 있었을까?'라는 생각을 하면서 병수는 생명의 신비로운 탄생에 경탄했다. 보면 볼수록 귀엽고 사랑스러운 아기였다. 병수는 아무리 보아도 질리지 않는 아기의 얼굴을 보면서 아기가 깨지 않도록 조심했다. 아기의 엉덩이 근처를 만져 보고는 축축한 느낌에 하얀 기저귀를 찾아다가 다시 바꾸었다. 축축한 채로 아기가 끼고 있는 기저귀는 아기의 약한 피부에 습진 등의 피부병을 유발할 수도 있다며 지수가 항상 바꾸어 주는 걸 보았다. 아기가 잠에 한 번 빠지면 큰 소리에도 불구하고 잠이 깨지 않다가, 배가 고프면 깨어나서 큰 소리를 내면서 울곤 했다. 우는 아기를 달래기엔 분유병이 유일한 해결책이었다. 아기와 지내면서 체득한 병수의 육아법이었다. 지수도 병수 이상으로 아기를 사랑하는 마음으로 돌봤다. 병수보다 오히려 아기에게 그녀의 시간과 신경을 더 썼다.

"우리가 만든 아기니까…. 끝까지 잘 키워야만 해요. 아기는 항상 행복하게 살도록 키울 거예요. 아기가 컸을 때 우리를 부모로 만난 것에 감사하게 만들 거란 말이에요."

지수는 몸에서 갓 나온 주먹만한 아기를 그녀의 가슴에 끌어안고 병수에게 다짐하듯 말했다. 아기에 대한 애정은 그동안 살아온 환경을 전부 부정할 수 있을 정도로 지수에게는 세상의 모든 엄마보다 강한 것이다. 병수는 아기가 잠든 모습을 곁에서 한없이 지켜봤다. 아기의 어른 손가락만한 손에 생긴 오밀조밀한 아기의 손금이 너무 신기했다.

테라스의 빈 의자에 몸을 기댄 채 앉은 병수는 담배를 피워 물었다. 그가 피운 담배 연기가 하얀 입김과 함께 차가운 공기 속으로 퍼져 나갔다. 병수는 이젠 아기 이외에 혼자만 있는 시간이 늘어만 갔다. 다리 한쪽을 잃은 후로 자꾸만 알고 지내던 사람마저도 만나는 것이 두려워졌다. 이런 증상이 심할 때는 마치 자폐증 환자가 된 듯 불을 끈 채로 좁고 어두운 지수의 방안에 틀어박혀 하루 종일 멍하니 누워 있곤 했다. 많은 생각들이 머릿속에 간간히 흐르다가도 어쩔 수가 없이 떠오르는 소희에 대한 생각 때문에 미쳐 버릴 것만 같았다. 멀어져만 가는 소희의 모습을 기억에서 지우고자 했다. 그러나, 그리하면 할수록 선명하게 떠오르는 환하게 웃는 소희의 모습 때문에 병수는 다시 불안에 휩싸였다. 불안감은 사랑하는 소희를 기억 속에서 지워야만 한다는 절망감으로 변하여 가슴

159

깊이 파고들었다. 소희를 생각하지 않는 세상이 외롭고 허전하리라는 생각은 황량한 겨울바람처럼 그의 마음을 병들게 했다. 깊어질 대로 깊어진 내면의 갈등 때문에 병수는 너무 가슴이 터질 것만 같았다. 앞으로 병수가 어떻게 행동해야 할지를 이끌어 주는 존재가 있었으면 하는 바람도 해 보았다. 너무나 변덕스러운 자신의 마음을 차라리 저주하고 싶었다. 자신을 위해 희생하다시피 살고 있는 지수와의 따뜻한 인연을 비정하게 끊고 다시 소희와 만난다는 것은 병수로서는 상상할 수 조차도 없는 것이었다. 설사 굳게 마음먹고 그렇게 한다고 해도, 이미 잃어버린 다리를 가진 불구의 모습으로 소희에게 충격을 주면서까지 다가설 자신이 없었다. 그러나, 그리움이 심해질 때면 차라리 모든 현실을 지워 버리고 소희 앞으로 달려가고 싶은 충동을 느끼곤 했다. 그토록 잊을래도 잊을 수가 없는 소희. 그녀를 멀리 피하면서 사는 것보다 모든 잘못을 고백하고 용서를 구하고도 싶었다.

머리를 숙인 채 담배 연기를 배 속까지 깊이 빨아들이곤 다시 숨이 끊어질 때까지 내쉬었다. 때로는 몸도 마음도 받은 상처로 인해 피폐하게 된 병수 대신 모든 여자가 원하는 백마를 탄 왕자가 소희에게 나타나 주길 간절하게 바랬다. 담배 연기처럼 가야 할 길을 모르고 헤메다가 어느 순간 사라져 버리는 허상 그것이 병수의 그리움이었다. 병수는 생각이 혼란스러울수록 다시금 지수의 존재를 기억해야만 했다. 병수가 살아야만 하는 이유가 지수에 대한 의무감 때문이라는 생각도 들었다. 머릿속은 점점 더 어지러운 생각들이 뒤섞여 병수의 몸 전체를 파고 들었다. 정리되지 않은 많은 생각들과 삶에 대한 부담감이 지나치리만큼 병수의 내면을 지치게 하였다.

장면 29

　한겨울의 매서운 추위가 며칠간 몰아치더니 오늘에서야 따스한 기운이 감돌았다. 어젯밤만 하더라도 강하게 불었던 바람은 언제 그랬냐는 듯 거짓말같이 잠잠해졌다. 동욱은 마음이 들떠서 써클룸으로 향했다. 특별히 누구를 만날 약속이 있는 것도 아니었다. 겨울 방학이 시작될 때 잡지사에서 영어 번역 아르바이트를 했다. 아르바이트가 끝나고 돈을 받자 제일 먼저 떠오르는 곳이 오랫동안 회장으로 정이 들었던 써클이었다. 겨울 방학이 중반에 이르러서인지 써클룸엔 누가 있으리라는 기대는 처음부터 없었다. 그러나 혹시 있을지 모르는 후배들을 만나서 술이라도 한잔 사고 싶었다. 써클룸에 오자 우선 텅빈 써클룸이 깨끗이 정리되어 있는 것에 놀랐다. 방학 때는 항상 돌보는 사람이 없어 개학이 될 때마다 써클 식구들이 모여 대청소를 해야만 사람이 사는 곳 같은 냄새가 나곤 했다. 동욱은 아무도 없는 이곳에서 따뜻하게 스며드는 스팀 증기에 나른해지는 것을 느꼈다. 씨디 테이블로 가서 '쇼팽의 〈녹턴〉'을 선택하고 다시 소파에 몸을 맡겼다. 연주되는 음악을 감상하는 도중 나른해진 동욱은 자신도 모르게 스르르 잠이 들었다. 한참 동안 잠을 자다가 무언가 인기척을 느낀 그는 살며시 눈을 떴다. 아직도 계속 돌아가고 있던 씨디 테이블로 눈이 갔다.

　"엄청 피곤했나 보네?"

　동욱은 깜짝 놀라면서 소리나는 쪽을 쳐다보았다. 소희는 검정색 롱코트를 벗지도 않고 걸친 채로 옆에 있던 테이블 위에 걸터앉았다.

　"와 오래간만이다. 네가 웬일이냐? 방학인데."

"그건 내가 할 소리인데…. 난 써클룸에 자주 나왔었거든."

소희는 얕은 미소를 띠면서 동욱의 말이 당치 않다는 듯 말했다.

"그건 그렇고 소희 넌 방학 동안 어떻게 지냈냐?"

"글쎄 네가 추측해 봐. 내가 어떻게 지냈는지?"

"그래?"

동욱은 몸을 일으켜 세우고 세수하듯 얼굴을 감쌌다. 소희는 방학인데도 불구하고 학교를 계속해서 나오곤 했다. 이제 일 년 남짓이 지나면 떠나게 될 학교가 새삼 그리워질 것 같았기 때문이었다. 소희는 학교를 졸업하고 새로운 세계로 나가게 될 것에 대한 두려움이 있었다. 언젠가 이곳에 들를지도 모르는 병수가 소희의 모습이 사라진 써클룸을 보고 절망할지도 모른다는 생각 때문에 학교를 떠나고 싶지 않았다. 병수의 얼굴을 보지 못한지도 네 학기 정도가 흘러가고 있었지만 소희에게 병수의 존재가 잊혀지기는커녕 더욱 절실히 다가왔다. 소희에게는 흐르는 시간이 무심하게도 소중한 기억들은 사라지지 않았다. 병수에 대한 언제나 한결같던 소희의 집착은 이젠 그리움으로 바뀌었다. 그녀의 마음을 진심으로 알아주는 사람이 소희의 주위엔 아무도 없음을 알고 가슴앓이만 해야 했다.

"소희 네 얼굴이 전보단 많이 나아졌는 걸."

"무슨 말이야? 그게."

"네가 여자로서 성숙한 아름다움이 보인다는 뜻이다."

"그래? 내가?"

"너도 이젠 남자가 다 됐구나."

"임마, 언제는 내가 남자가 아니었냐? 하긴 소희 너한테는 남자로 안 보일지도 모르지만."

소희의 얼굴을 쳐다보면서 동욱은 얼굴에 여전히 미소를 띄운 채 말을
했다.

"학교에 오면서 발걸음이 무거웠는데 아무도 없을까 봐서…."

"어쨌든 노처녀 얼굴이라도 보니까~. 정말 반갑다."

"내가 노처녀라구? 취소해! 당장."

소희는 화를 내며 날카롭게 소리를 지르고 있었지만 여전히 미소를 띄
우고 있었다. 스스럼없이 대화하는 동욱이지만 엄밀히 말하면 소희는
그보다 한 살이나 어린 나이였다. 나이와 상관없이 소희와 동욱은 언제
나 동기로 통했다. 병수 때문이었다. 병수와 사귀고 있던 소희에게 나이
어린 후배라는 이유로 말을 함부로 했다가는 병수의 강한 불만이 터져
나올 것이라는 일종의 배려 차원이었다. 소희는 잠시 동안 그녀의 팔목
에 있는 손목시계를 쳐다보았다.

"오늘은 약속이 있나 보구나?"

동욱은 아쉬워하면서 기지개를 펴고 참았던 하품을 시원스럽게 했다.

"아니야…. 시계를 보는 게 이젠 버릇이 되어 버렸어."

"그러면 오늘 우리 술 한잔할래? 내가 살게."

동욱은 때를 놓칠세라 소희한테 술을 마시자고 보챘다. 그들은 말없
이 누군가 같이 할 다른 서클 후배가 나타나기를 기다렸다. 한참 동안 기
다려도 나타나는 후배가 없자 써클룸을 빠져나와 학교 앞에 있는 카페
로 향했다.

"소희 너도 참~. 그렇지…. 뭣하려고 매일 학교는 나왔어?"

동욱은 어이가 없다는 표정을 지으면서 물었다.

"나도 모르겠어…. 학교에 나와 써클룸에 앉아 있으면 여러 사진들도 볼 수 있고…. 그냥 마음이 편해져서."

"사진이라니?"

"행사 때 찍은 사진들하고 엠티 때 설악산에서 찍은 사진들."

소희는 맥주잔을 들고 맥주를 한 모금 마셨다. 동욱은 머리를 갸우뚱거리며 뭔가를 생각하더니 고개를 저었다.

"옳아. 너 또 병수 때문에 그랬구나."

사진들마다 병수의 모습이 들어 있다는 것을 기억해 낸 동욱은 이내 소희의 마음을 알 것도 같았다. 소희는 대답을 하지 않고 동욱의 눈을 뚫어지게 바라봤다.

"그 자식은 도대체 어디서 무얼 하는 거야? 아니 절친인 나한테까지 연락두절하는 놈이 어딨어?"

동욱은 화를 내면서 독설을 하듯 퍼부어댔다.

"너무 그러지 마. 동욱아. 오빠는 우리가 모르는 사정이 있을 거야. 내가 오빠를 보고 싶어하는 것. 나만…, 나만 그럴지도 몰라."

"소희야 그렇게 자신없게 말할 필요는 없어. 녀석이 너를 사랑한다는 거 너무 잘 알아. 내가 말해 줄까? 이건 비밀인데. 네가 우리 써클에 들어온 순간부터 여자에 관심조차 없던 병수가…, 어떻게 변했는지 알아?"

"동욱아 그런 이야기를 이제 하면 어떻게 하니? 제발 말해 줄래? 듣고 싶어."

소희는 몰랐던 병수의 비밀을 알고 싶어서 동욱을 호기심 어린 눈으로 바라봤다.

"술도 좋아하지 않던 녀석이 어느 날 갑자기 나한테 술을 먹으러 가자

캐논을 사랑한 여자

는 거야. 그래서 난 이게 웬 떡이냐 싶어 따라갔지. 난 공짜 술은 지옥까지 따라가 마실 정도로 좋아하는 거 알지? 그런데 녀석이 취하니까…. 네 이야기로 밤을 새더라. 너를 죽도록 사랑한다고 말이야."

"그때가 언제쯤인데?"

"모르긴 해도 너와의 관계가 굳어지기 전…. 남의 마음은 알지도 못하고서 말이지."

말을 끝낸 동욱은 소희를 바라보면서 쓴 웃음을 지어 보였다. 소희는 어느새 슬픔이 묻어나오는 감정 때문에 눈에 눈물이 글썽거렸다.

"난 소희 네가 이렇게 지내는 것만 봐도 이젠 화가 나서 미치겠어. 네가 뭐 조선시대 춘향이라도 되냐? 하긴, 너나 병수가 무슨 잘못이 있겠냐? 옆에서 딱히 도움도 못 주고 너희를 바라봐야만 하는 내가 문제지."

동욱은 턱까지 차오르는 울분을 삭이지 못하고 테이블을 주먹으로 탁 소리를 내면서 쳤다. 주위의 테이블에서 그들의 자리로 시선이 모아지지만 동욱은 전혀 신경쓰지 않았다.

"동욱아 제발 그러지 마."

"너무 화가 나서 그래."

소희는 주변을 의식하면서 애원하는 눈빛으로 점점 격해져만 가는 동욱의 돌발적 행동을 막고자 했다.

"차라리 네가 창우 형을 사귀었으면 좋았을 것을."

소희는 이젠 그의 눈을 뚫어져라 바라볼 뿐 말이 없었다. 동욱의 계속되는 넋두리는 끝을 몰랐다.

"소희 너는 알지 못하겠지만 창우 형이 술만 마시면 너에 대한 노래를 불렀던 것을 나는 모르는 채 그냥 듣고만 있었지. 왠지 알아? 병수 그놈의 자식이 돌아오고 그래서 네가 잘 되길 바랬기 때문이야. 그런데 이게 뭐야? 형은 소희 너를 처음 봤을 때부터 마음에 들어 했지. 사실 이런 말을 들으면 희경이가 충격을 받을 일이지만 처음엔 희경이를 여자로 생각조차 하지 않았던 거야. 형이 너에 대한 미련 때문에 나한테 술주정, 아니 고민을 털어놓았었지. 그런데 그때 희경이가 창우 형을 좋아한 거지."

"다행이구나. 지금은 희경이와 창우 형이 잘 되고 있는 것 같아서."

"그래도 조금 불안해. 창우 형 성격을 잘 알거든, 너무 집착한단 말이야. 한 번 원했던 것을 포기하는 법이 없더라고. 도대체 내가 무슨 죄가 있느냐 이 말이지. 누구 편에 서서 내가 행동을 해야 하는 것이야? 희경이? … 너? 아니면 창우 형? 말 좀 해 봐?"

소희는 동욱의 말을 더 이상 듣고 싶지는 않았다. 술에 취한 동욱은 소희의 마음은 아랑곳하지 않고 소리를 지르며 말을 이어 갔다. 그동안 누구에게도 말할 수가 없었던 이야기를 소희를 만나 술김에 모두 다 털어놓았다.

"병수 이 자식 진짜 나쁜놈이라고. 써클에서 이렇게 여자 문제를 복잡하게 얽히게 하느냔 말이야? 일은 싸질러 놓고 말없이 사라져 버리면 다냐구?"

쌓였던 감정이 술 때문에 폭발한 듯 끝없이 이어지는 동욱의 소리는 소희의 어깨 너머로 메아리쳐 울렸다. 오랫동안 가졌을 동욱의 고민과 괴로움을 소희는 이제서야 이해할 수가 있었다. 소희는 자신도 견디기 힘든 고통을 참고 오랫동안 표현하지 않았던 동욱에게 한없이 진심으로 미안하고 고마웠다.

장면 30

　밤바람이 살을 에이려는 듯 거세게 불고 있었지만 포장마차 안에는 몇 개의 붉게 타오르는 연탄 화로 때문에 후끈거렸다. 지수와 병수가 선택한 지하철역 근처의 공터에 포장마차를 고정시키는 작업을 했다. 파란 폴리 비닐로 둘러싼 포장마차는 제법 넓은 텐트 모양을 하였다. 자리세와 권리금을 길거리 포장마차를 관리하는 사람에게 주어야 한다는 조건으로 얻은 자리였다. 병수는 목발을 옆에 세워 둔 채 커다란 망치로 포장마차의 모서리 부분을 고정시켰다. 포장마차를 고정시키면 하나의 가게처럼 움직이지 않는 포장마차가 되는 것이었다. 안으로는 조그만 주방과 창고를 나눌 만큼 공간이 넓었다. 지수는 포장마차 내부의 요리 진열장 안에서 음식 준비를 다하고 이마에 흐르는 땀을 닦았다. 일을 끝내고 포장마차를 전체적으로 둘러보던 병수는 지수를 향해 절뚝거리는 걸음으로 다가왔다.

　"너무 훌륭해요. 병수 씨."

　지수는 병수의 모습을 오랫동안 쳐다보면서 잘 갖추어진 포장마차를 보면서 꿈에 부풀었다. 지수는 너무 행복해 보였다. 지수는 다시 포장마차 안으로 들어가서 입술에 립스틱을 바르더니 시장에서 갓 사 온 안주거리를 다듬느라 정신이 없었다. 가벼운 감기 때문에 자주 콜록거리는 아기를 돌보던 병수는 지수의 능숙하게 해산물 다루는 솜씨를 오랫동안 지켜보았다. 골뱅이와 오징어 등 해산물과 고기 등이 유리로 만든 사각형의 진열대 위로 먹음직스럽게 진열되었다. 무언가 부족해 보이는 포장마차였으나 손님 맞을 준비가 끝나 각자 맡은 일을 할 준비를 했다. 지수는 술 손님과 직접 얼굴을 맞대는 주방에서 즉석 요리를 만들었다. 병수는 아기의 유모차를 끌면서 뒤에 있는 공간에서 필요한 요리 재료를 다듬었다. 처음하는 일이라 다소 서툴기는 해도 시간이 가면 익숙해질 것만 같았다. 병수는 지수가 일하는 공간에는 한 번도 얼굴을 내밀지 않았다. 포장마차를 운영하는 지수의 요구였다. 지수가 요리감이 떨어졌을 때 그를 찾는 것 이외엔 얼굴을 마주 대하기가 어려웠다. 밤이 깊어가자 집으로 돌아가다 출출한 속을 술로 채우려는 사람들로 포장마차가 붐비기 시작했다.

"아 추워~. 여기 소주나 한 병 주세요. 아줌마. 어? 아주 미인이신데 아가씬가요?"

"그렇게 손님이 봐 주시니…. 기분이라도 좋네요."

지수는 정장 차림 청년이 하는 말에 그의 얼굴도 보지 않고 넉살 좋게 대하면서 안주를 준비했다.

"아가씨면 내가 어떻게 해 볼려구 그러죠. 하기사 아가씨가 시집도 못 가려고 포장마차를 할 리가 없지."

"손님은 농담도 잘하시네요."

청년은 건네 준 소주잔에 술부터 따르더니 벌컥 들이켰다.

"손님 얼굴에 혈기가 넘쳐나니 보기 좋아요."

"아가씨도 매력적이네요…."

"그렇게 말해 주니 고맙네요."

손님의 말에 대꾸하면서 부지런히 주문을 받고 요리를 하던 지수의 뒷모습만 병수는 멍하니 바라볼 뿐이었다. 얼굴에는 웃음을 가득 머금고 처음 오는 손님에게 좋은 인상을 주기 위해 지수는 열심히 일을 하였다.

캐논을 사랑한 여자

손님들이 끊길 때면 지수는 환한 얼굴로 병수에게 다가와 그에게 안겨서 잠자던 아기를 건네받아 자연스럽게 그녀의 젖을 물리곤 했다. 그럴 때면 아기는 눈을 감은 채로 엄마의 부풀어 오른 젖을 빨곤 했다.

"첫날인데도 사람들이 이렇게 몰리는 것을 보면 자리가 좋은 것 같아요. 이젠 우리 앞으로 돈 때문에 걱정하지 않아도 될 것 같아요."

지수는 어색하게 서 있던 병수에게 환한 미소를 지으면서 말했다.

"지수 씨가 이렇게 일을 잘하는 걸 보니…, 다행이라 생각해."

"그럼요 절 믿으세요. 우리 약속했잖아요. 남들보다 행복하게 살기로."

지수는 밖에서 인기척이 보이자 젖을 빨던 아기를 병수에게 맡기고 다시 요리를 하기 위해 주방으로 나갔다.

"아줌마 여기서 처음 보는 얼굴인데 얼굴이 예쁘네?"

손님들 중 한 명이 농담을 건네는 소리가 병수의 귀까지 들렸다.

"그래요? 그렇게 말해 주니 고맙네요…."

"소주 세 병하고 골뱅이요. 그리고 아줌씨가 마음에 드니까 팔팔한 장어가 먹고 싶네요."

"네…. 쫄깃쫄깃 맛있게 해 드릴게요."

"아줌마가 직접 고른 장어로 해 주세요."

"네 알아서 모시겠습니다. 앞으로도 자주 들러 주세요. 네?"

"그거야, 아줌씨 하기에 달린 거지 뭐~. 아줌마 얼굴이 예쁘니까. 자주 들러야죠."

손님의 기분을 맞추어 주면서 술과 안주를 권하는 솜씨가 지수의 몸에 밴듯 아주 자연스러웠다. 병수는 주방에서 들리는 지수와 손님의 대화 내용들 때문에 신경이 날카로워지고 있음을 느꼈다. 병수는 주방에서의 대화가 계속되자 창고에 앉아서 아기에만 신경을 집중하려고 노력했다. 낯선 사람들과 부딪쳐 돈을 버는 일이라 그들과 친밀하게 섞여 가며 갖가지 어려움을 슬기롭게 대처하는 행동이 필요했다. 지수가 손님들과 나누는 듣기 거북한, 낯 뜨거운 대화 내용도 병수는 기꺼이 이해하고자 노력했다. 지수는 일을 하다가 일이 서투른 병수가 멋적어 하는 모습을 볼 때면 샌님이라고 놀리곤 했다. 세상을 살아가는 데에는 처한 환경에 적응하며 변해야 된다며 적극적으로 살라는 말을 병수에게 스스럼 없이 말하게 된 지수였다. 지수의 당연한 요구에도 병수가 익숙해지기 위해서는 시간이 걸렸다. 지수는 최선을 다해 병수와 아기를 위하여 살 것이라고 반복해서 다짐하듯 말하곤 했다. 기회가 될 때마다 보듬어 안은 아기가 병수를 닮았다고 항상 기뻐하는 지수였다. 다만 예전에 병수를 선생님이라고 따르던 예절 바른 지수의 모습은 이미 사라진 지가 오래되었다.

장면 31

병수는 어디론가를 향해 바쁘게 달려갔다. 앞에서 기다리던 소희가 병수를 보자 얼굴 가득 미소를 띄운다. 소희를 포옹하던 병수는 자연스럽게 그녀의 입술에 부드러운 키스를 했다. 예전과 다름없는 부드럽고 감미로운 키스를 끝없이 하였다. 병수는 소희를 만난 행복에 만족하며 즐거움으로 온통 가득차 있었다. 그런데 어디선가 나타난 검정 복면의 남자들이 소희의 몸을 강제로 끌고 가려고 하였다. 놀란 병수는 갑자기 심장이 멎을 듯한 통증을 느꼈다. 복면의 남자들을 저지하려 하였지만 안타깝게 그가 흔드는 손은 허공을 맴돌 뿐이었다. 어느 순간 병수가 정신을 차리자 앞에는 하염없이 울고 있는 소희의 얼굴이 나타났다. 손을 뻗쳐 몸을 잡으려고 하면 소희는 병수로부터 한 발짝, 한 발짝 뒤로 물러나는 것이었다. 잡히지 않는 그녀의 모습을 병수가 계속해서 따라가지만 소희는 다가서는 그보다 더욱 빨리 떠나는 것이었다. 병수는 멀어져만 가는 소희 때문에 안타깝게 소리쳤다.

"소희야! 소희야!"

하염없이 소희의 이름을 부르다가 병수는 갑자기 잠에서 깨어났다. 꿈이었다는 것을 깨닫고 긴 한숨을 내쉬었다. 병수는 침대로부터 떨어진 이불을 집으려고 몸을 구부렸다. 꿈을 꾸면서 잠자리가 혼란스러워 덮고 있던 이불마저도 차 버린 모양이었다.

"소희가 누구예요? 그 소희라는 이름….."

지수는 잠에서 아직 깨지 않아 여운이 남아 있던 병수를 다그쳤다. 그녀는 병수가 꿈을 꿀 때부터 침대의 스탠드를 켠 채 지켜보았다. 그가 깨어나기를 오래전부터 기다리고 있었던 지수는 피곤한 얼굴이었다.

"누구라고? 무슨 소리하는 거야?"

"다 들었어요. 당신이 잠을 자다 말했잖아요. 거짓말하지 말고…. 말해 봐요. 소희라는 여자…. 병수 씨 대학교 다닐 때 애인이었다던. 그 여자친구가 맞네. 아직도 그 여자를 잊지 못하고 있군요. 그렇죠?"

"무슨 소리야? 내가 꿈을 꾼 거야."

병수는 긴장을 하고 있던 지수에게 조용하게 타이르면서 말했다.

"우리 피곤하니 잠이나 자자구. 어제 장사하느라 너무 힘들어 했잖아."

"저는 더 이상 잠이 오지 않을 것 같아요."

지수는 병수를 침실에 남겨 둔 채 갑자기 일어나 거실로 쏜살같이 나갔다. 병수도 다시 잠을 청하기엔 힘들 정도로 정신이 맑아졌다. 심각한 표정을 지으며 나간 지수가 걱정이 되자 병수는 자리에서 일어났다. 거실의 소파에 앉아 담배를 피우고 있는 지수의 모습을 본 병수는 조용히 다가갔다.

"미안해…. 지수 씨. 당신을 자꾸만 괴롭게 해서."

"꿈이나 꾸는 모습을 보고 제가 왜 괴로워해야 하나요?"

지수의 눈은 쏟아지는 눈물 때문에 빨갛게 충혈되었다. 병수는 반항하는 지수의 몸을 꼬옥 끌어안았다. 병수는 지수의 양 어깨 위에 손을 얹고는 마사지를 하면서 그녀의 어깨를 말없이 다독거렸다.

"저와 함께 살면서도 아직도 소희 씨를 잊지 못하고 있네요."

입술을 깨물며 차분하게 말하는 지수에게 병수는 이렇다 할 변명도 하지 못하고 대신 그의 팔에 힘을 주어 여전히 마사지를 할 뿐이었다.

"지금도 사랑하고 있나요? 그 여자를? 병수 씨의 사랑을 독차지하고 싶은 게 저만의 큰 욕심인가요?"

"아니 그렇치가 않아. 지수 씨."

엎드려 울먹이는 지수는 얼굴도 들지 못하고 싸늘하고 냉정한 목소리로 말하고 있었다.

"우린 아직 혼인 신고도 하지 않았어요. 하긴 결혼한 부부도 이혼을 많이 한대요."

"지수 씨. 우리 말도 안 되는 소리를 하지 말자고. 우리는 결혼식만 올리지 않았다 뿐이지 이미 부부나 다름없잖아?"

가만히 반복해 가면서 말하는 지수를 보고 사태의 심각성을 알아차린 병수는 위기 상황을 수습하려고 시도했다. 지수의 원망이 가득한 눈빛을 느끼면서 병수는 그녀를 위로할 수가 없을 것 같았다.

"내가 나쁜 여자예요. 그렇죠?"

"제발 이러지 좀 마라. 지수 씨. 나더러 어쩌라는 거야?"

병수는 어떻게든 원망하는 그녀의 마음을 돌리려 노력했다. 그러나 지수는 냉정한 눈빛으로 그를 응시하면서 차분하게 말을 이어 갔다.

"오래전부터 알고 있었어요. 저하고 함께 살게 된 이후로 병수 씨가 잠을 자다 깨어 혼자 나갈 때면… 병수 씨가 혼자 고민하는 모습이 저에게 익숙해졌어요. 말없이 지켜봐야만 했던 저도 가슴이 너무 아팠어요. 하지만 제가 어떻게…, 어떻게 해야 되나요? 말해 줘요. 병수 씨. 저도 여자예요. 술집에서 일했다고 제가 질투를 느끼지 못할 거라 생각하세요?"

병수 앞에서 얼굴이 빨갛게 달아오른 지수는 목청껏 소리를 질렀다. 이때 침실 쪽에서 잠을 자던 아기가 우는 소리가 들렸다. 크게 소리치며 흐느끼던 지수는 아기의 울음소리에 병수의 포옹을 뿌리치고는 아기를 보러 침실로 달려갔다. 병수는 소파에 털석 주저앉았다. 테이블 위에는 얼마 전에 지수가 복용했던 약봉지가 놓여 있었다. 지수는 몇 가지 약을 몸에 지니듯 항상 달고 살았다. 병수는 매일 지수가 복용하는 약에 대해서 아는 것이 없었다. 병수가 가끔 약에 대해 물어보면 지수는 피임약 또는 아스피린이란 말로 얼버무렸었다. 지수는 자신이 복용하는 약에 대해 신경이 날카우리만치 예민한 반응을 보였기 때문에 병수는 더 이상 관심을 갖지는 않았다. 병수는 소파에서 지수가 두고간 담배갑을 발견하고는 담배를 한 개피 피워 물었다. 지수가 이렇게 화를 내면서, 병수에게 퍼부으며 말을 한 적이 없었다. 지수에게 마음의 상처를 준다는 것은 병수로서는 상상도 할 수 없는 일이었다. 아니, 이미 그렇게 할 자격도 없었다. 지수의 도움으로 삶의 무게를 지탱해 온 병수는 모든 운명이 지수와 한 몸으로 다정하게 살도록 예정되어 갔다.

"난 행복하게 살고 있는 거야. 지수 씨는 인생에 있어서 나의 모든 것을 만들어 가고 있는 거야. 인생을 포기하고 싶을 때마다 나를 절망 속에서 끌어내 준 것도 당신이었고 이제는 나의 분신인 아기도 주었잖아."

병수는 확신하면서 멀리 아기를 달래며 보살피던 지수에게 들으라는 듯 혼잣말로 고백하였다. 병수는 자신이 지수를 떠나는 것은 있을 수가 없는 일이라고 다짐해 왔다. 병수는 마음을 강하고 단단하게 만들어 모든 것을 과거로부터 지워 버리고 싶었다. 모든 것을 잊은 채로 함께 사는 지수에게만 최선을 다하고 싶었다.

장면 32

 기나긴 겨울의 끝을 알리기 위해 기지개를 펴는 것처럼 앙상했던 나뭇가지마다 파릇파릇한 잎이 돋아났다. 이른 봄을 기다리는 것에 시샘이라도 하는 듯 여전히 차가운 바람이 불었다. 소희는 학교를 떠나 병수와 '백마'라는 곳에 가서 무명 가수의 노래를 들으면서 민속주를 마셨던 것이 새삼 머릿속에 떠올랐다. 신촌에서 덜덜거리는 기차를 타고 병수가 인도하는 곳으로 소희는 무작정 따라갔다. 심하게 흔들리는 기차에서도 어떠한 불평도 하지 않고 말이 없이 창밖만 바라볼 뿐인 어색한 여행에도 소희는 마냥 행복했다. 병수와 어디든 함께 떠나서 곁에 있는 것 자체가 소희의 행복이었다. 소희는 떠오르는 옛 기억을 끄집어내며 쓸쓸하게 생각에 잠겼다.

 울긋불긋한 캠퍼스 안에는 카메라의 플래시 터지는 소리와 함께 웃음소리가 넘쳐 났다. 대학교 졸업식 날이라 학교로 들어가는데 발디딜 틈이 없이 붐볐다. 졸업식이 시작된 대학의 넓은 운동장은 거대한 주차장으로 변했다. 목에 검정 리본이 달린 흰색 블라우스와 감청색 스커트 정장 차림의 소희는 주차장에 차를 주차시킨 후 꽃다발을 들고 졸업식장으로 향했다. 창우의 졸업식을 축하하기 위해 가는 중이었다. 소희는 처음엔 창우의 졸업식에 가는 것을 왠지 꺼려했다. 친구인 희경이 소희가 졸업식에 와서 창우를 축하해 주길 원했기 때문에 마지못해 온 것이었다. 소희는 졸업식장 먼 발치에서 이제 갓 졸업식이 끝나 각자의 길로 흩어지는 졸업생들 중에 창우를 발견했다. 창우의 부모님인 듯한 부부와 희경과 그리고 그녀의 아버지가 함께 있었다. 신사티가 나도록 깔끔하게 차려입은 동욱과 함께 창우가 동산 쪽으로 가고 있는 것도 보였다.

"늦어서 미안해."

"거봐요. 오빠. 소희가 온 댔잖아요."

희경은 눈꼽아 기다리던 소희를 보자 기뻐하면서 반갑게 맞았다.

"고마워. 내 졸업을 축하해 줘서."

창우는 꽃을 받아 들고 가슴 깊이 꽃향기를 들이켰다. 희경은 어리둥
절하는 소희에게 그곳에 있던 창우의 부모와 그녀의 아버지를 소개했
다. 어른들에게 고개 숙여 인사를 한 소희는 모두와 함께 기념사진을 찍
었다. 창우는 주위에 있던 사람들의 눈치는 아랑곳하지 않고 소희와 단
둘이서 여러 장의 사진을 더 찍었다. 희경은 눈가에 미소를 띠우면서 소
희와 창우의 곁에서 떠날 줄을 몰랐다.

"소희야, 우리는 내후년 이맘 때면 졸업하겠지?"

동욱은 졸업하는 창우가 부러운 듯 소희에게 조용하게 말했다.

"응, 그래."

모두가 사진을 찍는 일에 지쳐 있을 쯤 그들은 승용차에 나눠 타고 예
약이 되어 있던 강남의 한 호텔로 향했다. 시내의 도로는 동시에 치뤄진
여러 대학의 졸업식 때문에 한꺼번에 나오는 차량들로 뒤엉켰다. 호텔
에 도착한 동욱은 얼굴이 상기된 채 호텔 안의 화려한 장식들에 매료된
모양으로 다이너룸에 들어갈 때까지 호텔 벽만 바라보았다.

"그동안 아드님 공부 뒷바라지하시느라 고생을 많이 하셨습니다."

"별 말씀을 부모가 자식 뒷바라지하는 것은 당연하지요."

테이블 위엔 계속해서 들어오는 코스 음식이 채워지며 식욕을 돋우었
다. 조용히 음식을 즐기던 그들은 어른 들의 대화를 방해하지 않도록 각

별히 신경을 썼다.

"아드님을 전에도 한 번 봤는데 정말 자랑스런 아드님을 두셨습니다. 아드님이 갈수록 탐이 납니다. 그려."

"그렇게 말씀하시니 감사합니다. 변변하지 못한 아들을 그렇게 좋게 봐주시니."

"저도 과년한 딸이…."

희경은 창우 부모의 뚫어지게 바라보는 시선에 멋적어 하면서도 얼굴에 미소를 띄는 것을 잊지 않았다. 그들 일행과 식사를 마친 소희와 동욱은 조용히 자리를 떴다. 호텔 입구까지 따라 나와 미안해하는 창우와 희경에게 손짓으로 인사하고 호텔을 빠져나와 강남대로를 지났다. 옆 자리에 앉아 운전하는 소희의 모습을 바라보던 동욱은 말벗이라도 되려고 말을 시작했다.

"난 그 호텔에 처음 가 봤는데 너무 화려하더라."

"얘는…. 우리가 창우 선배 졸업 축하를 하려고 갔지. 호텔 구경하러 갔니?"

동욱의 엉성한 말에 소희는 장난스럽게 말을 받아쳤다.

"근데 소희 너 정말 예쁜데 그런 옷을 입으니까. 뭐랄까. 아가씨같은 티가 나고."

"그래 네가 청바지만 입은 나를 봐서 그럴 거야. 나도 멋을 내면 이쁜 걸 뭐."

"하긴 네 말이 맞지. 나한테는 항상 청바지를 입은 네 모습 밖엔 없었으니까. 지금 너의 모습이 환상적일 수밖에."

"칭찬은 이제 그만하고…."

소희는 계속되는 동욱의 칭찬 릴레이에 어색해했다. 학교 주차장에 차를 주차시킨 후 그들은 써클룸으로 향했다.

"어라. 어른도 없는 데서 이게 무슨 소란이야?"

버럭 소리를 지르는 척하던 동욱은 금새 얼굴에 익살스런 미소를 띠웠다.

후배 몇 명이서 이른 저녁인데도 맥주병과 마른 안주를 테이블 위에 놓고 술을 마시고 있다가 그들을 반갑게 맞이했다.

"너희들이 외로운 선배의 마음을 아는구나."

동욱은 여자 후배로부터 뺏은 맥주 잔을 들이키면서 진지하게 말했다.

"선배님 오늘은 모습이 조금 달라 보이네요."

"왜 내가 새서방같아?"

"맞아요. 그 표현 새서방."

여자 후배들이 일시에 웃음을 터뜨렸다. 일제히 터지는 웃음소리에 동욱은 부끄러워하며 얼굴빛이 빨갛게 변했다.

"근데 너희들이, 오늘 무슨 일이 있는 거야?"

"모르셨어요? 오늘이 지영이네 일주년 행사잖아요."

"지영이네라니?"

지영이와 옆에 앉아 있던 상철이 고개를 푹 숙였다. 그들은 매우 심각한 표정으로 술에 취해 얼굴마저도 빨개졌다.

"오, 새로운 커플 말이지. 우리 써클은 이래서 좋아. 매년 새로운 사랑의 주인공들이 생긴단 말이야."

"근데 연로한 선배님은 뭐했어요? 졸업할 때가 다 되어 가는데 아직 변변한 짝 하나 없구?"

캐논을 사랑한 여자

동욱의 옆에 앉아서 맥주를 따르던 영아가 농담조로 물었다.

"몰랐냐? 나 여자하고는 담 쌓은 거? 소희야 너도 한잔하자."

동욱은 입구에 서서 그들의 술 마시는 모습을 가만히 지켜보기만 하던 소희에게 말을 돌렸다.

"소희 언니는 요즘 새로운 남자친구 없어요?"

영아는 소희를 쳐다보면서 인사 겸 해서 조심스럽게 물었다.

"영아야, 언니한테 괜찮은 남자가 있으면 연결 좀 시켜라. 내가 봐도 너무 외로워하는 것 같으니까."

동욱의 구김 없는 솔직한 말에 소희는 말없이 미소만 띄울 뿐이었다.

"에그, 뚱쟁이~. 선배님부터 걱정하시라니까요. 남이나 챙기니까 정작 본인은 없지. 제가 가만 있을 것 같아요? 오빠같이 멋 없는 남자 옆에 있어야만 하는 불쌍한 언니를 위해서라도 소희 언니에게 멋있는 남자를 소개시켜 드릴게요."

영아는 동욱의 말이 끝나기가 무섭게 말을 낚아채고는 투덜거렸다.

"애는 선배 알기를 우습게 알아. 난 여자 걱정은 안 해. 때가 되면 어련히 내 짝이 나타날려구. 이렇게 잘생긴 미남을 그냥 놔두겠어 나의 님이?"

"그러니까 선배님은 우리 써클에서도 소문난 왕자병이라니까."

영아는 동욱에게 지지 않으려는 듯 그의 말을 여전히 받아쳤다.

"지영아, 너의 일주년 축하해."

소희는 지영에게 다가가며 그들의 커플 일주년 기념을 진심으로 축하해 주었다.

"고마워요. 언니. 사실은 상철 오빠가 곧 군대에 가게 되거든요. 그래서 모인 자리예요."

지영은 말을 하다 말고 이내 그녀의 눈에 눈물을 글썽였다.

"만나자 이별이라, 걱정하지 마. 지영아. 한국의 남자가 군대를 안 가면 누가 나라를 지키냐?"

동욱은 대수롭지 않게 지영에게 타이르며 말했다.

"달라지는 것은 없어. 남자가 군대에 가 봤자. 일 년에 한 번쯤 지나가는 할머니 얼굴 구경하는 게 고작인데."

동욱은 눈물을 글썽이는 지영의 어깨를 가볍게 두드려 주면서 위로했다.

"방위가 군대에 관해 뭘 알아요?"

"야, 너 왜 이렇게 물오른 똥강아지처럼 말하는 거냐? 내 뒷조사를 허락도 없이 한 거야?"

동욱은 눈을 흘기면서 자꾸만 그를 타겟으로 따지며 말하는 영아에게 소리쳤다.

"누가 오빠 뒷조사를 했다고 그래요? 전에 본인이 직접 나한테 다 알려 줬으면서."

"내가 그랬었나? 아무튼 난 방위래도 특별한 방위야. 현역처럼 군대 생활을 했다구. 내가 뭐 매일 도시락 싸 갖고 출근한 똥바위 출신인지 알아?"

"방위가 그렇고 그렇죠. 뭐."

동욱이 테이블을 치는 모습을 보고 놀라면서도 영아는 여전히 얼굴에 미소를 띄웠다.

"영아가 저러면서도 언제나 형의 편이에요. 아이러니라니까 형이 없을 때 얼마나 형을 챙겨 주는데요. 동욱 형이 좋은가 봐요."

"아니야. 내가 왜 이런 노땅을 좋아해?"

그들의 행동을 지켜보던 후배 중 한 명이 진지하게 건네는 말에 영아는 얼굴이 빨개진 채 질색을 하면서 말을 했다. 소희는 남자친구가 군대 가는 것 때문에 걱정하는 지영이 부러웠다. 몸은 서로 자주 만나지 못하지만 보고 싶을 땐 사랑하는 사람을 면회라도 가서 만날 수가 있기 때문이었다. 지금도 서울 어디선가에서 살아가고 있을 병수를 생각하고는 소희는 가슴이 쓰라리게 아파 왔다. 오랫동안 나타나지 않고 있는 병수였지만 소희는 아직도 그를 기다리는 모양이었다. 소희는 이젠 속마음을 드러내지 않고 후배들을 대하는 데 익숙해져 갔다.

장면 33

차창가로 스쳐 가며 추월하는 택시들이 정말 무서운 속도로 내달렸다. 노량진 수산시장에서 빠져나온 병수는 조심스럽게 포장마차가 있는 용산의 뒷골목을 향해 조심스럽게 운전해 갔다.

"이젠 이런 생활에 적응할 때도 되었잖아요."

지수는 조그만 승용차 트렁크에 몸을 반쯤 넣고 짐을 챙기는 병수에게 투정하듯 말했다. 병수는 지수의 핀잔 소리에는 아랑곳하지 않고 부지런히 저녁장을 보아 온 요리 재료를 내렸다.

"동작이 그렇게 굼뜨면 어떻게 장사를 해 먹어요? 나 당신이 답답해서 정말 못 살겠어."

언제부턴가 지수는 자신의 감정을 병수에게 직설적이고 솔직하게 털어놓기 시작했다. 거친 말이나 행동이 약해질 대로 약해진 병수에게 어떤 충격을 줄 것인가에 대해서 전혀 생각을 하지 않는 것 같았다. 거칠고 투박한 말투에도 불구하고 병수는 지수를 이해할 수가 있었다. 일이 힘들고 피곤에 지친 채로 살아가고 있는 지수의 삶을 옆에서 지켜보고 있기 때문이었다. 어느 순간에는 다시 예전의 부드러운 지수의 말로 되돌아와 병수에게 안정감을 줄 때도 있었다. 이젠 일상적으로 되어 버린 예측불허, 지수의 행동 방식이 병수를 혼란에 빠뜨리고 있는 것이다. 병수가 차를 옆 공터에 주차해 놓고 목발을 집고 포장마차 안으로 들어왔다.

"아줌마 기둥서방인가?"

술을 마시던 사내들 중의 한 명이 불쌍하다는 듯한 표정으로 병수를 쳐다보면서 말했다.

캐논을 사랑한 여자

"기둥서방은 무슨? 애기 아빠니까···. 어쩔 수가 없이 같이 살고 있는 거죠. 그렇게 멀뚱멀뚱 서 있지 말고 빨리 들어가서 생선 사 온 것 좀 다듬어 줘요!"

지수는 손님과의 대화를 들으면서 멍청하게 서 있던 병수에게 다그치듯 말했다.

"불쌍해요~. 그렇게 아줌마가 소리치면 같은 남자인 내가 열 받잖아요. 다리도 하나 없는 병신인 것 같은데 그래도 남자라고 눈에 성깔은 있는 모양이군."

비꼬며 던지는 손님의 말에 병수는 불끈 손님쪽을 돌아보았으나 이내 마음을 가다듬고는 말없이 그곳을 떠나 창고쪽으로 향했다. 병수는 커다란 생선회용 칼을 가지고 능숙하게 생선을 다듬었다. 주방에서는 여전히 지수와 손님들 간에 듣기에 거북한 수준까지 성희롱에 가까운 농담을 서로 주고 받아 가며 희희덕거리는 소리가 들렸다. 이른 새벽에서야 포장마차를 닫은 후 병수는 다듬던 생선을 주방의 그릇 위에 올려놓고 창고를 정리했다. 병수는 옆 자리에 탄 지수의 얼굴을 백미러로 아무도 모르게 훑어보았다. 지수는 몸을 가누지 못할 만큼 술에 취했다. 지수는 몸이 술에 이기지 못하는 모양 괴로워했다. 술에 취한 지수의 모습을 자주 보아 왔던 병수였기 때문에 걱정이 되었다. 병수는 아파트 주차장에 도착해서도 정신이 없이 자고 있던 지수를 흔들어 깨웠다.

"그냥 당신만 올라가."

지수는 그녀를 깨우는 병수를 향해 귀찮은 듯 소리를 질렀다. 병수는 저항하는 지수를 이끌어 힘들게 침대에 누이고 잠자는 아기를 물끄러미 바라보았다. 아기는 여전히 조그마한 모습인데도 불구하고 코를 골며 자는 모습이 너무 귀여워 보였다. 아기가 크는 속도도 놀랄 만큼 빨랐다.

"네 엄마가 일하느라 피곤해서 그러니 이해해 줘라. 응?"

병수는 자신에게 다짐이라도 하고 싶을 때면 말도 알아듣지 못하는 아기 앞에서 독백하듯 혼잣말을 하곤 했다. 복잡한 그의 감정을 아마도 지수에게 직접 말할 수가 없었던 거였다. 삶이 힘이 들면 들수록 자꾸만 생각이 과거의 기억으로부터 멀어지지 않고 있음을 두려워했다. 더 이상 과거의 기억들로부터 자신을 통제할 수가 없었다.

아파트의 문을 조용히 닫고 나오는 병수는 무엇인가를 그리워하는 표정으로 엘리베이터를 타고 내려왔다. 그의 발이 되어 주던 목발을 앞 자석에 던져 밀쳐 놓은 채로 차의 시동을 걸었다. 차는 동호대교를 지나 시원스럽게 뚫린 강변도로로 접어 들었다. 새벽녘의 한강 바람이 세차게 머리를 스쳐 지났다. 한강변에 줄지어 선 아파트들의 빛이 한강 위를 수를 놓은 듯 형형색색 환상의 세계를 만들어 갔다. 자신의 처절한 생활과 아기의 얼굴이 동시에 떠올랐다. 혼란스런 마음을 정리하고자 했으나 환영 위로 떠오르는 소희의 얼굴. 병수는 입술을 단단히 깨물고 있는 힘껏 악셀을 밟았다. 무서운 속도로 한강을 따라 질주하였다. 병수는 그순간부터 안전에 대한 생각은 할 수가 없었다. 다가오는 하행 차선의 차들이 무서운 속도로 그와 충돌하려 한다는 환상에 빠졌다. 조그만 차가 심하게 흔들리는 느낌을 받는 병수는 차들과 부딪쳐 산산히 부서진 몸이 하늘로 솟구치는 상상에 빠져들었다. 아니 상상이 아닌 현실로 다가왔으면 하고 바랐다. 그래야만 병수에게 희망의 탈출구가 열릴 것만 같았다. 차가 뒤집힐 정도의 무서운 속도만이 진정 어려운 현실로부터 그를 해방시킬 것 같았다. 현실이 미칠 정도로 싫다는 생각이 떠올라 모든 것을 버리고 영원 속으로 달려가고 싶었다.

장면 34

검정색 정장 차림의 창우는 서울 시내의 한 호텔 일층에 있는 라운지에서 소희를 만났다. 창우는 부드러운 분위기에 얼굴이 고무된 채로 편안하게 말을 시작했다.

"이렇게 나와 줘서 정말 고맙다."

"후배가 선배님이 만나자고 하면 나와야 하는 것 아니에요?"

"그래~. 여기 앉아라."

창우는 어정쩡한 모습으로 서 있던 소희에게 테이블의 의자를 빼어 자리를 권했다.

"이번엔 무슨 일이에요?"

"네가 말했잖아? 우린 선후배의 입장으로 만나는 거라고. 오늘은 시간을 갖고 편한 마음으로 이야기하자. 소희 네가 그렇게 나를 경계하는 눈으로 보는데 내가 무슨 말을 하겠니?"

소희는 오래간만에 받은 창우의 연락에 생각할 겨를도 없이 엉겁결에 만남을 승낙한 터라 긴장을 풀지 않는다. 웨이트레스를 불러 보드카를 주문한 창우는 소희를 위해 칵테일을 주문했다.

"그동안 우리가 서로 얼굴도 보지 못한 지가 오래되었지?"

"네 그래요. 희경이는 잘 지내고 있죠?"

"나를 만나는데…. 넌 늘 나보다 희경이 소식을 먼저 묻는 거냐?"

"선배님도 참~. 그동안 희경이가 어떻게 지내는지가 궁금했단 말이에요."

창우는 당황해하는 소희를 보자 내심 자신감이 충만해졌다.

"너도 똑같은 소중한 후배란 말이다. 희경이처럼 나를 만날 때, 우리 관계에 대해 그리 딱딱하게 나올 필요는 없다고 보는 사람이거든. 선후배 관계에 너무 얽메이지 말자는 말이지."

"네~, 그럴께요. 제가 성격이 급한 건가 봐요."

소희는 차분하면서도 계속되는 설득에 무안해하며 점차로 창우에 대한 경계를 풀었다. 카페에서 흘러나오는 감미로운 발라드 음악에 취해 그동안 쌓인 그들만의 앙금을 풀었다.

"선배님이 곧 희경이와 약혼한다고 들었어요."

"그건 사실이야. 집안끼리 그렇게 하기로 했지."

"축하해요. 선배님의 약혼."

창우는 맞장구치듯 강조하는 소희의 말에 반사적으로 말을 이어 나갔다.

"나중에 약혼을 정식으로 하게 되면 그때 축하를 해 주어야지. 그건 그렇고 약혼한다고 누구나 다 결혼하는 건 아니잖아?"

창우는 의미 있는 미소를 띄면서 소희의 얼굴을 정면으로 바라보았다. 그녀의 반응을 눈으로 직접 확인하고 싶어서였다. 그러나 소희의 얼굴에 어떠한 감정의 변화도 보이지 않자 이내 실망하는 눈치였다.

"넌 약혼에 대해 생각은 있는 거냐? 소희 너도 그럴 나이가 된 것 같은데."

소희는 한동안 창우를 물끄러미 쳐다보더니 마지못해 말을 이었다.

"저는 약혼 같은 것을 서두르고 싶지 않아요."

"근데, 소희 너도 많이 변한 것 같다. 전에는 지금 내가 한 말 정도면 경색을 하면서 네 표정까지 변하더니. 시간이 무섭긴 무섭네."

소희는 강렬하게 바라보는 창우의 눈빛을 피해 창밖으로 시선을 돌렸다. 소희는 창우 앞에서 애인을 둔 후배로서 당당히 행동하고 싶었다.

그러나 병수에 대한 불안한 생각과 계속되는 기약없는 기다림에 절망하였다. 보이지 않는 병수의 모습을 찾아 서울을 온통 찾아 헤맸지만 소희 혼자만의 힘으로 찾기엔 무리였다. 요즘 들어 소희도 이러한 현실의 벽을 깨달았다. 때로는 다른 여자처럼 남자를 많이 만나보고 싶다는 생각이 들었다. 병수에 대한 그리움 때문에 방황하는 소희는 자꾸만 변하는 마음을 힘을 다해 억누르고 있을 뿐이었다.

"몇 년 동안 변하지 않던 네 마음이 보지 못한 지 몇 달만에 이렇게 변할지는 난 예상 못했어."

"무슨 말씀이신지?"

"그냥 너를 본 느낌이 그래."

창우는 자신 있는 표정으로 소희의 얼굴을 똑바로 바라보며 말을 했다.

"오늘 하시고자 하는 말을 이젠 구체적으로 말씀해 주세요."

창우가 말하는 변화가 무엇인지를 소희는 너무나 잘 알았다. 다만 소희는 자신의 불편한 감정을 드러내고 싶지 않았다.

"너를 보자고 한 것은 우리가 그동안 소홀히 한 선배와 후배로서의 관계를 굳건히 하기 위해서야. 네가 나를 멀리할 이유를 없애기 위해서."

창우는 다시금 경계하려는 소희의 마음을 직감한 듯 순간 다른 화제로 전환하려 했다.

"제가 선배님에게 잘못된 행동이라도 했었나요?"

"너의 잘못 때문에 이러는 건 아니야."

창우는 소희의 질문에 잠시 머뭇거렸다. 창우는 얼굴에 흐르던 웃음기를 일시에 없애고 정색하면서 소희의 얼굴을 뚫어지게 바라봤다. 소희는 눈빛을 피하지 않고 굳게 다문 창우의 입에서 나올 말을 기다렸다.

소희와 창우 둘 사이엔 잠시 긴장의 시간이 흘렀다.

"이건 순수하게 너를 위해서 확인하고 싶어. 솔직하게 대답해 줄 거지?"

갑작스럽게 변한 창우의 진지함에 놀란 소희는 신경을 곤두세우면서 긴장하였다. 여태껏 만나면서 이렇게까지 심각한 그의 얼굴을 본 적이 없었다.

"네. 그럴게요."

"그동안 너를 지켜보면서 나도 솔직하게 가슴이 아팠다. 네가 보고 싶어하는 병수를 찾아 주지 못해서 내가 너무 힘이 들었어. 왜 그랬을까? 그건 소희가 나에게 있어서는 가장 소중했던 후배였기 때문이지."

"선배님 저를 생각해 주셔서 정말 고마워요."

"고맙긴~. 넌 아직도 내 마음을 이해하지는 못할 거야."

"내가 사람을 써서 병수를 찾고 있으니까 조만간에 네게 알려 줄 거야."

창우의 말을 듣는 순간 소희는 이젠 창우에 대한 긴장을 풀었다. 그리고 갑자기 나타난 구원자인 창우 앞에서 날아갈 듯 기뻐했다. 소희는 창우에게 무릎을 꿇고 감사하고 싶었다. 너무 감격해서인지 소희의 눈에는 눈물이 저절로 흘러나왔다.

"너무 감사해요. 선배님."

소희는 끝내 얼굴을 테이블에 파묻은 채로 울어 버렸다.

"대신 나도 너한테 요구할 것이 있어."

"그게 뭔데요?"

소희는 손수건을 꺼내 눈물을 닦으면서 창우의 얼굴을 바라보았다.

"병수를 만난 다음 남자를 경계하는 네 마음을 풀어 달라고 부탁하고 싶어. 물론 나를 포함해서 말이지."

캐논을 사랑한 여자

"네, 분명히 그러겠어요."

소희는 짧지만 단호하게 말했다. 지금 이 순간이 소희에게 어떤 무엇과도 비교할 수가 없을만큼 소중했다. 소희는 병수를 만나게 해 준다는 창우의 말에 얽히고 설킨 모든 문제가 풀려 가는 느낌이 들었다. 악마라도 영혼을 담보로 병수를 만나게 해 준다면 소희는 악마의 제안에 기꺼이 응했을 것이다.

"너 분명히 나한테 약속한 거지?"

"네, 약속해요."

"좋아하는 여자가 나를 멀리한다는 생각이 들 때마다 내 자신이 싫어져."

소희의 약속을 확인하던 창우도 얼굴 가득히 미소를 띄웠다. 창우는 소희의 짐심 어린 배웅을 받으면서 서울 시내에 있는 신문사를 향해 운전대를 잡았다. 얼굴 만면에 자신만만한 미소를 띄운 채로.

장면 35

병수는 오늘도 새벽 드라이브에서 돌아와 샤워를 하고 있었다. 위험 천만한 혼자만의 드라이브를 마치면 꽁꽁 막혔던 속이 확 풀린 기분이었다. 거의 매일 답답한 집에서 빠져나와 엄청난 속도로 드라이브를 하는 것이 병수의 유일한 탈출구로 자리를 잡아 가고 있었다. 마약에 중독된 사람처럼 하루라도 빠지는 날이면 몸이 온통 쑤시는 것 같았다. 어쩌다 집에서 새벽에 나올 수가 없는 날이면 하루 종일 막혀 버린 마음을 억제하기가 무척 힘이 들었다. 그는 차가워진 몸에 뜨거운 물을 끊임없이 쏟아 부었다. 샤워꼭지에서 흘러내리는 뜨거운 물은 피곤한 병수의 몸과 마음의 껍질을 하나도 남김없이 벗겨 내렸다. 지수는 병수의 몸이 돌아온 것을 확인하고는 젖어 있던 눈에서 눈물을 닦았다. 병수는 지수가 깨어서 자신을 기다리고 있었다는 사실도 모른 채 잠을 청하려고 했다. 그러나 병수는 잠이 오지 않아 그의 몸만 이리저리 뒤척였다.

"우리가 이렇게 살아야 하는 이유를 모르겠어요."

지수는 나란히 누워서 잠을 이루지 못하는 병수에게 넌지시 말했다.

"여태껏 잠도 자지 않고 뭐하는 거야? 피곤할 텐데?"

병수는 잠을 자고 있다고 생각하던 지수의 목소리에 짐짓 놀라면서 말했다.

"요즘 병수 씨한테 하던 저의 행동이 이상하지 않아요? 전 가끔 제가 병수 씨한테 했던 행동이 떠오르곤 해요. 왜 그래야만 하는지를 저도 알 수가 없어요."

"그런 소리 그만하고 잠이나 자 둬요."

캐논을 사랑한 여자

병수는 지수의 말에 귀찮다는 듯 몸을 반대 방향으로 강하게 돌리면서 이불을 뒤집어썼다.

"저도 병수 씨 못지 않게 고민이 많아요. 그렇지만 저도 생각을 많이 했어요. 우리는 이런 생활에서 벗어날 수가 있어요. 처음엔 힘들지도 모르겠지만."

"그건 또 무슨 소리야?"

평소와는 다른 심각한 말에 병수는 갑자기 몸을 곧추세워 그녀의 뒷모습을 내려다보면서 물었다. 병수는 잠결에 들리는 똑똑하고 선명한 지수의 말에 정신이 번쩍 들었다.

"병수 씨가 나 몰래 항상 고민하는 문제 말이에요. 이제 우리 정리해요. 도저히 이런 상태로는 저도 힘이 들어요."

"무엇을 어떻게 정리하자는 거야?"

병수는 여전히 당황스러워 하면서 조용히 되물었다.

"우리의 어설픈 관계요. 전 병수 씨가 새벽마다 밖에 나가는 이유를 알고 있어요. 소희 씨가 생각나서 그랬죠?"

"음…."

병수는 짧게 탄식하듯 신음소리를 낼 뿐 말이 없었다. 그의 행동을 주시하고 있던 지수의 존재를 알았지만 지수가 본인의 입으로 강조해서 '소희'를 언급하자 병수에게 충격으로 다가왔다.

"아기도 낳고 당신과 같이 살고 있으면…. 당신도 저를 따라올 줄 알았어요. 그런데 그게 아니라는 사실을 깨달았어요. 당신은 저와 피부를 맞대고 살면서도 언제나 허전했어요. 이런 말을 하기까지는 저도 나름대로 많은 고민을 한 거예요."

병수는 거꾸로 누워 있던 그녀를 어설프게 끌어 안았다. 지수의 얼굴엔 어느새 눈물이 흘렀다.

"지수 씨 혼자만 그렇게 고민할 필요가 없어. 나에게 시간을 조금 더줘. 지수 씨도 알다시피 나도 한꺼번에 닥친 너무 많은 변화들에는 적응하기가 힘이 들어."

"아니에요. 이제는 더 이상 못 하겠어요. 제가 미칠 것만 같아요. 당신만큼은 저의 나쁜 모습을 보이고 싶지 않아요."

"제발 그런 말 좀 하지 마. 부탁이야."

눈물로 젖어 있는 지수의 눈을 보고 싶지 않아서인지 병수는 애원하였다. 병수는 여지껏 거칠게 대하던 지수의 행동을 이해할 수가 있었다. 잊지 못하고 마음에 두고 있는 지수 아닌 다른 여자 때문이었다. 병수도 이젠 힘들어 하는 지수의 마음을 알 것 같았다. 모든 잘못은 병수에게 있었다.

"내가 약속할게. 절대로 당신을 떠나는 일이 없을 거라고."

안쓰러운 지수의 표정을 보면서 병수는 힘을 다해 설득하였다.

"이 바보야! 떠나라고 할 때 떠나라구. 나를 걷어차면 되잖아! 세상 남자들이 다 그러는데 당신이라고 못 할 것 없잖아? 남자가 왜 그렇게 우유부단해? 당신의 사랑을 찾아 떠나란 말이야. 지금 아니면 내가 죽기 전에는 당신을 놔줄 수도 없단 말이야. 이렇게 말하는 게 얼마나 힘이 드는 일인지 알아? 사랑하고 있는 남자를 보내고 싶어하는 여자가 세상에 얼마나 있을 것 같아?"

지수는 병수에게 맹렬히 쏟아붓고는 훌쩍거리던 몸을 되돌려 누웠다. 병수는 말없이 어깨부터 쓰다듬어 가다가 이내 지수의 몸속으로 파고

들었다. 지수는 열정적으로 파고드는 병수에게 무방비 상태로 무너져 내렸다. 중천에 뜬 해가 아파트의 베란다를 타고 거실까지 따스한 기운을 토해 내었다. 병수는 잠에서 깨어 거실로 걸어 나왔다. 거실에는 어젯밤 일은 잊은 듯 커다랗게 부푼 젖을 아이에게 물린 채로 가게에서 쓰던 장부를 점검하는 지수의 모습이 보였다. 지수의 얼굴에는 평온한 온기와 생기가 돌았다.

"벌써 일어났어요? 아기가 잠들면 우리 시장에 가야 해요."

"알았어, 준비할게."

병수는 부탁하는 지수의 살가운 말을 듣고 긴장이 스르르 풀렸다. 병수는 '어젯밤의 일이 아침까지 계속되면 어쩌나.' 하는 걱정을 하였다. 그러나 여느 때와 다름없는 밝은 지수의 얼굴을 대하니 병수의 걱정이 순식간에 사라졌다. 아기를 안아 들고 행복해하는 지수를 차의 뒷자리에 태우고 노량진 수산시장으로 향했다. 그곳에서 커다란 주차장마다 빼곡이 들어찬 차량들 때문에 주차 공간을 찾아 이리저리로 핸들을 꺽었다. 아기의 재롱떠는 모습을 계속해서 지켜보며 즐거워하던 지수는 자꾸만 같은 장소를 반복해서 운전하는 것이 안타까운지 바구니를 챙겨 먼저 차에서 내렸다. 지수가 오가는 사람들과 섞여서 안 보일 때까지 병수는 불안한 눈빛으로 그녀를 지켜보았다. 자신의 다리가 온전하지 못한 것이 원망스러웠다. 병수는 한쪽 발을 움직여 일어서 보려 했지만 이내 힘에 겨워 차의 좌석에 주저앉았다. 병수가 꾸리는 아니 지수가 꾸리는 가정의 모든 일을 곁에서 지켜봐야 한다는 사실이 싫었다. 지수가 가장인 병수를 대신해서 힘든 일을 항상 도맡아야 한다는 것에 대해 미안한 생각이 들었다. 병수는 부지런하게 살아가는 성실한 지수의 자세에 찬사를 보내고 싶었다. 건강한 육체만 있다면 가장으로서 모든 걸 걸고 지수와 아기를 보호해 주고 싶었다. 하지만 이루어질 수 없는 자신의 희망 사항에 병수는 절망하였다.

장면 36

창우는 신문사를 나오자마자 서둘러 집이 있는 신당동 쪽으로 향했다. 시청 앞을 지나던 그가 갑자기 마음을 바꾸고는 핸들을 틀어 차의 방향을 남산 터널 쪽으로 바꿨다. 창우가 계획만 세워 놓고 일에 파묻힐 정도로 바빠서 실행에 옮기지 못하고 미루어 왔던 일 때문이다. 오늘에서야 과감하게 실현해 보려는 생각이 불현듯 일었다. 얼마 전에 신문사에 제보를 주곤 했던 정보원으로부터 병수의 소식을 들었다. 개인적으로 그를 만나 설득해 얼마 정도의 돈을 쥐어 주고 부탁했던 일이었다. 새벽 세 시가 넘어가는 시각에 병수가 운영한다는 포장마차를 찾기 위해 용산 쪽으로 향해 갔다. 텅 빈 용산역 주차장에 차를 주차시키고 주차장을 나와서 창우는 주위를 살폈다. 불을 환하게 밝힌 수십 대의 포장마차가 눈에 들어왔다. 모든 포장마차에 살펴보다가 문득 정보원의 말을 기억하고는 가만히 서서 파란색의 포장마차를 찾았다. 포장마차에서 술에 취해 비틀거리며 나오는 사람들을 보면서 들어서기를 주저하다가 이내 결심한 듯 파란색의 포장마차로 들어섰다.

"어서오세요. 뭘 드릴까요?"

창우는 빨간 조끼에 얼굴엔 짙게 눈화장을 한 아가씨가 인사를 하는 모습에 당황했다.

"제가 뭘 잘못 말하기라도 했나요? 손님?"

"아닙니다. 혹시 아가씨가 이 포장마차 사장님인가요?"

창우는 예상치 못한 주인의 모습에 당황하면서 엉겁결에 의자를 끌어당기면서 소주를 시켰다. 그곳엔 그의 등장을 보고 놀라야 할 병수의 모습이 없었기 때문이었다.

"저를 사장이라고 부르시니 쑥스럽네요. 이 조그만 포장마차가 뭔 대단한 일이라고 그러세요?"

"사업을 하시니 사장님이 맞습니다."

창우는 실망하는 눈빛을 감추면서 말없이 멀뚱멀뚱 그녀가 자연스럽게 따라 주는 소주잔을 들이켰다.

"손님은 제 눈에 익지 않아요. 여기가 처음이시죠?"

"아, 저요? 네, 사람을 찾으러 왔다가…. 여기서 영업하신지 오래되었습니까?"

"아니에요, 이제 서너 달 되어 가는 걸요."

창우는 포장마차 주인의 얼굴이 생각했던 것보다 젊어 보이자 호기심이 생기는데다 대답이 시원시원해서 말하기가 편했다.

"아가씨는…."

"전 사실 애기 엄마예요. 손님들이 아가씨라고 부르는 데는 익숙합니다만."

"미안합니다. 실례했군요. 혹시, 근방에서 포장마차를 하는 젊은 남자를 아시는 분 있으세요? 나이는 저 정도 되었구요."

지수는 갑작스런 창우의 질문에 잠깐 당황한 표정을 짓다가 이내 모른다는 듯 고개를 좌우로 흔들었다.

"이곳에 포장마차하는 분들은 제가 잘 아는데요. 다들 여기서 장사한지가 오래된 분들이에요. 그분들 거진 오십대 이상된 분들인데요."

"그래요? 그럴 리가 없는데. 분명 여기 근처라고 들었는데."

창우는 빈 소주잔에 소주를 채워 넣었다. 지수는 낯선 손님의 얼굴을 점점 관심을 갖고 유심히 바라보았다. 블루빛이 감도는 검정 정장 차림에다, 불빛에 번쩍이는 금테 안경 때문에 매우 세련되게 보이는 외모였다.

"그런데 찾는 그 분은 어떤 이유로 찾고 계세요?"

지수는 한동안 말을 하지 않고 안주를 서툴게 잡아 올리는 손님에게 점차 흥미를 느끼고는 말을 시켰다.

"아~, 제 학교 후배를 찾고 있어요. 녀석이 학교를 그만둔 후로 몇 년째 보이지 않아서 이렇게 찾고 있는 겁니다."

지수는 짐짓 놀란 표정으로 몇 마디를 물어보고는 병수가 다니던 대학교의 이름이 나오자 놀라 넘어질 뻔했다.

"그분이 학교는 왜 그만두었나요?"

"젊었을 때의 혈기 때문이었죠. 그 잘난 데모하다가."

"안 됐네요. 그 사람. 그런데 혹시 찾는 사람 이름이."

지수는 말을 멈추고 숨을 가다듬었다. 입속에 맴돌던 말을 떨리면서 꺼내었다.

"이병수 씨 아닌가요?"

창우는 그녀가 부르는 이름을 듣고 놀라서 마시던 소주잔을 떨어뜨릴 뻔했다. 뜻밖의 상황에 정말 당황하여서 얼굴마저도 달아오른 느낌이었다.

"아가씨. 아니, 아주머니가 어떻게 그 이름을 아시죠?"

창우는 믿을 수 없다는 표정으로 그녀를 바라보았다. 지수는 순간 피어오르는 두려움을 얼굴에 나타내지 않으려 애썼다. 한참 후에 지수가 냉정을 되찾고는 창우의 얼굴을 오랫동안 바라보았다.

"제 아기 아빠예요."

창우는 눈을 크게 뜨고 짧지만 단호한 지수의 말에 더욱 놀라워하면서 소리쳤다.

"병수가 결혼했어요? 그런 이야기를 들은 적이 없는데…."

창우는 지수가 하는 말을 믿을 수가 없었다. 너무나 갑작스러운 소식인데다 현실적으로 불가능한 일이라고 여겨졌기 때문이었다.

"병수는 어디 있습니까?"

"오늘은 몸이 안 좋아져서 집에 먼저 들어갔어요."

"새벽에 저를 데리러 나올 거예요."

한밤중에 시작된 기나긴 이야기로 시간 가는 줄도 모르고 그들은 술에 취하여 갔다. 뛰어난 창우의 말솜씨 덕분에 지수는 자연스럽게 대화에 빠져들었다.

"그럼 아까 제수씨가 말한대로 병수한테 아기가 있다는 게 사실인가요?"

"그럼요. 제 아기 아빠라니까요. 처음에는 제가 다니던 야학 선생님이었어요. 지금은 제 남편이지만. 사연을 말하자면 길어요."

지수는 창우의 질문에 태연하고 시원스럽게 대응하면서 소주잔을 계속해서 비웠다. 지수는 마음속으로 병수의 선배인 창우의 갑작스런 방문이 너무 불안하게 생각되는 것이다. 병수를 잃을지도 모른다는 생각 때문에 불안해져만 갔다. 늦은 새벽녘이 되어서야 창우는 포장마차를 나왔다.

창우는 지수와 마신 술로 몸을 비틀거리며 몸을 흔들어 지나던 택시를 잡아 탔다.

"병수가 아기가 있다고? 정말 세상일은 알다가도 모를 일이군. 어쨌든 나한테는 잘된 일이 아닌가?"

캐논을 사랑한 여자

창우는 혼잣말을 하면서 취한 몸을 이리저리 비틀었다. 창우는 술에 취해서 몸이 말이 아니었지만 머리는 치밀하게 돌아갔다. 병수를 찾아온 보람이 있었다. 요즘 천천히 창우에 대한 경계를 풀고 있는 소희가 생각이 나서 크게 소리내어 웃었다. 백미러를 통해 이상한 눈으로 쳐다보는 택시 기사가 창우에게 신경이 쓰일 리가 없었다. 지금 이 순간이 얼마나 중요한 찬스인가를 계속해서 생각하며 창우는 즐거워하였다.

"기사 아저씨 좀 쉬었다 가요."

창우는 술에 취해 꼬부라진 목소리로 운전사에게 택시를 세워 달라고 했다. 창우는 배속에 든 술을 모두 토해 내려는 모양인지 큰 길가의 한모퉁이에서 구역질을 해댔다. 아예 먹은 모든 것을 토해 내는가 싶더니 그것도 모자라서 계속해서 헛구역질을 해 댔다. 유난히도 어두운 밤 아무도 없는 길 위에서 갑자기 미친 듯이 목 놓아 만세를 외쳐댔다. 때마침 내리는 소나기는 비틀거리는 창우의 몸뚱아리를 휘감고 세차게 내리쳤다. 물에 빠진 그리고 지저분해진 모습은 안중에도 없는 모양이었다.

장면 37

"안녕하세요. 또 왔습니다."

창우는 포장마차에 들어서는 순간 커다란 목소리로 인사를 건넸다. 소리치는 손님을 반갑게 맞이하려다 갑자기 얼굴 표정이 변하는 여주인의 모습이 보였다. 눈화장을 짙게 한 젊고 키가 커 보이는 갸냘픈 여자였다. 가슴을 떨면서까지 보고자 했던 병수가 아닌 여자의 모습에 소희는 놀라서 눈을 크게 뜨고 창우를 바라보았다.

"그렇게 서 있지 말고 여기에 앉아라. 하긴 넌 이런 포장마차엔 처음이 겠구나."

소희는 거의 반강제적으로 의자에 앉아 당황해하는 여주인의 얼굴을 계속 바라보았다. 얼마 전에 병수를 찾는다며 들렀던 창우의 방문에 놀라는 포장마차 여주인의 눈빛이었다. 지수는 그와 함께 나타난 아가씨의 얼굴을 보자마자 가슴에 전율을 느끼며 급격히 요동치기 시작했다. 자신에게 닥칠, 알 수 없는 미래에 대한 두려움에 떨었다. 지수는 떨고 있던 심장의 고동 소리를 느끼면서 속내를 들어내기 싫어 태연한 척 안간힘을 썼다. 지수는 가까스로 마음에 평정을 찾고 있는 모습이었다.

"제수씨~. 우선 소주를 좀 내주세요?"

창우는 크고 우렁찬 소리로 태연하게 술을 주문했다. 그는 어색해하던 지수의 불안한 얼굴엔 관심이 없었다.

"같이 오신 분은 여자친구분이신가요?"

"여자친구요? 그냥 귀여워하는 후배입니다."

창우는 얼굴에 약간의 미소를 띄우면서 뜻밖의 질문에 침착하게 작은

캐논을 사랑한 여자

소리로 말을 하였다.

"선배님, 사장님을 뭐라 부르셨죠?"

"제수씨라고 불렀지. 소희 너와도 관계 있는 분이시다."

"안주는 신선한 걸로 여러 가지를 섞어서 구워 주세요."

어리둥절해하는 소희의 모습을 지켜보던 창우는 그들의 대화를 막으려 지수에게 재차 술을 부탁했다. 그날 새벽 잠자리에 들어 있던 소희는 창우로부터 병수를 만나러 간다는 전화를 받고 다급하게 달려온 터라 눈앞에 펼쳐지는 상황에 당황하였다. 소희는 애타게 찾던 병수가 보이지 않자 이젠 불안해하며 창우와 아가씨의 얼굴을 번갈아 쳐다보았다. 창우는 그때까지도 소희에게 병수의 근황에 대한 어떠한 설명도 해 주지 않았다. 소희가 와서 직접 확인해 보라는 의도였다.

"소희야 너무 서두르진 마. 어차피 알게 될 텐데 뭘."

창우는 눈을 들어 누군가를 찾던 소희에게 핀잔을 주듯 나직히 말했다. 여러 가지 안주를 연탄 화로에 굽고 있는 동안 창우는 혼자서 소주 몇 잔을 연거푸 들이켰다. 지수는 자꾸만 파고드는 불길한 예감 때문에 용기를 내어 소희에게 말을 걸었다. 지수의 목소리는 가느다랗게 떨었다.

"아가씨가 소희란 분이군요."

"사장님께서 제 이름을 어떻게 아시죠?"

소희는 요리를 하던 포장마차 여주인이 자신의 이름을 알고 있는 사실에 놀라워했다.

"정말 소희 씨군요. 제 예감이 틀린 적이 없거든요."

지수는 소희와 더 이상 말을 잇지 못했다. 수 없이 곁눈질로 소희의 모습을 살피면서 지수는 하늘이 무너지는 절망감에 사로잡혔다. 창우는 혼란스러워 하는 소희의 얼굴을 여전히 지켜보기만 할 뿐 말없이 빈 잔을 채웠다. 그들의 대화에 끼어들어 방해하고 싶지 않아서인지 창우는 조용히 술잔만을 기울이고 있었다.

"소희 씨 이름은 너무 많이 들어서 알고 있어요."

"저는 병수 씨와 살고 있는 지수라고 해요."

"네? 그게 정말이세요?"

이번에는 소희가 너무 놀라 입을 다물지 못하고 잠시 동안 멍하니 서 있었다. 머릿속이 너무 혼란스러워져 무슨 말을 해야 할지 몰라 당황하였다. 소희로서는 예상할 수가 없었던 일이라 대단히 큰 충격이었다. 창우는 옆에서 쓰러질 듯 부들부들 떠는 소희를 말없이 바라보았다. 소희가 받는 충격을 예상이라도 하는 눈빛으로 만족하고 있던 창우였다.

"병수가 결혼을 한 거야. 네가 그토록 오랜 시간 만나기를 기대하던…."

창우는 여전히 놀라 하얗게 변해 버린 소희의 얼굴을 쳐다보면서 냉정하게 말을 했다. 놀라움으로 인해 눈물이 고인 소희의 눈에는 포장마차 안으로 짐을 든 채 목발을 집고 들어오는 남루한 남자의 모습이 보였다. 병수였다. 그토록 그녀를 괴롭게만 했던, 소희가 그리워하여 잊기를 포기해 버린 남자, 병수였다. 병수도 소희와 눈이 마주친 순간 충격 때문에 몸을 들썩일 정도로 떨었다. 소희의 얼굴을 알아차린 병수는 의지하던 목발을 떨어뜨리고 중심을 잃은 채 휘청거렸다. 지수는 뒤에서 들리는 우당탕하는 소리에 반사적으로 고개를 돌렸다.

"뭘 하다가 이렇게 늦었어? 병신아."

목발을 찾아 집어 들고 다시 일어서려는 병수에게 쏟아붓는 지수의 앙칼지고 큰 목소리가 포장마차 내에 울려 퍼졌다. 쓰러진 병수보다 모두

들 지수의 날카로운 소리에 놀라고 있었다. 소희의 귀에는 너무나 슬프게 들리는 외마디의 외침이었다. 소희는 곧바로 뛰어가서 쓰러진 병수를 부축해 일으켜 세웠다.

"이곳엔…, 이곳엔 어떻게 알고… 온 거야? 오빠는 왜 여기에 있는 거예요?"

병수가 감정이 격해져 따지는 말에 흐느끼던 소희는 목이 메어서 말을 더 이상 하지 못할 것 같았다.

"잘 놀고들 있네. 아주 감동적이네, 정말."

그들이 서로를 챙겨 주고 있는 모습을 바라보면서 비아냥거리듯 말하던 지수의 손에 어느새 잔을 따라 마시던 소주병이 쥐어져 있었다. 지수는 소주 반 병을 단숨에 들이켜 마셨다. 급하게 마신 술에 취한 지수의 얼굴엔 광기가 돌았다. 다정한 그들의 모습을 보고 있던 지수는 갑자기 끓어 오르기 시작하는 분노 때문에 커진 날카로운 목소리로 병수를 향해 소리를 질렀다.

"혼자서는 일어서지도 못해? 병신이 되어서 평생 살아갈 인간을 내가 잡아 줬는데. 그래!, 이제 당신이 그토록 목매달던 여자가 왔네. 이제, 난 어떻게 해야 돼? 사라져 줄까? 니가 원하는 대로?"

지수는 술에 취한 채 저주하는 어휘들을 허공에 계속해서 거칠게 퍼부어댔다. 참아 내기 힘든 모욕에도 불구하고 병수는 애원하는 표정으로 분노하고 있던 지수를 달랬다. 동시에 중심을 못잡아 비틀거리는 자신의 몸을 추스리느라 병수도 힘들어하였다.

"지수 씨, 제발 그만해. 대체 왜 이러는 거야?"

병수는 자꾸만 험악해져만 가는 지수를 달래면서 안정을 찾도록 노력하였다. 병수의 외침에도 귀를 막은 듯 아예 듣지 않던 지수의 얼굴은 점점 창백하게 변해 갔다. 지수는 조그만 소주잔이 마음에 차지 않는 듯 땅에 던져서 깨 버리더니 병 째로 소주를 마시기 시작했다.

"오빠 다리가 불편한 것도 모르고. 그동안 왜 저한테 연락 한 번 없었던 거예요?"

계속되는 소희의 질문에도 병수는 당황해하면서 말을 하지 못하고 머뭇거렸다. 병수는 소희에게 어떤 말부터 시작해야 할 지를 몰라 입이 떨어지지가 않았다.

"왜 여기까지 온 거야? 이 바보야. 소희 네가 여기엔 오지 말았어야지. 이렇게 사는 나의 모습을 네가 꼭 봐야 했니?"

핑그르르 돌던 눈물이 어느새 병수의 양볼을 타고 깊게 흘러내렸다.

"난 소희 네가 어디선가 행복하게 살기를 바랬단 말이야."

병수가 소희에게 속삭이고 있을 때 지수가 소리치는 소리가 들려왔다.

"똑똑히 기억해 둬. 이번이 당신한테 주어진 마지막 기회란 말이야."

멀리서 소리치던 지수의 앙칼진 목소리가 소희에게는 더 이상의 방해가 되지 않았다. 소희는 병수의 몸을 끌어안고 큰 소리로 울었다. 원망하는 눈빛으로 바라보던 지수의 시선을 피하고 있던 창우는 여전히 혼자서 소주잔을 기울이고 있었다. 지수는 고개를 돌려 천천히 소희와 병수 쪽을 향해 바라보았지만 더 이상 소리를 지르지 않았다. 지수는 마시던 소주병을 병수 쪽을 향해 던져서 깨 버리더니 담배를 피워 물었다. 포장마차를 황급히 떠나는 지수의 뒷모습과 따라나서는 소희의 모습을 창우는 말없이 지켜볼 뿐이었다.

"선배님 이곳에 왜 오신 겁니까?"

캐논을 사랑한 여자

병수는 창우와 단둘이 소주잔을 기울였다. 그들 사이엔 미묘한 정막 감이 흘렀다.

"개인적으로 너에 대한 나쁜 감정같은 것은 전혀 없어. 단지…. 나도 병수 너처럼 소희를 사랑할 뿐이야. 소희한테 나의 모든 마음을 주고 있을 때에 네가 소희의 앞을 가로막고 있었던 거야. 사랑하는 여자가 이미 떠난 남자 때문에 어떤 남자도 받아들이지 않겠다고 선언한다면. 그 여자를 새로 사랑하게 된 남자의 마음은 어떨까? 여자가 사랑했던 남자가 사랑하는 여자의 행복을 가로막는다면 그건 진정 사랑했던 남자의 행동은 아닐거라 생각해. 난 이런 경우를 내가 당하리라고는 생각도 하지 않았어. 내가 소희를 떠날 수는 없어."

병수와의 대화가 무르익자 창우는 병수에게 솔직하게 소희에 대한 그의 마음을 털어놓고 있었다. 창우는 끊임없이 병수에게 소주를 따라주었다. 병수도 말이 없이 창우가 따라 주는 소주를 끝까지 받아 들이마셨다. 병수는 이처럼 술을 많이 마셔 본 적이 없는 것 같았다. 새벽이 밝아오자 모두와 헤어진 창우는 술 때문에 쓰라려 오는 배를 거머쥐고 괴로워하였다.

장면 38

병수는 술에 취해서 목발에 불안하게 의지한 채 아파트의 현관문을 열고 안을 둘러보았다. 지수가 마시고 아무렇게나 던져 버린 소주병들과 아기의 빈 침대만이 거실에 덩그러니 남아 있었다. 지수가 포장마차에서 소희의 얼굴을 대하고는 아기를 데리고, 말도 없이 사라진 지 벌써 며칠이 지났다. 매일 술에 취해 비틀거리던 병수는 지수가 돌아오기를 오랫동안 기다렸다. 병수는 몸을 뒤척이며 모든 신경을 아파트의 초인종 소리에 맞추고 지수의 모습을 기다렸다. 늘 그래왔던 것처럼 지수가 포장마차에서의 일은 잊었다는 듯이 웃으면서 다가오기를 바랬다. 걱정이 앞서던 병수는 술에 취한 몸을 이기지 못하고 잠이 들곤했다.

"일어나."

"일어나란 말이야. 이 나쁜 자식아!"

병수는 고함을 지르는 날카로운 목소리에 잠에서 깨어 희미하게 보이던 지수의 얼굴을 올려다 봤다. 예상했던 일이었다. 울고 있던 아기를 가슴에 품은 지수는 열려진 침실문 앞에 서서 병수를 무섭게 노려봤다. 지수는 눈에서 나오는 증오심 때문에 살기가 느껴질 정도였으나 너무나도 술에 절어 있는 모습이었다. 광기 어린 지수의 모습은 금방이라도 무슨 일을 저지를 것 같은 느낌이 들었다. 지수의 붉게 충혈된 눈과 굳게 다문 입술은 파르르 떨기까지 했다.

"지수 씨 진정하고 내 말을 좀 들어봐."

"사라져 내 앞에서…. 난 다시 예전의 생활로 돌아가고 싶으니까. 난 원래부터 콜걸로, 아가씨로 먹고 살았던 여자야. 이 배은망덕한 놈아!."

병수가 흥분한 지수를 달래면서 몸을 일으키려는 찰라였다.

"네 아기야! 네가 키우란 말이야!"

가슴에 품고 있던, 울고 있던 아기를 들어올린 지수는 있는 힘을 다해 병수를 향해 던졌다. 병수는 공중에 뜬 아기를 보면서 모든 근육이 긴장하는 것을 느꼈다. 아기를 받으려고 병수가 갑작스럽게 그리고 필사적으로 일어서려 했다. 그러나 한 다리에 한꺼번에 가는 힘으로 인해 참을 수 없는 고통을 느끼고 침대에서 고꾸라졌다. 정말 순식간에 일어난 일이다. 병수는 날카로운 무릎의 통증을 참으면서 아기가 떨어진 쪽으로 몸을 움직였다. 다음 순간 갑자기 침실이 조용해졌다. 어느 누구도 감히 입을 열지 못했다. 요란스럽게 울고 있던 아기의 울음소리가 더 이상 들리지 않았다. 병수는 두려운 얼굴로 조심스럽게 아기의 몸을 안아 들었다. 꼼짝 않던 아기의 머리 부분에서 뜨거운 액체가 느껴졌다. 아기의 머리에서 빨간 피가 병수의 손가락에 묻어나왔다. 아기의 머리에서 검붉은 피가 흘러 병수의 손까지 온통 적셨다.

"빨리 전화해! 자기야, 우리 아기가 죽어."

"내가 잘못했어…. 이를 어째?"

얼이 반쯤 나간 병수의 모습을 목격하고 정신을 차린 지수가 다급하게 소리쳤다. 파랗게 질린 지수의 필사적인 목소리는 아파트를 울리고 열려진 베란다 창문을 통해 밖으로 퍼졌다. 지수는 조금 전에 자신이 한 행동의 결과를 깨닫고는 병수의 손에 들려 있던 아기를 빼앗아 들고 그녀의 품으로 옮겼다. 지수는 충격 때문에 멍한 얼굴로 아기를 한없이 바라봤다. 어느새 그녀는 아기를 끌어안은 채 넋이 나간 듯 웃었다.

"우리 귀여운 아기가 잠을 자나 봐."

지수는 미소를 지으며 피가 흘러내리는 아기의 머리를 쓰다듬었다. 지수는 시선을 아기에게 고정시킨 채로 껴안은 아기의 얼굴에 흐르는 피를 닦으면서 침실을 나갔다. 잠시후 병수가 정신을 차리자 서둘러 소방소 구급대에 전화를 하였다. 병수가 거실에 나갔을 때 지수의 모습은 눈에 띄지 않았다. 병수가 부엌 쪽을 향하여 몸을 돌릴 때였다. 갑자기 우당탕하는 테이블이 무너지는 소리와 함께 지수가 내는 외마디 신음 소리가 들려왔다. 병수는 부엌을 향해 뛰어가려고 몸을 급히 움직이다 거실 바닥의 카페트 위에 쓰러지고 말았다. 한쪽 다리가 없다는 사실도 잊은 채 병수가 너무 급하게 달려가려 했던 것이다. 몸을 바닥에 끌면서 부엌에 도착하자마자 그의 앞에 펼쳐진 참담한 모습에 병수는 눈을 감을 수밖에 없었다. 부엌 싱크대 위에 아기를 올려놓은 지수가 깨어져 널부러진 접시 조각들 사이로 웅크린 채로 신음 소리를 내었다. 떨리던 그녀의 손은 싸늘해져만 가는 아기의 손을 잡으려고 끝까지 싱크대 쪽을 향해 들었다. 병수는 그녀의 허리를 가슴에 끌어안고 얼이 빠진 채로, 고통스러워하는 지수를 안타깝게 바라볼 뿐이었다. 피묻은 예리한 칼날이 옷을 뚫고 들어가 가슴에 깊이 박혀 있었다. 지수의 몸에서 나온 빨간 피로 주변이 물들었다. 흘러나온 피는 끌어안은 병수의 몸까지 흥건히 적셨다. 병수는 지수의 몸에 박힌 칼을 빼어내 보려다 이내 멈추었다. 지수의 숨소리가 이미 위태롭게 들렸다.

"병수 씨 난…, 정말 자기를 사랑했어요. 당신에게 너무 미안해…. 그리고… 고마워."

지수는 헐떡거리면서 말을 더 이상 잇지 못하고 고통스러워했다. '소희'라는 이름을 수없이 반복하며 지수는 입을 열어보려고 노력하지만 그

208

게 다였다. 지수는 이젠 더 이상의 고통을 느끼지 않는 모양이었다. 아니 느낄 수가 없었다. 지수는 눈을 뜬 채로 가쁘게 쉬던 숨이 서서히 멈추었다. 병수는 앞에서 펼쳐지는 상황에 제대로 대처하지 못한 채로 망연자실했다. 병수는 부릅 뜬 지수의 눈을 감긴 채 어느새 차가워진 시신을 안고 하염없이 울었다. 아파트에 경적을 울리면서 도착한 앰블런스에서 내린 하얀 가운의 사람들이 열려진 아파트의 부엌 쪽에 도착했다. 그들은 병수를 부축해 일으켜 세운 뒤 아기와 지수의 시신을 그대로 둔 채 경찰서에 전화를 하였다.

"다리가 불편한 사람이 어떻게 사람을 죽여? 정말 알 수가 없는 사건이네. 그렇게 성실하게 살던 젊은 부부 사이에 살인이라니…. 이런 비극이 있나?"

수갑에 채워져 경찰에 끌려가던 병수는 구경하러 나온 사람들의 웅성거리는 모습을 말없이 바라볼 뿐이었다. 지수가 살았던 아파트 주민들은 뜻하지 않은 사건에 놀라 저마다 말을 하면서 놀라워했다. 어두운 표정의 병수를 뒷좌석에 태운 채 싸이렌 소리를 울리며 경찰차는 근처의 경찰서를 향해 떠났다.

장면 39

이른 아침부터 꽃다발과 한 꾸러미의 쇼핑백을 든 소희는 오래된 아파트 단지 근처를 걸었다. 아기를 위한 분유와 강아지 인형이 든 소팽백을 들여다보면서 행복한 얼굴로 빠르게 한 아파트 입구에 들어섰다. 병수를 만나던 날 포장마차를 빠져나온 후에 지수와 오랫동안 이야기를 나누었다. 술에 취해 몸을 가누지 못할 정도의 지수였지만 정말 착한 여자라는 것을 알 수가 있었다. 지수는 자신의 마음을 드러내지 않으려고 극도로 자제하면서도, 병수가 소희를 그리워한다는 말을 흘리곤 했다. 그러나 지수가 병수를 정말 사랑하고 있다는 것을 소희는 여자로서 직감적으로 느낄 수가 있었다. 소희는 술에 취한 지수를 택시에 태워 보낸 후에 포장마차가 있는 곳까지 걸어왔다. 창우와 병수가 그들만의 대화가 끝날 때까지 소희는 포장마차 옆 공터 벤치에 웅크리고 앉아 있었다.

"소희는 내 여자야. 아직 몇 년 동안 제대로 말도 못했지만 기어코 내 여자로 만들겠어. 병수 넌 이제는 빠져 줘! 넌 이젠 소희를 사랑할 자격이 없어. 현실도 중요해 난 촉망받는 기자야 근데 넌 이젠 장애자잖아. 그런 몸으로 어떻게 소희를 행복하게 해 준단 말이냐고? 그게 부정할 수 없는 너와 나의 냉혹한 현실이잖아."

술에 취한 창우가 병수에게 윽박지르는 고함 소리가 차가운 새벽 공기를 타고 조용히 앉아 울고 있던 소희의 귀까지 들렸다.

"저도 이제껏 소희를 잊지 못하고 있습니다. 그러나 선배님의 말처럼 소희를 사랑할 자격이 없습니다. 저는 아기가 있구요. 아내도 있으니 전 소희가 정말 사랑하는 사람과 행복하게 사는 것을 바랄 뿐입니다."

"그래 병수야. 그게 바로 진정한 남자의 용기야."

병수의 힘이 없이 가느다랗게 떨리는 목소리와 창우의 커다란 고함 소리가 소희의 귀에 들렸다.

"병수야. 오늘 일에 대한 진실을 솔직하게 말할게. 오늘 네 앞에 소희를 데려온 것은 너의 현실을 보여 줘서 소희가 빨리 포기하게 만들고 싶은 것이었어."

"그래야만 내가 다시 비집고 들어갈 틈이 생기니까. 냉정하지만 이것이 나의 진심이야."

창우는 일종의 승리감에 취해서 병수에게 말을 하면서 크게 웃었다. 소희는 들려오는 말들에 충격을 받은 듯 눈물을 흘리며 한참 동안 생각에 빠졌다. 한동안 이야기를 주고받던 창우가 떠나고 포장마차의 불이 꺼지자 택시를 타는 병수를 쫓아 다른 택시에 몸을 맡기고 무작정 따라왔다. 소희는 병수가 사는 곳을 꼭 확인하고자 포장마차 근처에서 끝까지 남아 기다렸다. 어렵게 만난 병수가 사는 곳을 알지 못하면 다시 만나는 것을 확신할 수가 없어서였다. 병수가 사는 곳조차 모른 채 언제까지나 뜬구름처럼 나타날 그의 모습에 고통스러워하고 싶지 않았다. 그럴 바에는 차라리 병수의 현실을 이해하고자 노력하고 소희가 아닌 다른 여자, 지수의 남편으로라도 만나는 것이 소희의 아팠던 상처를 치유하기에 바람직한 일이었다. 그것만이 사랑하는 병수에게 저질렀던 소희의 잘못을 용서받는 길이라는 생각이 들었다. 생각이 그곳까지 미쳤을 때 소희는 병수의 모습을 닮았을 아기의 얼굴도 보고 싶었다. 소희는 마음은 아프지만 병수가 고통스러워하는 모습을 더 이상 보지 않아야겠다는 강한 결심을 하게 되었다. 그런 결론에 도달한 소희는 무작정 병수의 집을 찾아온 것이었다. 아파트 삼층에서 엘리베이터의 문이 열렸다. 당혹스럽게도 경찰이 만들어 놓은 폴리스 라인을 가리키는 노란색의 테이프가 그녀의 눈에 들어왔다. 소희는 병수가 사는 아파트 호수로 들어가는 통로에 서 있던 경찰 두 명에게서 제지를 받았다.

"무슨 일로 오셨습니까?"

"전 여기 살고 있던 분을 만나려고 왔는데요."

"이곳은 살인 현장입니다."

경찰은 형식적인 어투로 소희에게 말을 던지고는 다짜고짜 그녀의 접근을 막았다.

"살인이라니요?"

예상치 못한 의외의 상황에 소희는 눈을 크게 뜬 채로 놀랐다. 안에서 검정색 캐주얼 차림의 형사가 나타났다. 그는 소희의 모습을 유심히 보면서 밖에서 경비를 서던 경찰과 몇마디 주고받더니 손짓을 하면서 나즈막하게 말했다.

"들여보내."

소희는 온통 어지럽게 흩어진 옷장이며 엎어진 거실 테이블을 바라보면서 놀라서 몸이 얼어붙었다. 형사는 빨간 줄이 쳐진 부엌 쪽으로 가던 소희를 저지하더니 소파에 앉으라고 권했다.

"여기가…, 병수 오빠가 살던 집이 맞는 거죠?"

"등기상으로는 정지수 씨가 소유주네요."

"이병수와는 어떤 관계죠?"

"대학교 선배 오빠예요."

소파에 앉은 형사는 부드러운 목소리로 질문을 하기 시작했다. 소희는 주변을 둘러보다가 형사와 대화하는 사이에 가까스로 안정이 되는 모습이었다.

"오빠라면 어떤? 그러니까 애인이라든가 친오빠는 아닐 테니까."

"구체적으로 말해 주시겠습니까?"

"예전부터 사랑하는 오빠였어요. 지금은 저도 어떻게 말해야 할지…."

꽃다발과 소핑백을 챙겨 주는 형사를 뒤로 하고 소희는 아파트를 나왔다.

"지금은 확실하지 않지만 치정에 의한 살인 사건으로 추정됩니다."

"그럴 리가 없어요. 병수 오빠를 전 누구보다도 잘 아는 걸요."

병수가 동거녀인 지수와 아기를 잔인하게 살인했을 거라는 형사의 말에 소희는 강하게 부정을 하였다.

"오빠가 언니와 아기를 죽이다니 그건 말도 안 돼요."

"그거야, 나중에 밝혀지겠지만 현장 증거가 뚜렷하니…. 내가 오랫동안 형사 생활을 해 보았지만…. 정말 알 수 없는 동물이 인간입니다."

형사는 차분한 어조로 살인 사건의 현실을 받아들이지 못하는 소희를 설득하였다. 소희는 놀라고 답답한 마음을 안고 아파트의 엘리베이터를 거쳐 아파트의 현관문을 나섰다. 텅빈 주차장에는 병수가 타고 일했던 빨간색의 소형 승용차만이 주인을 잃은 채 수위실 옆에 조용히 주차되어 있었다. 소희는 고개를 들어 앞에 우뚝 서 있는 아파트를 슬픈 마음으로 올려다보았다. 고요한 모습으로 서 있는 아파트 위로는 넓고 파란 하늘이 구름한 점도 없이 평화롭게 펼쳐져 있었다.

"뭐야! 오빠는 나만 봤다 하면 뭐라도 시킬 것 없나 찾기만 하고."

영아는 동욱의 일방적인 지시, 레포트를 대신 써 달라는 말에 짜증을 부렸다. 동욱은 투정 어린 영아의 태도에 익숙한 듯 속삭이며 말했다.

"임마~. 남자 선배가 귀여운 후배 일 좀 시키는 데 무슨 이유가 그렇게 많아?"

"남자? 그리구 귀여운 후배?"

영아는 어느새 얼굴에 미소를 띤 채로 마치 도전이라도 하듯 동욱을 똑바로 쳐다봤다. 그녀의 눈에는 여전히 장난기가 어린, 여유로운 분위기가 넘쳤다.

"뭐…, 남자라기보다는 선배…. 그래, 선배."

동욱은 똑바로 올려 쳐다보는 천연덕스런 영아의 눈동자에 기가 한풀 꺾여 쑥스러워했다.

"그렇게 숫기가 없어요? 남자가? 남자들은 영계를 너무 밝혀 탈이야."

"영아 너 나를 놀리지 마. 나쁜 후배같으니라구."

동욱은 얼굴이 약간 상기된 채로 영아에게 말을 했다.

"그래 선배는 남자야. 걱정하지 마. 여자가 안 생기면 내가 있잖아. 나도 분명 여자니까. 우린 이미 미래를 약속한 사이잖아?"

영아는 여전히 얼굴에 잔잔한 미소를 띄우면서도 대꾸할 여력도 없는 동욱을 갖고 놀았다. 그들만의 사랑 싸움이 한창 진행되고 있을 때였다. 써클룸의 문이 살짝 열리더니 소희의 모습이 보였다.

"소희구나. 들어와."

동욱은 얼굴에 가득하던 웃음을 거두고 태연한 척 소희를 맞이했다.

"영아와 둘이만 있었네?"

"네 언니. 자꾸만 저한테 해 달라는 부탁이 많아서요."

"부탁?"

"자기가 해야 되는 리포트를 저한테만 부탁하잖아요?"

소희는 갑자기 얼굴에 환한 미소를 띠웠다. 소희는 안쓰러워하는 동욱을 은근한 미소를 띠우면서 뚫어져라 바라보았다.

"동욱이는 여자 후배를 멀리하는 줄 알았는데 그건 아니었구나."

"멀리하는 것 맞아요. 다들 그렇게 말하더라구요. 근데 저만 빼구요."

동욱은 얼굴에 뜨거운 김이 나는 것처럼 얼굴 부위가 화끈 달아 올랐다.

"얘들이 사람 잡겠군. 여자가 둘만 모이면 수다 때문에 남자 하나 간단히 잡는다더니."

"소희 언니. 전 이만 가 볼게요. 전 또 도서관에서 자료를 찾아야 해요. 오빠 뒷바라지하기가 쉽지만은 않아요."

"그래. 내가 네 마음을 알지. 나중에 또 보자."

소희는 웃으면서 써클룸을 떠나는 영아에게 미소를 띠웠다.

"소희야 무슨 일이야?"

소희는 처음엔 동욱에게 말을 하지 않고 시선을 멀리 써클룸 창밖으로 돌렸다.

"소희 너한테 심각한 일이 있는 거지? 그렇지?"

생소한 소희의 무거운 분위기에 눌려 동욱은 더 이상 말을 건네지 않았다. 동욱은 소희의 얼굴을 유심히 살피더니 그녀와 함께 써클룸을 빠져나와 캠퍼스를 걸었다. 캠퍼스 운동장에서는 연례행사인 춘계 과 대항 체육대회를 하는 모습이 눈에 띄었다. 대학에서 학과를 상징하는 유니폼을 입은 선수들이 그곳에 모인 같은 학과 학우들의 열렬한 환호를 받으면서 축구장에서 사력을 다해 축구 경기를 하였다.

"그래. 무슨 일이야?"

대학교 근처의 카페에 자리 잡은 동욱은 커피를 마시면서 자꾸만 소희에게 다그쳤다.

"나 오늘 휴학계를 내고 오는 길이야."

소희는 그제서야 굳은 표정으로 말을 하였다.

"내 말은 네가 공부를 하다가 왜 갑자기 휴학을 하느냐고?"

"우리는 이제 두 개 학기만 끝내면 졸업하잖아."

"응, 조금 쉬어야 할까 봐. 요즘 너무 몸이 아프고 피곤해서 죽을 지경이거든."

"그래?"

동욱은 더 이상 소희를 설득하지 않았다. 피곤하다며 담담히 말하는 소희에게 휴학하지 말라고 우기는 자체가 무의미할 것 같았다.

"동욱이 너 영아 하고 잘되고 있구나?"

"아니야. 그냥 후배일 뿐이야."

동욱은 넌지시 흘리듯 뼈 있는 말을 하는 소희 때문에 마시던 커피를 흘렸다.

"부러워. 동욱이 네가 사랑의 길로 들어서니 말이야."

소희는 미소를 띠우면서 동욱의 애간장 타는 얼굴을 즐기는 눈치였다.

"너 휴학하는 게 피곤해서 쉬려는 이유 때문이야?"

소희는 이내 말을 하지 않더니 입을 꼭 다문 채로 다시 고개를 숙였다.

"희경이가 어제 전화를 했더구나. 놀랐어. 네가 갑자기 휴학한다는 말에 말이야."

동욱은 조심스러운 표정으로 소희의 눈치를 살피면서 차분하게 말했다.

"그동안 네가 무척 고마웠어. 아니 앞으로도 고마워할 거야."

"뭐냐~. 어디 멀리 여행을 떠나기라도 하냐?"

동욱은 심각한 소희의 표정을 이해하기가 어렵다는 태도로 말했다.

"글쎄 그럴지도 몰라. 내 마음이 그래."

"너 진짜 무슨 일이 있긴 있구나."

동욱은 소희에게 바싹 다가서며 다그치듯 캐물었다. 그러나 소희는 동욱의 태도에 대해 관심조차 없다는 듯 혼잣말로 중얼거렸다.

"한 사람이 달려서 거의 지칠 때쯤이면 목적지에 도착하는데…. 이제는 편히 쉬어야지라고 생각하는 순간 이미 가야만 하는 다른 목적지가 정해져 있는 것 같아."

"소희 너 갑자기 왜 그래? 좀 쉽게 설명을 해 봐."

동욱은 자꾸만 애를 태우는 소희의 모습에 정말 궁금한 얼굴로 지켜보았다.

"인생은 죽을 때까지 쉬지 않고 달려야 한다는 거잖아. 내 말 뜻은…."

"그래서 이참에 해외로 나가서 바람이나 쐴 생각이야."

"너 어학 연수 떠나는구나. 어디로 가는데?"

소희의 말에 동욱은 궁금증이 풀린 듯 긴장했던 마음을 풀었다.

"영아도 같이 떠나자고 할까?."

"안 돼. 우리 영아는."

"영아가 네 말을 들으면 날 또 얼마나 들볶을려고?"

동욱은 정신없이 말하는 소희에게 대답하느라 콧구멍까지 들어간 커피를 정신없이 손수건으로 닦아 냈다.

"우리 영아? 왜 안 된다는 거야? 그 애도 해외여행을 좋아하던데."

"어쨌든 그래도 안 돼."

동욱은 얼굴에 미소를 띤 채 소희를 위협하는 몸짓을 하였다.

"나도 언젠가 병수 생각만 하는 너한테 해외여행을 고려해 보라고 말하고 싶었어. 해외에서 열심히 여행하다 보면 다시 예전의 활기를 되찾을 거 같아서였지."

그의 말을 들으면서 굳어지기만 하는 소희의 표정 때문에 동욱은 이내 말을 멈추었다.

"병수는 나와는 친구였고…, 더군다나 넌 애인이었잖냐? 그런데 우리는 병수가 어디서 무얼하고 사는지조차도 알지 못해. 병수를 사랑하는 네가 나는 무척 안타까웠어."

소희는 동욱이가 하는 말의 정확한 의미를 알았다. 동욱에게조차도 병수의 상황을 말할 수가 없다는 사실이 소희에게는 가슴이 아픈 일이었다.

소희는 가장 가까웠던 친구들에게조차도 휴학하는 진짜 이유를 밝히길 원하지 않았다. 소희는 병수가 말없이 사라졌던 이유를 생각해 보고는 지금 심정과 조금이나마 같았을 거라는 막연한 생각이 들었다. 학교를 떠나야만 했을 때 병수를 괴롭힌 것은 경험하지 못했던 외로움과 학교를 떠난 낯선 환경에서 사회인으로서의 적응이었을 거라는 것. 병수의 처절한 외로움에도 불구하고 늘 사랑한다며 곁에 있어야 했던 소희

캐논을 사랑한 여자

가 결국 조금도 도움이 되지 못했다. 이런 사실이 너무나 소희의 가슴을 아리도록 아프게 했다. 병수에게 일어난 모든 일들이 소희에게는 너무도 슬프고 괴로운 일이었다.

장면 41

화려하게 디스플레이된 매장을 구경하고자 걸음을 멈추는 젊은이들로 거리는 들썩였다. 명동 한모퉁이에 위치한 꽃가게를 들러 장미꽃 한다발을 사든 창우는 여유만만한 표정을 지으며 명동성당 쪽으로 걸었다. 성당 근처의 일층에 있는 어느 커피 전문점에 앉아 있는 희경을 향해 창우는 몰래 다가갔다. 희경은 가끔 입구 쪽을 향해 고개를 돌려볼 뿐 옆의 텅빈 자리를 쳐다보며 즐겨 마시는 달콤한 핫쵸코 컵을 들고 있었다. 갑자기 그녀 앞에 꽃다발을 내미는 창우를 보자 긴장하고 있던 희경은 얼굴에 환한 미소를 띠웠다.

"늦어서 미안해."

"그래서 이 꽃은 미안하다는 증거로 저한테 주는 건가요?"

"응 받아 줘. 나 팔이 너무 아프잖아."

희경은 꽃다발을 받아들어 코끝에 대고는 꽃향기를 맡았다.

자극적인 장미 향기가 몸 전체로 퍼지는 느낌이었다.

"내가 장미를 좋아한다는 거 어떻게 알고 나에게 장미를 준 거예요?"

"그럼 네가 선호하는 꽃을 내가 모를 거라 생각했어?"

"나 오창우야."

"홍! 오빠는 거짓말도 잘하네. 난 이런 남자를 어떻게 믿고 만나는 거지? 장미 좋아한다고 오빠한테 말한 적이 없는데 말이야."

"무슨 소리야? 너 방금 전에 네 입으로 이야기를 했잖아?"

희경은 창우의 변명 아닌 변명에 어이없어 하면서도 마냥 즐겁게 웃고만 있었다. 창우는 자켓 안주머니에서 뭔가를 꺼내 희경 앞에 내밀었다.

캐논을 사랑한 여자

"오빠~, 이거는 내가 제일 좋아하는 음악회야."

눈앞에 있는 두 장의 음악회 티켓에 희경은 금새 기분이 즐거워졌다.

"오늘 너를 만나 함께 갈려고 어렵게 구한 거야. 네가 늘 이야기했잖아. 나랑 콘서트에 가고 싶다고. 그래서 큰 맘먹고 구한 거야. 다 매진된 표를."

"와우~. 오빠가 드디어 나를 감동시켰다."

희경은 창우가 건네 주는 티켓을 받아들고서 환하게 미소를 지었다. 얼마 후에 둘은 자리에서 일어나 사람들이 붐비는 거리로 나왔다. 그들이 한강의 동호대교를 건너고 있을 때였다.

"오빠. 혹시 소희하고 문제 없었어요?"

운전을 하던 창우에게 옆에 앉아 있던 희경이 조심스럽게 물었다.

"문제가 있을 리가. 갑자기 왜 그러는데?"

창우는 시끄럽게 울리던 어느 락 그룹의 음악 소리를 줄이고 다시 물었다.

"혹시 소희를 요즘에 만난 적이 있었느냐구요?"

앞만 보고 운전에 집중하던 창우가 희경을 흘끔 바라보았다.

"며칠 전에 만난 적이 있어. 나한테 부탁했던 것 때문에…. 그런데 왜 그렇게 묻는 거지?"

창우가 소희와 무슨 일로 만났는지를 자세하게 말해 주지 않아 희경은 입술을 깨물었다. 희경은 궁금하게 생각하면서도 더 이상 묻지 않았다. 그들 사이에 한동안 말이 없었다.

"소희를 병수가 일하는 곳에 데리고 갔어."

"네? 어떻게 병수 선배가 일하는 곳을 알았어요?"

"희경아~. 내가 기자잖아."

창우는 귀찮다는 듯이 더 이상 말을 하지 않고, 놀라는 희경의 얼굴을 애써 모르는 척하며 운전대를 잡았다.

"소희가 휴학계를 낸 거 알고 있어요?"

창우는 희경의 말에 갑자기 브레이크를 밟고 타고 있던 차선을 바꾸었다. 그의 뒤를 따르던 차가 앞지르며 항의하는 모습이 보였다.

"그리고 오빠를 만나지 않겠대요."

희경은 예리한 눈빛으로 운전하는 창우를 살폈다. 창우의 얼굴은 특별한 반응이 없이 앞을 주시하면서 운전에 집중했다.

"소희가 왜 그런 말을 했을까?"

창우는 무표정한 얼굴을 지어 보이면서 작은 목소리로 희경에게 물었다.

"모르겠어요. 제가 그걸 어떻게 알아요?"

창우는 소희를 데리고 포장마차에 갔던 날 떠나던 소희의 차가운 눈빛과 마주쳐 당황했던 일을 기억해 내고는 가벼운 신음 소리를 냈다.

"전 가끔 오빠의 마음을 모르겠어요. 이렇게 함께 있는데도 말이에요. 가끔은 남같이 차갑게 느껴져요."

희경은 투정하듯 말하고는 차창 밖으로 시선을 돌렸다. 창우는 떨고 있던 손을 희경에게 보이지 않으려고 재빨리 움직여 조그만 볼륨의 음악소리를 크게 올렸다. 자꾸만 그의 얼굴을 바라보는 희경이의 모습에 당황하였다.

"소희가 어학 연수를 떠날 거라고 말했어요. 나까지도 소희와의 관계가 불편해졌는지를 모르겠어요."

희경은 한숨을 크게 내쉬면서 걱정스럽게 말을 할 뿐이었다.

"점점 소희하고 말하는 것이 자연스럽지가 못해요. 저한테는 둘도 없는 친구인데."

창우는 운전대를 잡지 않은 손으로 희경의 어깨를 부드럽게 감쌌다.

"희경아 이젠 그만 생각해. 모든 게 다 잘될 거야."

"그랬으면 저도 좋겠어요."

"내가 네 곁에 있잖아."

희경은 운전하고 있던 창우의 상체를 감싸듯 그녀의 몸을 기대었다. 콘서트장에서 좋아하는 가수의 공연을 볼 생각을 하면서 희경은 언짢아진 기분을 스스로 달랬다. 아파트의 그림자가 드리워진, 넓게 펼쳐진 한강을 지나 서초동 쪽으로 향했다. 서초동에 덩그러니 놓인 예술의 전당에는 음악회를 보러 온 젊은 남녀들로 빈틈이 없이 붐비고 있었다.

장면 42

"그게 말이 된다고 생각해요? 우리 상식적으로 말해 봅시다. 당신 지문이 여기 칼에 있는데…. 그렇게 자꾸만 부인만 하면 되겠습니까?"

형사는 투명한 비닐봉지에 씌어진 식칼을 책상 위에 조용히 올려놓았다. 병수는 책상 위에 놓여진 칼을 쏘아보며 물끄러미 바라보았다. 엉겨붙은 피가 말라서 붙어 있는 식칼에 소름이 끼친 듯 병수는 몸을 사시나무 떨듯 부르르 떨었다.

"제가 하지 않은 일을 어떻게 만들어서 거짓말을 합니까?"

"그 양반하고는 참~. 이렇게 확실한 증거를 갖다대도. 당신이 죽인 거잖소. 우리 솔직하게 이야기합시다. 젊은이. 당신도 술에 취해 있었죠? 술김에 저지른 일이요? 어쨌든 살인자는 바로 당신이야!"

형사는 때로는 달래고 때로는 윽박지르면서 병수로부터 살인 자백을 받아 내려고 거의 협박에 가까운 말을 하였다.

"제가 부엌에 갔을 때는 이미 칼이 지수 씨의 가슴 부분에…."

"닥쳐요! 이 친구 장애자라고 배려했더니 안 되겠구만. 그걸 말이라고 하는 거요? 아기는 왜 죽였어? 말도 못 하는 어린아이가 무슨 죄가 있다고?"

"그건."

"죽은 여자가 아기를 던졌다고? 당신 동거녀가 미쳤다는 겁니까? 아니 엄마가 이유도 없이 어떻게 아기를 죽였다는 거야?"

그의 말을 가로채면서까지 말하고 있는 형사를 보면서 병수는 더 이상 할 이야기가 없다는 듯 입을 다물었다. 취조하는 형사는 끝내 분에 못 이기는 듯 테이블을 치면서 화를 냈다. 취조하는 형사 중에 어느 누구도 병수가 말하는 사실을 믿으려고 하지 않았다. 병수는 벌써 며칠 동안 사방이 모두 두꺼운 벽으로 막힌 조그만 취조실에 앉아 살인을 했다는 자백을 여러 증거들과 함께 강요받았다. 완강히 버티는 병수를 다시 되돌려 보낼 수밖에 없다는 결론이 내려진듯 취조했던 한 형사가 들어와서는 책상 위에 있던 문서와 설득하느라 제시했던 증거들을 치웠다. 병수는 조그만 쇠창살이 달린 유치장으로 다시 되돌아왔다. 사면이 온통 하얀 시멘트 벽으로 덮인 넓은 방에는 병수만이 자리를 차지했다.

병수는 취조실에서 유치장으로 돌아오자마자 간이 침대 위에 쓰러져 잠을 자기 시작했다. 잠도 제대로 자지 못하고 취조를 받느라 눈이 늘 빨갛게 충혈된 채로 지쳐 있었다. 병수는 피곤한 잠을 자면서 꿈을 꾼다. 눈앞에는 아기를 안고 있는 지수의 모습이 어렴풋이 보였다. 젖을 아기에게 물린 채로 지수는 자장가를 불러 주었다. 그러다 병수의 모습을 발견한 지수는 한없이 바라보았다. 마치 할 말이 있는 것처럼, 그러나 아무리 기다려도 지수의 입은 열리지 않았다. 병수는 안타까워하면서 말을 건넸으나 그의 말은 지수에겐 들리지 않는 것 같았다. 있는 힘을 다해 병수는 소리를 질렀다. 그럼에도 불구하고 지수는 듣지 못하는 듯 차가운 시선으로 그를 쳐다보기만 할 뿐이었다. 병수는 끊임없이 지수를 향해 손을 흔들지만 지수의 눈에는 눈물이 고여 있을 뿐 병수에겐 작은 반응조차 보이지 않았다. 병수는 아직도 잠에서 깨지 않은 자세로 꿈에서 보았던 지수의 슬픔에 찬 얼굴을 생각하였다. 지수는 항상 모든 것을 그에게 주고자 했던 여인이었다. 병수는 같이 살면서도 그녀와 스스로의 깊은 내면을 털어놓고 이야기를 해 본 적이 없었다. 지수는 항상 눈에 보이는 병수만을 좋아했었고 그것만으로도 행복하기에 충분했던 것이었다.

"당신이 살인을 부정해도 결국 당신이 죽인 거야. 당신의 아기까지 낳고 살던 여자한테 죽음을 강요한 것은 용서될 수가 없어. 어떤 변명이라도 그 사실은 바뀌지 않지."

상황을 자초지종 듣고 있던 점퍼 차림의 나이가 지긋한 형사가 지적하던 말이 병수의 뇌리에 스쳤다. 병수는 형사의 말을 마음속으로부터 인정하였다. 지수가 장애까지 가지게 된 병수와 살려고 발버둥친 것은 부정할 수가 없는 것이었다. 지수와 아기의 죽음 앞에서 받은 충격 때문에 병수에게는 더 이상의 출구가 없어 보였다. 지수 앞에서 병수 자신도 모르게 튀어나온 말들이 어지러운 기억 속에 떠올랐다.

"또 소희 씨를 생각하나요?"

"나를 내버려 둬! 더 이상 나에게 말을 하지 말고 제발. 나도 모든 것을 잊고 싶어. 이런 내 마음을 조금이라도 이해해 줘야지."

언젠가 혼자 앉아서 소희 생각에 잠겨 침실에 들어가지 않자 걱정하는 표정으로 거실까지 나온 지수에게 한 말이었다. 명령하듯이 말하던 병수에게 더 이상 대꾸도 하지 않은 채 지수는 눈물을 흘렸다. 침실에 들어갔을 때 조용히 누워 있던 지수는 말했다.

"병수 씨의 마음을 정말 이해할 수가 없어요. 당신도 아시잖아요. 이 세상에 전 당신밖에 없어요. 하지만 당신이 이렇게 마음을 잡지 못하면 전 절망할 수밖에 없어요. 난 자꾸만 자신이 없어져요."

지수는 누워서 잠을 청하던 병수에게 필사적으로 그녀의 생각을 말하였다. 그러나 병수는 당시 지수의 진심을 알아차리지 못하고 관심도 기울이지 않았다. 그날 이후로 병수를 대하던 지수의 말에서 서서히 변화가 일어났다. 병수가 상처를 받을 수도 있는 말들이 지수의 입을 통해 수

캐논을 사랑한 여자

시로 나오기 시작했던 것이다. 경찰이 유치장 문을 여는 소리와 함께 병수는 다시 취조실로 향해 걸어갔다. 다른 범죄자와 차이가 있다면 그의 손에는 수갑이 채워지지 않은 채 목발을 의지하고 자유롭게 움직이도록 장애자인 그를 위해 배려한 것이었다.

장면 43

걱정스러워 하는 아버지의 얼굴을 바라보며 몸을 비틀면서 일어나는 소희는 한동안 웃음을 지어 보였다. 아버지는 갑작스런 딸의 휴학 소식에 달리 말은 없었지만 방에까지 와서 곤히 잠을 자는 딸의 얼굴을 살피곤 했다. 언제나 위장 무늬가 새겨진 군복을 입으신 채로 오직 하나뿐인 딸에게 극진한 사랑을 아끼지 않으셨다. 군대에서는 위엄을 갖춘 사령관으로 많은 군인들이 그의 명령 하나에 이리저리 바쁘게 움직였으나 딸에게는 언제나 친절하고 자상한 아버지였다.

"출근하세요?"

"오냐. 그래. 우리 공주가 요즘엔 몸이 아프신가?"

"아프면 안 돼요?"

"이 녀석이 말하는 거 봐. 딸이 건강해야지. 방에서만 이렇게 게으름만 피우고?"

"저도 가끔 피곤할 때도 있는 거죠."

소희는 하품을 하면서 천천히 옷을 걸친 뒤 아버지를 따라 마당으로 나갔다.

"아줌마한테 말해 놨으니까 아침 잘 챙겨 먹고…. 힘 좀 내거라."

"제 걱정은 하지 마세요. 아빠 행복한 하루~."

재롱을 부리는 딸의 인사에 아버지는 얼굴에 웃음을 머금고 차의 뒷좌석에 올라탔다. 검정색 별이 달린 승용차가 요란하게 엔진소리를 내고 달려갔다. 골목으로 사라지는 차가 사라질 때까지 소희는 손을 흔들었다. 소희는 출근하는 사람들로 미어터지는 지하철 이호선을 타고 어디

캐논을 사랑한 여자

론가를 향해 갔다. 사람들은 저마다 시계를 보면서 무표정한 얼굴로 저마다의 직장을 찾아 바쁜 걸음을 재촉했다. 소희는 전철역을 지날 때마다 고개를 들고 지나는 역의 이름을 확인하곤 했다. 동대문 운동장역이 나오자 밀물처럼 빠져나오는 사람들 속에서 사람들의 흐름을 따라 사호선으로 갈아탔다.

"면회를 오셨다구요? 잠깐만 기다리십시오."

경찰서의 안내소에서 근무하던 경찰관이 어디론가에 전화를 했다. 소희는 안내하는 경찰을 따라 경찰서 안으로 들어갔다.

"여기에 앉으시죠?"

"이병수 하고는 어떻게 되시죠?"

"전 후배예요. 학교 후배요."

"이 친구가 학교를 그만둔지가 꽤 되었는데 후배라니요?"

"전 여자친구이기도 해요."

소희는 아파트에서 이야기를 나누었던 형사를 찾았으나 처음 보는 인상이 험악한 형사에게 다시 똑같은 말을 반복하느라 피곤했다. 낯선 형사의 날카로운 눈빛에 신경이 쓰였다.

"형사님 이병수 씨는 어디에 있어요?"

"전 오빠를 보러 온 건데요."

형사는 그녀의 요청을 묵살한 채로 병수를 보려고 하는 소희를 의심의 눈초리로 쳐다보았다. 여전히 반복된 질문만 계속할 뿐이었다. 병수가 지수를 잔인하게 죽일만한 이유에 대해서도 알아내고자 했다. 소희는 때로는 형사의 유도 신문을 거부하며 수사가 잘못된 것이라며 형사에게 따지듯 말했다. 계속되는 소희의 부인하는 말에 사건의 진전이 없자 형사도 지쳤는지 더 이상 질문을 하지 않고 밖에서 뽑아 온 커피를 권했다. 형사가 처리하기 어려운 살인 사건이라는 뉘앙스를 풍겼다. 두 명이나 살해당한 사건인데 수사할 대상이 별로 없는 것이 수사를 담당하는 형사들을 어렵게 만든다는 것이었다.

"수사에 협조해 줘서 고맙게 생각합니다."

"그럼 이제 오빠를 만나게 해 줄 거죠?"

소희가 기다리는 동안 전화를 걸어 확인하던 형사가 소리를 질렀다.

"뭐라고? 그렇게 빨리?"

전화를 황급히 끊은 형사는 바라보던 소희에게 목소리를 낮추어 말했다.

"그런데 그게."

"오빠에게 무슨 일이라도 생겼나요?"

소희는 확신을 가지고 말하던 태도와는 달리 자신없어 하는 형사의 모습에 놀라며 물었다.

"소희 양이 찾는 사람이 벌써 구치소로 이감되었다네요."

소희는 순간적으로 불안한 예감이 들었다. 친절하게 적어 주는 형사의 종이 쪽지를 받아들고는 소희는 경찰서 앞까지 걸어나와 택시를 잡아 탔다. 택시는 한강을 건너 남부순환도로를 지나는가 싶더니 어느새 높은 하얀벽도 모자라 그 위에 철조망을 친 구치소 앞에 소희를 내려 주고는 시내 쪽으로 사라졌다. 건물이 무섭게 느껴져서인지 소희는 떨어지지 않는 걸음걸이를 독촉해 정문 앞까지 갔다.

"오늘은 죄수를 면회할 수가 없습니다."

"오늘은 면회 신청서를 제출하시고 나면 삼 일 후에 만나실 수가 있습니다."

"지금 면회 신청이 밀려 있거든요."

"오늘 오빠를 면회하려고 여기까지 이렇게 왔는데요?"

"죄송합니다."

소희는 결국 면회신청서를 상자에 넣고는 피곤한 발걸음을 돌려야만 했다. 구치소 안에서 들리는 교도관들의 함성 소리를 들으면서 불편한 심기를 삭여야 했다. 호수같이 커다란 소희의 눈에서는 외로움에 젖은 눈물이 한 방울, 두 방울 떨어지기 시작했다. 누군가 그녀의 곁에서 함께 면회를 해 줄 사람이라도 있었으면 하는 생각도 들었다. 혼자만의 나약함에 절대로 쓰러져서는 안 된다는 생각을 다짐하듯 반복했다.

"무너지고 싶지 않아. 지금은 절대로 그럴 수 없어."

"오빠를 만나야만 해."

이런 다짐은 피로해진 소희의 다리에 힘을 주는 듯했다. 구치소 담장을 넘어 날아가는 철새의 무리들을 보면서 소희는 한없이 부러웠다. 할 수만 있다면 높게 둘러쳐진 벽을 날아올라 들어가고 싶었다. 철새들은 가야 할 곳이 정해진 듯 지체없이, 그리고 여유롭게 날아가고 있었다.

장면 44

강남의 어느 한적한 도로에 아침부터 검정색 세단 승용차가 변호사 사무실이 몰려 있던 빌딩 앞에 섰다. 변호사 사무실이 업무를 시작하기엔 이른 시간이었다. 차에서 정장 차림의 운전기사가 열어 주는 차 문으로 노부부가 모습을 나타냈다. 나이에 비해 젊고 세련된 모습의 노부부는 변호사 사무실이 위치한 빌딩을 한번 둘러보았다. 노신사는 호화롭게 장식된 어느 변호사의 사무실에서 젊은 여비서에 안내되어 변호사를 만나기 위해 잠시 대기실로 들어갔다. 그의 옆에는 블랙 정장의 부인이 긴장한 모습으로 안락의자에 앉아 있었다. 잠시 후 사무실 문이 열리고 머리가 하얗게 흰 변호사의 모습이 나타났다.

"미안합니다. 이리로 앉으시지요."

그들을 정중하게 대하는 변호사는 여비서가 끓여 온 따뜻한 차를 권했다.

"어쩌다가 아드님이 그렇게 되었는지…. 우선 송구스럽다는 말씀을 드립니다."

"불효 막심한 녀석."

노신사는 조심스럽게 말하는 변호사에게 분통을 터뜨리며 말했다.

"그래 아들 녀석이 어떻게 지내는지는 알아봤소?"

"예, 지인인 경찰을 통해 알아봤는데 현재는 상황이 어렵습니다. 그보다 아드님은 언제부터 다리에 장애를 가지게 되었습니까?"

"장애라니, 그건 또 무슨 소리요? 우리 병수가 장애를 가지다니. 혹시 사람 잘못 본 것 아니에요? 몇 년 동안 소식이 없이 지냈지만…. 이게 무슨 날벼락이란 말인가?"

두 사람의 대화를 다소곳이 듣고 있던 부인이 얼굴이 사색이 된 채로 놀랐다.

"예, 왼쪽 다리가 없는 장애를 가졌다는데….'

"내 아들이 말입니까?"

노신사는 얼굴이 상기되며 목소리의 톤이 점차 커지지만 가까스로 자제하면서 침착하게 되물었다.

"자초지종 이야기 좀 하시구려."

노신사는 병수의 소식에 놀라서 기절한 듯 앉아 있는 아내를 안타깝게 바라보곤 했다. 변호사의 말을 조용히 듣던 노신사는 점점 냉정했던 얼굴이 시간이 갈수록 수심에 잠겼다.

"아니 그 정도가 되어도 이 아버지를 찾지 않고 혼자서 살았단 말이지?"

"내가 전생에 무슨 잘못을 했길래 자식 농사가 하나같이 문제가 되는 것일까?"

노신사는 탄식하며 한숨을 내쉬면서 품에서 꺼낸 손수건으로 얼굴에 흐르는 땀을 닦아 내렸다.

"우리 병수가 다리를…, 다리를 잃었대요."

아직도 아들의 소식 때문에 받은 충격으로부터 헤어나오지 못하던 노신사의 부인은 몸을 급격하게 떨었다.

"공사판에서 전전하고 그것도 모자라 술집 색시와 같이 살아?"

노신사도 변호사가 전해 주는 말이 믿기지 않는 듯 변호사가 말을 하고 있는 도중에도 혼잣말로 중얼거렸다. 변호사의 말이 길어지면 길어질수록 노신사 부부의 표정이 굳어만 갔다. 그들의 얼굴에 드리운 절망 때문에 사건 설명을 하던 변호사도 말이 부자연스러워졌다.

"지금까지 말씀드린 것은 경찰서에서 조사한 내용이라 일단 확정적으로 받아들일 수는 없지만 분명 아드님이 살인 혐의로 구속이 되어 있는 것은 팩트입니다."

노부부는 할 말을 잃은 듯 서로 얼굴만 바라볼 뿐 말을 좀처럼 꺼내지 않았다.

"물론 두 분께서 받는 충격이 크신 것을 저도 잘 이해합니다."

"그러나 아드님은 현행법상 살인으로 검찰에 기소까지 되어 있어 낙관적인 상황은 아닙니다. 아드님이 평생 동안 시설에 갇힐 수도 있습니다."

"안 돼. 그렇게는 안 돼. 어떻게 기른 자식인데…."

노신사는 크게 소리를 내어 울부짖으며 소리쳤다.

"뭔가가 잘못된 걸 겁니다. 우리 병수가 그렇게 착한 아들이 사람을 죽이다니요? 절대 그럴 리가 없어요."

노신사의 부인도 변호사에게 매달리며 흐느꼈다. 부부의 끝없는 탄식에 변호사도 어찌할 바를 몰라 그들 주위에 서서 바라만 보았다.

"제가 최선을 다해서 아드님 사건을 다룰 테니까 너무 걱정하지 마십시오."

변호사의 위로가 감정이 폭발한 듯한 부부의 귀에 들어올 리가 없었다. 변호사 사무실을 나서던 노신사가 아내를 먼저 보낸 후 변호사를 다시 불러 만나고 있었다.

"내 아들을 살려주시오. 내 모든 희망이외다. 하나 남은 아들만은."

노신사는 변호사 앞에서 말을 잇지 못하고 감정이 격한 채로 말을 이어 나갔다.

"내가 차라리 무릎이라도 꿇으리다."

"사장님 제가 이 사건 반드시 제대로 처리하겠습니다. 제가 자주 연락 드릴테니 마음 편하게 기다리십시오."

"아들이 사람을 죽였다 해도 아들을 기른 나의 잘못이니까. 신 변호사 내 돈을 다 주라면 줄테니…."

"그동안 저를 찾아 주신 것만으로도 저는 사장님의 은혜를 입은 사람입니다."

변호사와 노신사는 허리를 굽혀 서로 인사를 나눈 후에야 헤어졌다.

"사장님 사무실로 가십니까?"

"아니야. 집으로 가세나."

노신사는 차에 탄 후 지시를 기다리던 앞자리의 운전사에게 말을 했다. 승용차는 미끄러지듯 다시 한강을 지나 성북동 쪽으로 향하였다.

"우리 병수가 어떻게 되는 것이에요?"

"부인 너무 걱정 말고 이제부터라도 병수를 내가 보살필 테니까. 내가 첫째 아들놈 고집을 꺾은 것이 이런 결과를 만든 거야."

노신사는 자책하며 혼잣말을 하듯 말하였다. 자꾸만 걱정스럽게 묻는 부인의 말에 노신사는 팔에 힘을 주어 어깨를 감싸면서 부인을 안심시키곤 했다. 노신사의 이마에 그늘진 주름살이 그날따라 유난히 깊게 패였다. 패션 사업에서 결코 실패해 본 일이 없는 철두철미한 사업가인 노신사조차도 아들의 상황이 무척 걱정되는 모양이었다.

장면 45

안이 훤히 들여다보이는 감옥의 쇠창살을 사이에 두고 남색의 죄수복을 입은 사람들이 좁은 공간에서의 자유를 만끽하려는듯 바삐 움직였다.

"형씨는 살인죄라면서…?"

병수는 다른 죄수들과 어울리지 않고 감옥의 한쪽 구석에 누워 있다가 말을 거는 사람의 얼굴을 한참 쳐다보았다.

"여기에는 별단 피래미들이 많기는 하지만 사람을 죽일 수 있는 사람은 단 한 놈도 없당께."

사내는 주위를 둘러보면서 병수에게 속삭이듯 말했다.

"여기서는 내가 방장인디. 형씨는 누구도 못 건들이니께. 편히 쉬다 가라구."

병수에게 배려하는 사내는 조그만 감방에서 사는 죄수들이 두려워 떨며 따르는 왕이었다. 얼굴이 험악하게 생긴 사내는 마음이 내키는 대로 주변의 사람들을 거의 머슴을 다루는 듯 했다. 병수 이외에 모두 네 명의 남자 죄수들이 한방에서 생활하였다. 병수를 제외한 다른 죄수들은 그의 말 한마디에 엉금엉금 기는 시늉까지 하곤 했다. 죄수들의 행동에 만족하지 않으면 그 사내의 기분에 따라 미친 듯이 폭력을 행사해 감방의 분위기를 살벌하게 만드는 방장이었다. 감방 안에는 사회와 다른 또 다른 힘이 지배하고 있는 세상이었다.

"난 가끔 저 밖에 있는 세상보다는 차라리 이곳에 사는 것이 편혀. 먹고 살 걱정을 안해도 되고 이곳저곳 잠잘 곳을 찾아서 추운데서 떨지 않아도 되니께 말이여. 밖에 있는 세상은 나 같은 사람에게는 드러운 세상

캐논을 사랑한 여자

이구마."

"자유가 없는 세상이 그렇게 좋습니까?"

"자유? 나는 자유는 없어도 좋은디 배고파 뒤지는 거는 못 참구마."

옆에서 방석을 깔고 앉아서 신세타령하듯 계속하는 그의 말을 병수는 차분하게 들었다.

"이제는 형씨도 이런 생활에 익숙해질 꺼구만. 근디 형씨는 내가 보고 있은께 말이 별로 없어뿌러. 내가 충고 하나 할 건디. 앞으로는 말이 필요하당께. 여기서는 말할 사람이 없으면 미쳐뿐당께. 난 별이 다섯 개인 디…. 그동안 미쳐 가꾸 여기서 나가는 아이들 많이 봤당께."

"방장님은 무엇 때문에 이곳에?"

"에휴~. 그런 건 물어보는 게 아닌디."

처음엔 주저하던 그가 주위의 눈치를 살피더니 말을 시작했다.

"형씨는 특별한 사람이니께 말을 해 줄랑께. 여기서는 잡범이라구 하더구만. 잡범. 난 리어커 하나로 장사하면서 먹고 살았는디 어느 날엔가 장사가 안 되서리 돈이 없어서 지하철역 신세 좀 질려구 역 안에서 잠을 잤는디 내 리어카가 없드란 말이시. 그랴서 찾아봤드니 어떤 놈들이 그걸 지네 꺼라구 끌고 다니는 거야. 내 눈에 불이 튀어서…. 몇 대 팬 것이 문제가 되갔구. 재수가 없을랑께 그때 순경이 와 갖구서리. 폭행죄랴. 여기에 왔구만. 내가 별이 있응께로 내 말은 듣지도 않더구만."

병수는 그의 이야기에 흥미를 느끼기 시작했다. 병수는 벌써 며칠째 누구의 간섭도 없이 이곳에서 지냈건만 감옥 생활이 적응이 되기는커녕 점점 낯설게 느껴졌다. 그곳에 있던 죄수들은 매일 계속되는 이야기들과 생활들에 적응이 된 듯 자주 웃고 떠들었다.

"백일 번 면회야."

교도관이 문을 커다란 열쇠로 따면서 병수를 찾았다. 감옥 안에서 소란스럽게 이야기를 하던 죄수들은 일제히 부러운 눈길로 병수를 쳐다보았다. 병수는 몇 개의 창살문을 거친 다음 교도소의 면회소 건물로 들어섰다. 교도관이 인도하는 장소로 입을 다문 채 부지런히 따라갔다.

"오빠 절 보고 놀랬죠?"

한동안 말이 없이 벙어리가 되어 버린 병수에게 소희는 조심스럽게 말을 걸었다.

"소희 네가 이곳엔 어떻게 왔지?"

"오빠는 제가 오빠를 보러 오지 않으면 누가 와요?"

소희를 보며 굳어진 병수의 얼굴은 좀처럼 펴지지 않았다. 면회 왔다는 교도관의 말에 병수는 무조건 따라나섰지만 면회 온 사람이 소희일 줄은 전혀 예상하지 못했다. 소희를 본 순간 무덤덤하던 가슴이 갑자기 뛰기 시작했다. 소희를 보자마자 반갑게 맞이하고 싶은 마음이 굴뚝 같았다. 그러나 막상 소희를 앞에 둔 병수의 얼굴은 마음과는 반대로 굳어만 갔던 것이었다.

"그래도 난 네가 이런 곳까지 오는 게 바람직하지가 않아서 그래."

"오빠는 기억이 안 나요?"

병수는 여전히 그의 얼굴에 긴장을 풀지 않은 채였지만 소희의 말에 관심을 보였다.

"제가 말했었잖아요. 오빠가 어디에서 무엇을 하고 있든지 언제나 오빠 옆에 있을 거라고 한 말."

병수는 소희가 대학교에서 학생 운동으로 인해 자신의 몸에 부상을 입었을 때마다 반복하듯 그에게 했던 말을 기억해 냈다. 병수는 순간 얼굴에 드리운 긴장을 걷어 내고 잠깐 동안 얼굴에 미소를 띄웠다. 순수하게 웃는 소희의 모습을 잠시 바라보았다.

"바보야. 그런 말은 동화에서나 가능한 거지. 나를 보라고. 지금의 내가 소희 네 눈에는 어떤 상황에 있는 것 같니?"

병수는 소희를 보면서 갑자기 터져나오는 웃음을 참지 못하고 소리를 내어 웃었다.

"어떤 상황을 말하는 거예요? 전 이해를 못 하겠어요. 저는 지금의 오빠 모습과 예전에 제가 알던 오빠의 모습이 같아 보여요. 저도 알아요. 오빠가 지금 얼마나 무서운 일을 당하고 있는지를. 저도 항상 오빠 앞에 나약해 보이던 소희는 아니잖아요? 저는 오빠가 살인자라는 말을 믿지 않아요."

소희는 입술을 깨물면서 냉소적으로 말하던 병수에게 단호하게 말했다.

"살인자라."

병수는 신음하듯 혼자 되뇌일 뿐 외마디 말을 흘릴 뿐이었다.

"오빠가 왜 그런 누명을 써야만 해요?"

"누명이라고?"

"그래요. 오빠는 그런 잔인한 사람이 아니잖아요? 오빠가 언니를…. 전 상상을 할 수도 없어요."

"꼭 사람을 직접 죽여야만 살인을 한 거라 생각하는 거야?"

작은 소리로 속삭이 듯 말하는 병수의 표정은 점차 어두워졌다.

"오빠 무슨 말을 할려고 하는 거예요?"

소희는 병수의 질문에 선뜻 대답을 하지 못하고 되물었다.

"나도 아직은 뭐라 말해야 할지…. 나도 잘 모르겠어. 생각이 너무 혼란스러워."

병수는 그의 머리를 쥐어 잡고 흔들며 괴로운 표정을 지었다. 소희는 그렇게 몸부림치며 괴로워하는 병수의 모습을 가까이서 안타깝게 바라보았다.

"난 오빠 마음을 이해해요. 오빠 입장에선 당연해요. 슬픈 거구요."

한참 동안 말을 하다가 면회 시간이 끝나자 소희는 눈물을 글썽거리면서 교도소의 감방으로 향하는 병수의 뒷모습을 바라만 보았다.

"오빠 앞으로는 자주 오빠를 보러 올께요."

"아니야 소희야 고맙지만…, 절대 그러면 안 돼."

절룩거리면서 교도관에게 의지한 채 면회실을 나서는 병수의 모습보다도 그녀의 방문을 극구 막는 병수의 말 때문에 소희의 여린 마음이 더욱 시려 왔다. 마음속 깊이 소희를 그리워하던 마음과는 반대로 병수는 소희의 면회를 두려워하였다.

장면 46

　가끔 감옥 안을 확인하는 교도관의 군화 소리만이 조용한 밤의 정적을 깨울 뿐 모든 사람이 깊은 잠에 빠져 있었다. 병수는 눈을 감지 못하고 침대 위에서 몸을 뒤척였다. 복도로부터 희미한 전등빛만이 비추는 감옥 안을 둘러보았다. 기계처럼 짜여진 감옥의 시간은 밤이 되면 모두 잠을 자게끔 만들어졌다. 밤 아홉 시에 전체 취침 시간을 알리는 벨 소리와 함께 소등이 되자 그대로 각자의 침상으로 찾아 들어가 잠이 들었다. 병수는 주변에서 들리는 코고는 소리를 제외하고는 너무나 조용한 감옥 침상에서 눈을 뜬 채로 멍하니 생각에 잠겨 있었다. 며칠 전에 면회 왔던 소희에 대한 생각 때문에 잠이 오지 않았다. 소희를 본 순간 그의 가슴에는 너무나 행복하게 뛰는 심장의 고동을 느낄 수가 있었다. 마치 오랫동안 보지 못했던 연인을 우연히 마주친 느낌, 사실이 그렇지 않느냐고 자신에게 반문했다. 병수는 순간 우울해진 감정 때문에 자꾸만 떠오른 채 사라지지 않는 소희의 모습을 지우려고 노력하며 몸을 뒤틀었다.

　"소희를 만나면 안 되는 거야."

　병수는 만나면 만날수록 소희를 불행하게 한다는 생각이 마음을 지배하기 시작하자 고통스럽게 몸을 감싸 쥐었다.

　"병수야 네 현실을 생각해 봐. 창우 형이 한 말이 맞아. 나는 냉정해질 필요가 있어. 나는 소희를 사랑할 자격이 없어. 더 이상은."

　병수는 머릿속으로 파고드는 고통에 소리 없이 울부짖었다. 병수는 급속도로 바뀌는 마음 때문에 절망하였다. 아마도 절망하는 마음과 행복한 마음은 끝이 없이 반복될 것 같았다. 병수는 잠이 드는 것조차 두려워졌다. 언제나 꿈속에서 함께하는 지수의 환영 때문이었다. 병수는 원망하듯 바라보는 지수의 모습을 잊을 수가 없을 것 같았다. 병수의 품에 안겨서 눈을 감을 때 바라보던 원망과 슬픔이 가득한 지수의 눈빛은 너무나 슬퍼보였다. 침상 옆에 세워 둔 목발이 그의 시야에 들어왔다. 지수가 언제나 거실에 세워 두면서 틈이 있을 때마다 정성스럽게 닦아 주던 목발이었다. 지금은 사용만 할 뿐 돌보지 않아 때가 많이 묻어 나는 목발이었다. 주변 어디를 보더라도 지수의 모습이 떠오르지 않는 곳은 없었다. 지수는 병수를 둘러싸고 영원히 떠나 보내 줄 것 같지 않았다. 병수는 지수를 사랑했다. 아니 지수에게 항상 사랑한다고 대답할 수밖에 없었다. 자꾸만 사랑을 확인하고자 했던 여자에 대해 병수가 할 수 있는 최선의 선택이었다. 그러나 병수는 지수의 헌신적인 사랑 앞에서도 허전함을 느꼈다. 근원을 알 수가 없는 허전함은 가슴을 타고 온몸으로 전이 되었다. 결국 근원을 찾았을 때 병수가 만날 수 없었던 소희의 모습을 생각하고서야 허전했던 마음이 안정을 찾곤 했다.

"형씨 아직도 잠이 안 오쇼?"

밑에서 잠을 자는 줄로만 알았던 방장이 병수에게 담배를 권했다. 병수는 그의 담배를 받아 불을 붙였다. 방장은 익숙하게 쇠창살 쪽으로 가망을 보았다.

"이런 곳에서는 건강이 최고라우. 건강을 지키지 못하면 자신만 손해야. 잠이 안 온다고 잠을 안 자면 몸만 상혀. 어쩌다가 여자를 그렇게 죽였수? 여기는 비밀이 없는데라우. 나두 사람 면상 좀 볼 줄은 아는디. 기집애처럼 그렇게 예쁘장하게 생겨 갖고 사람을 죽일 위인은 아니고만."

"그렇게 보이십니까?"

병수는 뜬금없는 방장의 관상평을 들으며 얼굴에 쓴 웃음을 지었다.

"사람을 인상만으로 모든 것을 알아볼 수 있는 것이라면 얼마나 좋겠습니까?"

그렇게 말하는 병수는 스스로 자조하는 빛이 역력했다. 우락부락한 외모를 가졌지만 진심으로 대하는 방장의 태도에 병수도 사람에 대한 경계를 풀었다.

"나두 바깥 세상 생각만 하믄 내 속이 터지는디. 못 가진 우리들이야 때가 되면 밥 주고 재워 주는 이곳이 편하긴 하지만서도…. 그랴도 사람 살 곳은 바깥 밖엔 없는 것 같다는 생각이 가끔 든다니께."

방장은 나이가 거의 오십 줄로 어려서부터 들락거린 감옥 생활이 지겹다고 했다. 그는 가끔 같이 감방 생활하다 복역 후에 외국으로 간 친구를 부러운 듯 말하곤 했다. 병수는 부럽다며 입에 침이 마르도록 칭찬을 하면서 방장이 말하는 것을 관심을 갖고 들어주곤 했다. 미국이라는 나라는 자유와 무한한 기회가 기다리고 있는 나라라고 했다. 미국은 사회에서 핍박받는 그래서 차별받는 자신 같은 사람에게는 천국일 거라는 말도 잊지 않았다. 이번에 형을 살고 교도소를 나가면 외항선을 타고 선원으로 미국에 들어가겠다는 말을 했다. 일단 미국에 들어가면 남의 눈치를 신경을 쓸 필요도 없어, 트럭 운전면허증을 따서 미국 전역을 돌면서 돈을 벌 거라고 그의 포부를 밝히기도 했다.

"내가 교도소에서 모셨던 사람도 그랬당께. 지 마누라 사진을 보내 왔는디. 거기서 유학생으로 간 여자를 꼬셔가꾸 장가들었더구만. 아무튼 거기는 우리 같은 놈들 잘만 하면 천국이랑께."

열변을 토하던 도중에 무표정한 병수의 얼굴이 아쉬웠던지 방장은 자

꾸만 말을 믿어 달라며 그의 말이 모두 사실이라고 확인이라도 시켜 주
듯 꾸깃꾸깃해진 종이 쪽지들을 증거라고 들이대곤 했다. 방장은 틈만
나면 병수에게 그의 비밀스런 이야기를 하며 밤을 지새웠다. 병수는 방
장의 이야기를 들으면서 창살 틈으로 밝아 오는 아침을 느꼈다. 병수에
게는 신빙성이 있고 없고는 별로 중요하지 않았다. 방장의 이야기로 인
하여 잠시 동안만이라도 눈앞에 떠오르는 생각들을 잊을 수가 있어서
다행이었다.

캐논을 사랑한 여자

장면 47

끝없이 펼쳐진 구치소의 높게 가로지른 하얀색 담장을 따라 소희는 총총 걸음으로 걸었다. 한참동안 걷던 소희는 커다랗게 입을 벌린 정문을 보면서 익숙하게 구치소 안으로 들어왔다. 하늘을 찌를 듯한 높이의 담장에 철조망까지 겹겹이 쳐져 있어 밖의 세상과는 철저하게 고립된 곳이었다. 소희는 구치소의 면회 대기실에 앉아서 멀리 떨어진 테이블에 앉아 있던 머리를 땋아 올린 한명의 노부인을 바라보았다. 목이 넓게 트인 검정색 실크 블라우스와 스커트를 입은 세련된 옷차림의 부인에게 자꾸 소희의 눈길이 갔다. 부인도 그녀의 눈빛을 의식했는지 자꾸만 소희 쪽을 눈여겨보는 눈치였다. 소희는 혹시나 하는 설레이는 마음이 들기 시작하며 심장의 고동 소리가 떨리기 시작할 무렵 부인과 눈이 마주쳤다. 깊은 생각에 잠겨 있는 듯 처음엔 관심이 없는 눈으로 바라보던 부인의 얼굴에 점차 동요하는 빛이 역력했다. 자꾸만 소희와 눈이 마주치던 부인은 천천히 소희 곁으로 다가왔다.

"혹시…. 아가씨가?"

"네? 제가 도와드릴 일이라도…."

자꾸만 주저하는 부인의 모습이 무언가를 호소하는 눈빛으로 테이블 앞에서 머뭇거리자 소희는 특별한 호기심이 생기기 시작했다.

"우리 병수가 아는 아가씨인 것 같아서…."

"네? 병수 오빠의 어머님이신가요?"

"맞아요, 내가 엄마예요."

소희는 순간 놀라움을 감추지 못하고 부인을 여전히 믿을 수 없다는 표정으로 바라보았다.

"우리 병수를 알아요? 아가씨?"

"네, 제가 후배인 걸요."

소희는 뜻밖의 만남에 놀라서 어쩔 줄 몰라하면서도 부인과 따뜻한 인사를 건넸다.

"역시 그랬구나. 아가씨 얼굴이 눈에 익어서 와 봤더니 우리 아이가 예전에 칭찬을 많이 하던 아가씨로군요. 아가씨 사진은 우리 아이 방에 아직도 있다오."

"제 사진이 오빠의 방에요?"

그들은 병수를 만나지 못하는 아쉬움을 뒤로 하고 구치소를 나오면서 오래 전부터 아는 사이라는 것을 확인이라도 하려는 듯 서로 많은 대화를 나누었다.

"어머니를 한 번도 찾아 뵙지 못해서 늘 죄송했어요."

"아니 그렇지가 않아요. 그동안 아가씨가 누구인가 궁금했었는데 이렇게라도 만나니 얼마나 반가운지 몰라요."

소희는 어머니를 따라 대기 중이던 검정색 승용차에 타고서 차가 가는 대로 몸을 맡겼다. 병수의 집에 도착한 소희는 어머니의 안내를 받아 병수의 방문을 열었다. 소희의 눈에 가장 먼저 들어온 것은 침대 옆 탁자에 놓인 눈에 익숙한 기타였다. 병수와의 만남 백 일을 기념하던 날 소희가 병수에게 선물했던 기타였지만 지금도 새 것처럼 윤이 났다. 소희는 빠른 걸음으로 다가가 기타에 손을 뻗어 어루만졌다. 병수는 노래를 부르는 것이 취미여서 소희에게서 선물받은 기타를 오랫동안 어깨에 메고 학교에 다니곤 했다. 때로는 유치원생처럼 자랑하듯 소희 앞에서 연주

246

하면서 노래를 부를 때도 있었다. 소희의 눈이 침대 옆에 사진 액자로 향했다. 그리고 소희는 액자를 들어 한참 동안 뚫어지게 쳐다보았다. 병수를 알게된 후 처음으로 함께 여행을 떠났던 동해의 양양 해변가를 배경으로 찍은 단둘만의 어색한 포옹 장면이 담긴 사진이었다. 똑같은 사진이 소희의 침대 옆에도 늘 자리를 차지하였다. 소희와 약속했던 것처럼 사진을 확대하여 항상 병수의 침대 옆에 두고 병수가 그녀를 생각했을 것이라는 생각이 들자 가슴이 뭉클해 오는 것을 느꼈다. 방안에는 병수가 어릴 때부터 찍었던 수많은 사진들이 벽 높이에 따라 정렬된 모습이 담겼다. 병수의 방에 있는 모든 물건들이 병수가 집을 나오기 전의 것들이었다. 소희는 침대에 앉아서 깨끗하게 정돈된 정감이 가는 방을 둘러보며 병수의 체온을 느꼈다. 찻잔을 받아든 소희는 편안한 옷차림의 부인과 테이블을 사이에 두고 앉았다. 어머니는 나이에 비해 너무나 고운 피부를 갖고 있었다.

"우리 아이 방을 보고 온 느낌이 어때요?"

어색한 분위기를 녹이려고 어머니는 부드러운 목소리로 소희에게 말을 걸었다.

"아가씨 얼굴이 아이 방에 있는 사진과 너무 닮아 첫 눈에 아들과 관계가 있구나 생각했지. 사진 속의 아가씨가 늘 궁금했었는데 오늘에 와서야 만났네. 아이가 이 어미를 떠난 후로 내가 자주 들러서 방을 청소했지."

"그러셨어요? 방에는 오빠의 체취가 살아 있는 것 같았어요."

소희의 말에 어머니는 또다시 손수건을 눈에 댄 채로 넘치는 눈물을 훔쳤다. 목소리는 평정을 잃지 않으려 하고 있었지만 흐르는 눈물 때문에 어머니의 눈이 충혈되었다.

"미안해요. 귀한 손님 앞에서 눈물을 보여서. 지금껏 참아 왔는데….
오늘따라 눈물이 많이 나네."

소희는 어머니의 모습을 보면서 아들 때문에 겪는 어머니의 고통을 이
해하려고 노력했다.

"어머님이 보시기에 건방진 말일지 모르지만 전 오빠를 사랑해요."

"아가씨 말만으로도 고마워. 눈물이 다 나네. 못난 내 아이를 소중하게
생각해 준다니. 집을 나가기 전에 아가씨를 늘…, 이 못난 엄마한테 소개
하고 싶다고 말했었는데 사업에 바쁘다보니…."

"사실 전 어머니가 안 계세요. 제가 태어난 날 돌아가셨대요. 그래서
전 늘 어머니가 그리웠는 걸요."

"그랬어요? 어쩜 엄마도 안 계시는데 이렇게 곱게 자랐을까?"

"저를 딸처럼 대해 주세요. 어머니."

소희는 계속해서 존대말을 쓰는 부인에 불편을 느끼고는 어려워하며
부탁을 하였다.

"우리 아들이 어떻게 살고 있는지를 우리도 얼마 전까지는 모르고 있
었다오. 형이 잘못된 이후로 아이가 변하더니. 갑자기 집을 나간 후로
연락을 끊고 살아서…. 아들이 밖에서 살다가 지치면 돌아오겠지 하면
서 여태껏 기다렸는데…. 그게 이렇게 한이 될 줄은 몰랐네."

어머니는 눈물을 흘리지 않으려고 고개를 들어 천정을 바라보았다.

"우리 아이는 내게는 항상 천사 같았는데…."

소희는 너무나 어두운 표정의 어머니가 이야기를 하는 동안 고개를 숙
이고 가만히 듣기만 했다.

"집안에서만 자라서 아들이 하는대로 그냥 내버려 뒀는데. 그게 우리

부부의 잘못이란 걸 뒤늦게 깨달은 거지."

어머니는 이야기를 모두 끝내지 못하고 허공을 주시하던 눈에 눈물부터 흘러내렸다.

"오빠도 어머님에 대해 말하곤 했어요. 어머니를 생각하면 가슴이 아프다구요."

"구치소에서 다리도 성치 않은 아이가 밧줄에 묶여서 가는 모습을 보니까 어미된 마음이 얼마나 찢어지는지."

"너무 상심하지 마세요."

"난 그 아이가 다시 예전의 우리 병수로 되돌아왔으면 좋겠어요. 다시는 내 아이한테 그런 고생은 시키고 싶지 않아요."

소희는 곁에 다가가서 딸처럼 어머니의 흐르는 눈물을 닦아 주었다. 어머니는 묵혔던 감정이 폭발한 듯 다가선 소희를 부둥켜안고 통곡하며 울었다. 소희는 어머니가 내준 승용차를 타고 집으로 돌아오는 중이었다. 차가 달리는 간선도로는 그녀의 답답한 마음을 아는 모양인지 시원스럽게 뚫렸다. 소희는 방에 들어오자마자 병수의 모습을 그리워하면서, 병수의 방에서 본 것과 똑같은 사진이 담긴 액자를 깨끗하게 닦았다. 너무나 천진난만한 그러면서도 급하게 포옹하는 병수의 서투른 행동이 사진 속에서 뚜렷하게 포착된 모습이었다.

"나 이 사진 죽을 때까지 간직할 거야. 나를 위해서."

"그건 저도 마찬가지예요. 전 죽은 후까지라도 영원히 간직할 건데."

"그래~. 그럼 나도 똑같이 하면 되지, 뭐."

소희의 상요하다시피 하던 요구에 뒷걸음질치던 병수가 쩔쩔매며 하던 말이었다.

장면 48

    기상 나팔이 울리고 감방에 있던 모든 죄수들은 아침 체조를 시작했다. 상쾌한 아침 공기는 감옥의 구석구석까지 파고들어 어젯밤의 묵은 때를 씻고 새로운 날을 준비했다. 교도관의 호령에 맞추어서 죄수들은 아침 점호를 숙련된 동작으로 해 나가기 시작했다. 점호가 끝나고 자유 시간이 주어지자 다시 방마다 무거운 기운이 감돌았다. 이곳저곳에서는 조그만 소리로 소위 체력 단련이라는 기합 소리들이 들리기 시작했다. 병수가 보기엔 마치 고문 같은 행동이었지만 그럴 듯한 명분이 있는 운동이었다. 강한 체력과 정신력으로 무장하여 감옥에서 자주 발생하는 크고 작은 사고를 미연에 예방한다는 취지였다. 잠시 동안의 고통을 감수해서 길고 먼 인생길을 큰 사고 없이 무사히 가자는 것이었다. 그러한 취지가 감옥 내에서 방장의 권위를 세우는 데 이용되었다. 병수의 방에 있던 방장은 그런 면에서는 동료들에게 관용을 베푸는 축에 끼는 편이다.

    "내가 나서믄 이놈의 짜슥들 살기가 힘들 턴디. 내가 참는겨. 고생 줄이 눈에 훤히 보이는디. 이 녀석들을 갈궈서 괜한 악연을 만들고 싶지는 않당케."

    방장이 언젠가 넌지시 병수에게 말했던 것처럼 병수가 있던 곳은 다른 감방에 비해 항상 평화롭고 조용했다.

    "여기는 그런 대로 났당께. 이놈들이 형이 떨어지면 가는 곳은 더 지옥이랑께…. 대한민국 어데로 갈지도 모르능디. 불쌍한 놈들인겨."

    처음엔 병수도 감옥에서 주는 아침을 먹지 않고 견디었으나 요즘 들어 아침을 나오는 즉시 먹어 치우는 식충이가 되었다. 병수에게도 삶에 대

캐논을 사랑한 여자

한 의지가 생기고 얼굴에는 생기를 띄우기 시작했다. 가끔 머리카락이 섞여 나오는 아침이라도 먹지 않고서는 앉아서 생각하는 것조차 어려웠다. 병수는 아침부터 세수를 깨끗이 하고 앉아서 감방에 달린 조그만 거울 앞에 서서 머리를 정돈했다. 감옥에서 어젯밤 면회자 명단 발표 때 교도관이 면회 대상자인 병수에게 부탁한 일이었다. 아침 해가 중천에 떠서야 병수는 면회실로부터 호출을 받았다. 면회실에 가까워 오자 뭔지 모를 묘한 감정의 변화로 병수의 가슴이 뛰었다. 병수는 별안간 그를 찾아 방문하는 사람들이 두려워졌다. 처음으로 감방 생활을 했던 때에 면회를 왔던 지수의 얼굴도 떠올랐다. 지수의 죽음은 항상 병수를 괴롭혔다. 그녀를 죽게했다는 병수의 충격적인 죄책감이 내면 속에 깊이 각인이 되었던 것이다. 절룩거리면서 면회실에 도착하자마자 병수의 얼굴은 경직되었다. 불편한 아들의 걸음걸이를 안스럽게 바라보는 부모의 근심 어린 얼굴이 기다리고 있었다. 병수는 의자에 앉자마자 날카로운 목소리로 부모에게 화를 내었다.

"왜 오셨어요? 여기엔 왜 오셨냔 말입니다."

병수는 뜻밖의 부모 면회에 갑자기 깊은 적의감을 표출하며 소리를 질렀다. 아버지는 그를 달래가면서 말을 했다.

"그만 화를 내거라. 여기 네 엄마가 너 때문에 얼마나 울었는지를 알고서 이러는 거냐?"

"병수야. 엄마가 잘못했어. 이제는 우리 같이 살아야 하지 않겠니?"

"저는 더 이상 할 말이 없다구요. 저를 그냥 내버려두세요."

"아니다. 이젠 우리가 나서야 돼. 일이 잘못되어도 한참 잘못되었단다. 이대로 가만 있으면 여기에서 평생을 살아야 할지도 몰라."

"죄를 지었으면 죗값을 치루어야지요."

"이런 버릇 없는 놈 같으니라고. 그게, 우리한테 할 수 있는 말이냐?"

아버지는 울분을 이기지 못하고 병수의 따귀를 심하게 쳤다. 주변에서 죄수의 면회를 지켜보던 교도관이 그들을 주시하기 시작했다. 병수는 뺨을 때리던 아버지의 얼굴을 바라볼 뿐, 말이 없이 둘 사이엔 침묵만 흘렀다.

"제발 이러지들 말아요."

"여보. 진정하세요."

"이 녀석이 끝까지 아비를 이기려는구려."

아버지는 분노를 자제하려는 노력을 하며 잠시 자리에서 일어나 다가오는 교도관을 만났다.

"병수야 네 형의 일은 잊어라…. 우린 이미 잊었단다. 아들을 잃는 부모는 얼마나 슬프겠니? 병수야. 이젠 우리에게 남은 피붙이라곤 너뿐이야. 제발 네 마음을 풀어라."

"전 형의 죽음을 영원히 잊을 수가 없어요. 형 때문이 아니라면 저도 이곳에 있지 않았을 겁니다. 왜 형을 죽음으로 몰아넣으셨어요?"

"그건 네가 잘못 알고 있는 거란다. 세상 어느 부모가 아들을 죽게 하고 싶었겠니? 분명 교통사고였단다. 엄마의 마음을 네가 헤아려 주지 않으면 누가 알아준단 말이냐?"

"형이 가기 싫다는 미국엔 왜 그렇게 강제로 보내셨어요? 결국 그게 형을 죽인 거잖아요."

"그래. 미련한 이 엄마가 잘못했다. 그러니 이 엄마를 용서해라."

"전 결코 모두를 용서할 수가 없어요. 아니요. 잊을 수가 없어요."

캐논을 사랑한 여자

어머니는 울먹이면서 말하였지만 단호한 병수의 입장을 조금도 누그러뜨리지 못했다. 그러나 병수는 설득하며 다가오는 어머니의 안타까운 마음 때문에 서서히 생각이 흔들리고 있었다. 한동안 그들 사이엔 말이 멈추고 정적과 같은 시간이 흘러 지났다. 그들은 한 몸이 되어 껴안은 채로 흐느끼기 시작했다.

"여자하고 아기는 누구, 아니 어떻게 된 거냐?"

"제 아내였어요. 제 아들이었구요."

병수의 침착하고, 당당하게 말하는 모습에 아버지는 또한번 충격을 받은 모습이었다. 그는 정장의 안주머니에서 꺼낸 하얀 손수건으로 이마에 흐르는 땀을 닦아 냈다.

"그래? 그렇다 치자. 우리 며느리였단 말이지?"

"힘들 때 저를 지켜 주던 제 가족이었어요. 나에게 부모님이 있다는 사실도 모른 채로 죽었어요."

"그동안 네가 너무 힘들게 산 모양이구나. 우리한테 그동안 연락을 한 번도 안 한 것이냐? 네 다리는 어쩌다 이리된 거냐?."

오래간만에 아들을 상봉한 부모는 그동안 아들에게 일어났던 일을 모두 다 듣고 싶어 했다.

"이젠 걱정하지 말거라. 엄마가 네 곁에 항상 있으마. 이번 일이 잘 해결되면 다시 같이 살자구나. 네가 어떤 여자를 데려와도 돼. 그리고 대학교에 다시 다녀야 하겠지?"

병수는 미래를 설계하는 어머니의 말에 한마디 대꾸도 없이 듣기만 했다. 차분히게 이야기를 이어 가면서도 그들 사이에 흐르는 이색함은 풀어지지 않았다. 처음엔 부자지간의 상봉이라기보다는 핏줄이 다른 사람들간의 대화에 가까웠다. 서로의 입장을 상대방에게 설득하려는 사람들의 만남 같았다. 병수는 대화가 진행되는 동안 오랫동안 쌓여 왔던 감정을 누그러뜨리려고 노력하는 모습을 보였다. 병수는 지켜보는 부모님을 뒤로 하고 교도관을 따라 다시 감방으로 천천히 발걸음을 돌렸다.

장면 49

"병수 씨가 진심으로 나를 사랑하기를 바랬어요. 나도 당신을 사랑했으니까요."

지수는 병수를 지그시 올려다보면서 말했다.

"처음엔 그렇게 믿었지만 이제 와서 당신의 사랑은 보이지 않아요. 몸은 항상 나와 함께 있으면서도 당신은 언제나 소희라는 여자를 생각했어요. 당신의 마음속에는 오직 소희 씨 밖엔 없었어요. 알아요? 그래서 난 당신의 아기를 가지기로 결심했던 거였어요. 소희 씨로부터 당신의 마음을 떼어 내고 내가 당신을 독차지할 수가 있다고 확신했었던 거예요. 그치만 아기를 낳았을 때조차도 항상 그랬던 것처럼 당신은 소희 씨를 생각하고 있었던 거라구요. 그때 난 분명히 알았어요. 병수 씨는 나와 함께 살기 시작할 때부터 나를 사랑하지 않은 거예요."

"아니야~. 지수 씨가 나를 잘못 이해한 거야. 난 당신을 사랑하기 때문에 같이 살고 있는 거야."

병수는 조용한 어투로 장황하게 고백하는 지수의 얼굴이 무척 애처롭게 느껴졌다. 무슨 일이 있더라도 병수를 원하는 지수의 마음을 풀어 주고 싶었다.

"지금도 병수 씨는 자신을 속이고 있는 거예요. 거짓으로 나를 사랑한다고 말하지 않아도 된다구요. 그런 위선이 내 자신을 더욱 비참하게 만들어요."

"이건 지수 씨한테 명확히 하고 싶어. 나는 사랑하시 않는 여자와 같이 살지 않는 남자야. 지수 씨가 나에겐 중요한 여자이기 때문에 이렇게 함께 살고 있는 거라고."

지수는 잠자는 아기를 품 속에 끌어안고 그동안 감추어 오던 속마음을 병수에게 털어놓았다. 그렇게 고백한 지 일주일도 채 안 되어서 지수는 죽음을 맞이한 것이다. 지수의 죽음이 병수의 여린 마음을 너무도 깊은 절망 속으로 빠져들게 하였다. 병수는 맨 윗칸에 있는 침상에서 지수에 대한 생각을 되새기며 잠을 청하였다. 이제 막 잠이 들기 시작하는 병수의 얼굴에 놀라움과 웃음이 가득 번져 갔다. 아파트의 문을 열고 침실문을 열고 들어가자 항상 익숙한 모습으로 아기를 재우던 지수가 기다렸다.

"지수. 당신…, 당신은 죽었잖아?"

병수가 놀라며 탄성을 지르자 지수는 얼굴에 미소를 띤 채로 한없이 웃기만 할 뿐이었다.

"제가 죽긴 왜 죽어요? 병수 씨가 이렇게 나를 찾아오는데 제가 죽으면 어떻게 해요?"

"그럼 그렇지. 지수 씨가 왜 죽어? 사람들이 나에게 말했던 모든 것이 다 거짓말이었어. 내가 잘못 알고 있었던 거라고."

병수도 얼굴에 미소를 띠어 가면서 아기를 어르는 지수의 소리를 옆에서 가만히 들었다.

"우리도 몇 년 동안 고생하면 남들처럼 살 수가 있겠죠?"

"그래. 그래야겠지."

병수는 사랑이 그리운 듯 어느새 따뜻한 지수의 품 안으로 빠져들었다.

"안 돼요. 이러다가 우리 아기가 숨을 못 쉬면 어떻게 할려고 그래요?"

"우리 아기?"

병수는 그제서야 둘 사이에 숨을 헐떡거리는 아기가 있다는 생각을 했다. 그는 아기가 있는 곳을 향해 손을 휘저었다. 병수가 다시 지수를 껴안으려고 하는 순간 지수와 아이가 떠나고 있는 것이 보였다. 병수는 양팔로 허공을 휘젓는다. 그의 곁에서 멀어져 가며 무너져 내리는 지수의 모습을 안타깝게 붙잡으려 했다. 몸을 뒤척이며 지수를 잡으려던 병수는 갑자기 흔들어 깨우는 사람 때문에 잠에서 깨어나야 했다. 병수가 요즘 들어서 드물게 오랫동안 깊은 잠에 빠져들었던 것이다.

"이봐 형씨, 꿈을 꾸나?"

"방장님 무슨 일입니까?"

"자네는 꿈도 특이하게 꾸는군."

내려다보는 방장의 얼굴을 보고 병수는 정신이 번쩍 들어 몸을 급히 일으켰다.

"아무튼 자네는 내가 만나 보지 못한 괴이한 사람일세. 자네처럼 면회를 자주 오는 사람도 처음 봤구. 이곳에 있는 인간들은 이미 세상에서 버려진 사람들뿐이라 면회도 오지 않아. 그리구 자네 잠꼬대 때문에 잠을 깬 것도 처음이구 말이야."

"제가 잠꼬대가 심했나 보군요."

방장은 딱성냥 불빛에 비치는 주름진 얼굴에 미소를 띄었다.

"형씨는 나이에 비하면 사연이 많은 사람 같아 보이는구만. 꿈까지 그렇게 험하게 꾸는 걸 보면."

잠꼬대를 하면서 움직이던 병수의 몸소리 때문에 여간해서는 잠이 깨지 않는다던 방장의 깊은 잠을 깨운 모양이었다. 침상을 덮은 천은 사람이 움직일 때마다 이상야릇한 소리를 내곤 했었다. 너무 늦은 밤이어서

인지 교도관의 눈치도 볼 생각도 하지 않고 둘은 담배를 피워 물었다. 언제 구했는지 방장의 손에는 조그만 소주팩이 두개가 들려 있었다. 방장은 귀한 거라 귓속말을 하면서 병수에게 술을 권했다.

"인생은 짧다는 말이 틀린 건 아닌 모양일세. 짧은 인생 동안 큰집이나 이렇게 들락거리던 나도 할 말은 없지만서도."

방장은 한 팩의 소주를 단숨에 들이켜 비워 버렸다.

"다시 말하지만서도 여기서 썩기에는 자네는 아직 젊구만…. 앞으로 많은 것을 다시 배울 수가 있을 거랑께. 지금까지 잘못 살았다면 새로운 인생을 살아야겠지. 지금까지의 인생은 경험쯤으로 여기고 잊어버려야제."

"저도 할 수만 있다면 그러고 싶네요."

병수는 잠에 취해서 여전히 피곤한 모습이었으나 방장이 건네 준 소주팩을 고마운 마음으로 연거푸 마셨다.

"나도 형을 살고 나가면 나의 꿈을 찾아 길을 떠나야 하네만. 어차피 법을 모르는 내가 어찌 알겠나? 내가 몇 년을 살게 될지를…."

"방장님은 사소한 폭행죄 정도인데…. 걱정이 되나 보군요."

"원래 법이란 코에 걸면 코걸이구 귀에 걸면 귀걸이가 되는 것이라."

병수는 그를 두둔하듯 말하다가 입을 다물었다. 술을 마셔 취기가 도는 방장의 얼굴이 갑자기 떠오르는 분노로 일그러졌다.

"형사 놈이 나를 가중 처벌하겠다고 협박을 하더라고. 한 번 빵에 들어갔다가 나오면 끝이더라고. 글쎄 전과가 있는 사람은 사람 취급을 안하는 게 형사 놈들인겨. 어떤 놈은 날 때부터 전과를 갖고 태어난다든가? 염병할 놈의 세상."

방장은 마음이 착잡한 듯 연거푸 담배를 뻑뻑 빨아댔다.

"내 마누라는 참 착한 여자였지. 많고 많은 사내들 중에 나 같은 놈을 좋아해가꾸."

그의 여자에 관한 이야기를 하다가 방장은 말을 멈추고 얼이 빠진 듯 천정을 보며 한숨을 내쉬었다. 한참 동안 말을 하지 않고 침묵하던 그가 다시 입을 열었다.

"몹쓸 놈의 병에 걸려 가지고 내가 빵에 있을 때 약도 제대로 써 보지도 못하고 갔응께. 가는 얼굴도 보지 못했당께. 출소해서 가 보니 묘지를 아무도 돌보지 않아 붉은 흙이 무너져 내리더라고. 그래서 하루 종일 맨손으로 풀을 뽑아 떼를 심어 놓았지."

방장은 슬픔에 빠진 듯 울먹이는 목소리로 끝내 말을 잇지 못했다.

"방장님이 그런 사정이 있는 줄은 몰랐네요. 미안합니다."

"이것이 다 못난 내 업보재."

병수는 다시 잠이 든 방장을 깨우지 않고 침상 아래로 내려가 생각에 잠긴 듯 눈을 감다가 어느새 깊은 잠에 빠져 들었다. 깊고도 불안한 밤이 병수에게 계속되었다.

장면 50

"오빠! 얼마나 보고 싶었다고요."

"여기엔 다시 무엇 때문에 온 거야?"

병수는 반갑게 맞는 소희에게 불만이 가득한 얼굴 표정을 지었다. 아예 그의 속마음을 숨기려고 짜증을 냈다.

"제가 여기에 온 이유를 아직도 모르겠어요?"

"그래. 난 도대체 모르겠어."

병수는 테이블 위에 머리를 숙인 채 힘없이 대답했다. 더 이상 소희의 얼굴을 바라보지 않았다.

"오빠가 이러는 이유를 전 알아요. 두려우신 거죠? 저를 만나는 것이?"

병수는 대답을 하지 않고 잠시 고개를 들어 소희를 바라보았다.

"소희야. 너도 지금 나를 보고 있지? 이렇게 병신이 되어 버린 내 다리."

병수는 없어진 왼쪽 다리를 힘겹게 들어 보이는 동작을 해 보았다.

"거기다 난 유부남인 거 알잖아? 이미 너도 내 와이프를 만나 봤잖아."

"그래요. 모두 다 알고 있어요. 그런데도 전 여기 오빠 앞에 있잖아요? 다리 하나가 없다고 해서 오빠 전체를 괴물로 만들지 말아요. 오빠가 결혼했다고 해서 제가 오빠를 만나지 말라는 법이라도 있어요? 이 세상엔 오빠보다 더한 장애를 갖고도 행복하게 사는 사람들을 수없이 볼 수가 있잖아요. 자꾸 이런 식으로 사랑하는 사람들을 피하시면…. 오빠, 그분들을 욕되게 하시는 거예요. 전 다른 모든 것보다 오빠가 이렇게 겁쟁이가 된 것이 슬퍼져요. 제발 저를 더 이상 슬프게 하지 말아요."

"난 너를 슬프게 할 생각은 추호도 없어."

병수는 감정에 복받쳐 커져만 가는 소희의 목소리에 움찔하며 몸을 낮추었다. 소희가 울고 있는 모습을 바라보던 병수가 나직한 목소리로 말했다.

"젠장. 난 너에게 더 이상의 상처를 주고 싶지 않아."

"상처요?"

"저를 이렇게 멀리하려고 하는 것이 제겐 상처란 말이에요. 언제나 활발하고 도전적이었잖아요? 전 늘 그런 오빠를 따랐구요."

커다란 소희의 눈에는 눈물이 고이더니 이내 넘쳐 흘렀다. 병수는 안타까운 마음으로 손을 들어 소희의 얼굴에 흐르는 눈물을 닦아 주었다.

"울지 마. 너도 알잖니? 사람의 모습은 언제나 변하는 것 말이야. 나도 네가 알고 있던 사람이 아니라 세상에 물들어 이미 쓰레기가 되어 버린 나라는 것을."

병수는 소희를 타이르며 설득하는 말조차도 떨렸다.

"전 오빠가 어떻게 변했든 상관없어요. 오빠는 자신을 너무 학대하고 있는 거예요. 그것은 옳지 못해요. 제가 오빠를 사랑한다는 사실은 변함이 없어요."

"소희 네가 잘못 생각하는 거야. 난 나 자신을 학대할 만큼 나약한 게 아니야. 난 나의 현실을 똑바로 보고 순응하면서 살려고 하는 거야."

"아무튼 전 오빠가 저를 보기 싫다고 해도 찾아올 거예요."

병수는 하려던 말을 멈추고 커다란 소희의 눈을 바라보았다. 소희도 병수의 눈을 바라보면서 입술을 굳게 깨물었다.

"전 오빠가 지수 씨를 사랑한 것을 알고 있어요. 지수 씨가 살아서 오빠 곁에 늘 남아 있다고 해도 난 오빠를 찾을 거예요. 친오빠로 만날 수도 있는 거라구요."

"친오빠라."

병수는 예기치못한 소희의 말을 들으며 서서히 긴장된 몸을 풀었다.

"그래요, 제겐 오빠가 없잖아요. 곁에서 저를 챙겨 줄 오빠 말이에요."

소희는 말을 급하게 하느라 가빠진 숨소리를 천천히 가다듬었다.

"그럼 넌 나를 네 남자로서는 더 이상 생각하지 않는 단 말이지?"

병수는 확인하려고 물으면서도 한편으로는 허전한 느낌이 마음 한켠에 자리했다. 병수는 그동안 굳어 있던 얼굴을 서서히 누그러뜨렸다.

"오빠는 이제 떠나 버린 지수 씨에 대한 추억을 잊어야 해요. 우리는 살아 있잖아요. 새로 시작할 수가 있어요."

소희는 병수의 반응에는 관심도 가지지 않고 하고 싶은 말을 병수에게 막힘없이 쏟아 내었다.

"새로 시작한다고?"

병수는 소희 앞에서 말을 되뇌이길 반복하면서 생각을 다시 한번 정리하였다. 너무나 혼란스럽게 많은 생각들이 스쳐 왔다. 병수는 손을 움켜쥐고서 힘을 다해 힘껏 앞에 있던 테이블에 부딪쳤다. 앞에서 이상 행동을 하는 병수를 소희는 잠시 동안 바라보기만 할 뿐이었다.

"소희야! 난 정말 자유롭게 살고 싶어. 이런 지긋지긋한 감옥 생활에서 제발 떠나면 좋겠어. 나에게 일어났던 모든 일이 너무나 괴롭단 말이야."

"오빠는 충분히 할 수가 있어요. 저와 처음 만났을 때의 오빠를 자꾸만 생각하세요."

소희가 설득하는 말이 울부짖는 병수의 혼란한 머릿속마저 뚫고 들어왔다.

"자꾸만 무너지려고 하지 말아요. 오빠가 힘에 겨워 하는 모습을 보는 저는 미칠 것만 같아요."

"미안하다. 소희야. 네가 나로 인해 고통을 받는 것을 내가 원하지 않아. 그래서 그랬던 거야. 아니 언제나 그래왔어."

"알고 있어요."

소희와 병수는 서로 부둥켜안은 채로 떨어질 줄을 몰랐다. 그들의 얼굴에는 뜨거운 눈물이 한동안 흘러내렸다.

"소희야. 넌 나한테는 너무 소중해."

"오빠가 저한테 늘 했던 말이에요. 그 말을 들으니 너무 기뻐요."

소희는 울고 있던 모습에서 벗어나 어느새 얼굴에 여유로운 미소까지 띄운다. 진지하게 말하는 병수의 모습을 지켜보면서 평소의 안정을 찾아갔다.

"저 오빠 부모님 뵈었어요. 너무나 자상한 분들이셨어요."

소희가 부모님을 언급하는 순간부터 또다시 병수의 몸이 경직되었다.

"너무 걱정하고 계셨어요. 오빠는 더 이상 부모님께 슬픔을 주지 말아요. 제 부탁이에요. 부모님이 하신 일 때문에 고통을 충분히 받아오셨어요. 그분들에게 아직도 상처를 준다면 그건 이젠 오빠의 잘못이라고 생각해요."

병수는 물 흐르듯 자연스러운 소희의 말에 차마 말을 할 수가 없었다.

"이 세상에서 오빠가 가장 소중하게 생각해야 할 분이 그분들이에요. 여기 있는 저보다는…."

당부하면서 부탁하는 소희의 말에 부모님에 대한 얼어붙었던 마음마저 서서히 풀려 갔다. 병수는 짓눌려 왔던 마음이 점차 훨씬 가벼워지는 것을 느꼈다. 교도관이 면회실에 들어와 강제로 떼어 놓을 때까지 그들은 쉴 새 없이 대화를 나누었다.

"더군다나 오빠를 구해 줄 분도 바로 부모님뿐이에요. 더 이상 부모님을 멀리하지 말아요."

소희가 간곡하고 애절하게 부탁하는 말들이 메아리가 되어 병수의 마음을 따라 흘러내렸다.

캐논을 사랑한 여자

장면 51

병수는 평소 때와는 다른 통로를 따라 교도소장이 머물고 있다는 감옥 한가운데에 위치한 건물로 교도관을 따라 나섰다. 조사받게 될 형사의 말에 어떻게 대답할지를 생각하면서 부지런히 목발을 움직였다. 그런데 병수가 고민하며 우려했던 추측은 보기 좋게 빗나갔다. 병수가 도착해서 들어간 곳에는 형사의 옷차림으로 볼 수 없는 말끔한 정장 차림의 노신사가 기다렸다.

"여기 생활은 지낼만 한가?"

그동안 취조를 받았던 경찰서의 취조실보다는 넓었으나 책상 위에 잘 가꾸어진 꽃병 하나가 덩그러니 놓여 있는 방이었다. 담배를 피우면서 기다리던 나이가 많아 보이는 신사가 그에게 다가왔다. 어정쩡하게 의자에 앉아 있던 병수를 웃으면서 한번 쳐다보더니 신사는 책상 위에 놓여 있던 두꺼운 문서를 들춰보기 시작했다.

"긴장을 풀게나. 나는 앞으로 병수 군 사건을 맡아 진행할 변호사네. 자네 아버님을 오랫동안 알고 지냈던 사람이니 스스럼없이 대해 주게."

병수는 아직도 경계의 눈빛으로 낯선 이방인을 바라보았다. 언제부턴가 병수에게는 모든 사람을 믿을 수 없다는 생각이 자리하였다.

"자네 아버님이 특별히 의뢰하신 거니까…. 그보다 우리 악수가 늦었구만."

그는 얼떨결에 내민 병수의 손을 꼭 잡고 한동안 병수의 경계하는 얼굴을 유심히 살폈다.

"긴장을 풀어도 된다니까 그러는군. 역시 자네는 아버님 얼굴을 빼다

닮았군."

변호사는 새로운 환경 변화로 인해 경직된 병수의 표정을 풀기 위해 노력하였다.

"자네. 그 여자와 아기를 죽였나? 솔직하게 나한테 말해 보게."

변호사의 갑작스런 질문에 병수는 대답을 하지 못하고 잠시 멈짓했다. 병수의 입술이 부르르 떨었다.

"자네와 동거하던 여자 말일세. 그리고 자네 아기라고 하던데. 직접 죽였나?"

"아니요. 사람을 죽이다니 말도 안 됩니다."

병수는 직접 자신이 살인했냐고 묻는 말에 피가 거꾸로 역류하는 것을 느끼면서 그의 말을 되받아치듯 말했다.

"바로 그거야. 그럼, 우리 희망이 있구만. 노파심에서 말하는건데…. 자네가 설사 살인을 했더라도 나같은 변호사가 뭘 하겠나? 어려운 처지에 빠진 사람을 구하는 게 나의 전문이란 말일세. 일단 자네의 경우는 본인이 살인을 저지르지 않은 것으로부터 출발하겠네. 다시 한번 강조하는데 만약에 자네가 살인을 했다면 나를 믿고 진실만을 말해 주게나. 그래야 재판에서 우리에게 승산이 있는 거니까."

"저는 절대로 사람을 죽인 적이 없어요."

변호사 앞에서 다짐을 하듯 병수는 확실한 어조로 대답했다. 꺼낸 문서들을 책상 위에 펼쳐 놓고 변호사는 대화를 이끌어 갔다. 병수가 답을 할 때마다 그의 손은 문서들 위로 바쁘게 움직였다.

"자네 사건을 맡은 형사들에게서 자료를 넘겨받은 검찰 쪽에서는 자네를 이미 살인 사건의 범인으로 다루고 있다네. 일단 자네는 기소가 되어 일심 판결을 기다리고 있는 상태고. 거기까지는 가지 말았어야 했는데. 그래야 이 사건이 쉽게 풀리는 건데…."

변호사는 때를 놓친 점 때문에 아쉬워하는 표정으로 잠깐 동안 말을 중단하고 심호흡을 했다. 병수는 계속되는 질문에 점차 차분한 어조로 답을 하였다.

"우리는 냉정해질 필요가 있다네. 나는 단기적으로 생각하고 재판을 염두에 두네만. 자네한테 앞으로 많은 인내가 필요하단 말일세."

변호사는 여전히 안경을 끼었다 뺐었다 하면서 문서들을 훑어보았다. 그는 사실을 확인하고자 말을 하면서도 때때로 병수의 얼굴을 유심히 살폈다.

"자네 동거하던 여자. 이름이 지수라는 여자군. 그런데 자네 이 여자가 우울증이나 정신병을 앓고 있던 것을 알고는 있었나?"

"네?"

병수는 넌지시 묻는 그의 말에 놀라서 눈을 크게 떴다. 병수는 처음 듣는 뜻밖의 말에 답을 하지 못했다.

"그 여자가 늘 자네 옆에서 복용했을 약들 말일세. 여자가 약을 복용하는 사실을 모르고 있었나?"

변호사는 병수의 어물쩍 넘기며 머뭇거리는 표정을 특별히 날카롭게 살펴보았다. 병수는 아직도 변호사가 하는 말의 의미를 몰라 혼란스러웠다.

"지수 씨가 그런 증상이 있다는 사실은…."

"하긴 이런 병은 본인이 말하지 않으면 알 수가 없는 병이지. 그 아가씨가 일하던 룸싸롱엔 가 보았는가?"

"아니요. 제가 그곳에 가 본 기억은 없습니다."

변호사 앞에서 가죽을 벗기듯 살아온 과거를 말해야 하는 병수는 자신의 처지가 너무나 싫었다. 그러나 병수는 떠오르는 소희의 환하게 웃는 모습을 생각하며 한 포기 지푸라기라도 잡아야 된다는 절박한 심정으로 이를 악물었다. 묻는 말에 대답을 하는 병수의 얼굴에 곤혹스러운 표정을 보일 때면 변호사는 그의 눈치를 보곤 했다. 변호사와의 당황스런 첫 만남을 끝내고 다시 감방으로 돌아가기 위해 병수는 자리에서 일어섰다. 병수는 변호사와 무슨 이야기를 나누었는지도 기억이 나지 않을 정도로 정신이 없었다. 감방마다 차이는 있었지만 병수는 감방에 있던 죄수들의 수가 매일 달라지는 것을 알지 못했다. 변화하지 않는 하얀 벽, 손이 나올 정도의 틈새를 벌린 검정색 쇠창살이 감방 안에서 희미하게 보일 뿐이었다.

장면 52

소희는 얼굴엔 미소를 머금고 어디론가를 향하여 발걸음을 재촉했다. 소희가 미리 예정되어 있던 병수의 어머니를 만나러 가기 위해서였다. 병수를 면회 가기 위해 어머니가 기다리던 장소를 향해 뛰어갔다. 자신과 같이 항상 병수를 생각하는 어머님이 있다는 사실에 소희는 외롭고 어색한 마음이 훨씬 가벼워지는 것이었다. 어머니와 같이 면회를 가는 것이 병수의 마음을 조금이라도 풀어 주는 데에는 효과적일 것이라는 생각이 들었다. 이런 소희의 제안을 흐뭇해하며 흔쾌히 받아 주는 어머니였다.

"여기야. 소희 양."

카페 입구에 들어와서 두리번거리며 찾던 소희는 손을 흔드는 어머니를 발견하고 다가갔다. 소희는 자리에 앉은 후 블랙커피를 주문하여 마셨다. 카페의 창밖엔 오전부터 데이트를 즐기는 수많은 젊은 남녀가 걷고 있는 모습이 보였다.

"힘들었지? 여기까지 나오느라."

어머니는 핸드백에서 꺼낸 실크 스카프를 소희의 목에 조용히 걸어 주었다. 그녀는 소희의 목에 걸린 스카프를 보면서 흡족해하고 있었다.

"내가 하나 갖고 왔어요. 소희 양의 악세사리로 어울릴 것 같아서."

소희는 걸어 주는 따스하고 부드러운 스카프의 촉감에 잠시 동안 푹 젖었다.

"우리 병수가 어미조차 만나려고 하지 않았는데 이제는 마음을 풀어 주니."

"오빠가 그동안 충격을 너무 받아서 그럴 거예요."

소희는 병수를 생각하면서 다른 한편으로 어머니를 위로하려 노력하였다.

"난 아들이 또 이 어미를 멀리할까 봐. 불안한 게 솔직한 내 심정이라네."

"오빠가 이번엔 다를 거예요. 오늘 가시면 오빠가 어머니를 보고 기뻐할 거예요."

"그랬으면 오죽이나 좋을까?"

소희와 어머니는 까페를 나와 승용차에 타고 어디론가를 향하여 갔다. 얼굴에 수심이 가득한 채 말이 없는 부인의 얼굴을 소희는 가끔 안스러운 듯 바라보았다. 가끔 소희의 눈빛을 의식하고는 어머니는 고개를 돌려 소희를 향해 미소를 지어 보였다. 면회소에 나타난 병수를 보자마자 어머니는 병수를 향해 달려갔다. 수염도 제대로 깎지 않아 더부룩한 얼굴을 한동안 어루만졌다. 병수는 어머니와 소희의 얼굴을 번갈아 바라보았다. 병수는 눈물을 보이지 않으려고 얼굴을 들어올린 채 어금니를 깨물었다. 그러나 병수는 어느새 눈물을 터뜨리면서 소희와 어머니를 덥석 안았다. 오랫동안 그들은 말없이 껴안고 울었다.

"오늘은 제가 어머니를 모시고 왔어요."

"그래 고마워, 소희야."

"병수야! 이젠 엄마랑 이야기하자꾸나."

"어머니 그동안 전 많은 생각을 해 봤어요. 제가 어머님께 잘못했다는 생각이 많이 들더군요. 용서를 비는 연습을 했었는데."

"내가 너무 행복하구나."

병수는 어머니의 양손을 꼭 잡고 한참 동안 울었다. 그들을 곁에서 바라보던 소희의 눈에서도 눈물이 한없이 흘러내렸다.

"그동안 너무 힘들었지? 이제는 힘이 들지 않을 거야. 엄마가 약속하마."

어머니의 눈에는 병수가 아직도 품에서 재롱부리는 아기일 뿐이었다.

"날이 갈수록 달라지는 오빠의 모습이 저는 정말 너무 기뻐요."

소희는 손을 꼭 붙들고 있는 병수를 보면서 속삭이듯 말했다.

"정말로 내가 달라져 간다고?"

병수는 소희의 말을 되새김질하듯 반복해서 말을 하였다. 병수는 적어도 분명 말부터 행동까지 변하였다. 병수의 얼굴엔 예전에는 없었던 희망으로 가득찼다. 혼자 있을 때면 항상 소희의 면회가 기다려지곤 했다. 병수는 소희가 보고 싶을 때에 마음대로 만나지 못하는 감옥에 갇혀 있는 현실에 익숙하게 되었다. 그럴 때마다 자신이 감옥이라는 울타리 안에서 살아야만 한다는 한계에 절망하면서 가슴이 찢어질 것 같았다. 소희는 눈물을 닦아 내면서 병수의 눈을 뚫어지게 바라보았다.

"오빠는 너무 투명한 눈을 가졌어요."

소희의 말에 병수는 자연스럽게 미소를 지으며 행복을 느꼈다. 그러나 행복 이면에는 만날 수도 없는 또다른 흔적인 지수 때문에 병수는 마음이 항상 괴로웠다. 병수는 이런 마음을 알 길이 없는 소희에게는 비밀로 하고 싶었다.

"병수야, 이젠 지난 일은 빨리 잊어버리고 앞으로의 계획을 세우자꾸나."

"저도 잊을 수만 있다면 모든 것을 잊어버리고 싶어요. 난 오빠랑 프랑스 여행을 가고 싶어요. 예전에 오빠하고 함께 가기로 했던 여행 말이에요."

병수는 대학교에서 소희를 만나던 때에 프랑스 여행 이야기만 나오면 긴장했다. 소희가 함께 여행을 가고 싶어 할 때에는 병수가 꼭 참석해야만 하는 집회가 열렸기 때문이었다. 병수는 집회의 일정과는 상관이 없이 여행을 가자는 소희에게 항상 미안했다. 독재에 대한 저항 운동과 시도 때도 없이 열리는 학생 데모 때문에 학생회에서 간부로 일했던 병수는 소희와 마음 편하게 여행을 갈 수가 없기 때문이었다.

"이곳에서 나가면 너와 함께 자유롭게 여행을 떠나고 싶어. 소희 넌 언제나 프랑스를 가고 싶어 했지."

"그래요. 전 파리에 가서 루브르 박물관도 보고 싶어요. 에펠탑을 바라보는 광장에서 오빠와 둘이 걷고 싶구요. 제가 제일 사랑하는 오빠와 그곳을 여행하기로 마음먹은 걸요."

여행에 관심을 보이며 활기를 되찾는 병수를 보면서 소희는 즐거웠다.

"그렇게 하도록 하자. 이 엄마가 후원자가 되마."

"어머니는 파리를 많이 다녀오셨죠?"

"파리뿐이니 밀라노, 베네치아…. 엄마가 네 아버지를 처음 만난 게 베네치아였지. 베네치아에 있는 기념품 파는 노점상에서 엄마가 기념품을 사는 데 어려워할 때 네 아버지가 나타나 도와주면서 만나게 되었지."

"무척 낭만적이시다. 어머님의 만남이."

소희는 뜻밖의 어머니 연애 이야기를 귀담아들으면서 즐거워하였다. 어머니는 병수의 얼굴에 드리운 미소와 적극적으로 관심을 보이는 모습에 안정을 찾아갔다.

"병수야, 이제는 걱정하지 말고 조금만 고생해라. 아버지도 너를 위해 이미 유명한 변호사님께 도움을 청해 놓으셨으니까."

어머니는 아들에게 당부 아닌 당부를 하면서도 불안해하는 마음을 숨

캐논을 사랑한 여자

길 수가 없었다. 병수는 그런 어머니의 마음을 알아차리고 화제를 바꾸려고 시도하였다.

"어머니, 소희가 예쁘지 않아요? 꼭 엄마 젊었을 때 모습 그대로죠?"

부끄러워하는 소희의 얼굴을 유심히 바라보던 어머니는 미소를 지었다.

"소희 양이 엄마 젊었을 때의 모습보단 더 예쁜 것 같구나."

병수는 면회가 끝나자 커다란 쇼핑백 하나를 들고 가벼운 걸음으로 감방으로 향하였다. 병수는 얼굴에 온통 미소를 띄우고 있다는 사실도 잊은 채 감방으로 들어섰다. 방장은 면회를 마치고 들어온 병수의 밝은 얼굴이 이상하게 느껴지는 모양이었다.

"형씨 오늘은 얼굴이 확 펴진 것 같아 뵈는데?"

"아~ 그래 보여요? 제가 요즘 생각을 많이 바꾸고 있거든요."

"아무튼 자네 얼굴에 생기가 도니까 이곳에도 걱정이 사라지겠군."

병수가 건네는 선물 꾸러미를 받아들고 방장은 너무나 즐거운 모양이었다. 통닭이며 갈비 등, 구미를 당기는 음식들에 즐거운 비명을 질러댔다.

"산해진미로군."

오래간만에 감방 식구들을 모아 음식을 펴 놓고 먹기 시작했다. 맛있게 먹는 그들의 모습을 지켜본 병수는 자리에 누워 깊은 생각에 잠겼다. 밝게 웃는 소희의 모습 앞에 펼쳐진 모든 것들이 아름답게만 보였다. 병수는 오늘 다가온 변화가 영원하기를 마음속으로 간절하게 바랬다.

장면 53

대학교의 써클룸에서 울려 퍼지는 박수 소리는 그칠 줄을 몰랐다. 써클 후배들과 함께 창우와 희경은 손을 꼭잡고, 그들의 관계를 자랑이라도 하듯 다정하게 서 있었다. 창우와 희경은 양가 부모님과 함께 호텔에서 약혼식을 올리고 써클룸에 모여 있던 후배들과 써클에서 내려오는 전통적인 방법으로 약혼을 확인 중이었다.

"창우 형의 역사적인 약혼식을 맞아 우리 모두 다시 한번 축하의 잔을 듭시다."

동욱은 활발하게 써클룸을 돌아다니면서 후배들에게 술을 권했다. 은은한 음악이 깔리고 촛불이 커지자 케이크의 촛불을 창우와 희경이 둘이서 때를 맞춰 힘껏 불었다. 촛불이 꺼지자 탄성 소리가 여기저기에서 울려퍼지고 약혼을 축하하는 노래가 이어졌다. 창우는 얼굴에 케이크로 범벅이 된 채로 후배들에게 정중하게 샴페인을 따랐다.

"이건 스페셜 무대입니다만. 다음에 약혼할 사람은 아무래도 영아가 될 것 같습니다."

새로 써클 회장이 된 후배의 소개가 끝나자 동욱은 영아의 손을 잡고 그들 앞에 나란히 섰다. 순간 모든 써클 사람들이 박수와 환호 대신 야유를 보냈다. 영아는 얼굴에 미소를 띠우고 쑥스러워하는 동욱의 몸을 그녀 쪽으로 끌어당겼다.

"내 밑으로 야유를 보내면 알지? 누나가 얼마나 무서운지를 보여 줄 거야."

야유 소리에 당황해서 쩔쩔매는 동욱과는 달리 영아는 눈을 부릅뜬 채 써클 후배들을 바라보았다. 무서운 영아의 으름장에 써클 안은 일시에 조용해졌다.

"동욱아~. 네가 영아한테 시집가는 것 같구나. 오늘 주인공이 내가 아니고 너였어?"

창우는 잔을 든 채로 흐르는 땀을 닦고있던 동욱에게 진지한 표정으로 말을 건넸다. 써클 안은 일시에 온통 웃음바다가 되었다.

"이 녀석은 자기 남자를 꺽을만큼 기가 쎈 아이라니까요."

"제가 언제 오빠의 기를 꺽었다고 그러세요?"

영아는 조용하게 말하는 동욱의 팔을 비틀면서 못마땅한 듯 입술을 샐쭉거렸다. 그 순간 동욱은 저항할 틈도 없이 많은 후배들 앞에서 영아의 품에 안겼다. 허둥대며 황당해하는 동욱과 그를 힘껏 끌어안는 영아의 대담한 모습 때문에 그곳은 웃음바다가 되어 갔다. 모두들 행복한 모습이었다. 주연과 조연의 구별 없이 서로 어울려 가며 분위기가 무르익었다. 써클룸 건물 앞을 지나던 학생들도 '약혼 축 오창우 김희경'이란 유리창에 걸린 플랜카드를 보고 써클룸을 향해 손을 흔들었다.

"자 약혼을 기념하여 써클의 전통대로 서로 키스하는 장면이 연출되겠습니다."

회장은 써클 전통에 따른 약혼 키스를 모든 써클 사람들이 모인 자리에서 강요했다. 창우는 부끄러워하는 희경의 얼굴을 끌어안고 자연스럽게 키스를 했다.

"이런 첫 키스가 아니군. 잠자리까지 벌써 같이 한 것 아니겠죠?"

회장의 익살스런 농담을 제지하던 창우도 계속되는 공세에 드디어 손을 들었다. 점잔을 빼 봐야 남는 게 하나 없는 장사일 것 같았다.

"사적인 보고에 의하면 약혼한 주인공은 벌써 살 집을 마련했다고 하는데 같은 방을 쓴답니다."

"오케이. 그만."

창우는 손을 쳐들고 회장의 폭로 아닌 폭로를 막아 보려 하지만 역시 역부족이었다. 창우는 선배로서 체면도 포기한 채로 술기운에 휩쓸렸다. 희경은 많은 후배들의 눈을 피해 구석의 테이블에 앉아서 편안한 마음으로 쉬고 있었다.

"언니. 창우 오빠를 어떻게 잡았어요?"

영아는 언제 다가왔는 지 휴식을 취하고 있던 희경에게 물었다.

"애는? 잡기는 내가 잡혔지."

"같은 여자 사이에 솔직하게 진실을 말해 주세요, 언니."

영아는 입에 비밀을 지키겠다는 표시를 하면서 희경으로부터 창우를 사로잡은 비결을 듣고 싶어했다. 희경은 적극적으로 달려드는 영아의 부탁에 결국 손을 들고 말았다.

"처음에 남자가 보이면 그 남자의 정신을 빼앗기가 먼저인데. 딴 여자를 바라보는 남자나 뭔가 몰두하는 남자는 물귀신 작전이 가장 효과적이지."

"물귀신 작전?"

"보통 우리는 이것을 충격 요법이라고도 하지. 남자 앞에 나타났다가 사라지는, 또 사라졌다가 다시 나타나지. 빈도 조절이 중요한데 그건 남자에 따라 적당히 조절할 것. 이걸 반복하다보면 남자가 무너지는 모습이 보이지. 단 반복할 때마다 남자의 관심을 끌거나 기억에 남는 흔적을 남겨야 되는 거야. 그러면 아무리 헛것을 보던 남자도 눈을 주게 되어 있

캐논을 사랑한 여자

거든."

희경은 특별한 호기심을 갖는 영아 때문에 힘을 받은 듯 얼굴에 미소를 띠우면서 계속해서 설명하였다.

"일단 물귀신 작전이 성공하면 빈대가 되야 하는 거야. 빈대처럼 남자 옆에 붙어 있으면 불쌍한 남자들은 우리의 손에 들어오게 되어 있어. 사냥당하는 이 불쌍한 남자는 자기가 여자를 사냥하고 있다는 착각에 빠져 행동하곤 하지. 최소한 남자의 자존심이라고나 할까? 어쨌든 여자는 결국엔 남자, 특히 고집이 센 남자를, 야생마 조련하듯 우리 걸로 만드는 거야. 한 번 길들인 말은 다시는 주인을 떠나는 법이 없거든."

"언니의 교육을 명심할게요."

"반드시 여자가 사냥하는 남자의 관심을 끌만큼 외모가 따라 줘야 한단다."

"저 정도의 얼굴도 포함되는 거죠?"

"영아 너도 여자로서는 예쁜 얼굴이지."

영아한테 자랑이라도 하듯 희경은 눈꼬리를 치켜올리면서 웃었다. 써클룸은 밤늦게까지 불을 밝힌채 창우와 희경이 집으로 떠난 후에도 술을 마시는 사람들로 소란스러웠다. 오래간만에 생긴 공짜 술로 즐기는 맛에 다들 더욱 흥에 겨운 모습들이었다. 술을 마시던 동욱은 신호를 보내는 영아의 모습을 발견하고는 다른 사람들이 모르게 살짝 써클룸을 빠져나왔다.

"오빠 근데 소희 언니는 지금 무얼하고 있을까?"

"소희? 글쎄 소희와 연락을 안하고 산 지가 한참 되었네. 다음에 어학연수를 잘 떠났는지 확인해 봐야지."

"근데 오빠. 창우 선배가 예전부터 소희 언니를 좋아했다는 건 사실이야?"

"아까 우리가 창우 형의 약혼식을 봤잖아? 이제 그런 쓸데없는 말은 하지말자."

동욱은 영우가 궁금해하며 묻는 말에 정색을 하면서 단호하게 말했다.

"치~, 그냥 궁금해서 물어본 건데 뭐?"

영아는 동욱의 반응이 신통하지 않자 불만스런 목소리로 투덜거리며 말했다.

"그동안 소희와 연락을 안 해 봤는데 영아 너 때문에 궁금해지네."

"남자가 그렇게 친구에 관심이 없어서 어디에 써먹어요? 하긴 그러니까 나 같은 여자가 오빠한테는 더할 나위 없는 천생연분인 거죠."

영아는 동욱의 마음과 감정을 움켜쥐고 마음대로 주물렀다.

"천생연분? 우리가? 네가 고추장이고 면장이고 다 해 먹어라. 얼굴은 보름달만 해가지고."

"뭐예요? 오빠가 정말…."

"괜히 또 그 고리타분한 불똥 나한테 튀길려고 그러네."

영아는 동욱을 피해 잠시 그로부터 멀어지는 시늉을 했다.

"소희 언니는 오늘 창우 선배와 희경 언니의 약혼식을 알고 있을까요?"

"이 녀석이 오늘따라 소희의 이야기는 왜 자꾸 하는 거야?"

"나의 상대는 희경 언니보다 소희 언니란 말이에요."얼마나 여자다워요? 거기다가 지적이고."

"소희에 대해선 내가 잘 알잖아. 소희가 남자를 너무 어렵게 사랑하는 것이 안타깝긴하지만."

"병수 오빠요?"

"넌 병수가 누군지도 모르잖아?"

"알아요. 써클룸에 음악회 사진은 뭐 호구예요? 너무 멋진 선배님이던 데요. 뭐~ 그렇죠? 병수 선배와 소희 언니의 사랑. 오빠 혹시 내 말을 질투하는 것 아니야?"

"질투는 무슨?"

동욱은 생각에 잠긴 듯 끝없는 영아의 말에는 더 이상 관심을 보이지 않았다. 동욱은 영아의 핸드폰을 낚아채고는 어디론가 전화를 했다. 그의 발신음 소리만이 들리는 핸드폰에 귀를 가까이 대고 계속 재발신을 눌러댔다.

장면 54

빨갛게 타오르는 태양이 푸르른 하늘의 중천에 떠서 모든 세상을 따뜻하게 데우고 있다. 경복궁의 경회루에는 사람들이 연못에서 다채로운 색깔을 띠고 번쩍이는, 어른 팔뚝만한 잉어에게 먹을 것을 주며 한가로운 여유를 즐겼다.

"외국으로 떠난 것도 아닌데 그동안 연락을 끊으면 안 되잖아."

"미안해. 동욱아."

"외국으로 떠났다 해도 나만은 연락을 해야지. 그게 정상인 거잖아."

"그냥 조용히 있고 싶었어."

소희는 흥분을 참지 못하고 쏟아붙듯 말하는 동욱에게 진심으로 미안한 표정을 지었다.

동욱과 소희는 경회루 연못 옆에 벤치에 자리를 잡고 앉았다.

"영아가 너와 전화 통화했다고 네 이야기를 하길래. 널 만날 생각을 한 거야."

"그랬구나. 동욱이 넌 영아하고는 잘되어 가고 있는 모양이더라."

"영아가 외로운 나에게 희망을 주고 있잖아."

순간 동욱은 실수를 한 것처럼 당황하여 황급히 입을 다물었다. 소희는 그의 말에 관심을 보이며 미소를 띠었다.

"네 얼굴을 보니까 영아가 너에게 어떻게 하고 있는지 이해가 가."

소희는 쑥스러워하는 동욱의 모습을 바라보면서 환하게 웃었다.

"너도 빨리 새로운 남자를 만나야 할 텐데."

동욱은 말을 돌리려는 듯 소희를 바라보면서 진지하게 말했다.

캐논을 사랑한 여자

"난 새로운 남자는 만나고 싶지 않아."

"네가 뭐 평생 여자 혼자 살아야 하는 스님, 아니 수녀님이라도 되는 거냐? 남자 한 번 만나서 실연했다고 네 인생이 끝나는 것은 아니잖아?"

"실연?"

소희는 외로움이 가득한 눈빛으로 수면 위로 떠오르는 잉어를 바라보았다.

"나 요즘 병수 오빠를 만나고 있어."

동욱은 도저히 믿을 수가 없다는 표정을 지으면서 소희 옆으로 바싹 다가가 앉았다. 소희로부터의 폭탄 발언에 충격을 받은 눈치였다.

"무슨 소리를 하는 거야? 병수를 만나다니?"

동욱은 당혹감을 감추지 못하고 언성을 높였다. 소희는 그의 반응을 예상이라도 하고 있었는지 여전히 침착한 모습을 보였다.

"여행 떠났다고 한 것은 사실 나를 감추고 싶어서 하는 소리였어. 그동안 난 병수 오빠를 만나고 있었어. 부탁이야. 내가 병수 오빠를 만나는 것을 다른 사람들에게도 비밀로 해 줘. 영아한테도 말이야."

"소희야 넌 왜 나를 바보로 만드는 거냐? 병수 그 자식은 어떻게 내 앞에 얼굴도 내밀지 않는 거야. 그래서 네가 병수 때문에 학교도 휴학한 거였어?"

"너에게도 말 못할 사정이 있어. 당분간은 더 이상 묻지 말아 줘. 부탁이야."

소희는 궁금해하는 동욱을 지켜보면서 극도로 조심스러워했다.

"알았어. 네 말뜻은."

동욱은 소희의 완곡한 부탁 때문에 더 이상 병수에 관한 질문을 하지 못했다. 대신 소희와의 긴장을 풀기 위해 말을 돌려야 했다.

"근데…. 창우 선배하고 희경이 약혼한 것은 모르지?"

"그랬구나. 축하를 해 줘야 하는데. 희경이한테."

"괜찮아. 마음 아파할 것 없어. 우리가 충분히 축하했으니까."

"동욱아 희경이는 행복해하지?"

"그렇지, 희경이는 하루 종일 웃음을 달고 다니더라."

"희경이가 창우 선배 때문에 고생을 많이 했어."

소희는 다시 말없이 연못을 하염없이 바라보고 있었다. 그녀의 얼굴엔 쓸쓸함이 묻어나왔다.

"병수는 잘 있는 거지?"

"응~. 오빠는 아주 잘 있어."

"네 얼굴에 예전처럼 웃음을 달고 다녔으면 좋겠다."

"그건 그렇고…. 그동안 뭘 했길래 써클에 연락도 없었어?"

"오빠는 그동안 서울에서 살고 있었나 봐."

"어디 숨어서 노동 운동이라도 했나? 하긴. 그 자식은 좀 엉뚱할 때가 있기는 했지만."

"동욱아 오빠에 대해 그런 식으로 말하는 것을 듣는 게 난 거북해."

소희는 동욱의 말로 인한 어색한 분위기를 돌리기 위해 잠시 동안 말을 끊었다.

"난 가끔 오빠한테 한없이 미안한 생각이 들어서."

"또 그 소리야? 너만큼 병수를 사랑하는 여자도 없는데 미안하긴 뭐가 미안해?"

소희는 언성을 높이며 말하는 동욱에게 한숨을 내쉬더니 고개를 폭 숙

캐논을 사랑한 여자

였다.

"소희 네 얼굴에 수심이 가득차 있어. 병수한테 안 좋은 일이 있는 것은 아니지? 네 얼굴만 봐도 이젠 감이 와."

소희는 끈질긴 동욱의 질문에도 답답한 마음을 솔직하게 털어놓지 못했다.

"소희 네 마음만 아프게 할 것 같아. 더 이상 말을 못 하겠구나."

소희의 얼굴이 갈수록 우울해 보이자 동욱은 어쩔 줄 몰라 했다.

"정말 내가 병수 오빠를 만나는 것을 비밀로 지켜 줄 거지?"

소희는 불안해하며 재차 동욱에게 확인했다.

"걱정 마. 영아한테도 비밀 지킬게."

"고마워."

"하여튼 네가 병수를 다시 만나니까 얼굴 표정도 좀 바뀌었으면 좋겠어."

"미안해. 나도 모르게 자꾸만 얼굴에 슬픈 척하는 거 버릇이 되어 버렸어."

"나쁜 버릇이야. 빨리 고쳐야지?"

동욱은 그의 입가에 웃음을 띠면서 소희를 다그쳤다. 그들은 경복궁을 빠져나와 둘이서 광화문거리를 걸었다.

"소희야 너 힘내고. 모든 게 잘될 거야."

동욱은 어디론가 가기 위해 차를 타는 소희의 뒷모습을 향해 소리를 질렀다. 사실 동욱도 소희를 처음 봤을 때는 빨려들어 갈 듯한 외모를 보고 상당한 매력을 느꼈다. 어느 순간 자신도 모르게 소희에게 푹 빠져 버렸으나 소희가 병수를 좋아한다는 사실에 동욱은 심한 충격을 받았다. 병수를 좋아하는 소희에겐 언제나 그의 마음을 들키지 않아야 했다. 소중한 친구인 병수를 사랑하는 소희. 동욱은 그들만의 사랑을 곁에서 지켜 보기만 하였다. 그들 사이에 동욱이 비집고 들어갈 사랑의 틈은 존재하지 않았다.

캐논을 사랑한 여자

장면 55

　점호가 끝난 감방에서는 죄수들이 잠자리를 치우고 감방을 정리하였다. 감방 식구들이 부지런히 일하는 것을 보던 병수는 자신의 자리를 스스로 청소하였다. 방 정리를 하고 있을 때 교도관 한 명이 감방문을 열고 들어와 병수를 데리고 나갔다.

　"무슨 일입니까?"

　"백일 번은 오늘 검찰 소환 번호에 포함이 되어 있어서 말이야."

　백일 번은 병수의 가슴에 달린 죄수 번호였다. 교도관은 죄수의 이름을 부르지 않고 구치소에 들어올 때 부여된 번호를 불렀다. 병수는 검찰 소환에 응할 다른 죄수 몇 명과 같은 호송 차량을 타고 검찰이 있는 곳으로 떠났다. 호송 차량에 탄 모든 죄수들은 불안한 듯 철사로 빼곡히 겹겹으로 둘러친 차의 창문을 통해 밖의 자유 세계를 그리워하며 바라보았다. 창밖으로 지나치는 서울의 활동적인 움직임을 보고 잠깐 동안 생기가 돌았으나 검사를 만날 생각에 모두 경직된 몸이 되어 갔다. 병수는 옆에 앉은 험상궂은 얼굴을 가진 사내의 눈빛을 피해 운전기사가 있는 앞쪽을 바라보았다. 권총을 허리에 찬 운전수는 다른 교도관 두 명과 농담을 주고받으면서 여유롭게 운전을 하였다. 검찰에 인계되기 위하여 기다리던 그들은 대기 중이던 정장 차림의 수사관에게 인도되었다. 병수와 죄수들은 곧바로 수사관이 안내하는 장소에 도착해서 서로의 차례를 기다렸다. 병수도 차례를 기다리며 긴장된 얼굴로 주위를 둘러보았다. 대기하는 장소 맞은편에 있던 사무실을 들어갔다가 나오는 사람들의 얼굴들은 들어가기 전보다 훨씬 더 사색이 되어 사무실에서 나오곤 했다.

"검사놈이 너무 깐깐하게 구네. 씨팔 새끼들. 우리 같은 무식한 놈이 알지도 못하는 법조문이나 까벌리면 다 되는 줄 알아?"

얼굴에 핏발이 선 사람이 울분을 참지 못하고 만났던 검사를 비난하였다. 차례가 되자 호명을 받은 병수도 긴장된 얼굴로 검사가 있던 사무실로 들어섰다.

전화를 하던 검사는 병수를 신경도 쓰지 않고 큰 소리로 통화 중이었다.

"이름이 이병수입니까?."

"네."

"나도 하루 종일 일해서 피곤하니까 간단하게 말합시다. 학생 운동 때문에 징역형을 산 전력이 있었군. 지수란 여자를 당신이 죽인 걸로 되어 있는데. 여자와는 아기를 가지고서도 혼인 신고조차 하지 않았던 뚜렷한 이유가 있습니까?"

"없습니다."

"결혼도 생각하지 않고 애를 낳았다는 말이군요. 지수란 여자가 룸싸롱과 나이트에서 콜걸로 일하는 직업 여성이었던 것은 물론 인지하고 있었죠?"

"네. 알고 있었습니다. "

"당시 대학 중퇴생인 당신이 오랫동안 같이 동거를 한 걸로 되어 있는데…. 누가 먼저 동거를 하자고 제안했습니까?"

병수는 검사의 속사포같이 빠른 질문에 머뭇거리며 대답을 하지 못했다.

"좋은 집안에서 살았던 것 같은데 굳이 이런 여자와 동거를 해야 할 특별한 이유가 있었습니까?"

검사는 대답할 준비가 안 된 병수에게 사적인 질문들을 계속 하였다.

"여자에 대한 동정이었습니까?"

"네? 동정은 아니고 서로가 원했기 때문에."

"본인이 하는 답에 신중하게 그리고 간단 솔직하게 말해야 합니다. 지금 당신이 말하는 내용은 녹음과 기록이 되는 사안입니다. 당신이 진술한 내용은 증거 자료와 함께 재판정에서 사건의 진위를 판단하는 데 중요한 근거가 됩니다. 지수라는 여자를 죽일 때 어떤 의도를 가지고 그랬습니까?"

"검사님, 전 죽이지 않았습니다."

병수의 대답을 듣던 검사는 병수의 말에 눈꼬리를 약간 올리며 목소리가 점점 거칠게 변해 가기 시작했다.

"이전 진술서와 다르게 말하면 사건 처리가 복잡해지니 빨리 갑시다. 본인의 입으로 살인했다고 경찰에서 분명히 진술했습니다. 기소는 이미 결정된 상태라 당신에게는 앞으로 네 가지 답안만이 존재합니다. 미필적 고의에 의한 살해, 의도를 갖고 계획된 살해, 그리고 피고의 케이스에서 어렵지만 우발적인 살해나 자기방어를 위한 살해. 경찰서에서 조사받을 당시 당신에게 불법적인 고문이나 물리적 행사를 행한 적이 있습니까?"

"없습니다."

"진술서에 쓴 내용들이 피고의 자의에 의해 쓰여진 것 인정하시죠?"

병수는 말을 하지 못하고 답을 기다리는 검사의 얼굴만 쳐다보았다. 검사가 병수를 대하는 태도는 너무 형식적이고 무례하였다.

"인정한단 말이군."

검사는 사무실이 울릴 정도의 큰소리로 말을 하였다. 병수는 위압적인 그의 목소리에 심적 위협을 느낄 때가 많았다.

"조서에는 당신이 피해자를 사랑한다고 진술한 것으로 나와 있는데 또 피해자 이외에 다른 여자가 나오는군요. 이건 대체 어떤 의미로 해석되야 하는 겁니까?"

"네?"

병수는 갑작스럽게 나온 검사의 말 때문에 순간 당황했다.

"시치미를 떼지 말아요. 윤소희라는 학생."

병수는 검사의 입에서 나온 말을 듣고는 아차 싶었다. 경찰서에서 형사들에 의해 계속되는, 반복되는 취조에 대답하다가 말했던 세세한 내용들이 서류에 빠짐없이 기록이 되어 있었다. 병수는 갑자기 머리에 경련이 일어나는 느낌을 받았다.

"소희를 왜 저와 연관을 시키는 겁니까?"

검사는 병수의 떨리는 말에 어이없다는 표정을 지으면서 말했다.

"그렇게 긴장을 하는 이유가 뭐죠?"

"난 참고적으로 묻는 것입니다. 당신의 진술서와 수사 기록이 너무나 세밀하게 작성되어 있어서 이런 절차는 형식적으로 진행하는 것 이외에 특별한 의미가 없습니다."

범죄자를 대하는 날카로운 눈빛으로 바라보는 검사의 모습 때문에 병수는 울분을 느끼며 몸에 이상을 느낄 정도로 긴장하였다. 사실을 제대로 표현할 기회를 주지 않는 검사의 취조 앞에 병수는 두려움에 떨었다. 병수를 대하던 검사의 태도가 이상하리만치 냉정했다. 진술을 하는 동안 병수에게 불리한 내용은 받아들이고 유리한 내용은 철저히 외면당했다. 조사가 끝났을 때 힘들어하는 병수에게 검사가 한 말이었다.

"당신의 모든 범죄 혐의는 법정에서 밝혀진다고 생각합시다."

만날 때부터 오만하게 나오던 검사의 태도는 병수에게 다소 부드러워졌다. 병수에 대한 조사가 끝나 가는 모양이었다. 병수는 몇 가지 간단한 질문에 대답하고 피곤한 몸을 이끌고 검사실에서 나왔다. 검사실을 나왔던 죄수들처럼 병수의 얼굴도 굳어 있었다. 모든 죄수들이 검사와의 만남이 끝나자 그들은 다시 호송 버스를 타고 구치소로 되돌아오고 있었다. 병수의 얼굴에는 핏기 하나 없이 긴장되고 불안한 모습이었다. 바쁘게 움직이는 그러나 그물처럼 쳐진 철창 때문에 버스 밖 어두운 세상은 볼 수가 없었다.

병수는 주머니에서 수첩을 꺼내 조그만 사진을 조심스럽게 보았다. 사진을 수첩에서 꺼내 손 위에 놓고 한동안 눈을 떼지 않았다. 사진 속에서 병수의 침울한 사정도 모른 채로 소희는 웃고만 있었다. 병수에게 닥쳐올 불행의 씨앗이 이 사진일지도 모른다는 생각이 불현듯 들었다. 병수는 사진을 차라리 없애버리고 싶었다. 사진을 몰래 꺼내 보던 병수를 발견한 지수가 몹시 화를 내던 때를 잊을 수가 없었다. 이후부터 병수는 의도적으로 사진을 보지 않으려 했다. 그러던 병수가 감옥에 들어온 이후에 괴로울 때면 소희가 있는 사진을 바라보면서 위안을 삼곤 했던 것이다. 무료한 구치소 생활에 견디기 힘들 때는, 어쩔 수 없이 사진을 말없이 바라보는 자신을 발견했다. 병수에게는 순간의 괴로움을 잊게 하는 소희의 미소 때문이었다. 외로움을 잊기 위해 사진을 바라보던 병수는 소희의 밝게 웃는 모습을 볼수록 슬퍼지는 심정을 이해할 수가 없었다.

장면 56

둥그런 보름달이 구름 한 점 없는 밤 하늘에 흐르고 있었다. 산기슭에 자리한 구치소에는 모든 사람들이 잠자리에 들어 버린 후 조용하기만 했다. 어둠 속에서 불안에 떨며 홀로 몸을 세운 채 담배를 피고 있던 병수는 평온하게 잠에 빠진 주위를 둘러보았다. 침상 밑에서는 잠에 빠진 방장의 코를 고는 소리가 단순하고 즉흥적인 리듬을 만들어 내었다.

병수는 고개를 들어 어두워서 경계를 알 수가 없는 벽을 두려운 마음으로 바라보았다. 벽에서 피를 흘리는 지수의 모습이 튀어나올 것 같은 두려움이 병수를 괴롭혔다. 지수의 헌신에 비해 상처를 줄 수밖에 없었던 병수의 미안함에서 나오는 환영이었다. 지수가 살아서 병수 앞에 온다면 그녀를 붙잡고 속 시원히 용서를 빌고 싶은 심정이었다. 그러나 지수는 병수로부터 사과를 받고 싶지 않은 모양이었다. 병수가 그녀에 대한 잘못된 행동을 확실하게 인식하는 순간 지수는 병수로부터 너무 멀리 벗어났다. 병수는 흐르는 많은 생각 때문에 맑아져만 가는 머리를 벽에 부딪쳐 터뜨려 버리고 싶었다. 그가 잠들기만을 기다리는 지수의 모습이 어둠 속에서 기다리는 것 같았다.

한편으로는 소희의 활짝 웃는 모습이 머리에 떠올랐다. 정말 환하게 웃고 있었다. 소희를 보고 싶은 마음이 치밀어 올랐다. 병수는 자신도 모르게 주먹을 굳게 쥐고 차가운 시멘트 벽을 힘껏 쳤다. 꽝 하고 조그맣게 울리는 소리와 함께 손이 아픔을 느끼며 시려 왔다. 병수의 손에는 한 줄기 뜨거운 피가 흐르기 시작했다. 강하게 전달되는 통증을 느끼면서 병수는 이를 악물었다.

"이봐 형씨, 무슨 일이야?"

방장이 잠에서 깨어 병수의 침상으로 올라왔다. 그는 피가 흐르는 병수의 손을 발견하고 놀랐다.

"어이구, 피 좀 봐. 지금 뭘 한 거야? 이 밤중에."

입고 있던 런닝셔츠를 찢은 방장이 병수의 손의 상처 부위를 지혈했다.

"도대체 무슨 짓이야. 이게? 저번에 검사를 만나서 당했던 일 때문인가?"

방장은 고통스러워하는 병수의 얼굴을 올려다보면서 조심스럽게 말을 했다. 병수의 대꾸가 없자 방장은 확신이 든 모양이었다.

"검사 앞에서는 정말 말을 잘해야 되는 기라. 똑똑한 놈들이라 우리같은 사람 말하는 것 가지고 다 알아챈다구."

"검사가 머리가 좋아 봐야 얼마나 좋겠습니까?"

병수는 그의 말에 코웃음을 치면서 말을 하였다.

"없던 일도 만들어 내는 검사가 그렇게 똑똑한 겁니까?"

"형씨는 세상 물정을 몰라서 그러는 기라. 그 검사놈이 죽으라카믄 우리 같은 놈팽이들은 진짜 죽었다 해야 되는 기라. 그래야 산다니께."

병수가 쏘아붙이는 말에 방장은 자신의 말에 대한 정당성을 부여하느라 안절부절못하였다.

"방장님이 너무 배가 고파 죽을 것 같은데 눈앞에 먹음직스런 사과 한 개와 금덩어리 한 개가 있다고 생각해 보세요. 둘 중에 꼭 하나를 골라야만 한다면 방장님은 어떤 선택을 하시겠습니까?"

병수는 말을 끝내고서도 스스로 답답한 듯 머리를 감싸쥐었다. 뜬금없는 질문에 눈을 크게 뜨고 머뭇거리던 방장도 눈만 깜박거리며 말을 할 수가 없었다.

"글씨, 형씨가 뭘 말하는 건지 모르겠네마는. 이런 거는 말해 줄 수는 있는 기라. 무슨 일이든 간에 사람이 복받고 살려믄 바르게 마음먹어야 한당께."

"바르게 묵는 마음엔 당할 것이 있을라고?"

방장은 얼굴에 야릇한 미소를 띠면서 말을 했다.

"바르게 사는 게 뭡니까?"

"아따 어려운 말은 자꾸 하지 말잖께. 그러네. 남한테 피해 안 주고, 고마운 사람한테 고마워하면 되는 기라."

병수는 무언가에 홀린 듯 말없이 앉아 있었다. 방장은 다시 한번 병수의 손을 살펴보았다. 피가 말라 멈춘 것을 확인하고는 병수의 얼굴을 유심히 바라보았다.

"형씨, 그만 잠을 붙여 두지? 내일 아침에 교도관한테 말해 약도 바르고 붕대도 바르자고. 별거 아닌께 잠이나 자. 피곤해 뵈니께 말이여."

방장은 하품을 크게 하면서 자신의 침상을 찾아 기어가듯 아래 침상으로 내려갔다. 병수는 방장이 코를 골면서 잠을 자고 있을 때까지 멀뚱히 앉아 생각에 잠겼다. 병수는 어둠 속에서 다가오는 지수를 보고 놀랐다.

"어떻게 된 거야?"

지수는 병수를 지켜보고 있었다는 듯이 손을 흔들며 다가왔다. 얼굴에 미소를 머금고 그의 눈앞에 다가왔다.

"나를 정말 사랑했다는 말 믿어도 되는 거죠? 저도 병수 씨 밖엔 없어요. 제가 생각하는 남자는 이 세상에 오직 병수 씨뿐인 걸요."

"나도 알고 있어."

병수는 떨어지지 않는 입술로 그렇게 대답하였다. 지수의 가슴속에는 포대기로 싼 아기가 칭얼거리는 모습이 보였다.

 "우리 아기가 이젠 말을 하려고 해요. 이거 봐요. 당신을 아빠라고 하 잖아요."

 지수는 병수의 눈앞에 아기를 올려놓았다. 병수는 아기를 보면서 있 는 힘껏 팔을 뻗쳤다. 병수는 순간 눈을 크게 떴다. 자신도 모르게 어둠 속 허공을 향해 휘젓고 있는 손이 보였다. 꿈인 것을 알아챈 순간 병수는 또다시 긴 한숨을 내쉬었다. 어둠 속에서 몸을 일으킨 채 날이 샐 때까지 병수는 몸을 움직이지 않았다. 머리에 스치는 무수한 생각들은 병수를 불면증 환자로 만들어 잠에 빠져들지 못하게 하였다.

"오늘 따라 오빠의 얼굴이 피곤해 보여요. 손은 왜 이렇게 됐어요?"

소희는 붕대를 감은 병수의 손을 확인하고는 크게 놀라는 눈치였다.

"별거 아니야."

병수는 그제서야 손을 재빠르게 움직여 등 뒤로 감추었다. 소희는 피하려는 그의 손을 끌어당겨 눈앞에 대고 한참 동안 살펴보았다.

"너를 얼마나 기다렸는지 몰라?"

병수는 허약해진 모습을 보이기 싫어 어린애처럼 투정을 부렸다.

"미안해요. 구치소 규칙 때문에 자주 오빠를 만날 수는 없었어요."

"요즘 너를 하루라도 안 보면 미칠 것만 같단 말이야."

피곤해 보이는 병수의 얼굴을 애처롭게 바라보던 소희는 잠시 머뭇거렸다. 까다롭게 변한 병수를 맞이해서 어떻게 말을 이어 나갈지 고민했다.

"미안해. 이런 식으로 소희 너한테 말하고 싶지는 않았는데 내 욕심만을 말하는 것 같아."

병수는 다시 한번 얼굴을 떨구었다. 소희는 그의 행동을 지켜보면서 가슴속으로부터 우러나오는 안타까움에 어찌할 바를 몰랐다.

"아니에요. 저도 얼마나 오빠가 보고 싶었는지 몰라요."

소희는 간절해 보이는 병수의 얼굴을 손으로 어루만졌다. 그 순간 병수는 눈을 감고 소희의 따뜻한 손길을 느꼈다.

"오빠, 정말 무슨 일이 있는 거구나. 불안해서 이러는 거예요?"

"모르겠어. 아마도 너를 잃을까 봐서."

"그런 걱정은 하지 말아요. 제가 약속할게요. 오빠가 불안해하면 전 정말 슬퍼지는 걸요."

평소와는 달리 움츠러드는 병수를 보고 놀라던 소희의 눈에는 감당하기가 어려운 듯 어느새 눈물이 흘러내렸다.

"아무리 어려워도 여기서 나가 만나기로 약속을 했었잖아요. 우리의 약속이 오빠에게 힘이 되었으면 좋겠어요."

소희가 참았던 눈물을 펑펑 쏟아내며 울기 시작하자 굳어 있던 병수의 얼굴에 변화를 보이기 시작했다. 울고있는 소희를 바라보던 병수가 그녀를 가슴에 힘껏 껴안아 버렸다.

"울지 마라. 소희야. 난 너를 울릴 자격도 없는 사람이야."

"그런데, 저를 자꾸만 힘들게 하세요?"

소희는 안스러워하면서 부탁하는 심정으로 병수에게 호소하였다.

"너를 하루라도 못 보면 두려워. 불행하게 할까 봐서."

"오빠 제발 어리석은 생각을 갖지 말아요."

"요즘 자꾸만 불길한 생각이 들어서 나를 미치게 해."

병수는 검사의 말 때문에, 날마다 꾸는 지수에 대한 꿈 때문에 고통을 받았다. 병수의 몸은 그런 경험들로부터 오는 불면증으로 온통 만신창이가 되어 갔다.

"검사는 억울하게 피해당한 시민의 편에 서서 시민을 대신해서 정의를 행사해야 하는 겁니다. 숨겨진 사건의 진실은 내가 반드시 밝혀 냅니다."

검사는 지수를 잔인하게 살해한 범죄자가 병수라는 것에 확신을 가진 모습이었다. 살인자를 보는 듯한 검사의 눈빛에 병수는 위압을 당하고 말았다.

"아무튼 소희야 네가 고통스러워하면 나는 차라리 죽음을 택하겠어. 세상에 목숨을 구걸하며 구차하게 살고 싶지 않아."

병수가 생각하는 마음을 숨김없이 소희에게 털어놓았다. 소희는 확신을 갖고 말하는 병수가 너무나 걱정스러웠다. 변덕스러워지는 병수를 이해하기엔 너무 약하다는 사실에 소희는 좌절했다.

"우리 절망적인 말을 하면 절대로 안 돼요, 네?"

병수는 편안하게 다가오는 소희의 존재 때문에 점차 안정을 찾아 갔다.

"난 소희 너만 보면 이상해져. 어쩔 때는 너무 행복해서 웃고만 싶고 어쩔 때는 너무 슬퍼져서 울고 싶고."

병수는 스스로 자신의 변덕스런 태도에 대한 진실을 알았다. 너무나 보고 싶었던, 그러나 보고 싶어도 볼 수가 없었던 소희였기에 잠깐이라도 못 보면 마음이 불안해진다는 사실을.

"오빠가 너무 오랫만에 저를 보니까 그러는 거예요. 이제 자주 만나다 보면 예전의 익숙했던 생활로 되돌아갈 수 있을 거예요. 오빠가 다시 안정을 찾아야 우리에게 희망이 있는 일이에요."

소희는 병수의 마음의 고통을 이해하려고 노력하면서 그의 어깨를 어루만져 주었다.

"자꾸 소희 너한테는 미안해져서. 나도 모르게 나 자신에 대해 화가 치밀어 오르는 걸."

"오빠가 자꾸 그런 식으로 말하면 이젠 울어 버릴 거야."

소희는 불안해하는 병수에게 위협하듯 으름장을 놓았다.

"창우 형이 정말 사람 좋아 보이던데…."

병수는 갑자기 생각났는지 소희 앞에서 창우에 대한 말을 시작했다. 그러나 소희는 창우라는 이름에 강한 거부감을 표출하면서 손을 내저었다.

"제 앞에서 그 선배 이야기는 꺼내지 말아 줘요. 창우 선배에 대해 알지 못해요. 알고 싶지도 않구요."

"어쨌거나 우리가 이렇게 만날 수 있던 건 창우 형 때문이잖니?"

"오빠, 제 부탁도 들어줘야 해요."

병수는 완강한 소희의 태도에 눌려 더 이상 창우에 대한 말을 꺼내지 못했다.

"내가 나의 형 이야기를 소희 너에게 이야기한 적 없지?"

"어머니께 들어서 알고 있어요."

"그랬구나. 형은 정말 안타깝게 세상을 떠났지. 형을 생각할 때면 나한테는 형수님이 될 뻔한 누나 생각이 나는데. 프랑스에서 뭘하는지 가끔은 생각이 날 때면 궁금했어."

병수는 형과 형수가 될 뻔한 여자 이야기에 빠져 꿈을 꾸는 사람처럼 이야기를 했다. 소희는 병수의 이야기를 끊지 않고 조용히 들었다. 병수는 면회를 시작할 때의 모습과는 다르게 가끔 얼굴에 웃음을 띄기 시작했다. 소희를 바라보며 이야기에 빠져드는 병수는 자연스럽게 평온을 되찾아 갔다.

"오빠 웃는 모습이 너무 좋아요."

병수와 이야기에 열중하는 동안 소희는 미소를 띄었다.

"앞으로는 웃어야 해요. 웃고 사는 것이 여기서 나갈 수 있는 힘이 될 거예요."

"소희야. 만약에 말이야. 이건 만약의 경우 이야기인데."

"오빠 그만하세요. 우리 사이엔 만약은 없어요."

소희는 애써 외면하면서 그의 말을 저지하였다. 소희는 병수가 걱정하는 이야기를 더 이상 듣고 싶지 않았다.

"밝고 긍정적인 생각만을 하기에도 모자란 시간이에요. 오빠는 저랑 파리에 갈 생각만 하시면 돼요. 다른 생각은 이젠 안 돼요."

소희는 순간 순간 부정적인 말을 하려고 하는 병수의 생각을 돌리려 노력했다. 프랑스로의 동반 여행을 재차 확인시키면서 그의 불안한 마음을 잠재웠다. 병수 또한 소희를 실망시킬까 봐 불안해하면서 그녀의 말을 언제까지나 되뇌었다. 병수는 삶의 희망이 되어 주는 소희를 정말 사랑하고 있다는 생각, 아니 사랑하고 있다는 믿음을 다시 한번 확인하였다.

소희는 대문 앞에서 초인종을 누른 후 안내하는 아주머니를 따라 넓고 고풍스런 거실로 들어갔다.

"어머니 이렇게 일찍 준비하셨어요?"

"여기에 오느라 고생이 많았구나. 이리와 앉아라."

어머니는 소희에게 자리를 권하면서 반갑게 맞아 주었다.

"변호사님과의 약속은 늦지 않은 거죠?"

"네가 오는 대로 가기로 했단다. 우선 준비한 커피를 들자꾸나."

집안일을 돕는 아주머니가 내온 뜨거운 커피를 소희는 가볍게 들어서 마셨다.

"전 변호사님을 처음 뵙는 것이어서 몹시 흥분돼요. 어머님은 어떠세요?"

"난 괜찮아요. 마음을 편안하게 가져요. 우리 바깥양반과는 오랫동안 거래해 오던 변호사분이니까. 그동안 회사일 때문에 많이 만난 분이란다."

어머니는 소희의 불안감을 무마시키려고 변호사에 대한 이야기를 끊임없이 해 주었다. 그들은 검정색 승용차를 타고 강남에 있는 변호사의 사무실로 향하였다. 소희는 맞이 하는 노신사에게 고개를 숙여 인사를 했다. 머리가 하얗게 쉰 변호사가 비서에게 뭔가를 시키고 있는 동안 정장 차림의 노신사가 소희에게 자리를 권했다.

"아가씨가 우리 병수놈하고 사귄다고 했던 소희라는."

"네."

소희는 노신사가 병수의 아버지라는 사실을 사무실에 들어오면서부터 알아차렸다. 큰 키의 아버지는 병수의 짙은 눈썹과 얼굴 형태가 많이 닮아 있었다.

"나를 아버지라 불러도 돼요. 너무 빨랐나?"

신사는 옆에 앉아 있던 부인을 바라보며 흐뭇한 미소를 지었다.

"아니에요. 아버님."

소희는 자신도 모르게 자연스럽게 나오는 말에 주춤거렸다. 잠시 후 모든 사람이 테이블 위에 둘러앉았다.

"오늘 자리는 몇 주 후에 열릴 병수 군의 일차 선고 공판 때문에 만들었습니다."

변호사가 말을 떼자 모두들 그를 향해 눈을 돌려 주시하였다.

변호사는 신중하고 명확하게 말할 때면 그들의 눈빛을 살피며 분위기에 따라 대화의 속도를 조절했다.

"아드님은 이미 살인죄로 기소가 되었습니다. 우리는 최대한 아드님의 판결을 무죄 입증의 형태로 석방을 시켜야 할 상황입니다."

"무죄 입증이란 게 가능한 이야기인가?"

변호사는 다급하게 묻는 아버지의 말에 말을 잠시 중단하고 차를 한 모금 마셨다.

"우리는 재판 과정을 통해 아드님의 무죄를 호소해야 합니다. 그래서 지금으로썬 확실하게 말하기가 곤란합니다. 사장님. 다만 제가 최선을 다해서 해 보겠습니다."

"그래 주게나. 자네만 믿음세."

"제가 만나 본 바로는 병수 군이 아직도 마음의 안정을 찾지 못하고 혼란스러워하는 게 마음에 걸리더군요. 소희 양은 이번에 변호인측 증인이 되어 출석해야 할 것 같습니다."

소희는 뜻밖의 변호사 말에 눈을 크게 뜨고 놀라는 표정을 지어 보였다. 소희를 주의 깊게 지켜보면서 변호사는 말을 이어 나갔다.

"소희 양 놀라지 않아도 됩니다. 병수 군을 위한다는 마음으로 증인석에서 몇 마디 질문만 받으면 되는 것이니까."

"네. 그러겠습니다. 변호사님."

짧게 대답한 소희는 벌써부터 마음속으로 재판정에서 받게 될 질문을 생각해 보았다.

"제가 생각한 대로 무죄로 빠져나오기 위해서는 병수 군이 정말 살인을 하지 않았다는 확신이 필요한데."

"오빠는 사람을 죽일 사람이 아니에요."

"바로 그게 핵심이네. 그래서 소희 양이 그것을 증언해야 되는 겁니다. 증인석에 있으면 대부분 떨게 되어 있어요. 증인이 마음이 불안하면 실수가 나오게 되는 경우가 흔합니다. 그렇게 되면 피고로 나온 병수 군의 마음이 동요하니 각별히 염두해 두세요."

"네, 변호사님."

소희는 변호사가 설명하는 내용을 숙지하려는 열의를 보였다.

"재판이 열리는 날에는, 지금처럼 바로 소희 양이 판사에게 확신을 줄 수 있도록 진실성이 보이게 말을 하면 되는 겁니다. 만약에 재판 과정에서 살인 쪽으로 결론이 나면 이 사건은 사형 선고까지 판결날 수가 있어요. 항소를 하더라도 가망이 거의 없는 싸움이 되는 겁니다."

모두가 변호사의 재판 설명에 빠져든 듯 변호사의 입을 주시하였다.

"절대로 안 돼요. 우리 병수가 무슨 죄가 있다고."

입을 굳게 다물던 병수의 어머니가 절망하면서도 단호하게 말했다. 변호사의 재판 결과에 관한 가정적인 말에 어머니는 많은 걱정을 하였다.

"부인 너무 염려하지 마십시오. 지금은 법적인 시나리오만 말씀을 드리고 있습니다."

변호사는 하던 말을 중단한 채 침통한 표정의 어머니를 위로하였다.

"우리는 모두 확신을 가지고 병수 군의 무죄 입증에 도움이 되어야 합니다. 자 우선 편안하게 차를 드세요."

변호사는 조용하게 말을 듣고 있던 그들의 굳은 표정을 풀기 위해서 비서가 준비한 차를 권했다. 그들의 주의가 다시 모아지자 변호사가 말을 이어 갔다.

"지금 병수 군이 구속이 된 이유는 간단합니다. 병수 군이 사건이 발생한 후에 경찰서에서 수사받던 중에 살인했다고 자백을 한 걸 바탕으로 구속 집행이 됐습니다. 여기서 아쉬운 건 그때 제가 개입했다면 구속 이전에 병수 군을 쉽게 빼낼 기회가 있었는데…. 그런데 병수 군의 자백도 강요나 위력에 의한 것이 아니라서 상황을 자칫하면 돌이키기 힘든 상황으로 끌고 갈 위험이 있습니다. 지금까지는 우리의 운이 따라 주지 않았습니다만 앞으로가 중요합니다. 재판정에서 난 병수 군의 자백을 뒤엎어야 하는 책임이 있어요. 그러기 위해서는 선의의 희생양이 필요한 거고."

변호사는 말을 천천히 하면서 답답한 그들의 심정을 달래며 숨을 골랐다.

"만약 검사 측에서 병수 군의 살인을 주장하고 나온다면 나는 고인이 된 피해자를 바로 이 사건의 희생양으로 삼을 것입니다. 물론 이 사건은 실제로 그럴만한 논리적인 추정은 충분히 가능합니다."

변호사가 땀을 흘려 설명하는 여러 말들이 이젠 소희의 귀에 제대로

캐논을 사랑한 여자

들어오지 않았다. 소희는 눈을 돌려 여전히 긴장을 하고 있는 어머니의 모습을 보곤 했다. 어머니는 얼굴이 상기된 채 변호사의 말을 놓치지 않고 들었다. 아버지도 불안한 기색이 역력했다. 애꿎은 찻잔을 들었다 놨다 하면서 변호사의 말에 주의를 집중하는 모습이었다. 변호사는 할 말이 끝나 한숨을 돌리고는 다 식어 버린 차를 들이켰다. 어머니와 소희는 변호사와의 만남 후에 승용차로 돌아왔다. 아버지는 서류를 정리하는 변호사와 함께 남아서 계속 대화를 하였다. 어머니는 충격에서 헤어나오지 못한 채 비틀거리며 얼굴이 경직되었다. 어머니는 변호사의 장황한 설명을 듣고난 후 줄곧 두려워하였다.

"어머니 너무 걱정하지 마세요. 아직 재판은 시작도 하지 않았잖아요?"

소희가 위로를 하며 말을 하자 대답 대신 그녀는 여전히 눈물을 훔치곤 했다. 소희의 위로가 어머니의 슬픔에 도움이 될 리가 없었다. 소희도 계속되는 어머니의 눈물을 보자 그동안 참아 왔던 눈물이 한꺼번에 쏟아졌다. 소희는 변호사의 말을 들으면서 정말 병수가 영원히 감옥에서 못 나올 수 있다는 무서운 생각이 들었다. 소희와 어머니는 성북동 집에 도착할 때까지도 차의 뒷자리에서 껴안은 채 눈물을 흘렸다. 소희는 병수의 방에 있는 침대에 혼자 앉았다. 아직도 울고 있을 어머니에 대한 생각 때문에 마음이 너무 아팠다. 감옥에 있는 병수를 생각하면서 소희의 가슴은 슬픔으로 가득 차 들어갔다. 병수의 방에서 자신이 울고 있는 것은 상상할 수가 없는 일이었다. 소희는 방 한쪽에 있던 책꽂이를 살펴보았다. 수백 권의 책이 주인을 잃은 채 빼곡히 들어서 있었다. 소희는 어느새 사진 속의 인물에 빠져들었다. 소희는 자신과 함께 나란히 서 있던 병수가 어색하게 웃는 모습을 한없이 바라보았다.

장면 59

"오빠는 힘을 내야 해요."

병수는 무거운 목소리로 긴장을 하는 소희의 손을 꼭 잡았다.

"소희야 무슨 소리야? 답답하게 하지 말고. 네 얼굴은 왜 이렇게 상한 거야?"

병수는 평소의 잘 가꾸어진 이미지와 다른 다소 거칠어진 소희의 얼굴을 뚫어져라 바라보았다.

"오빠, 이젠 재판 날짜가 다가왔잖아요? 조금만 참아요. 힘이 들어도 버티셔야 해요."

"네가 내 재판 때문에 걱정을 많이 하는 거구나."

걱정스런 얼굴로 대하던 병수는 얼굴에 미소를 띠우려고 노력하였다. 병수는 점차 편해지는 마음을 느끼면서 소희의 손을 힘껏 어루만졌다.

"너무 걱정하지 마. 난 지수를 죽이지 않았어. 상상조차 할 수 없는 일이잖아."

확신에 찬 어투로 강조해서 말하는 병수를 보면서 소희는 불안한 마음을 안정시켰다. 잔뜩 긴장했던 소희의 얼굴이 서서히 풀려 갔다.

"전 오빠가 지수 씨 때문에 힘들어 하던 것을 알고 있어요."

"소희야. 이젠 지수 이름을 더 이상 거론하지 말자."

병수는 갑작스럽게 얼굴 표정을 바꾸었다. 말을 이어 가던 그의 이마가 약간 일그러졌다.

"부탁이야 나를 이해해 줄 거지? 너와 이렇게 만나서는 우리 이야기만 하고 싶어서 그래."

캐논을 사랑한 여자

병수는 소희와 함께 지수에 대해 이야기를 하는 것 자체가 마음에 부담으로 다가오는 일이어서 서둘러 담을 쌓으려 했다.

"강해져야 해요. 재판날에는…. 절대로 딴 생각하면 안 돼요. 저도 오빠처럼 강해지겠어요."

"무슨 딴생각?"

"지수 씨에 대해 오빠가 느끼는 모든 감정들 말이에요. 재판에 영향을 미칠 수 있다고 변호사 분이 강조해서 말했어요."

소희는 처음엔 병수에게 상처를 줄까 봐 말을 꺼내기가 어려워 주춤거렸으나 해야할 말은 하겠다는 생각 때문에 확실한 어조로 말하였다. 병수는 머릿속에 떠오르는 지수에 관한 혼란한 생각들을 소희에게 감추려고 노력하였다. 병수는 한동안 소희의 눈을 주시하면서 긴장하는 그녀를 물끄러미 바라보았다.

"너무 심각한 얼굴은 하지 말자. 소희야."

"자꾸 오빠가 침울해하는 것 같아 보여요."

병수는 자신이 하는 말 때문에 나타나는 소희의 반응에 민감해졌다.

"사실 나도 가슴이 너무 답답하다. 재판이란 것에 전혀 경험이 없는 것도 아닌데…. 이번만큼은 나도 두려워."

"누구나 마찬가지일 거예요. 무슨 일이 있더라도 이번 재판에서 우리는 이겨야만 해요. 변호사님이 그러셨어요."

소희는 병수에게 다짐하듯 확인하였다.

"그래야만 하겠지?"

병수는 자신 있게 말하지만 몸에서 힘이 점점 빠져 가는 느낌을 받았다. 다가오는 재판 때문에 불안한 마음을 감추기에는 너무나도 버거웠다.

"이번 재판에서… 내가 살인죄 누명을 벗어난다면. 우선 잠부터 자고 싶어. 아주 깊은 잠을."

"그래요. 오빠는 오랫동안 쉬어야 해요. 모든 과거를 잊으세요. 오빠는 과거의 굴레로부터 자유로워져야 해요. 강해지세요. 지금부터 시작이에요."

병수는 도움이 되고자 노력하는 소희의 말과 변호사로부터 전달받은 재판 대처법에 관한 말을 진지하게 들었다. 병수는 감옥에서 떠나 자유롭게 된 모습을 상상했다. 꿈을 꿀 때마다 항상 나타나는 지수의 모습도 보이지 않을 거라는 생각이 들었다. 자유로워진 그가 더 이상 지수를 위하여 해 줄 수있는 것은 없었다. 병수는 소희와 함께 차를 운전하며 학교에 가는 상상도 해 보았다. 그가 가 본지 오래된 써클룸에서 소희와 함께 하루 종일 〈캐논〉을 듣고 싶었다. 아직도 그를 사랑한다는 소희, 사실 병수도 그녀가 자신을 사랑해 주길 바랬다. 소희가 잊지 않고 병수를 사랑한다는 사실에 병수는 강한 행복감에 취했다. 생각이 거기까지 미치자 지수에 대한 회한이 가슴 깊은 속에서 슬며시 피어나기 시작했다.

"오빠, 이번에 제가 증인으로 나갈 거에요."

"네가 왜 재판에서 증인이 된다는 거야?"

병수는 소희를 바라보면서 당혹하고 놀라워하는 빛이 역력했다.

"변호사님이 오빠 재판 때에 저를 증인으로 부를 거래요."

"무슨 일 때문에?"

"모르겠어요. 제가 증인이 되면 오빠가 승소하는 데 도움이 될 거라 하셨어요."

병수는 재판에 증인이 된다는 소희의 말에 두려워지기 시작했다. 병수가 확신할 수가 없는 막연한 느낌이 두려운 마음이 되어 다가왔던 것이다.

"지금이라도 네가 증인이 되는 것을 취소하면 안 돼?"

"왜요? 오빠가 자유롭게 되어 항상 만날 수가 있다면 저는 애원을 해서라도 증인이 될 거예요."

"네가 이 사건의 증인이 되면 마음이 아플 수도 있어. 이런 모습을 바라봐야 하는 나는 어떻게 하라고?"

소희는 자신이 증인이 되는 것이 재판에 도움이 될 거라는 변호사의 말을 반복하면서 막무가내로 증인이 되고 싶다고 했다. 병수는 한참 동안이나 설득하다가 소희의 강한 의지 때문에 체념하였다.

"너무 걱정하지 말아요. 모든 일은 잘될 거라고 변호사님이 말했으니까 말이에요."

"지금으로썬 나도 변호사님께 의지할 수밖엔 없겠지."

"세상이 정말 무섭고 미워요. 무슨 죄가 있다고 이런 곳에 오빠를 가두고 그래요?"

소희는 자신도 모르게 화가 나서 큰 소리로 말하였다. 어려운 사람들 소외받던 계층을 위해 운동을 했던 자신의 모습이 떠올라 병수는 얼굴에 잠시 미소를 지었다. 이젠 몸도 가누지 못하는 나약한 존재인 자신이 불쌍하다는 생각이 문득 들었다. 사회는 사회적 시스템과 조직에 의해서만 변화되는 것이었다. 커다랗게 나뭇가지를 갖추고 자란 나무에게 풀뿌리나 다름없는 개인의 외침은 나무에 부는 미약한 바람에 지나지 않았다.

"행복하게 살기 위해 오늘 제가 있는 거예요. 이곳에서 나가야만 하는 거예요. 오빠 곁에 제가 있다는 것을 잊지 말아요."

계속해서 끊임없이 설득하는 소희의 목소리는 텅 빈 면회실 구석으로 울려 퍼졌다. 소희의 외침은 쇠약해져 가는 병수의 의지를 강하게 자극하였다.

장면 60

소희는 사람들로 붐비는 명동거리 중간에 위치한 한 패션 회사 빌딩으로 들어갔다. 회사 입구에 있는 안내 데스크까지 나온 사장 비서를 따라 오층에 있는 사장실로 안내되어 갔다. 건물 복도의 양쪽은 모자이크된 유리들이 형형색색 빛을 발하고 있었다.

"어서 와요."

병수의 아버지가 그녀를 반갑게 맞았다. 소희에게 앉으라고 권하는 아버지의 얼굴은 다소 지쳐 있는 모습이었다. 수시로 닥치는 위기를 해결해야만 하는 회사 업무와 병수로 인해 빈번해지는 변호사와 만남이 아버지에겐 부담스러운 일이 되었기 때문이었다.

"옷들이 정말 화려하네요."

"소희 양도 옷에 관심이 있었나?"

"네. 저도 패션에 관심이 있어요."

"소희 양만 괜찮다면 학교 졸업하고 우리 회사에서 같이 일을 하도록 해요."

"정말요? 감사합니다."

사장실 벽쪽으로 펼쳐진 옷에 소희가 관심을 보이자 아버지는 얼굴에 잠시 미소를 띠우며 말했다.

"우리가 처음부터 일으킨 회사인데. 아들 녀석들에게 물려주려고 우리가 이만큼 키워 왔는데."

여러 가지 감정이 교차해서인지 그는 말을 더 이상 잇지 못하고 눈물을 글썽였다. 아버지는 병수 때문에 무척 괴로운 모양이었다. 소희는 목에 갈증을 느끼고는 차가운 식혜를 한 모금 마셨다. 소희가 잠깐 동안 사장실에 펼쳐진 핸드백이며 잡화 악세서리를 구경을 하던 때에 어머니가 사장실에 들어섰다.

"어머니 오셨어요?"

"그래, 소희가 왔구나."

어머니는 외투를 옷걸이에 걸고는 소희가 앉아 있던 고객용 소파에 몸을 기대어 앉았다.

"정말 미안해요. 우리 아이 때문에 자꾸 불러내서."

"아니에요, 어머니 그런 말씀 마세요."

"오늘은 변호사님이 소희 양을 보자고 한 날이라…."

"제가 증인석에 나가는 것 때문에 그러시죠? 오빠의 증인이 되는 것이 전 행복해요."

소희는 담담하게 말하면서도 얼굴에 미소를 잊지 않았다.

"재판에 참여할 때 얼굴이 방송을 탈 수도 있다고 하는데, 걱정이 되서 그래요."

"전 방송 같은 건 개의치 않는 걸요."

그들이 말하는 동안 사장 자리에 앉아서 침묵을 지키면서 대화를 듣고 있던 아버지가 다가와 소희의 손을 잡았다.

"정말 고맙네, 소희 양."

"제가 증인이 되면 정말 오빠가 풀려 나는 게 맞아요? 가능성이 많다고는 하는데."

소희는 아버지의 모습을 보면서 잔뜩 긴장된 얼굴로 다급하게 물었다. 아버지는 긍정적으로 고개를 끄덕이지만 확신을 하지 못하고 말끝

캐논을 사랑한 여자

을 흐렸다.

"변호사 말로는 결과를 지켜보는 것이 최선이라더군."

아버지가 불안해하는 소희의 모습을 보면서 마지못는 말이었다.

"사건이 일어난 날을 증명해 줄 수가 있는 증인이 없다는 거야."

"그렇다고 오빠가 누명을 쓰는 건 말도 안 돼요."

"우리야 아들을 알지만 판사가 얼마나 알겠어요?"

재판 상황에 대한 확신이 없는 건 어머니도 마찬가지여서인지 얼굴을 들지 못하였다.

"이번 재판에서 소희 양의 증언이 아주 중요하다고 변호사가 자꾸 강조를 하니까…."

어머니는 소희를 바라보면서 부담스러운 얼굴이었다. 소희는 그런 어머니를 적극적으로 위로하는 중이었다. 얼마쯤 지나자 강남 사무실에서 보았던 변호사가 얼굴을 내밀었다. 변호사는 아버지와 한참 동안 심각한 표정으로 이야기를 나누었다. 아버지와 어머니가 자리를 비우자 변호사는 소희 앞에 다가와 앉았다.

"소희 양 얼굴을 다시 봐서 반갑군요."

"네 변호사님, 제가 어떤 일을 하게 되나요?"

"너무 서두르지 말아요."

변호사는 앞에 마련된 주스를 입에 대더니 다시 내려놓았다. 그는 잔뜩 긴장한 소희 때문에 한동안 말이 없이 가방에서 꺼낸 서류들을 훑어보았다. 변호사는 잠시 후 예리한 눈빛으로 소희의 눈을 바라보았다.

"소희 양은 증인석에서 절대로 안정을 유지해야 해요. 특히 검사가 어떤 말을 해도 겁을 먹거나 긴장을 하지 말아야 해요. 증인은 피고를 안정시키는 데 도움이 될 뿐 아니라 판사의 판단에 확신을 갖게 하는 일종의 증거가 되는 겁니다."

"네. 저는 문제가 없다고 생각해요."

소희는 쉴 새 없이 쏟아지는 변호사의 말에 짧게 답했다. 소희는 여전히 긴장의 끈을 놓지 않고 그의 다음 말을 주시하였다.

"오늘은 내 질문에 솔직하게 대답해 주면 되는 거예요. 병수 군을 만난 지 몇 년이나 되었나요?"

"오 년이 가까워지네요."

"여자친구로 만난 지가? 재판을 위해 다시 한번 확인하는 것이니까."

"네, 우린 처음부터 사랑하는 사이였어요. 지금도 예전처럼 오빠를 항상 생각해요."

"좋습니다. 거기까진 아주 좋아요. 소희 양은 사건 전에도 최근에 병수 군을 만난 적이 있었던 거죠?"

"네? 전 그 사건이 일어나기 전에 오빠를 만났어요."

"소희 양 지난 번에 나에게 설명했던 내용은 그대로죠?"

"네, 변호사님."

"재판날에는 크게 어려운 문제는 없을 겁니다."

변호사와 면담을 통해 소희가 알고 있던 모든 내용을 자세하게 설명하고 난 이후에야 변호사는 자리를 떴다. 소희는 변호사가 당부하던 중요한 내용과 증인석에서 답해야 할 말들을 깊게 생각하였다. 소희는 사장실에서 비서가 건네 준 메모지를 받아 들고 빌딩을 나와 근처의 호텔 레스토랑을 향해 걸어갔다. 그곳엔 소희와 점심을 함께하기 위해 병수 부모님이 기다리고 있었다.

캐논을 사랑한 여자

장면 61

아침부터 법원청사로 호송 차량 한 대가 들어오고 있었다. 호송 차량의 문이 열리자 푸른색 죄수복 차림에 하얀 끈을 두른 병수가 호송 경찰의 도움을 받아 내려왔다. 그는 법원청사 입구에서 기다리던 부모님과 소희의 얼굴을 바라보고 미소를 띠웠다. 그들은 호송 경찰의 제지로 직접적인 만남은 이루어지지 않았다. 소희와 부모님은 청사로 들어서는 병수의 뒷모습을 아쉽게 바라보기만 할 뿐이었다. 재판이 한창 진행되던 중에 검사는 병수의 살인 증거인 칼과 진술서 등을 책상 위에 올려놓았다.

"이번 사건은 저기 앉아 있는 피고의 계획적이고 고의적인 살인에 의해 피해자가 발생한 사건입니다. 피고가 작성한 진술서에도 내용이 나와 있습니다만 피고는 자신과 동거를 하던 피해자가 아기를 가지자, 언젠가 다시 찾아가려고 하던 사랑하는 여자에게 돌아갈 수가 없다는 사실 때문에 고민을 하였고, 그 최대의 방해자로 인식된 피해자를 잔인하게 살해하게 된 사건입니다. 동거를 하게 되면서부터 피고와 피해자 둘 사이에 잦은 말다툼이 일어났습니다. 피고와 피해자 사이에는 말다툼이 심했다는 사실이 피고가 직접 작성한 진술서에는 명확하게 나와 있습니다. 피해자와의 말다툼으로 술을 마신 피해자가 들어오자, 피고는 다시 피해자와 격렬한 싸움을 하던 중 화를 참지 못하고, 아기를 침대 옆으로 던져 아기를 죽음에 이르게 하였을 뿐 아니라 아기의 죽음을 확인한 피해자가 어떻게든 피를 흘리던 아기를 살려보려고 부엌으로 달려가 따뜻한 물로 아기를 씻기려던 순간 피고는 잔인하게도 칼로 피해자의 가슴을 찔러 죽이는 살인을 한 것입니다."

검사의 논리정연한 그리고 장황한 설명을 듣던 청중들의 웅성거림도 커져만 갔다. 소희는 거침없이 말하는 검사를 쳐다보지도 못했다. 고개를 숙인 채 눈에는 눈물이 흘러 내렸다. 병수는 고개를 들어 눈을 동그랗게 뜨고 검사의 모습을 말없이 바라보았다. 그는 냉정하게 그리고 사실 확인도 없이 말하는 검사의 모습에 마음속으로부터 끓어오르는 울분을 삭였다.

"피고는 옛 애인과의 사랑에 눈이 멀어 결국 피고와 부부애를 나누던 여자를 살인한 비인도적이고 반인륜적 범행을 계획적으로 저지른 것입니다. 이는 천인 공노할 살인인 것입니다. 이 세상과 함께 살아갈 수 없는 피고를 영원히 사회로부터 격리시켜야 합니다."

죄수복 차림의 병수는 주변에서 시끄럽게 주고받는 사람들의 말에 신경을 쓰지 않을 수가 없었다.

"정말 파렴치한 놈이군."

"그래요. 자기를 위해 아기를 가지고, 사랑해 온 여자를 저렇게 무참하게 죽일 수가 있어요?"

"저런 인간 말종은 영원히 이 세상에서 매장시켜야 돼."

말하던 사람들 중 근처에서 소리치던 남자의 목소리가 병수의 귀에는 유난히 크게 들렸다. 크고 작게 수근거리는 소리가 방청석으로부터 끊임없이 흘러나왔다. 이윽고 변호사에게 반론할 기회가 주어졌다. 변호사는 자리에서 일어나 판사와 청중들에게 연설하듯 말을 하기 시작했다.

"전 검찰 측의 주장에 절대로 동의할 수가 없습니다. 지금 검사는 사건의 본질을 몇 가지 부정확한 증거들과 추정 및 진술서만으로 선량한 피고를 오도하고 있습니다. 피고를 마치 세상에 발을 붙여서는 안 되는 잔인한 살인자로 매도하고 있습니다. 그 결과는 저기 앉아 있는 피고가 바로 이 법정이 만든 최대의 피해자라는 말씀을 미리 드립니다. 전 피고가 본 법정에서 더 이상의 상처를 입고 꿈과 삶을 포기하지 않도록 하기 위해 이 자리에 섰습니다. 물론 이 사건으로 불행을 당한 피해자분께는 고인의 명복을 빌 뿐입니다. 본 변호인은 피고와 동거하며 행복한 삶을 누리던 피해자가 피고가 저지른 살인에 의해 죽은 것이 아니고 피해자의 정신적인 결함 때문에 스스로 생을 마감했다는 사실을 먼저 말씀드리고자 하는 것입니다."

법정 안은 변호사와 검사의 논쟁 소리와 방청객들의 웅성거림으로 일반적인 법정과는 다르게 처음부터 소란스런 모습이었다.

"검사가 증거로 내놓은 피고의 진술서엔 이의가 없습니다만 며칠 동안 잠을 제대로 자지 못하고 조사를 받던 피고가 그리고 법에 대한 사전지식이 없었던 피고가 정신이 맑지 않은 상태에서 싸인을 했던 것을 우리는 간과해서는 안 될 것입니다. 더군다나 피고가 피해자와 생활하기 전에 고등학교와 대학생을 거치는 동안의 성장기에서 보여진 생활 태도는 검사가 말한 대로의 고의에 의한 살인뿐만 아니라 충동에 의한 살인을 저지를 사람이 아니라는 것을 본 법정에서 판사님과 여러분에게 제가 감히 확신한다고 주장하는 바입니다."

"검사는 상황상 증거 및 정황 그리고 진술서만 가지고 피고를 잔인한 살인자로 몰아붙이고 있습니다. 저는 억울한 피고가 검사의 말에 충격을 받지 않기를 다시 한번 바랄 뿐입니다."

변호사는 고개를 숙이고 조용히 논쟁을 경청하는 병수를 가리키며 변론을 하였다. 법정 중앙의 우뚝 선 자리에 앉아서 사건에 대한 논쟁을 지켜보던 판사는 가끔 머리를 끄덕이며 책상 앞에 놓인 자료를 보곤 했다. 변호사는 증거품으로 검사 쪽에서 내놓은 칼을 집어 들었다.

"이 칼은 평범한 가정의 부엌에서나 볼 수 있는 다용도용의 작은 칼이고 그렇다면 동거 당시 다리에 장애가 있던 피고가 부엌일을 도맡아 하던 상황에서 단지 칼에 묻은 피고의 지문 때문에 피고를 용의자로 몰아넣은 것 자체가 이 사건의 진실을 외면하고 처음부터 피고를 살인자로 단정하고 조사를 한 경찰서의 사건조사 강행에 문제가 있음을 본인은 강력하게 주장합니다."

변호사는 증거인 듯 약봉지를 판사에게 들어보였다.

"이 사건이 피고에 의한 살인이 아니라 피해자의 자살이었다는 증거로 이 약봉지를 제시합니다."

변호사는 두 개의 약봉지를 내놓았다. 그가 보여 주는 약봉지에 청중들은 주시하였다.

"피해자의 삶은 일반 시민들이 상상하기 어려운 룸싸롱에서 손님을 접대하는 생활이었습니다. 안정된 생활을 위해 여기에 있는 피임약을 항상 복용하고 있었습니다. 더불어 그런 생활 방식은 평범한 사람들이 알고 있는 것 이상의 스트레스와 고통을 동반한 삶이었습니다. 생활에서 얻은 병 때문에 약물에 의존해야 할 만큼 앓고 있던 것입니다. 바로 이 약은 미국의 한 제약 회사에서 나오는 우울증과 정신분열증 치료제입니다. 이번 사건 발생은 바로 이 약의 장기간 복용으로 피해자에게 순간적인 망상을 유발함으로써 발생한 자해로 인한 자살이라고 주장하는 바입니다."

316

변호사는 약봉지를 높이 든 채로 좌우로 흔들어 보였다.

"피해자는 당시 미군에서 근무하던 지인으로부터 이 약을 정기적으로 구해 장기간에 걸쳐 복용해 왔던 것입니다. 피해자는 피고와 만나기 전부터 우울증을 심하게 앓고 있던 환자였습니다. 피해자는 약의 도움을 받지 않고는 보통 사람과는 생활에 문제가 있을 정도였다는 사실을 피해자가 다녔던 병원에서 확인했습니다. 피해자는 약에 대해서 무지했던 피고에게는 피임약이라 속이고 두 가지 약을 지속적으로 복용해 왔습니다. 사건 당일에도 피해자는 극도로 불안한 상태에서 아기를 피고 쪽을 향해 던지는 엄청난 행동을 했습니다. 정상인이라면 아무런 방어도 할 수 없는 아기를 어떻게 던질 수가 있겠습니까? 상식적인 견지에서도 도저히 이해가 되지 않는 것입니다. 자신의 행동으로 인해 아기가 죽자 피해자는 그 길로 몸에 자해를 하고자 했습니다. 결과는 피해자를 죽음에 이르게 하였지만 모든 게 피해자의 순간적인 행동이었지 여기 있는 피고와는 전혀 무관한 사건이었습니다."

변호사는 변론을 하면서 그의 이마에 흐르는 땀을 닦았다. 검사와 변호사 양측의 변호를 듣던 청중들은 의견이 분분하였다. 소희와 병수의 부모님은 말없이 경청하면서 무거운 침묵에 빠졌다. 예측하기 어려운 재판 결과의 향방에만 관심을 기울인 듯 표정이 굳어만 갔다. 오래도록 계속되던 재판은 판사에 의해 잠시 휴정이 되었다. 재판을 지켜보던 청중들은 자리를 비우지 않고 재판이 다시 시작되기만을 기다렸다. 판사와 피고가 없는 재판정은 시장 같은 아수라장이 되어 갔다.

장면 62

　재판이 다시 시작되자 재판정 안에는 다시 무거운 긴장이 감돌았다. 소희는 지수가 다녔다는 병원 담당 의사의 증언이 끝나자 떨리는 마음을 안정시키지 못했다. 변호사는 소희의 모습을 걱정스러운 듯 가끔 쳐다보았다. 변호사 측의 증인으로 소희는 증언대에 올라 선서를 했다. 변호사는 기분을 안정시키려는 듯 소희에게 다가갔다.

　"증인은 피고와 제일 가깝게 지냈다는 것에 이의가 없죠?"

　"네."

　"그렇다면 피고의 여자친구였습니까? 그리고 피고를 사랑했구요."

　"네."

　"증인이 보기엔 피고가 충동에 의하거나 혹은 계획하에 사람을 죽일 수 있는 사람입니까?"

　"아닙니다. 오빠는 절대로 그럴 사람이 아니에요."

　소희는 안정을 찾은 듯 침착하고 단호한 어조로 대답했다.

　"사건이 있던 며칠 전에 오랫동안 보지 못했던 피고를 보았습니까?"

　"네."

　"그때 피해자도 같이 보았죠?"

　"네. 그곳에 같이 있어서 보았습니다."

　변호사는 목이 쉰 듯 헛기침을 하면서 목소리를 가다듬었다. 병수는 소희의 말 한마디, 한마디에 긴장을 하면서 바라보았다. 그는 소희가 변호사에 의해 증인으로 호명될 때부터 긴장하였다.

　"증인이 피해자를 보았을 때 기억이 나는 대로 말씀해 주시겠습니까?"

　　　　　　　　　　　　캐논을 사랑한 여자

"저를 알아봤어요. 저는 지수 씨를 만난 기억이 없었는데…. 오빠가 저에 대해서 이야기를 한 모양이에요."

소희는 말을 멈추고 그녀를 바라보는 병수에게 잠깐 시선을 돌렸다.

"지수 씨는 저를 알아보고는 화가 난 표정으로 술을 마시기 시작했어요."

"그것뿐이었습니까?"

"네. 그런데 제가 그곳에서 나올 때 본 지수 씨의 얼굴이 술을 마신 상태였는데 너무 무섭게 보였어요. 지수 씨가 무척 화가 나 있었는데 오빠 쪽으로 술병을 던지기까지 했어요. 오빠에게 고함을 치는 소리가 들렸어요."

"무엇이라 소리치든가요?"

"네. 그게 저."

소희는 고개를 숙이더니 이내 두리번거리면서 듣고 있던 병수를 바라보았다.

"증인은 보고 들은 것을 사실대로만 말씀 하십시오."

"오빠를 보고 병신 자식이라고…, 죽어서 없어지라고."

소희는 말을 끝맺지 못하고 고개를 푹 숙였다. 소희는 어느새 눈물을 흘리고 있었다. 그러한 충격적인 상황을 말해야 한다는 것이 소희에겐 괴로운 일이었다.

"증인이 말한 것처럼 피해자는 피고에 대한 분노로 감정도 컨트롤하지 못하는 상황까지 갔습니다. 이는 바로 전 증인이셨던 의학 박사님이 언급한대로 정신분열증의 과도한 증상이라고 할 수밖에 없습니다. 평범한 여자가 정상적인 상태에서 사랑하는 남자에게 어떻게 입에 담지 못할 욕과 같은 말을 할 수가 있다는 말입니까? 이런 상태의 사람은 극도의 흥분 상태에 도달하면 누구도 상상할 수도 없는 일을 충동적으로 저지른다는 것을 우리는 의학 전문가로부터 들었습니다."

변호사는 소희로부터 떠나 변호석에 서서 판사를 바라보았다.

"피해자는 증인을 사랑의 경쟁자로 생각하고 있었습니다. 평소에 피고로부터 전해 들어 알고 있던 증인이 직접 눈앞에 나타나자 피해자는 감정이 폭발하여 정신을 놔 버린 것입니다. 그로 인한 피해자의 행동으로 아기가 죽게 되자 피고를 잃어버릴 수있다는 불안감과 아기에 대한 죄책감으로 피해자는 결국 자살을 선택한 것입니다."

변호사의 변론을 듣던 병수의 얼굴이 굳어만 갔다. 변호사의 말이 더 이상 들리지 않았다. 병수는 재판정에서 떠나 아무도 없는 곳에 가서 끝없이 울고 싶었다.

"증인이 피고의 여자친구라고 말씀하셨죠?"

검사는 일어나서 소희에게 다가가며 말을 걸었다.

"네."

소희는 흐르던 눈물을 닦으면서 검사에게 짧게 대답했다.

"아직도 증인은 피고를 사랑한다고 생각하십니까?"

소희는 황당한 검사의 질문에 당혹했다.

"아직도 피고가 증인의 애인이라 생각하십니까?"

"네. 저는 오빠를 사랑합니다."

소희는 입술을 깨물며 분명하게 말했다.

"그런데 증인에게 그렇게 소중한 사람과 오랫동안 서로 연락도 안 했다는 게 말이 됩니까?"

"만나지는 못했지만 전 오빠만을 생각했어요."

소희는 검사의 돌발적인 질문에 당황하여 목소리가 흔들렸다.

"이건 정상적인 남녀 관계가 아니라는 생각이 드는데…. 증인은 이 사실을 인정하십니까?"

"네, 그렇지만 오빠도 저를 사랑하는 것에는 변함이 없고 저 또한 변함없습니다."

"피고가 다른 여자와 잠자리를 같이하고 사내아이까지 가지고 있다는 사실을 알고 있는 데도 말입니까?"

소희는 말을 멈춘 채로 눈물 때문에 가려지는 시야를 답답한 듯 손으로 닦아 냈다.

"전 오빠가 동거한다는 지수 씨와 잘 지내고 싶었어요. 오빠가 지수 씨를 사랑한다면 오빠를 저의 친오빠처럼 생각하면서 지내고 싶었습니다."

"증인! 그게 무슨 말입니까?"

"오랫동안 보지 못하였어도 사랑한다는 식의 확신에 찬 말을 했던 증인이 지금 다시 말을 번복하고 있습니다. 피고와 사랑하는 관계가 아닌 친오빠와의 관계를 언급하다니요? 피고를 남자로서 더 이상 사랑하지 않겠다는 말입니까?"

"그건 아니에요. 전 오빠를 사랑해요."

"좋습니다. 그럼 증인은 피고도 증인이 피고를 사랑하는 만큼 증인을 사랑하리라 보십니까?"

"네, 오빠도 저를 사랑한다고 확신합니다."

"그렇다면 증인은 저기에 앉아 있는 피고와 같이 살고자 하는 꿈을 갖고 계셨군요."

검사는 소희와 병수를 번갈아 바라보며 말을 했다.

"피고도 증인과 마찬가지로 똑같은 꿈을 가지고 있던 겁니다."

이때 변호사의 이의 신청이 판사에 의해 받아들여졌다. 소희는 슬픈 감정을 억누르지 못하고 증인석에서 큰소리로 울었다. 재판정 안에서 재판을 지켜보던 청중들은 서로 의견을 주고 받는 듯 한동안 소란스러웠다. 소희는 혼란스럽고 답답한 표정으로 증인석에 앉은 채 눈물을 흘리며 고개를 숙이고 있던 병수를 안타깝게 바라볼 뿐이었다. 다시 시작된 검사의 질문은 매섭고 집요하기만 했다.

"증인이 사랑하는 피고 입장이라면 증인이 사랑하는 피고인이 피해자와 아기가 있었는데 그것도 혼인 신고도 안 되어 피고와 피해자는 법적으로는 부부 관계도 아닌 상태였습니다. 어떻게 해야 증인과 피고가 안심하고 사랑할 수가 있다고 보십니까? 지금 증인은 분명 앞과 뒤가 전혀 맞지 않는 증언을 하고 있어요. 증인이 자신의 양심을 속이고 있단 말입니다. 이는 분명히 증인이 증인으로서의 자격이 없다는 것 또한 의미하는 일이 됩니다. 증인은 법정에서 선서한 사람으로 증언을 할 때는 신중하시길 바랍니다. 위증죄로 처벌받을 수 있습니다."

검사는 증인으로 나선 소희의 감정이나 눈물 따위는 염두에 두지 않는 듯했다. 당황해서 울던 소희의 모습을 지켜보는 병수는 가슴이 너무 아파서 시려 왔다. 병수의 얼굴은 일순간 분노로 일그러졌다. 병수는 혼란스러워하는 소희를 위해 말을 할 수도 없는 피고의 입장이 되어 더욱 슬퍼졌다. 이렇게까지 고통스러운 자신의 운명이 원망스러웠다. 병수에게는 이제 그를 둘러싼 법정 안의 모든 사람들이 원망스러워지기 시작했다. 자신에게 그렇게도 소중한 아기를 던졌었던 지수의 얼굴이 떠올라 병수를 여전히 괴롭혔다. 검사는 거의 사색이 될 때까지 증인 심문을 받던 소희가 증인석에서 내려가자 공격의 방향을 병수에게 집중했다. 병수는 모든 희망을 포기한 채 둘러싼 사람들과 그들의 비난하는 말소리를 한없이 들었다. 검사에게 집중적인 공격을 받는 그의 눈동자는 촛점을 잃어 갔다. 재판에서 검사는 끝까지 병수를 가족을 살해한 잔인한 살인자로 몰고 갔다.

"피고는 자신의 욕망 때문에 자신에게 헌신하던 여자와 아기를 잔혹하게 살해했습니다. 피고는 이 사실을 인정합니까?"

병수는 그 질문에 즉시 대답을 하지 못하고 시간을 끌었다. 병수의 눈에는 알고 지냈던 수많은 얼굴들이 그의 흘러내리던 눈물과 오버랩되면서 스치듯 지나갔다. 많은 청중들이 지르는 야유 소리에 파묻혀 있던 병수는 뒤를 잠시 돌아봤다. 조용해진 방청석의 맨 앞 줄에 소희와 부모님이 눈이 통통 부은 채로 침통한 표정을 지으면서 병수를 말없이 지켜보았다. 흘러내리는 눈물을 닦은 병수는 오랫동안 그들을 바라보았다. 소희의 눈물이 가득한 눈도 보였다. 소희는 언제까지나 병수의 얼굴을 주시하였다. 병수는 심장의 떨림이 동맥을 타고 온 몸으로 퍼지기 시작했다. 병수의 눈앞은 온통 하얀 색깔로 뒤덮여 한 치의 앞도 볼 수가 없었다.

"지수 씨를 진심으로 사랑하지 않았습니다."

"본 검사는 사랑 이야기를 묻는 게 아니라 피고가 피해자를 살해했느냐를 묻고 있는 겁니다."

"제가 지수 씨를…, 지수를 죽였습니다."

병수는 다그치듯 집요하게 말하던 검사에게 조그맣고 짧게 그러나 분명하게 대답했다. 병수가 지수와 아기를 살인했다고 시인하는 순간 모든 사람들은 충격에 빠져 입을 다물지 못했다. 재판정 안에는 뜨거운 논쟁을 일시에 가라앉히고 잠시 동안 청중들의 모든 소란을 잠재우는 듯했다.

"병수야 안 돼! 넌 사람을 죽이지 않았어!"

아버지의 절망적인 목소리가 법정 안에 울려 퍼졌다. 그의 안타까운 외침은 병수를 향해 비난하는 사람들의 소리에 묻혀 갔다. 판사의 망치 소리도 한동안 효력을 잃어버린 양 법정 안은 통제 불능의 상태가 되어 갔다. 자포자기한 듯한 피곤한 표정의 병수는 호송 경찰에 의해 법정을 떠나갔다. 그가 재판정을 떠나는 순간 시끄러운 소리들은 더 이상 병수의 귀에 들리지 않았다. 앞으로 예정되어 있는 암울한 삶이 병수를 서서히 밑에서부터 무너뜨렸다.

장면 63

재판이 끝난 이후로 병수의 집은 온통 침울한 분위기로 덮혀 있었다. 말없이 우뚝 선 대문에서부터 이런 침체된 분위기가 느껴졌다. 어머니는 병수의 재판이 끝난 이후로는 거의 회사에 나가지 않고 집에만 머물렀다. 재판의 충격이 가시지 않았는지 다른 사람과의 접촉을 일체 피하였다. 소희는 거실에서 어머니를 만났다.

"이젠 우린 앞으로 어떻게 해야 하나요?"

"소희 양, 나는 아직도 아들한테 희망을 잃고 싶지 않단다. 변호사 말이 벌써 조치를 취했다 하는구나. 재판을 다시 시작할 수가 있도록."

어머니는 마음속에 침전되어 담겨 있는 슬픔을 보이지 않으려고 담담히 말했지만 몹시 불안하고 절망적이었다.

"만남도 거부하는 오빠는 어떻게 해요?"

소희는 병수의 변덕스런 행동이 이해할 수가 없다는 표정으로 어머니에게 물었다. 어머니와 소희는 벌써 여러 차례 병수와의 만남을 위해 면회를 갔다. 병수가 새로 옮긴 교도소는 서울에서 멀리 떨어진 곳에 위치해 소희는 병수를 면회를 가려면 병수의 집에 먼저 들러야 했다. 어머니와 만나 함께 병수를 면회하기 위해 멀리 떨어진 교도소를 방문하곤 했다. 그러나 교도소로 면회를 가 보면 대상자인 병수가 면회를 완강히 거절한다는 말을 전할 뿐이었다. 병수를 만나지 못한 채 참담한 모습으로 그들은 번번이 그냥 되돌아와야 했다. 소희는 그렇게 만남을 거절하는 병수를 원망했다. 어머니의 무거운 침묵에 소희는 안타까운 마음마저 감히 표현할 수가 없었다.

"생각이 깊은 우리 아이가 재판에서 받은 충격이 심했겠지. 조금만 참고 기다리면 다시 그 아이 마음이 풀릴 게야. 풀리길 바래야겠지."

어머니는 아들에 대한 믿음으로 하루하루를 버티는 것 같았다.

"그래도 솔직하게 말씀드리면 저는 걱정이 돼요. 오빠가 너무 지쳐 있잖아요. 미안해요. 어머니 제가 자꾸만 어머니를 고통스럽게 하는 것 같아서."

"아니란다. 난 소희 양이 정말 너무 고맙기만 할 뿐이지. 이 못난 놈이 집을 나가서 얼마나 고생을 했길래, 재판장에서 그렇게 하지도 않은 일을 했다고 대답을 했던 건지."

어머니는 결국 참아 왔던 눈물이 다시 흘러내렸다. 소희는 어머니의 흐르는 눈물을 보면서 가슴속까지 아련한 슬픔이 저려 왔다.

"어머니, 이제 그만 진정하세요."

소희는 한동안 슬픔에 젖어 울고 있는 어머니를 지켜보았다.

"앞으로의 일이 걱정이 되긴 하는구나. 변호사 양반도 항소는 하면서도 자신 있어 하는 눈치는 아닌 것 같고."

떨리는 어머니의 목소리 때문에 소희는 절망을 느꼈다. 법정 싸움을 처음부터 지켜보면서 오직 변호사만이 병수를 살인죄로부터 구해 낼 수가 있는 유일한 희망이라고 생각했기 때문이었다.

"오빠의 문제가 심각하다고 하신 거예요?"

"글쎄 이젠 모든 게 처음부터 다시 시작해야 한다는구나."

소희는 어머니의 힘이 풀린 말을 듣고 눈을 감았다. 소희는 아무리 희망이 없다고 해도 그들의 만남을 거절하는 병수가 원망스러웠다. 그러면서도 소희는 기다리면 언젠가는 닫혀진 병수의 마음이 얼음 녹듯 녹아내리길 바랐다. 침통한 표정으로 집에만 머무르던 어머니의 분위기를 바꾸기 위해 소희가 쇼핑을 부탁드렸다. 그들은 나란히 걸으며 명동의 중앙에 위치한 회사의 안테나숍에 들어섰다.

"이 옷은 어떠니? 이건 내가 직접 디자인한 건데 소희 양에게 어울리는 스타일을 생각해서 내가 만들어 봤지."

"정말 이 옷을 어머니께서 직접 디자인하셨어요?"

"아직도 좋아하는 스타일 디자인은 내가 직접 하고 있단다. 이제는 나이가 들어서인지 예전보다 감이 떨어져서 많은 스타일은 못하고. 이 드레스는 소희 양이 입으면 딱 어울리겠네."

어머니는 나무로 치장된 벽에 우아하게 디스플레이된 원피스를 꺼내 들어 소희에게 피팅룸에서 입어 보길 권했다.

"너무 비싸잖아요. 제가 입기엔."

"옷이란 어울리는 사람을 만나면 그게 옷의 가격인 걸."

어머니는 소희가 입어 보는 옷을 앞뒤로 세밀하게 살피더니 만족한 표정이었다. 소희는 손에 들고 있는 쇼핑백을 부담스러운 눈으로 바라보았다.

"어머니 옷은 고르지 않으세요?"

"나는 특별히 옷이 필요없단다. 게다가 나는 옷을 디자인하고 만들어 사람에게 입히는 사람이지, 내가 옷을 입을려고 하는 사람은 아니잖니?"

어머니는 소희의 말에 오래간만에 활짝 웃어 보였다. 블루빛 실크 원피스를 입은 소희의 모습은 너무나 산뜻한 아름다움을 드러냈다.

"소희 양 때문에 딸이 생긴 것 같아 너무 기쁘단다."

소희의 모습을 지켜보면서 어머니는 스스럼없이 말하였다.

"저두 너무 좋은 걸요. 어머니가 제 곁에 있어 주시니까요."

소희는 어머니의 말에 맞장구를 쳤다. 쇼핑이 끝나갈 즈음 근처의 패션몰에 위치한 전망이 좋은 카페를 찾았다. 젊은 고객을 타겟으로 하는 쇼핑몰의 넓은 카페엔 많은 젊은 연인들로 붐볐다. 여기저기서 속삭이는 사랑의 대화와 스피커에 넘쳐 흐르는 음악으로 활기찬 분위기를 연출하였다. 소희는 즐거워하는 어머니의 모습을 보면서도 여전히 내면의 한켠에 흐르는 아들에 대한 안타까운 마음을 느낄 수가 있었다. 어머니는 지나는 많은 연인들을 보면서 아들의 모습이 떠오르는지 자꾸만 손수건을 눈으로 가져갔다.

"우리 아이가 소희 양하고 이곳에서 만나는 모습을 본다면 얼마나 행복할까?."

"어머니 걱정하지 마세요."

"오빠와 저는 이곳에 와서 우리만의 프랑스 여행 준비를 할 거예요."

"그래, 그렇게 말을 해 주니 너무 고맙구나."

"소희 양에게 이걸 선물로 줄려고 가져왔어."

어머니는 조그맣지만 화려하게 장식된 상자를 꺼내 소희가 볼 수 있도록 상자를 열어 보여 주었다. 고급스런 상자 속에서 어머니가 꺼내 보여 주는 것은 다이아몬드로 장식된 반지였다.

"오래전에 파리에 가서 구한 건데, 너무 귀한 반지란다. 소희 양이 받아 주었으면 해요."

소희는 어머니가 손수 끼워 주고 있는 영롱한 빛이 나는 반지에 놀랐다.

"어머니 이 귀한 걸 어떻게 제가 받을 수가 있겠어요?"

"받아요. 우리 부부가 결정한 거니까."

"네, 어머니 그럼⋯. 반지를 제가 잘 간직할게요."

잠시 머뭇거리던 소희는 선물을 원하시는 어머니에게 더 이상 사양을 하지 않았다. 어머니는 소희의 손가락에 끼워진 반지를 보면서 감격에 겨운 듯 끝내 말을 잇지 못하고 조용히 눈물을 흘렸다. 소희는 자리를 옮겨 슬픔에 빠진 병수 어머니를 위로하였다.

"어머니 너무 걱정 마세요. 오빠가 다시 힘을 낼 거예요."

소희는 목 놓아 울어 버린 어머니의 귀에 대고 작은 소리로 속삭였다. 그러나 아들을 감옥에 보낸 어머니의 마음을 안정시키기엔 턱없이 부족한 말이었다. 위로하기에 너무나도 힘에 겨운 모습, 자신의 나약함 때문에 소희는 슬퍼지기만 했다.

장면 64

　소희는 새벽부터 혼자서 차를 몰고 병수가 있는 교도소를 향해 달려갔다. 어젯밤 사건을 맡은 변호사로부터 병수가 만나기를 원한다는 연락을 받았다. 혼자서, 때로는 어머니와 함께 면회를 갔으나 만남 자체를 일절 거절하던 병수였다. 드디어 병수의 무겁게 닫혔던 마음이 풀린 것이다. 소희는 차를 교도소의 주차장에 주차시킨 후 뛰다시피 면회실로 들어갔다. 목발에 몸을 의지하여 들어오는 병수는 세수 조차도 안한 초췌한 모습으로 나타났다. 소희는 처음부터 놓치지 않고 병수의 모습을 바라보았다. 말이 없이, 굳어진 병수의 표정을 지켜볼 뿐이었다.

　"놀랐지. 내 모습?"

　"네, 하지만 저는 오빠의 겉모습에 연연하지 않아요."

　병수의 핏기 없는 모습에 안타까워하며 소희는 눈에 맺히는 눈물을 가까스로 참았다.

　"나 그동안 혼자서 많은 생각을 했어."

　"어떤 생각을 말하는 거예요?"

　병수는 아직도 소희의 얼굴을 똑바로 쳐다보지도 못하였다. 아니, 불안해하는 소희의 눈빛을 외면하며 피하였다.

　"나는 소희 너를 처음 사랑하게 되었을 때가 나의 인생에서 가장 행복했던 순간이었어."

　"오빠의 소희가 지금도 여기 있잖아요."

　"네가 이렇게 자꾸만 내 곁에 계속 머물까 봐 너를 만나기로 결심한 거야. 네가 내 곁에 있다는 생각이 나를 행복하게 해 줘. 하지만 그게 또 나를 미치게 해."

"제가 오빠 곁에 있는 것은 저의 운명이라고 생각해요. 사람은 각자 자신의 운명을 갖고 살아가는 거잖아요? 전 이게 제 운명이라 받아들여요. 오빠를 항상 볼 수 있게 한 저의 운명을 항상 하나님께 감사해요."

"소희야 넌 꼭 바보 같아."

"오빠가 절 바보라고 해도 좋아요."

소희는 병수의 얼굴을 바라보면서 불길한 예감이 들기 시작했다. 자꾸만 병수는 말을 하면서도 오랫동안 뜸을 들였다.

"그런 소리 하지 말자. 소희야. 난 네가 쓸데없이 내 곁에서 지내는 것이 정말 싫어. 난 결심했어. 네 곁을 떠나기로."

"그건 또 무슨 소리예요?"

소희는 병수의 결심이 무엇인지 구체적으로 알 수가 없었다. 병수가 무엇인가를 결정하고 또 차분한 병수의 모습이 소희에게 너무 슬프게만 느껴졌다.

"솔직하게 말해서 난 이젠 지쳐 버렸어. 내 삶의 의미를 잃어버렸어. 사랑에 대해서도 말이야."

"오빠는 저를 잊기라도 하겠다는 말이에요?"

"너를 잊을 수가 있다면 차라리 잊고 싶어."

"오빠, 그런 말을 하려고 저를 여기까지 불렀어요? 그동안 왜 저를…, 어머니를 만나지 않은 거예요?"

소희는 냉혹한 병수의 말에 그동안 쌓여 있던 울분을 참지 못하고 울음을 터뜨렸다. 병수는 소희의 눈물에 마음이 동요하는 듯 소희의 몸을 끌어안고 한동안 함께 울었다. 둘이 흐느끼는 소리가 면회실 안에 퍼졌다.

"감방 안에서 소희 네 생각이 날 때면 할 수만 있다면 정말 탈옥이라도 하고 싶을 정도로 너를 보고 싶었어."

"오빠 조금만 참으세요. 그러면 잘될 거예요."

"아니. 난 알아 난 이곳에서 영영 떠나지 못한다는 것을."

"오빠가 절망적인 생각을 하는 걸 저는 절대로 이해 못해요."

"그러니까 내 자신이 원망스러운 거야."

소희는 그의 팔에 감싸인 채로 눈물을 닦고 병수를 올려다보았다. 눈물 때문에 충혈된 병수의 눈은 촛점을 잃은 채로 허공을 바라보았다. 병수는 소희를 만나기 전부터 다짐했던 생각을 잊어버렸다. 냉정하게 대하고자 했던, 그래서 소희를 떼어 놓으려 했던 병수의 의도는 소희를 처음보는 순간부터 사라져 버렸다. 그리웠던 소희의 얼굴을 보는 순간 결심이 하나 둘 무너져 내리는 것이었다.

"오빠 저를 사랑하세요?"

소희의 말에 따라 그녀의 눈동자를 뚫어지게 바라보던 병수는 한참 동안 말이 없었다. 갑작스럽게 진지하게 묻고있는 소희의 말에 오히려 당황하였다.

"너를 알게 된 이후로 너를 한 번도 잊은 적이 없어. 소희 너를 너무나도 사랑한다고. 난 너만 생각하면 너무 행복했어. 너 덕분에 내가 살려고 이제껏 버텨 온 거야."

"그것 보세요. 오빠는 저를 생각해서라도 참아 내야 해요. 오빠를 생각하면 잠이 오지 않아요. 만난다는 기대만으로도 행복하단 말이에요. 그건 우리의 사랑이에요. 오빠를 볼 수가 없던 때가 저는 가장 외롭고 싫었어요. 다시 못 보게 될까 봐 얼마나 불안한지 몰라요."

캐논을 사랑한 여자

"날 못 보게 되면 날 이젠 영원히 잊을 수가 있을 거야."

병수는 눈을 감은 채로 소희의 말에는 아랑곳하지 않고 또렷하게 말했다. 소희는 단호하고 냉정한 그의 모습에 놀라면서 병수를 꼭 껴안았다.

"아니에요. 절대로 오빠를 잊고 싶은 적이 없어요. 오빠를 잊을 수가 없다고요."

"네가 정말 행복하게 사는 것이 나의 행복이 될 거야. 나도 너를 영원히 사랑하고 싶어. 그런데, 난 이런 인생을 저주해. 사랑하는 너를 위해 어떻게 할 수도 없는 나를."

"오빠 제발 그런 절망적인 생각하지 말아요. 우린 다시 시작할 수가 있어요."

병수는 떨리는 손으로 소희를 힘껏 감싸안았다. 병수는 가슴에 파묻힌 소희를 더욱 힘을 다해 오랫동안 포옹하였다. 껴안고 있던 그들이 교도관에 의해 강제로 떼어지자 병수는 흐르던 눈물을 닦았다. 병수는 목발에 의지한 채로 교도관의 인도를 받으면서 면회실을 조용히 빠져나갔다. 그의 뒷 모습을 불안한 눈빛으로 바라보던 소희는 병수가 사라진 면회실을 나와 차가 있는 주차장을 향해 걸었다. 어느 때보다 힘들어하고 나약해져만 가는 병수가 무척 걱정스러웠다.

장면 65

정말 어둡고 적막감이 감도는 곳이다. 몸을 둘러싸고 있는 교도소 독방의 하얀 벽을 병수는 뚫어지게 쳐다 보았다. 때로는 마음에 소희의 모습이 떠올라 병수를 미치도록 슬프게 했다. 소희의 얼굴이 떠오를 때마다 몸에 상처를 내면서까지 잊으려고 노력했다. 수감된 이후로 가끔 발작 상태가 발생할 정도로 망가진 그의 정신은 지쳐 버린 병수를 괴롭혔다. 병수는 교도소의 독방에 수감되는 일이 잦아졌다. 사실 병수에게는 여러 명의 죄수가 거주하는 감옥보다 혼자 생활하는 독방이 훨씬 편한 장소였다. 몸을 더욱 망치고 싶은 생각이 병수의 마음속에 자리잡기 시작했던 것이다.

독방은 음식물이 넘나드는 통로 외에는 어떤 출구도 없는 그야말로 감옥 중의 감옥이었다. 독방에 들어가면 하루 종일 햇빛을 볼 수가 없었다. 빛이라고는 전깃줄에 연결된 너무나 희미한 백열등 하나만이 병수를 반길 뿐이다. 그를 감싸고 있는 벽은 너무나 두껍고 위압적이어서 피곤에 지쳐 버린 병수의 몸을 빨아들일 것 같았다. 벌써 병수는 며칠째 아니 몇 주일째 다람쥐 쳇바퀴 돌듯 똑같은 생활을 반복하였다. 가끔 헛소리를 하고 있는 자신을 발견하고는 병수는 얼굴에 가만히 미소를 짓곤 했다. 대화를 나눌 상대라고는 자신뿐인 외부로부터 철저히 격리된 곳에서 그가 품을 수가 있는 희망은 없었다. 미래가 없는 생활을 얼마나 해야 하는지도 알 수가 없는 막연한 불안감이 병수의 인내력을 소진시켜 갔다.

하루가 가고 또 다른 하루가 흐를수록 병수의 마음은 절망적으로 변해 갔다. 아무도 없는 독방에서 잠을 자야 한다는 사실도 병수를 괴롭혔다. 낮과 밤의 차이를 잊은 지 오래되었지만 잠을 자는 동안 꿈을 꾸는 자신을 발견했고 그 꿈은 병수에게 자유를 갈망하는 것이었다. 답답하고 고립된 시간 외에도 참기 힘든 것은 병수를 말려 가는 처절한 외로움이었다. 외로움은 병수의 차가워진 심장을 타고 몸 전체로 퍼져 갔다. 언제가 될 지도 모르는 거대하고 차가운 감방 안에서 희망과 자유를 체념하면서부터 병수는 어느 순간부터 편지를 쓰기 시작했다. 하얀 종이 위에 또박 또박 글자를 써 내려갔다. 내용이 마음에 들지 않으면 세차게 지우고 쓰기를 무한히 반복했다. 편지를 써 내려갈 때 병수의 얼굴은 오히려 경건한 모습을 띄웠다. 편지를 쓰는 동안 어느 누구도 병수의 마음을 빼앗지 못할 것 같았다. 머물고 있던 독방은 다른 감방과 멀리 떨어져 있어 때가 되면 음식을 제공하는 교도관의 인기척 외엔 하루 종일 아무런 소리도 들리지 않았다.

"모든 증거가 법정에서 효력을 갖고 있으며 피고 자신이 범죄를 인정하므로, 본 판사는 모든 상황을 고려해, 앞에 서 있는 피고에게 현형법에 의거 '무기징역'을 언도하는 바이다."

판사의 형량 결정과 함께 병수에게는 다시 차가운 수갑이 그의 몸을 조여 왔다. 선고된 '무기징역'은 병수의 모든 희망을 꺾어 버리고도 남는 강한 힘이 있었다. 병수는 몸을 일으키고 좁은 독방 안을 걸었다. 한참 동안 우리 안에 갇힌 사자처럼 계속해서 독방 안을 맴돌았다. 병수는 아무런 생각도 하지 않았다. 며칠 전 이곳에 옮겨 수감된 이후 줄곧 아무도 만날 수가 없었다. 세상과의 모든 인연을 끊은 채 병수는 생활에 적응하기 위해 필사적인 몸부림을 쳤다. 내면에 자리한 고독과 처절하게 싸웠다. 고독과의 싸움에서 쓰러질 수밖에 없을 것이라는 생각이 들기 시작했다. 몸을 지탱시켜 주던 나무로 만든 목발을 한없이 원망스런 눈빛으로 바라보았다. 어느 순간 병수는 목발을 들어 벽에 부딪쳐 깨뜨리고 있는 자신의 모습을 발견했다. 깨어져 산산히 부서진 목발이 아무리 고쳐봐도 다시는 목발의 역할을 하지 못할 정도로 으스러졌다.

"너도 이젠 장애자야. 누군가의 도움이 없으면 어떤 일도 못 하는 거야. 그래 이제 내 마음을 이해할 수가 있겠니?"

병수는 아무렇게나 던져져 깨어진 목발 조각들을 바라보면서 혼자 중얼거렸다. 멀리 어디선가 독방에 갇혀 있던 다른 사람이 노래를 부르는 소리가 들렸다. 한없는 외로움을 달래기 위해 필사적인 몸부림으로 목청이 터져라 노래를 불렀다. 병수는 며칠 전부터 쓰고 있던 편지를 마음에 들지 않은 듯 모두 찢어버렸다. 찢어진 종이를 가루로 만들려는 것처럼 다시 갈기갈기 찢었다. 병수는 편지를 다시 쓰기 시작했다. 며칠 동안 계속해서 편지를 쓰던 어느 날 병수는 펜을 조용히 놓았다. 쓴 편지를 읽으면서 병수는 실성한 사람처럼 혼자 큰 소리로 웃기 시작했다.

병수는 한참 동안 목소리가 쉬도록 웃었다. 웃음소리는 병수가 있던 방의 구멍을 통해 복도까지 울려퍼졌다. 그는 웃는 것에도 지쳐 버렸는지 이제는 말없이 앉아서 멍청하게 백열등에 비춰지는 천정을 바라보았다. 무엇인가를 찾고 있는 눈으로 계속 천정 쪽을 바라보다 문 위의 커다란 못에 눈을 고정시켰다. 그토록 만나고 싶었던 소희의 모습이 뇌리에 스쳤다. 언제나 함께 있어 줄 소희의 행복해하는 모습이 병수를 기쁘게 하였다. 병수는 소희를 생각하면서 행복하였다. 영원히 사랑하는 그리고 사랑하고 싶은 소희의 웃는 얼굴에 마음을 담아 키스를 해 주고 싶었다.

캐논을 사랑한 여자

그는 죄수복을 벗고 가슴에 감겨 있는 얇은 두께의 노끈을 풀었다. 얼마 전 아무도 몰래 구해 둔 튼튼하게 짜여진 노란색 노끈이었다. 노끈을 보는 병수의 몸은 어느새 조용하게 떨었다. 잠깐 미소를 띠던 병수의 얼굴엔 눈물이 흐르기 시작했다. 무엇 때문에 눈물이 쏟아지는지는 병수도 알 수가 없었다. 노끈을 커다란 못에 올가미 형태로 묶었다. 공중에 뜬 몸을 느끼고는 충격으로 인해 병수는 눈물이 흐르던 눈을 조용히 감았다. 멀리서 앞서 걸어가던 지수는 얼굴에 미소를 띠운 채 품에 안고 있던 아기를 병수에게 던졌다. 병수는 뛰어가면서 아기를 사뿐이 받아 들었다. 병수는 아기의 울음소리를 들으면서 완전한 몸이 된 자신의 모습을 발견하고 즐거워했다. 병수는 날아갈 듯 가벼운 몸으로 영원히 평화롭게 지낼 어디론가로 떠나갔다. 병수가 전에는 누려 보지 못한, 그리고 느껴 보지 못한 자유로운 세상이었다.

    희경은 서재를 정리하다 책꽂이 한켠에 꽂혀 있던 편지에 시선을 고정시킨다. 청소를 하던 손길을 접어 둔 채로 두툼한 편지를 꺼내 책상 위에 펼쳐 놓았다. 써클룸에서 가져다 창우에게 주었던 바로 그 편지였다. 편지를 읽어 내려가는 희경의 얼굴은 점차 놀라움으로 하얗게 변해 갔다. 더 이상 볼 수가 없어 편지를 보다 말고 편지 봉투에 다시 넣어 버렸다. 희경은 서재를 정리한 뒤에 거실로 나와 커피를 끓인다. 희경은 커피가 끓기를 기다리는 동안 벽에 걸린 시계를 자꾸만 주시했다. 잠시 후, 창우로부터 전화를 받고 그를 맞이하기 위해 아파트 주차장까지 걸어나갔다. 차를 주차시키고 있던 창우가 희경을 반갑게 맞아 주었다.

    "별일 없었지?"

    "네. 오빠 일하느라 고생 많으셨죠?"

    창우는 반갑게 맞이하는 희경에게 짧게 키스를 하고는 함께 아파트로 돌아왔다. 희경은 커피를 준비하면서 창우의 표정을 계속해서 진지하게 살펴보았다. 창우는 몹시 피곤한 기색이 역력하다.

    "네가 끓여 주는 커피는 언제나 나를 감동시킨단 말이야."

    창우는 희경이 건네주는 커피를 받아들며 얼굴에 환한 미소를 띄웠다.

    "오빠. 저한테 특별히 할 말은 없어요?"

    "할 말이라니?"

    심각한 표정으로 바라보면서 서 있던 희경을 향해 창우가 되물었다.

    "아버님이 또 무슨 말씀하신 거야? 우리 결혼에 관해서?"

    "네, 요즘 아빠가 자꾸 물어보세요."

희경은 조심스럽게 말을 하면서도 걱정스러운 표정을 지었다.

"내가 이번에 참가하고 있는 기획 시리즈가 끝나면 우리 정식으로 날짜를 결정하자."

희경은 그의 말이 미덥지 않은지 그를 계속해서 처다봤다.

"정말이죠? 오빠가 방금 저에게 한 말?"

창우는 고개를 끄덕이면서 그녀의 손을 꼭 잡았다.

"내일은 출장을 갔다 와야 해. 달리 준비할 것은 없어. 하루 출장 가는 것이니까."

희경은 알았다는 듯 그녀의 얼굴에 환한 미소를 띄운다.

"어디로 가는데요?"

"이번엔 동해 쪽이야."

희경은 출장 목적지가 동해라는 소리에 잠시 생각에 잠겼다. 편지 내용에서 동해의 어느 장소를 언급하는 글을 본 것 때문이었다. 희경은 편지 내용을 전부 읽지 않아서 창우가 동해로 가는 이유를 짐작할 수는 없었다. 그러나 지금의 희경으로선 그런 편지의 내용이 더 이상 중요하지가 않았다. 희경이 몇 년 동안 기다려 오던 결혼식을 창우가 승락했기 때문이다. 희경은 얼굴에 한가득 미소를 띄운 채 어디론가 전화를 걸었다.

"아빠~ 저예요. 오빠가 드디어 저와 결혼식을 올리기로 했어요."

창우는 희경이 장인에게 하는 전화를 옆에 앉아서 모두 들었다.

"아빠가 알아서 해 주세요. 내일 제가 아빠 찾아 뵐게요."

전화를 끊은 희경은 얼굴에 웃음을 가득히 담고서 창우에게 바싹 다가와 앉는다.

"아빠가 너무 기뻐하세요."

"장인 어른도 참."

창우는 짧게 말하면서도 딸과 결혼하기를 지켜보던 장인에게는 항상 미안하게 생각해 왔다.

"오빠 우리 결혼식을 왜 이렇게 미룬 거예요?"

"미루긴⋯. 내가 바쁜 일 때문에 연기를 한 거지."

창우는 진짜 궁금해하는 표정의 희경에게 적당히 둘러댔다. 창우는 정리되지 않은 마음 때문에 희경과 부부가 되는 결혼을 두려워했다. 그는 자신의 사랑을 쉽게 결정하지 않으려는 신중한 생각 때문에 동거를 하던 희경과의 결혼을 미룬 것이다. 활발하고 적극적인 성격의 희경도 창우에 의해 무한정 미뤄지는 결혼 때문에 오래전부터 수심에 가득찬 얼굴로 변해 갔다. 그러나, 그동안 보이지 않는 장인의 압력, 딸에 대한 정성 때문에 창우는 결국 굴복할 수밖에 없었다. 어쩌면 창우가 그동안 가슴에 품었던 또 하나의 사랑을 지우고자 결정한 것이다. 창우는 진실로 자신을 사랑해 주며 적극적으로 다가 온 희경을 사랑했다.

"나하고 결혼하는 것이 그렇게 좋아?"

"그럼요. 원하지 않았다면 제가 오빠와 이렇게 함께 살고 있겠어요?"

"네가 기뻐하는 것을 보니 나도 행복해 죽겠는데?"

"행복한 얼굴 표정이 그래요? 이젠 오빠를 닮은 아기도 가지고 싶어요."

희경은 장난기 어린 표정으로 사랑스럽게 미소를 띤 창우의 얼굴을 꼬집는다. 창우는 샤워를 끝내고 서재로 돌아와 앉았다. 그리고 책꽂이에 꽂힌 편지를 꺼내 읽었다. 창우는 서재로 들어오는 희경의 인기척을 느끼고는 황급히 편지를 접어 서랍에 다시 넣는다.

"오빠 또 여기서 담배를 피워?"

"나 좀 봐 줘라. 일하다 보면 얼마나 스트레스를 많이 받는데."

창우는 억지로 하는 마른 기침 소리를 내며 하소연하듯 말을 건넨다.

"좋아요. 하지만 제가 오빠 아기를 갖게 되면 그때는 담배⋯. 집안에서는 절대로 안 돼요? 알았죠?"

"그래, 그럼 그래야겠지, 어느 사모님의 명령이라고."

그의 응답을 확인하는 희경에게 가벼운 미소로 답한다. 불이 꺼진 침실에서 희경은 잠에 빠진 창우의 얼굴을 가만히 내려다 보았다. 미소를 가득 머금고 잠을 자고 있는 창우의 모습을 한없이 바라본다. 희경의 머릿속에는 화려하게 치뤄질 결혼식에 초청할 서클 친구하고 후배들의 얼굴이 떠오른다. 그중에 소희의 얼굴을 제일 먼저 떠올리며 희경은 마음이 들뜨기 시작했다.

장면 67

　새벽부터 창우는 깊은 잠에 빠진 희경을 한번 쳐다보더니, 그녀가 잠에서 깨지 않도록 얼굴에 살며시 키스를 하고는 집을 조용하게 빠져나왔다. 창우는 어두운 도로를 따라 규칙적으로 배열된 가로등을 의지한 채 빠른 속도로 달렸다. 창우는 강변도로를 타고 나와 강원도 양양으로 향하는 도로를 따라갔다. 그는 액셀레이터를 밟아 가며 차를 운전하여 세 시간 쯤을 달려 동해의 바닷가로 향해 나아갔다. 출발할 때의 어두움은 어느덧 따뜻한 열기가 느껴지는 태양의 출현으로 연기처럼 사라져 버렸다. 계속해서 차를 몬 탓에 몸에 피곤이 몰려온다. 피로를 풀 겸 레스토랑에 들러 커피와 아침을 간단하게 해결했다. 누적된 피로를 식히기 위해 양양의 한 호텔에 여장을 풀고 따뜻한 물에 샤워를 했다. 창우는 태양의 타오르는 빛이 보일 때쯤에 호텔에서 나와 차를 몰고 어느 바닷가를 향해 질주하였다. 편지에서 병수가 말해 주었던 모래가 부드럽기로 소문난 하조대 해변이 목적지였다.

　창우는 멀리 보이는 험한 절벽이 언덕을 따라 펼쳐진 곳을 바라봤다. 창우는 바닷가를 가로질러 언덕으로 오르면서 누군가를 열심히 찾았다. 한참을 돌고 돌아 목적지에 도착한 창우는 멀리 절벽 위에서 선 채로 움직이지 않는 사람들의 모습을 보았다. 창우는 그들을 선명하게 볼 수 있는 곳을 향해 천천히 걸어갔다. 모두 검정색 정장 차림을 하고 있었다. 창우는 사람들의 형체가 눈에 선명하게 들어올 쯤 발걸음을 멈췄다. 창우가 그토록 만나고 싶어 했던 소희가 그곳에 있었다. 그녀의 뒷모습을 멀리서 바라보던 창우의 심장은 다시금 격렬하게 뛰었다. 창우는 더 이

　　　　　　　　　　캐논을 사랑한 여자

상 접근하지 못하고 멀리 떨어진 채로 그들이 하는 행동을 가만히 지켜보기로 했다.

검정색 정장의 노부부는 서로 껴안고 통곡을 하면서 울었다. 노부부의 울음소리가 바닷바람을 타고 창우가 서 있던 곳까지 선명하게 들려왔다. 슬퍼하며 소리치는 통곡 소리는 바람을 타고 울려퍼지며 파도 소리와 절묘한 조화를 이루었다. 들려오는 울음소리는 장송곡을 연주하는 오케스트라가 만들어 내는 슬픈 리듬이 되어 이내 바닷바람 속으로 묻혔다. 한참 동안 울고 있던 그들은 이젠 눈물이 마른 듯 우두커니 바다를 바라보며 서 있었다. 창우는 비탄에 빠진 사람들이 바로 병수의 부모라고 직감적으로 알아차렸으나, 감히 접근하지 못한 채, 우두커니 서서 그들의 행동을 지켜볼 뿐이었다. 소희는 하얀 보자기로 쌓여진 상자 위에 병수의 방에 있던 사진을 꺼내 들고 보더니 사진과 상자를 껴안고 울었다. 노부부는 슬프게 우는 소희의 어깨를 어루만지면서 함께 모여 울었다. 울음을 그친 노부부는 준비해 온 조그만 상자를 열었다. 곧이어 조그만 앰프 스피커를 통해 파헬벨의 〈캐논 변주곡〉이 하늘과 바다로 울려퍼지기 시작했다. 소희는 〈캐논〉을 들으면서 생각에 잠기더니 한참 동안 울기만 했다. 잠시 후 울음을 그친 소희는 하얀 상자를 조심스럽게 열었다. 소희는 열려진 상자와 사진을 들고, 노부부를 뒤에 남겨 둔 채로 혼자서 바닷가 절벽 끝으로 천천히 걸어가 우두커니 서 있었다. 상자 속을 하염없이 바라보던 소희는 하얀 가루를 절벽 아래 바다에 뿌리기 시작했다. 소희가 뿌리는 하얀 가루는 절벽 아래 거친 파도에 휩쓸려 바다 속으로 사라졌다. 소희는 마지막으로 들여다보던 사진을 흐느끼는 표정으로 바라보더니 사진에 입맞춤을 하고는 바다를 향해 던졌다.

"오빠, 잘가…. 소희를 영원히 잊지 말아 줘. 우리 약속했잖아."

소희가 울부짖는 소리는 〈캐논〉과 어울려 거대한 파도가 일으키는 물보라의 소용돌이 속으로 빨려들며 사라지기 시작했다. 병수는 사랑했던 모든 사람들로부터 빠져나와 한 마리 하얀 새가 되어 그만의 자유로운 세계로 훨훨 날아갔다. 창우는 장례식을 마친 그들이 다가오는 모습이 보이자, 다시 심장이 뛰고 점차 긴장이 되는 것을 느끼기 시작했다. 창우의 앞에는 병수 부모와 나란히 서서 다가오는 소희의 얼굴이 보였다. 창우는 요동치는 심장의 움직임에 몸까지 떨리면서도 그들 앞에 우두커니 서 있었다. 창우의 눈을 잠시 동안 정면으로 응시하던 소희의 눈빛은 차갑고 냉정했다. 소희는 창우의 눈을 잠시 바라보더니 무표정한 얼굴로 앞으로 시선을 돌렸다. 창우가 그토록 사랑하기를 원했던 소희는 낯선 이방인을 보듯 말없이 그의 곁을 지나쳐 멀리 사라져 버렸다. 창우로부터 영원히 떠나는 것처럼.

'제가 처음 드리는 부탁입니다. 제발 소희를 행복하게 해 주십시오. 선배님이 소희를 사랑하는 것을….'

병수는 편지의 마지막 부분에 소희의 행복을 부탁하는 말을 수없이 강조해서 적었다. 병수가 떠난 후 혼자가 될 소희를 위해 창우에게 부탁하였다. 그러나 병수의 소희는 이젠 창우에게는 그림자가 되어 어디론가로 떠나갔다. 그들이 사라진 한참 후에 정신이 든 창우는 그들이 떠난 절벽 위에 서서 바다를 바라봤다. 병수의 뼈가 뿌려진 절벽 아래를 유심히 살폈다. 그곳에는 바닷바람의 소용돌이가 파도에 하얀 물보라를 일으키면서 절벽 사이로 몰아쳤다. 파도를 타고 모여드는 하얀 갈매기들만이 모여서 소란을 떨며 쓸쓸한 바다를 지키고 있었다.

캐논을
사랑한 여자

© 권병욱, 2022

초판 1쇄 발행 2022년 9월 25일

지은이   권병욱
펴낸이   이기봉
편집   좋은땅 편집팀
펴낸곳   도서출판 좋은땅
주소   서울특별시 마포구 양화로12길 26 지월드빌딩 (서교동 395-7)
전화   02)374-8616~7
팩스   02)374-8614
이메일   gworldbook@naver.com
홈페이지   www.g-world.co.kr

ISBN   979-11-388-1249-8 (03810)